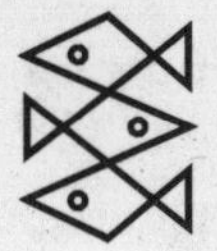

Der große Bellheim Bereits mit 57 Jahren hat sich Peter Bellheim aus der aktiven Leitung des Kaufhaus-Konzerns in Hannover, der seinen Namen trägt, in seine Villa in Marbella zurückgezogen. Er wollte Platz machen für eine jüngere Manager-Generation. Während der ausgelassenen Feier zu seinem 60. Geburtstag erhält er allerdings Hiobsbotschaften aus Hannover: Die Rentabilität sinkt dramatisch, es muß saniert werden, sein Nachfolger will ganze Filialen schließen.

Tief beunruhigt, und im übrigen auch etwas angeödet von seinem luxuriösen, aber inhaltsleeren Pensionärsdasein, beschließt Bellheim nach Hannover zurückzukehren.

Hier mal schnell und ganz alleine mit einem eisernen Besen durchzukehren genügt nicht. Das merkt Bellheim schnell. Unter einigen Mühen gelingt es ihm, drei »alte Herren« zusammenzutrommeln. Ehemalige leitende Angestellte, die, ebenso wie er, schnell dahinterkommen, daß sie, ob 65 oder 75 Jahre alt, für den Ruhestand eigentlich viel zu jung sind.

Zwischen diesen ehemaligen Konkurrenten, ja Gegnern, erwächst im täglichen Miteinander, im Kampf um die gemeinsame Sache mehr als eine Geschäftspartnerschaft: Mit Klugheit und Humor überwinden die Herren allmählich Schrullen und Animositäten und werden ein Team, in dem sich der eine blind auf den anderen verlassen kann.

Aber Bellheim muß nicht nur mit »hausgemachten« Problemen kämpfen. Die unterbewerteten Aktien seines Konzerns werden unterderhand aufgekauft. Jemand schmiedet an der Börse ein Komplott gegen ihn und seinen Konzern.

Aber je mehr sich Bellheim engagiert, je mehr er sich für seine Firma in die Pflicht nimmt, desto mehr entfremdet er sich auch von Maria, seiner schönen, geliebten Gattin, die in Spanien geblieben ist. Nicht zuletzt: seine Ausstrahlung, seine Vitalität findet Anklang – bei jüngeren Frauen. Es sind vielerlei Anfechtungen, mit denen Bellheim fertig werden muß, während er alles daransetzt, sein Lebenswerk zu retten.

Dieter Wedel wurde 1942 in Frankfurt am Main geboren. Er studierte in Berlin Theaterwissenschaften, Geschichte und Publizistik und promovierte 1965. Heute lebt der vielfach preisgekrönte Fernsehautor und -regisseur in Hamburg. Zu seinen bekanntesten Fernsehproduktionen zählen neben »Der große Bellheim« ›Einmal im Leben‹ und ›Alle Jahre wieder‹.

Verena C. Harksen wurde in Berlin geboren und lebt heute in Frankfurt am Main, wo sie als Autorin, Übersetzerin und Herausgeberin tätig ist.

DER GROSSE BELLHEIM

Romanfassung von Verena C. Harksen und Dieter Wedel
Nach dem Fernsehfilm von Dieter Wedel

FISCHER TASCHENBUCH VERLAG

41.–60. Tausend: Januar 1993

Originalausgabe
Veröffentlicht im Fischer Taschenbuch Verlag GmbH,
Frankfurt am Main, Dezember 1992

Umschlaggestaltung: Manfred Walch, Frankfurt am Main
Gesamtherstellung: Clausen & Bosse, Leck
Printed in Germany
ISBN 3-596-11273-7

Gedruckt auf chlor- und säurefreiem Papier

ERSTES BUCH
UNRUHIGER RUHESTAND

Tief im spanischen Süden lag eine drückende Hitze über dem Meer und über dem Land. Die Fächer der Palmen wurden von keinem Windhauch bewegt. Vollkommen glatt dehnte sich das blaue Meer unterhalb der Terrasse von Peter Bellheims Villa bis zum Horizont. In dunklem Grün schimmerten die Hecken des sorgsam bewässerten Gartens. Nur das Zirpen der Grillen übertönte den leise rauschenden Schlag der Wellen am Strand. Sonst regte sich nichts. Alles Leben schien stillzustehen. Die Zeit der Siesta – das große Atemholen der mittelmeerischen Landschaft an einem sonnendurchglühten Tag.

Auf der Terrasse seiner Villa in Marbella streckte sich Peter Bellheim träge in einer bequemen Liege aus, schob eine Kassette in ein kleines Diktiergerät, räusperte sich energisch und begann: »Ich hatte ein erfülltes Leben... ein erfülltes Leben... äh... nein...«

Er schaltete ab, spulte zurück, räusperte sich wieder und begann erneut, das Mikrofon nahe an den Lippen: »Die Welt der Kaufhäuser... noch mal... Kaufhauschef wollte ich immer werden... und so viel Geld verdienen, um ein sorgenfreies Leben genießen zu können. Beides habe ich erreicht.« Und wie nun weiter? dachte Bellheim und griff nach seinem Glas. Dann fuhr er fort: »Viele haben sich gewundert, warum ich vor drei Jahren, mit erst siebenundfünfzig, zurückgetreten bin.« Unschlüssig hantierte Bellheim mit Diktiergerät und Mikrofon. »Da war... äh... der... Der Sohn meines verstorbenen Partners David Maiers, der wollte..., der sollte...« Bellheim zögerte, hielt das Band an, spulte zurück und schaltete wieder ein. Vom Band tönte seine Stimme: »... warum ich vor drei Jahren, mit erst siebenundfünfzig...« Bellheim drückte den Aufnahmeknopf: »... zurückgetreten bin... Irgendwann muß Schluß sein, muß jeder den Weg freimachen für Jüngere. Und man nimmt Abschied von seiner Aufgabe...«

Richard Maiers hatte damals auf Bellheims Abschiedsfeier die Laudatio gehalten. Eine sehr würdige Zeremonie war das gewesen – in Hannover, dem Stammsitz seiner Firma. Die Spitzen aus

Wirtschaft und Politik. Geschenke, Blumensträuße. Fast wie bei einer Beerdigung.

Der junge Richard Maiers hatte an jenem Tag den Vorstandsvorsitz der Kaufhaus-Kette übernommen, den Bellheim bis dahin innehatte. Der Bank war es sehr recht gewesen, daß eine neue Managergeneration das Ruder übernahm. So viel hatte sich im Lauf der Jahre verändert: Auf der »grünen Wiese«, vor den Toren der Städte, schossen die Cash & Carry-Märkte wie Pilze aus dem Boden. Dort, wo die Kunden mit dem Auto hinfahren und bequem parken konnten. Da lief das Massengeschäft von selbst. Die traditionellen Kaufhäuser in den Innenstädten mußten sich etwas Neues einfallen lassen.

Nun war also Richard Maiers sein Nachfolger geworden, der Sohn von Bellheims früherem Partner David Maiers. So war es seit langem geplant. Ja, vor dem Krieg trugen die Kaufhäuser den Namen Maiers. Aber der jüdische Besitzer, David Maiers sen., der Großvater, war enteignet worden und nach Südamerika emigriert. Nach 1945 war der Sohn zwar zurückgekehrt und hatte seine Firma wieder übernommen. Doch David Maiers jun. hatte keinen Sinn fürs Geschäft; er war ein Schöngeist, der sich mehr für Musik und Literatur interessierte.

Durch Zufall hatte er damals, in der stürmischen Aufbauzeit nach dem Krieg, Peter Bellheim kennengelernt. Bellheim war mit einem kleinen Laden in Hannover recht schnell so erfolgreich gewesen, daß er im Begriff stand, einen zweiten zu eröffnen, als Maiers Bellheim aufforderte, bei ihm Geschäftsführer zu werden. Bellheim erkannte natürlich die größeren Möglichkeiten, die in einem eingeführten Unternehmen lagen, aber er wollte auch echte Verantwortung tragen und – zumindest teilweise – sein eigener Herr sein. Zögernd ging der hochgebildete, sensible Maiers darauf ein und bot dem jungen, ungestümen Bellheim eine Teilhaberschaft an.

Bellheims Tüchtigkeit, sein Riecher für die Bedürfnisse der Kundschaft, sein Geschmack bei der Warenpräsentation und nicht zuletzt das Wirtschaftswunder bescherten den Kaufhäusern einen Riesenerfolg. Die Firma wuchs auf eine Kette mit vierzehn Filialen an. Bei der Umwandlung in eine Aktiengesellschaft – Maiers war inzwischen gestorben – baute Bellheim seinen Anteil am

Stammkapital aus, und der Konzern erhielt einen neuen Namen: seinen. Vor allem letzteres hatte Gertrud, David Maiers' Witwe, nicht verwunden. Und sie bestand auf der Einlösung eines Versprechens: Wenn Bellheim zurücktrat, sollte ihr Sohn Richard die Leitung des Konzerns übernehmen.

Vor drei Jahren, bei jener Feier, war es dann soweit. Bellheim besaß 26% der Aktien; damit war er Hauptaktionär und verfügte über eine Sperrminorität. Die Familie Maiers hielt noch 12% des Stammkapitals, kleinere Anteile waren in den Händen von Banken, jeweils ein paar Prozent bei Bellheims geschiedener erster Frau, bei befreundeten Geschäftsleuten und der Rest im Streubesitz kleinerer Aktionäre. Das Haus schien wohlbestellt. Peter Bellheim rückte in den Vorstand des Aufsichtsrates auf. Der Aufsichtsrat überwacht die Tätigkeit des Vorstands und beruft dessen Mitglieder – oder setzt sie ab. Im wesentlichen ist der Aufsichtsrat also auf Kontrollfunktionen beschränkt und greift nicht in das sogenannte operative Tagesgeschäft ein. Peter Bellheim konnte sich beruhigt auf diesen Posten zurückziehen. Da er, Bellheim, jedoch außerdem Hauptaktionär mit einer Sperrminorität war, hatte er natürlich im Aufsichtsrat eine besonders starke Stellung.

Aber worüber hätte sich Peter Bellheim damals Sorgen machen sollen? Man hatte ihn ehrenvoll, ja geradezu rührend in den Ruhestand verabschiedet. Das Niedersachsenroß, aus weißem Porzellan, das man ihm in Anerkennung seiner Verdienste um das Land geschenkt hatte, prangte auf dem Kamin seiner Villa in Hannover. Bellheim hatte die Feier genossen und sich auf seinen neuen Lebensabschnitt gefreut: Sorgenfrei das Dasein genießen. Die Villa in Marbella, die für die kurzen Urlaube bisher eigentlich viel zu schön und großzügig gewesen war – jetzt endlich konnte er sie richtig nutzen. Nie mehr diese Hetze jeden Morgen. Statt dessen in Ruhe ausschlafen, Bücher lesen, Sport treiben. Kein Schmuddelwetter wie im verregneten und kühlen Hannover. Zeit haben für Freunde und für Maria, seine zweite Frau, seine treue Gefährtin seit nunmehr achtzehn Jahren – seine schöne, blonde Maria.

Maria war inzwischen ins Haus gekommen, während Bellheim ganz in sein Diktat versunken auf der Terrasse lag. Er hatte sie erst gar nicht bemerkt.

In den Jahren seines Ruhestandes war Peter Bellheim träger geworden – und dicker. Er achtete einfach nicht mehr so auf sich. Er hatte sich einen Vollbart stehen lassen, die Haare waren verstrubbelt, er trug ein verschwitztes T-Shirt, eine ausgebeulte Hose und bequeme Schlappen. Unter der heißen Sonne von Marbella ging alles etwas langsamer – Körper und Geist ermatteten schnell.

Mit festem Griff packte Bellheim wieder das Mikrofon. Vor kurzem hatte er sich in den Kopf gesetzt, seine Memoiren zu verfassen. Teils als vergnüglichen Zeitvertreib, teils aus dem Bedürfnis heraus, Rechenschaft abzulegen, vielleicht auch um sich ein Denkmal zu setzen. Schließlich hinterließen viele große Persönlichkeiten am Ende ihres Lebens ihre Erinnerungen. Am Ende ihres Lebens? Unsinn. Damit hatte es noch gute Weile. Mit siebenundfünfzig hatte er sich vom Tagesgeschäft zurückgezogen und lebte nun schon seit fast drei Jahren überwiegend in dieser paradiesischen Oase, einer Enklave der Reichen, unmittelbar am Strande des Mittelmeers. Bald würde er seinen sechzigsten Geburtstag feiern. Die Einladungen waren bereits verschickt.

Er nahm noch einen großen Schluck aus seinem Glas, seufzte ein wenig und sprach weiter: »Diese Abschiedsfeier damals... danach noch einmal nach Hause gefahren werden und dann... Schluß. Also, das war schon... ein großer Einschnitt in meinem Leben.«

Drinnen im Haus war das Licht angegangen.

»Man glaubt ja nicht, wie das ist. Man steht morgens auf und weiß, daß man eigentlich den ganzen Tag im Bett bleiben könnte.«

Das Telefon klingelte. Jäh fand Bellheim aus seinen Reminiszenzen in die Gegenwart zurück, sprang auf und eilte zum Apparat. Aber das Gespräch war natürlich wieder für Maria, die bereits aus ihrem Zimmer die Treppe hinabkam und den Hörer übernahm. Ihn rief jetzt kaum noch jemand an. Maria war Tänzerin gewesen, als er sie kennenlernte. Jetzt leitete sie zusammen mit einem spanischen Partner in Marbella eine Ballettschule für Kinder. Die Arbeit machte ihr Freude und füllte sie aus.

Manchmal war Bellheim fast neidisch. Aber das behielt er für sich. Etwas gereizt stapfte er auf die Terrasse zurück, nachdem er sich wieder mit einem der ausschließlich spanisch sprechenden Anrufer für Maria nicht hatte verständigen können.

Während sie Unterricht gab, machte er lange Strandspaziergänge, joggte, spielte Tennis oder traf sich mit seinem alten Freund, Dr. Erich Fink. Der hatte früher eine große Wirtschaftsprüfergesellschaft in Frankfurt am Main geleitet und war lange Jahre Bellheims Finanzberater gewesen. Jetzt wohnte er mit seiner rundlichen Frau Olga ebenfalls in einer weißen Marbella-Villa – die allerdings etwas bescheidener als die Bellheimsche war – und behauptete, den Ruhestand zu genießen. Bellheim fand, daß er vor allem seine Krankheiten genoß. Klein, spitzbäuchig und so gutmütig, daß er es meist unter giftigen Stacheln verstecken mußte, fühlte er sich nur wohl, wenn er über ein neues Wehwehchen klagen konnte. Er lebte streng nach Diätplan und war überzeugt, durch körperliche Übungen und ständige Überwachung seiner Gesundheit ein hohes Alter erreichen zu können. Seine gutgepolsterte Olga nahm das nicht so ernst. Sie stand mit beiden Beinen auf der Erde und ließ ihrem Mann seinen Tick. Wenn Erich allzusehr abhob, zog sie ihn sanft auf den Boden der Tatsachen herunter. Die beiden liebten einander zärtlich. Olga Fink und Maria Bellheim waren gute Freundinnen geworden.

Es lebte sich herrlich in Marbella, beschaulich, streßfrei und erholsam unter blauem Himmel und strahlender Sonne. Und dennoch fehlte Peter Bellheim etwas, aber er wußte nicht, was.

In Hannover regnete es, und es war kalt. Im Lärm des Verkehrs, der sich wie jedesmal beim ersten Tropfen staute und die Straßen verstopfte, begann jetzt am frühen Morgen ein neuer, grauer Arbeitstag. Es war noch dunkel. Auf dem nassen Asphalt spiegelte sich das Licht der Autoscheinwerfer. Unausgeschlafene, müde Menschen quollen aus Bussen und Straßenbahnen und stapften durch die klamme Nässe ihren Arbeitsstellen zu.

Am David-Maiers-Platz überragte das große Kaufhaus Bellheim, Stammhaus der Kette mit vierzehn Filialen, alle umliegenden Häuser. Das mächtige Gebäude, in den Jahren vor dem Ersten Weltkrieg mit reichgegliederter Werkkunstfassade solide und schön gebaut, wirkte ansprechend und vertrauenerweckend.

Allmählich erwachte das Haus zum Leben. Die Tagbeleuchtung für die Schaufenster, Lichtreklamen und Innenräume wurde eingeschaltet. Metallrolläden fuhren rasselnd in die Höhe. Durch das weit geöffnete Hoftor drangen die Lieferantenfahrzeuge herein und wurden zur Warenannahme an die Rampe bugsiert. Behälter und Paletten wurden ausgeladen, kontrolliert und ins Innere des Kaufhauses geschafft. Hinter den Fenstern der einzelnen Geschosse sah man noch die Schatten der Putzkolonnen, die ihre Arbeit beendeten. Gleichzeitig strömten die Mitarbeiter zu den Stechuhren, in die Garderoben und Aufenthaltsräume. Der Tag konnte beginnen.

Ohne sich um die von der Straße hochspritzenden Tropfen zu kümmern, zwängte sich Andrea Wegener, eine attraktive junge Frau, durch die halb geöffnete Bustür und ging über den David-Maiers-Platz zum Kaufhaus hinüber. Vor einem Schaufenster blieb sie stehen und betrachtete kritisch die Dekoration. Gott, wie spießig, dachte sie mit geringschätzigem Lächeln. Das ist ja nicht nur Provinz – das ist Provinz von vorgestern! Die Leute brauchen mich wirklich.

Andrea Wegener klemmte die große Mappe mit ihren Entwurfszeichnungen fester unter den Arm, strich die kurzen dunkelbraunen Locken zurück und drehte sich energisch um. Gerade rauschte ein Auto vorbei und bespritzte den ganzen Bürgersteig mit schmutzigem Regenwasser. Ein langaufgeschossener junger Mann unmittelbar hinter Andrea wurde über und über naß. Er machte so ein verdutztes Gesicht, daß die junge Frau lachen mußte.

»Was ist denn daran so komisch?« fragte der Bespritzte in leicht verzweifeltem Ton.

»Sie sehen so ulkig aus«, prustete Andrea los. »Voller Sommersprossen aus Regenwasser!«

Der junge Mann wischte sich das Gesicht ab und betrachtete sie interessiert. »Arbeiten Sie hier?«

»Nein«, antwortete Andrea Wegener. »Das heißt... noch nicht.«

»So ein Zufall! Ich fange nämlich heute morgen hier als Verkäufer an«, erklärte der junge Mann. »Mein erster Arbeitstag bei Bellheim – und da komme ich durchnäßt und bekleckert her.«

»Ich will mich erst noch vorstellen«, erwiderte Andrea und wandte sich zum Gehen.

»Na, dann viel Glück«, wünschte der junge Mann.
»Glück?« fragte Andrea keck zurück. »Glück haben höchstens die, wenn sie mich kriegen!«

Im Aufenthaltsraum für die Verkäuferinnen und Verkäufer der Abteilung Damenoberbekleidung, kurz DOB genannt, schwebte eine blaue Dunstwolke. Die Angestellten rauchten ihre Morgenzigarette. Der enge ungelüftete Raum, dessen Wände mit den Spinden der Mitarbeiter vollgestellt waren, stank nach Nikotin, Schweiß und Duftwässern der preiswerteren Kategorie.

Gerade waren die flotte Substitutin Carla Lose und Frau Feld, eine ältere Verkäuferin, hereingekommen. Die mollige, grauhaarige Frau Feld nahm seufzend Platz und stimmte ihr übliches Klagelied wegen ihrer schmerzenden Hüften an. Carla versuchte, ihre rotbraunen Haare, die im Regen naß geworden waren, zu richten. Sie war nicht mehr die Jüngste, aber der Wirkung ihrer nach wie vor tadellosen Figur auf Männer war sie sich sehr wohl bewußt. Carla liebte Süßigkeiten, tiefe Ausschnitte, knappe Röcke und die an ihr klebenden Blicke der Herrenwelt. Für feste Beziehungen war sie allerdings weniger. Gegen Kerle, die zuviel von ihr verlangten, hegte sie ein gesundes Mißtrauen. »Einer ist keiner«, pflegte sie zu ihrer Kollegin Mona Stengel zu sagen, mit der sie eine lose Freundschaft verband.

Mona war ebenfalls nicht mehr die Allerjüngste. Sie war blond, stupsnäsig und naiv, vertrauensselig und leicht zu rühren. Wegen ihres unausrottbaren Minderwertigkeitskomplexes sah sie sich selbst immer nur als den »kleinen Knubbel«, während sie neidvoll Carla Loses etwas ordinären Hüftschwung als rassige Eleganz fehlinterpretierte. In ihrer Freizeit las sie Romanheftchen, antwortete auf Heiratsanzeigen und hoffte auf einen Prinzen als Gemahl. Leider hatte sich bisher noch keiner gefunden. Mona hatte jedesmal Pech gehabt und war schon an die größten Fieslinge geraten. Aber sie gab nicht auf. Die Kollegen lachten immer schon, wenn sie montags mit großen Augen von ihren Wochenendabenteuern berichtete. Nur Charly Wiesner, Erstverkäufer in der Damenoberbekleidung – DOB –, hatte manchmal Mitleid mit ihr. Er war kein Unschuldslamm und hatte, bevor er sich Frau und Töchterchen zulegte, nichts anbrennen lassen. Aber die ständig enttäuschte Mona, die so vertrauensvoll den Mann fürs Leben suchte und nie aus Schaden klug wurde, tat ihm trotzdem leid.

Es klingelte. Carla drückte ihre Zigarette aus. »Na, dann wollen wir mal.«

Unten an der Rolltreppe stand der junge Christian Rasche noch immer triefend vor Nässe und schaute sich suchend um. Der ältere Verkäufer Albert aus der Herrenoberbekleidung – HOB – wies ihm den Weg zur Personalabteilung. Von der Rolltreppe aus sah Christian, wie Carla auf dem Weg durch die Süßwarenabteilung seelenruhig in einen Stapel Schokoladenriegel langte und einen davon mitnahm. Als hätte sie seinen entgeisterten Blick gespürt, schaute sie zu ihm auf. »Heute noch nicht gefrühstückt!« rief sie ihm lachend zu.

Christian schwieg überrascht.

In der Personalabteilung wurden schließlich alle mit Christians Einstellung zusammenhängenden Formalitäten erledigt, und dann erschien Charly Wiesner, um den Neuzugang abzuholen und einzuweisen.

Andrea Wegener war ebenfalls nach oben gefahren. Ihr Ziel war die Höhle des Löwen – das Vorstandsbüro. Dessen Tür stand halb geöffnet. Von drinnen war ein heftiger Wortwechsel zu vernehmen. Vorstandsvorsitzender Dr. Richard Maiers stritt sich mit Jürgen Ziegler, dem Geschäftsleiter des Kaufhauses Hannover, des Konzernstammhauses, über die Dekorationen für den neuen Reitershop. Da Richard Maiers sowieso schon unter Termindruck stand und zwei Herren von der Bank erwartete, wurde Andrea Wegeners forscher Versuch, sich ihm einfach in den Weg zu stellen, um ihm ihre Dekorationsentwürfe zu zeigen, von Maiers barsch übergangen.

Charly, der zwar erst Ende Zwanzig, aber trotzdem längst ein alter Hase war, erklärte Christian schon auf der Rolltreppe, worauf es im Kaufhaus ankommt.

»Hör zu«, begann er, »ich erzähle dir jetzt ein bißchen von unserer Arbeit. Also. Was ist das Hauptproblem eines Verkäufers?«

»Das Verkaufen«, antwortete Christian. Darauf konnte Charly nur grinsen. Als Christian auch noch sagte: »Der Kunde ist König«, lachte Charly nur. »Von wegen. Wenn es so wäre, müßte es nicht dauernd betont werden. Die Steherei ist unser Problem. Sieh dich doch bloß mal um, wie sie da hocken, die armen Schweine!« Er deutete unauffällig auf seine Kollegen. Zum ersten Mal fiel Christian auf, daß fast keiner der nicht mit einem Kunden beschäftigten Verkäufer geradestand. Die Frauen und Männer lehnten an Regalen, Kassentheken oder Ständern, stützten sich diskret auf Tische und Geländer und versuchten, ihre Füße zu entlasten.

»Das erste, wenn man neu anfängt, ist, sich eine Ecke zum Entspannen zu suchen. Ich zeige dir jetzt eine.« Er führte Christian zu einer kleinen versteckten Kammer, die mit Dekorationsmaterial fast völlig zugestellt war.

»Natürlich sieht es blöd aus, wenn du auf dem Mülleimer sitzt und der Kunde sieht dich. Unsere Oberbonzen legen Wert darauf, daß wir den ganzen Tag munter auf den Beinen sind. Aber neun Stunden auf den Füßen, da hast du in ein paar Jahren die Waden voller Krampfadern.«

Die Abstellkammer war bereits besetzt. Auf einer Kiste zwischen Kleiderpuppen, Büsten und Schaufensterrequisiten hatte sich Mona Stengel niedergelassen. Sie schluchzte. Carla Lose reichte ihr gerade eine frisch geöffnete Piccoloflasche Sekt.

»Komm, trink erst mal einen Schluck«, tröstete sie. »Und dann erzählst du's mir. Was war denn so furchtbar?« Mona putzte sich geräuschvoll die Nase. »Ich bin völlig fertig. Mir ist immer noch schlecht.«

»Erzähl' schon.«

»Das kann ich nicht erzählen.«

»Hast du den von der Kontaktanzeige getroffen?«

Mona nickte.

»Den einsamen Vierzigjährigen mit Hang zur Natur, ein Meter fünfundachtzig?«

Das war zuviel. Mona heulte laut los. »Einsfünfundsechzig, höchstens! Und total pervers. Fesseln wollte er mich. Mit Seidentüchern! Und gleich am ersten Abend. So ein widerliches Schwein. Normal können die alle nicht mehr.«

Carla verzog das Gesicht. »Männer haben alle 'ne Macke.« Sie warf Charly und Christian einen unfreundlichen Blick zu. Aber die beiden waren schon weitergegangen.

»Ich stell' dich jetzt Frau Schenk vor«, sagte Charly. »Sie ist unsere Abteilungsleiterin. Auf die mußt du aufpassen. Immer schön höflich und keine Widerworte. Kapiert?«

Christian nickte.

Mathilde Schenk, eine magere Frau in mittlerem Alter mit strengem Gesichtsausdruck, saß an ihrem Schreibtisch, der strategisch günstig unter der Treppe plaziert war. Charly machte den neuen Kollegen mit ihr bekannt. Mathilde Schenk musterte den langen Jüngling von oben bis unten und lächelte sparsam. »Schön, daß Sie bei uns mitarbeiten wollen«, begrüßte sie ihn. »Bellheim ist ein Haus mit großer Tradition. Hier erwartet man Einsatz, Pünktlichkeit, Ehrlichkeit und Höflichkeit. Der Kunde ist König.«

Hinter ihrem Rücken kniff Charly ein Auge zu. Christian unterdrückte ein Grinsen. »Jawohl, Frau Schenk«, antwortete er. »Ich werde mir Mühe geben.«

Dann präsentierte Frau Schenk mit lauter Stimme den Neuen den übrigen Verkäuferinnen und Verkäufern; damit beschäftigt, Ware zu sortieren oder die Glasplatten auf den Theken sauberzuwischen, musterten sie Christian Rasche nur mit mäßigem Interesse.

In der Wertpapierabteilung der Hannoverschen Kreditbank ging es hoch her. Um in dem hektischen Geschäft mithalten zu können, mußten sich die jungen Bankangestellten mächtig ins Zeug legen. Sie arbeiteten konzentriert und reaktionsschnell an ihren Computern und Telefonen. Immer neue Zahlen, Kurven und Firmendaten flimmerten über die Bilschirme. Die smarten Männer und Frauen in dem Großraumbüro waren gutbezahlte und hochmotivierte Profis. Sie riefen sich gegenseitig die neuesten Kurse zu, gaben Empfehlungen, rieten ab. Enorme Geldbeträge wechselten in Sekundenschnelle die Konten. Nur wer sein Metier besser als die anderen beherrschte, konnte weiterkommen. Die Konkurrenz war gnadenlos, das wußten alle. Hier war kein Platz für Dienst nach Vorschrift. Viel Geld verdienen und Karriere machen, lautete die Devise der meisten.

In einem Glaskasten in einer Ecke des Wertpapiersaals residierte der Abteilungsleiter, ein etwas feister Mann mit kurzgeschorenem Haar. Er war nicht mehr so jung wie seine Mannschaft, aber hellwach, scharfäugig und unermüdlich. Die wichtigsten Kunden betreute er selbst und wachte im übrigen darüber, daß in seiner Abteilung möglichst keine Pannen passierten. Es war bekannt, daß der Abteilungsleiter einen siebten Sinn dafür hatte, wenn sich Probleme anbahnten, aber in seiner Übervorsichtigkeit war er dauernd nervös und angespannt und hatte zunehmend Schwierigkeiten, sich bei seinen Leuten durchzusetzen.

Unauffällig beobachtete er eine junge Frau, die völlig konzentriert an ihrem Computerterminal saß und kaum darauf achtete, was um sie herum passierte. Sie hieß Gudrun Lange und war eine der ehrgeizigsten und tüchtigsten Kräfte der Abteilung. Nicht besonders beliebt im Team, aber eine anerkannte Spitzenfrau. Heute allerdings schien etwas bei ihr nicht nach Wunsch zu laufen. An den Wertpapierberatern vorbei, die an ihren Terminals saßen, telefonierten und sich gegenseitig Kursnotierungen zuriefen, eilte der vor Aufregung schwitzende Vorgesetzte an den Platz von Gudrun Lange. Mit Ende Zwanzig wirkte sie selbst in ihrem konservativen Karriere-Outfit attraktiv und sehr weiblich. Die weiße Bluse, an der gerade die richtige Anzahl Knöpfe verheißungsvoll offenstand, betonte diskret den wohlgeformten Busen, und der enge, kurze schwarze Rock ließ die schlanken Beine mit den schmalen Fesseln gut zur Geltung kommen. Ihre langen, blonden Haare, sauber nach hinten frisiert, fielen ihr über den Rücken. Das Gesicht war schmal, die Haut wunderbar zart. Nur die nicht allzugroßen, blauen Augen störten das reizvolle Gesamtbild. Sie hatten etwas Kaltes und Stechendes und verrieten den brennenden Ehrgeiz, von dem die junge Frau besessen war. Um ihren Willen durchzusetzen, würde Gudrun Lange über Leichen gehen. Als der Abteilungsleiter hinter ihr auftauchte, war sie gerade in ein offensichtlich schwieriges Telefongespräch vertieft.

Sein Spürsinn hatte ihn nicht getrogen: der Kunde machte Probleme.

»Na schön«, fing Gudrun Lange gerade wieder an, »vielleicht sind wir ja wirklich ein bißchen in eine Schieflage geraten. Aber das kann man doch aussitzen; vorigen Monat hatten wir ein dikkes Plus.« Aus dem Hörer drang empörtes Schnattern. Gudrun verzog den Mund. Die Kollegen ringsum warfen ihr teils hämisch-amüsierte, teils mitleidige Blicke zu.

»Sicher hätte ich es durchschauen müssen... okay... schon richtig. Aber...«

Nun griff der Abteilungsleiter nach dem Telefonhörer. »Kästner hier... Ach, Sie sind es, Herr Dr. Schwartz? Ja... verstehe.« Er lauschte bedrückt, dann versuchte er, den Kunden zu beruhigen: »Aber ich bitte Sie... Wir werden eine Lösung finden. Verlassen Sie sich auf mich... Ja, natürlich hören Sie schnellstens von uns.« Er legte auf und blickte Gudrun vorwurfsvoll an. »Ausgerechnet Dr. Schwartz! So ein guter Kunde! Er sagt, er hätte Ihnen Dienstag den Auftrag erteilt, ALPAG zu kaufen – zu hundertneunundneunzig – und Sie hätten nicht gekauft.«

»Sie gaben gestern noch nach, als ich kaufen wollte, und heute morgen sind sie plötzlich riesig gestiegen«, erklärte Gudrun.

»Kann sein, aber heute morgen stehen sie bei zwei-drei-eins«, erwiderte ihr Chef knapp. »Kommen Sie doch mal einen Augenblick zu mir.« Betreten folgte Gudrun Lange ihm in eine ruhigere Ecke. Dort drehte sich der Abteilungsleiter um und sagte eindringlich: »Jetzt hören Sie mir mal zu. Da will irgendeiner ALPAG kaufen. Was tut er? Geht hin und streut ein paar Gerüchte aus... Pleite am Horizont und so weiter. Und sobald Sie und einige andere darauf hereingefallen sind, schnappt er zu. Einer von den ganz großen Haien... man munkelt, Rottmann selber. Sie, meine Liebe, haben sich an der Nase herumführen lassen. Unser Kunde ist um einige Zigtausend ärmer. Und nun?«

»Na gut«, gab Gudrun Lange ärgerlich schmollend zu. »Ich hab's vermasselt.«

Ihr Abteilungsleiter lächelte sie scheinbar wohlwollend an, bevor er sie in die Zange nahm, so wie man es ihm in den Kursen für Personalführung beigebracht hat. »Haben Sie irgendwelche Probleme?« fragte er in väterlichem Ton.

Gudrun Lange schüttelte verbissen den Kopf.

»Sie sind die Nummer eins im Saal«, lobte ihr Chef, um sie positiv zu stimmen und sie nicht zum Widerspruch zu reizen, als er dann mit deutlichen Worten fortfuhr: »Und ausgerechnet durch Sie machen wir in letzter Zeit Verluste. Ändern Sie das. Ich verlasse mich auf Sie.« Damit war die Unterredung beendet. Der Abteilungsleiter trat wieder in die Mitte des Saals und rief seine Standarddevise so laut, daß alle es hörten: »Wenn viele kaufen, verdient die Bank. Wenn viele verkaufen, verdient die Bank. Nur daß alle auf ihren Aktien sitzenbleiben, darf nicht passieren.«

Mürrisch kehrte Gudrun Lange an ihr Terminal zurück, verfolgt von den Blicken der anderen.

In der Mittagspause ging Gudrun Lange ins Börsenrestaurant. Heute hatte sie die ewigen Äpfel und die beiden trockenen Knäkkebrote am Schreibtisch satt. Heute brauchte sie einen Tapetenwechsel. Außerdem hörte man hier Gespräche und Gerüchte – und von Gerüchten lebt die Börse.

Einen Sitzplatz an einem Tisch gab es nicht mehr. Mit Mühe schaffte sie es, sich an die überfüllte Bar zu drängen. Dort entdeckte sie Klaus Berger, den Assistenten von Dr. Müller-Mendt. Müller-Mendt war der stellvertretende Vorstandsvorsitzende der Hannoverschen – und viele, nicht zuletzt er selbst, sahen in ihm *den* kommenden Mann in der Bank. Aber noch gab es dort als Chef Dr. Urban, der allerdings bereits kurz vor der Pensionierung stand.

Auch Berger zählte zu den aufstrebenden Talenten der Hannoverschen Kreditbank. Seine blonden Haare lichteten sich bereits über der Stirn. Er hatte eine schmale Statur und eine freundliche Ausstrahlung. Er galt als einer der besonders Tüchtigen und Anständigen. Sein Hauptarbeitsbereich lag im Kreditwesen. Industriekundschaft. Obwohl man in der Bank Beziehungen zwischen den Angestellten der Wertpapierabteilung und denen der Kreditabteilung nicht gerne sah, weil die Gefahr bestand, daß sie vertrauliche Informationen austauschten, war Berger, sonst ein treuer Diener seines Herrn, in die spröde Gudrun Lange geradezu vernarrt. Allerdings hatte Berger noch nicht begriffen, daß Gudrun sich seine Zuneigung zwar bis zu einem gewissen Grad gefallen ließ, nämlich soweit sie ihr nützlich schien, sie aber nur wenig erwiderte. Berger war aber auf jeden Fall von seiner Tätigkeit her »interessant« für sie: In der Kreditabteilung war man am besten im Bilde über Bilanzen und Cash-flow und natürlich über eventuell drohende Schieflagen oder über unerwartet hohe Profite derjenigen Unternehmen, für die die Hannoversche als Hausbank fungierte. Lange bevor solche Informationen nach außen drangen. Für die börsenmäßige Bewertung von Unternehmen war dies stets von Interesse. Spekulieren Angestellte dann aufgrund solcher Informationen über Strohmänner für die eigene Tasche, kommt es zu den berüchtigten Insidergeschäften, die natürlich verboten sind und den Ruf einer Bank schnell ruinieren können.

»Hallo! Wie geht's?« fragte Berger. Ihr blasses Gesicht war ihm sofort aufgefallen.

»Miserabel«, antwortete Gudrun Lange kurzangebunden. »Es ist einfach wie verhext. Alles, was ich anfasse, geht schief. Frag mich bloß nicht, wie tief ich unter Wasser bin! Meine Prämie ist jedenfalls im Eimer. Und die Venedigreise kann ich auch in den Schornstein schreiben.«

»Ach was«, tröstete Berger. »Abgerechnet wird am Quartalsende. Bis dahin hast du das wieder aufgeholt.«

»Wie denn ... im Augenblick stehe ich mächtig unter Druck.«

»Verzeihung«, sagte jemand hinter ihr. Es war Dr. Müller-Mendt, der sich, gefolgt von Dr. Maiers, an den an der Bar Stehenden vorbeidrängte.

»Kennst du den?« flüsterte Berger Gudrun zu. »Das ist Maiers, der Vorstandsvorsitzende von Bellheim.« Und ganz leise: »Behalt mal die Aktien im Auge.«

»Diese Blindgänger?« Gudruns Stimme klang geringschätzig.

»Die Leute starren viel zuviel auf die Zahlen«, flüsterte Berger und sah Gudrun Lange dabei eindringlich ins Gesicht, »und vergessen den Immobilienbesitz. Wir basteln gerade an einem Sanierungskonzept. Könnte ein mittelheißer Tip werden ...« Als er glaubte, sie mit seiner Indiskretion genügend beeindruckt zu haben, bemühte sich Berger wieder um einen unbekümmerten Tonfall. »Na, ich habe nichts gesagt. Kommst du heute abend mit ins Kino? Es laufen ein paar klasse Filme.«

Gudrun schüttelte den Kopf. »Heute nicht, Klaus. Ein andermal. Ich bin bei meiner Tante eingeladen.«

Gudrun hatte nicht gelogen. Ihre Tante, Mathilde Schenk, DOB-Abteilungsleiterin bei Bellheim, erwartete sie zum Abendessen. Mathilde Schenk war alleinstehend. Auf einen Mann hoffte sie nicht mehr. Außer ihrer Schwester, Gudruns Mutter, und der Nichte hatte sie keine weiteren Angehörigen. Ihre kleine Wohnung hatte sie mit viel Liebe im Kaufhausgeschmack eingerichtet. Sie zog sich dank Personalrabatts gut an, gönnte sich den einen oder anderen kleinen Luxus, wirkte aber dennoch ein wenig verhärmt.

Für eine Frau, die sich ein Leben lang alleine durchschlagen mußte, hatte sie es recht weit gebracht. Sie hatte sich bei Bellheim zur Abteilungsleiterin hochgearbeitet. Die Verantwortung dieser Position – für Umsatz und Personal – lastete mit den Jahren immer schwerer.

Am hübsch gedeckten Tisch, auf dem Kerzen brannten, saß sie ihrer Nichte gegenüber und sah Gudrun, die recht abwesend wirkte, über den Brillenrand hinweg an. Hübsches Mädchen, dachte sie, begabt, fleißig, gescheit... wenn sie nur nicht so krankhaft ehrgeizig wäre! Ein Mann und Kinder, das fehlt ihr. »Sag mal«, begann Mathilde, »bist du eigentlich noch mit diesem... wie hieß er doch gleich... Hans zusammen?«

»Das war doch ein Versager«, fauchte Gudrun verächtlich. »Nein, das ist schon lange vorbei.«

»Ach ja?« Mathilde hob die Brauen. »Manchmal glaube ich, du triffst zu viele interessante Männer bei deiner Arbeit.«

»Mit den wirklich interessanten telefoniere ich nur«, sagte Gudrun traurig. »Die großen Scheine sitzen alle am anderen Ende der Leitung.« Sie legte das Besteck beiseite. »Es schmeckt phantastisch, Tante, aber jetzt kann ich nicht mehr.«

Während Mathilde Schenk abräumte und das Geschirr in die Küche trug, sah Gudrun sich prüfend und ein wenig hochmütig in der Wohnung um. Spießig, dachte sie, langweilig. Aber immer noch schöner als bei mir. »Einmal«, rief sie plötzlich, und ihre Miene heiterte sich dabei ein wenig auf, »möchte ich so viel Geld haben, daß ich kaufen kann, was mir gefällt. Einfach so. Nur weil es schön ist.«

»Na hör mal«, Mathildes Lachen drang aus der Küche, »du verdienst doch sehr ordentlich. Weißt du überhaupt, was die Verkäufer bei uns nach Hause tragen? Im Durchschnitt eintausendsechshundert Mark netto, und die sind froh, wenn sie ihren Job behalten.«

»Wieso? Gehen die Geschäfte schlecht?« Gudrun schaute ungeduldig auf die Uhr.

»Tja... seitdem der alte Bellheim weg ist... Heute hat einer gesagt, wenn man die Kaufhäuser schließen und daraus Büros machen würde, könnte das Unternehmen viel mehr verdienen.«

Da wurde Gudrun mit einem Mal hellhörig. War sie eben noch halb versunken in ihren diffusen Traum vom großen Geld, halb gelangweilt von diesem Pflichtbesuch bei ihrer Tante, so kam ihr jetzt blitzartig eine Idee. Was Tante Mathilde da vor sich hin plauderte, paßte doch genau zu dem, was Berger über die Bellheim-Kaufhäuser gesagt hatte. Gudrun versuchte ihre Erregung zu verbergen und beschloß, die Tante ein wenig auszuhorchen. Diese kam wieder herein und brachte den Nachtisch. »Ja, ich weiß, daß du satt bist, aber das mußt du einfach probieren. Mousse-au-chocolat, selbst geschlagen!«

Gudrun nahm einen Löffel und bedachte ihre Tante mit einem liebevollen Blick. »Sag mal«, begann sie, »Tante Mathilde... wie viele Bellheim-Kaufhäuser gibt es eigentlich?«

»Das Stammhaus in Hannover und vierzehn Filialen«, antwortete Mathilde Schenk nicht ohne Stolz.

»Und alle in bester Lage? Stadtmitte?«

»Allerdings«, versicherte Mathilde. »Warum fragst du?«

Gudrun lachte. »Nur so.« In ihrem Kopf fing etwas an zu arbeiten. »Ich muß jetzt nach Hause, Tante«, sagte sie nach einer Weile und stand auf. »Ich habe noch etwas zu erledigen. Vielen Dank für das schöne Essen. Ich melde mich bald wieder.«

In dieser Nacht schlief Gudrun nur wenig. Berger... Berger mußte ihr helfen. Natürlich war die Sache etwas außerhalb der Legalität. Aber es bestand kein Risiko. Oder doch fast... Gudrun begann einen Plan zu schmieden.

Gleich am nächsten Morgen ging sie in Bergers Büro. Der junge Mann stand am Schreibtisch und winkte ihr abwehrend zu. Er telefonierte gerade im Nebenzimmer mit seinem Vorgesetzten, der ihn offensichtlich auf Trab hielt.

Gudrun lachte ihn an und warf verstohlene Blicke auf seinen vollgepackten Schreibtisch. Mehrere Ordner trugen deutlich den Namen Bellheim. »Hallo...« flötete Gudrun, als Berger endlich fertig war und in das Büro kam.

»Guten Morgen!« Klaus Berger strahlte.

»Gilt deine Kinoeinladung von gestern auch noch für heute?« fragte Gudrun und schenkte Klaus Berger ein vielversprechendes Lächeln. »Na, was ist?«

In Marbella feierte Peter Bellheim seinen sechzigsten Geburtstag. Der gesamte Freundeskreis war angereist, natürlich die Familie, dazu frühere Kollegen, Nachbarn und Journalisten. Die Vorbereitungen hatten Tage gedauert.

Als erste war Nina Barner, Bellheims einzige Tochter aus seiner ersten Ehe, am Vortag angekommen. Von ihrer Mutter, Karin, war er seit über achtzehn Jahren geschieden. Auch Ninas Ehe hatte nicht gehalten. Bellheim hatte ihre Trennung von dem sympathischen und tüchtigen Alex Barner stets bedauert. Um so mehr, als nichts Besseres nachgekommen war. Immerhin gab es Rudi, Ninas neunjährigen Sohn. Peter Bellheim setzte große Hoffnungen auf seinen Enkel.

Weniger hoffnungsvoll betrachtete er den geschniegelten Fatzken, den Nina ihm als ihren Verlobten vorgestellt hatte. Paul Bindel hieß er. Allerdings hatte Nina in den letzten sieben Jahren mehrere solcher Verlobter angeschleppt, und Bellheim tröstete sich mit dem Gedanken, daß auch Herr Bindel vermutlich eine vorübergehende Erscheinung bleiben würde.

Nina hatte ihm nun berichtet, daß sie mit Paul einen exklusiven Friseursalon mit Visagistenstudio, Modellkleid-Boutique und Kunstgalerie eröffnen wolle. Dazu bat sie ihn um ein Darlehen. Bellheim erschrak, weniger des Geldes wegen als über das geplante Gesamtkunstwerk. »Ist Herr Bindel denn Friseur?« fragte er verblüfft.

»Nein.« Nina lachte. »Paul ist Maskenbildner. Ein Künstler! Aber vom Frisieren versteht er auch etwas. Die Sache wird garantiert ein Erfolg, dein Geld ist sicher angelegt.«

»Das Geld ist nicht das Problem, Nina, das kannst du haben. Aber der Mann ... denkst du nicht manchmal an Alex?«

»Doch«, erwiderte Nina gelassen. »Hin und wieder telefonieren wir sogar. Ganz friedlich! Du weißt doch, daß er in Hongkong arbeitet. Aber für Rudi ist das zu weit. Er braucht einen Vater.«

Bellheim versuchte es aus einer anderen Richtung. »Du bist

doch keine Friseuse, sondern Fernsehjournalistin. Warum bleibst du nicht bei deiner Talkshow? Die war doch ganz erfolgreich?«

Nina verzog das Gesicht. »Die Talkshow mache ich noch, aber wie lange, das steht in den Sternen. Die Einschaltquoten gehen zurück. Ob es an mir liegt oder an den Themen, weiß ich auch nicht.«

Bellheim überlegte. »Ich hätte eine Idee für eine Sendung.«

»So?«

»Die Geschichte der Bellheim-Kaufhäuser. Du drehst, ich erzähle. Wirtschaftswunder, harte Arbeit, Erfolge, Bauchlandungen, das Abenteuer der Marktwirtschaft...«

Nina musterte ihn mißtrauisch. Meinte er das wirklich ernst?

»Ich fürchte, das wäre nichts für mich, Pa«, meinte sie dann. »Ich verstehe nichts von Wirtschaft.«

Später am Nachmittag, nachdem Nina sich ein wenig ausgeruht hatte, wollte ihr Vater ihr unbedingt sein neuestes Projekt zeigen. Sie schlenderten gemeinsam über eine staubige Baustelle, auf der eine Feriensiedlung errichtet werden sollte. Einige Rohbauten standen schon. Rasselnd hoben die Bagger eine gewaltige Grube aus, und andauernd donnerten Lastwagen vorbei.

Äußerst lebhaft erklärte Bellheim Nina die Anlage: »Da drüben kommt der Pool hin... da hinten ein Einkaufszentrum.«

»Toll!« sagte Nina und versuchte auf ihren hohen Absätzen mit ihrem Vater Schritt zu halten. »Eigentlich müßte ich nicht mehr unbedingt was verdienen«, erklärte Bellheim, »aber so eine Gelegenheit verstreichen zu lassen...« lachend schüttelte er den Kopf. »Ich mußte mich einfach beteiligen.«

Abends, als sie unter Palmen auf der Veranda beim Wein saßen, versuchte er es noch einmal, Nina seine Idee von der Fernsehsendung nahezubringen. Um ihr Interesse zu wecken, ließ er das Tonband mit seinem Diktat wieder laufen: »Als David Maiers damals nach dem Krieg aus der Emigration zurückkam, um seine Firma wieder zu übernehmen, hatte ich gerade mein erstes kleines Lädchen eröffnet. Maiers hörte von mir und bot mir einen Direktorenposten an. Aber ich erklärte ihm: Anstellung kommt nicht in Frage. Entweder Sie machen mich zum Teilhaber, oder...«

Maria, die bemerkte, daß Nina und Paul sich langweilten,

brachte ihn energisch zum Schweigen. »Genug, Peter. Wir kennen die Geschichte. Und morgen ist ein anstrengender Tag.«

Plötzlich strebten alle ins Bett. Nur Bellheim blieb auf der Terrasse sitzen, starrte ins Dunkel und brütete vor sich hin.

Der Auftrieb am nächsten Tag war beträchtlich. In Villa und Garten amüsierten sich elegant gekleidete Gäste, die meisten sonnengebräunt und ausgeruht. Ein üppiges Buffet war aufgebaut, und befrackte Kellner eilten mit gefüllten Gläsern unter den aufgespannten weißen Sonnensegeln hin und her. Im Garten stand ein riesiger Grill. Köche mit hohen weißen Mützen rösteten Spanferkel, Langusten und Cigales. Paella dampfte in großen Pfannen. Auf einem Podium spielte eine Band.

Maria stand mit Rose Vonhoff, Peter Bellheims ehemaliger Sekretärin, mit der sie eine langjährige, sehr freundschaftliche Beziehung verband, vor einem langen Tisch, auf dem sich die Geschenke für den Jubilar stapelten. Sie selbst hatte ihm zum Geburtstag einen oft geäußerten Wunsch erfüllt und ihm eine herrliche alte Taschenuhr geschenkt, ein ganz besonders schönes Stück. »Sie geht sogar«, erklärte sie Frau Vonhoff stolz.

Zwischen den großen Kübelpflanzen wanderte Dr. Erich Fink auf und ab. Korrekt in ein weißes Dinnerjackett und schwarze Hosen gekleidet, irrte er ruhelos hin und her und konsultierte immer wieder nervös einen kleinen Spickzettel. Dabei murmelte er abgerissene Worte vor sich hin. »Unternehmerpersönlichkeit... weitsichtig... risikofreudig. Hm. Äh. Bienenfleißig. Tatkraft! Nach dem Krieg... nach fünfundvierzig... nach Kriegsende... äh...« Aufseufzend griff er sich an den Magen. Maria sah ihn und fragte besorgt: »Ist dir nicht gut, Erich?«

»Ich weiß nicht«, stöhnte Fink und warf ihr einen traurigen Blick zu, wie ein Basset, dem man gerade den Wurstzipfel entzogen hat. »Seit zwei Tagen spüre ich so ein Ziehen... da... meinst du, es könnte der Blinddarm sein?«

»Hast du denn noch einen Blinddarm?« erkundigte sich die praktisch veranlagte Maria.

»Nein«, ächzte der Dulder. »Aber es können ja Phantomschmerzen sein. Außerdem bekomme ich bestimmt wieder meine Sonnenallergie. Eine Wahnsinns-Migräne habe ich auch schon.«

»Ernstlich besorgt wäre ich erst, wenn du mal nichts hättest, Erich«, meinte Maria mit roher Nüchternheit. »Verrate mir lieber, wo Olga steckt.«

»Die kommt erst nach dem Essen. Sie probiert gerade eine neue Diät aus. Da will sie sich nicht ablenken lassen.«

Maria schüttelte den Kopf. »O je! Wir servieren bis Mitternacht.«

Erich stieß einen wehen Seufzer aus und winkte einem Kellner. Er nahm dem Mann ein Weinglas vom Tablett, leerte es durstig und entfernte sich dann, verbissen vor sich hin murmelnd.

Frau Vonhoff machte sich aus alter Gewohnheit nützlich. An der Haustür der Villa hatte sie vom Postboten einen Stoß Glückwunschtelegramme in Empfang genommen und wollte sie gerade ins Haus bringen, als eine näselnde Stimme sie begrüßte. Eine dürre ältere Dame stand hinter ihr und schaute sie wenig freundlich an. Sie war mit strenger Förmlichkeit gekleidet und paßte mit ihrer sechsreihigen Perlenkette und zugeknöpfter langer Jacke eher auf einen Damentee in Hamburg als auf ein südliches Gartenfest.

»Sie sind ja auch hier«, bemerkte sie überflüssigerweise.

Frau Vonhoff, die gute Seele, antwortete strahlend. »Guten Tag, Frau Maiers! Stellen Sie sich vor, Herr Bellheim hat mich nicht nur eingeladen, sondern mir gleich das Flugticket mitgeschickt.«

Gertrud Maiers, David Maiers' Witwe und Mutter von Dr. Richard Maiers, lächelte maliziös. »Hetzt Sie durch halb Europa, nur um sich feiern zu lassen.«

»Vermutlich ist er froh, dem Rummel in Hannover zu entgehen«, meinte Frau Vonhoff arglos. »Ich habe mich jedenfalls sehr über die Einladung gefreut.«

Gertrud Maiers begriff, daß sie hier auflief. »Ja, ja, unser Peter Bellheim!« Sie bemühte sich um einen möglichst ironischen Ton: »Die verkörperte stille Bescheidenheit!« Bei diesen Worten waren ihre Blicke bereits in die Menge gerichtet, und sie machte sich auf die Suche nach dem Gastgeber, um noch ein paar Giftspritzen auszuteilen.

Peter Bellheim saß unterdessen mit Richard Maiers drinnen im Arbeitszimmer. Der große Raum war durch herabgelassene Fensterläden gegen die grelle Sonne abgeschirmt und lag in dämmrigem, kühlem Halbdunkel. Von draußen drangen Musik, Stimmengewirr und Gelächter herein. Die beiden Männer achteten nicht darauf.

»Ich will nicht dramatisieren«, fing Richard Maiers soeben wieder an, »aber wenn wir überleben wollen... Die Ertragslage hat sich verschlechtert. Wir haben alles ausprobiert. Trading-up mit höherwertigen Waren, Billigangebote, Sonderaktionen, Shops-in-the-Shop, Werbewochen... Aber mit unseren Verkäufern funktioniert das nicht. Die Leute sind einfach nicht motiviert. Mittags um zwölf sind die doch schon mit dem Kopf zu Hause!« Peter Bellheim streichelte schweigend die fette rotweiße Katze auf seinem Schoß.

»Mit Billigangeboten locken wir sowieso keinen Kunden ins Haus«, fuhr Richard Maiers fort. »Warum sollen die Leute ihr Waschpulver bei uns kaufen, mitten in der Stadt, wo sie nur schwer einen Parkplatz finden, wenn sie in Rottmanns Einkaufszentrum am Stadtrand bequem ihr Auto abstellen können und außerdem noch alles billiger kriegen!«

»So, so... mein alter Freund Rottmann«, sagte Bellheim sanft. Richard Maiers hob die Hand. »Wenn wir überleben wollen«, wiederholte er, »müssen wir jetzt handeln. Wir müssen Maßnahmen...«

Die Tür öffnete sich, und Frau Vonhoff steckte vorsichtig den Kopf herein. Bellheim winkte ihr einzutreten.

»Lauter Glückwunschtelegramme, Herr Bellheim«, verkündete sie stolz. »Der Ministerpräsident, der Einzelhandelsverband, die Handelskammer, die Hannoversche Kreditbank!«

»So, die Hannoversche Kreditbank?« Bellheim zog die Stirn in Falten. »Aber gekommen ist keiner von denen, nicht einmal Dr. Urban. Ja, man verliert eben sofort seinen Wert, wenn man einmal Amt und Würden abgelegt hat.«

Im Garten spielte die Kapelle einen machtvollen Tusch. Erich Fink trat leicht schwankend vor das Mikrofon. Seine schwarze Fliege war ein wenig verrutscht. Sein Blick wirkte glasig, die Stimme unsicher. Er hatte, um einer befürchteten Heiserkeit vorzubeugen, mehrere Weingläser geleert, was ihm in Verbindung mit der Hitze und der Tatsache, daß er nichts gegessen hatte, jetzt einige

Schwierigkeiten bereitete. Mutig griff der kleine Fink nach dem viel zu hoch eingestellten Mikrofon, räusperte sich und setzte schwungvoll an.

»Meine Damen und Herren, liebe Freunde und Gäste, liebes Geburtstagskind! Wir sind heute hier zusammengekommen... äh... um auf Peter Bellheim...« Suchend blickte er sich um.

»Verdammt! Wo steckt denn der Mann? Meine Damen und Herren! Heute ist sein sechzigster... hm... Geburtstag. Erheben wir also unser... äh... Dingsbums... unser Glas auf eine dieser wirklich bemerkenswerten Unternehmer... persönlichkeiten, die nach dem Krieg...«

Er warf einen verzweifelten Blick in sein Konzeptpapier und fuhr stockend fort: »Weitsichtig, risikofreudig... hm... junge Burschen, die nach dem Krieg... als junge Burschen... Junge, Junge! Ich habe wohl doch zu viel... getrunken. Meine Damen und Herren! Verehrte Gäste! Liebe F-Freunde! Trotzdem: auf Peter!« Seine Zuhörer, die sich vor Lachen kaum halten konnten, spendeten brausenden Beifall. Erich wischte sich mit einem großen weißen Taschentuch die schweißnasse Stirn und verneigte sich strahlend und erleichtert.

Nina schlenderte mit Paul Bindel zu den Tischen. »Wer war das denn?« fragte Paul grinsend. »Ein Unikum!«

»Das ist Dr. Fink«, klärte Nina ihn auf. »Papas ehemaliger Finanzberater. Ein echter Fuchs, jetzt auch im Ruhestand. Er wohnt nebenan.«

Eine üppige Dame war ans Mikrofon getreten und hatte Erich Finks Platz eingenommen.

Paul Bindel blieb überrascht stehen und fragte Nina: »Ist das die Caliri?«

Nina lachte: »Pa ist Vorsitzender des Opernförderkreises und hat immer viel gespendet.«

»Versteht er denn was davon?«

»Wenig«, antwortete Nina. »Seinen Standardspruch wirst du noch zu hören bekommen. ›Ich habe nicht studiert, die für mich arbeiten, haben studiert.‹ Er hat in vielem einen guten Riecher.«

Die berühmte Opernsängerin begann sofort energisch ein spanisches Lied loszuschmettern. Das Publikum tobte. Erich Fink stand lauschend abseits und dirigierte ganz für sich allein das Orchester. Nach den Ovationen verließ er mit einem unsicheren kleinen Hüpfer das Podium und ließ sich auf einer abgelegenen Bank nieder.

Peter Bellheim und Richard Maiers saßen derweil immer noch im Arbeitszimmer.

Richard Maiers erklärte seine Pläne. »Wir müssen diejenigen Abteilungen dichtmachen, bei denen wir zusetzen, und Filialen schließen, die nur noch rote Zahlen schreiben.«

»Welche Filialen?« fragte Bellheim mit ausdrucksloser Stimme. Richard reichte ihm die Liste.

»Braunschweig! Da habe ich vor vierzig Jahren angefangen!« meinte Bellheim betroffen, als er den ersten Namen auf der Liste las.

»Häuser wie Braunschweig, Hildesheim oder Wolfsburg haben keine Chancen mehr auf dem Markt, Peter. Schlechte Standorte, zu kleine Verkaufsflächen, keine Erweiterungsmöglichkeiten... und zu hohe Kosten.«

Und nach einer Pause: »Es tut mir leid, daß ich dir das ausgerechnet heute sagen muß... an deinem Geburtstag. Aber ich wollte diese Dinge nicht am Telefon abhandeln.«

Draußen im Garten fand der nächste große Auftritt statt. Ein junger, äußerst korrekt gekleideter Koreaner und ein bildhübsches koreanisches Mädchen schoben einen uralten, ebenfalls koreanischen Herrn im Rollstuhl herein. Chun Doo Heh, Alleinherrscher über den südkoreanischen Mammutkonzern Doo-Kem-Industries, war ein alter Geschäftsfreund Bellheims und belieferte die Kaufhäuser seit Jahrzehnten mit den unterschiedlichsten Artikeln. Trotz seines hohen Alters war Chun noch sehr aktiv. Den Begriff »Ruhestand« kannte er nicht. Man arbeitete, bis man umfiel – oder keine Lust mehr hatte; diese beiden Ereignisse trafen in der Regel zusammen. Im übrigen hatte Chun in seinem ungemein tüchtigen Neffen Choi einen Assistenten, der ihm unauffällig längst den größten Teil der Arbeit abnahm. Die schöne Hee Sun war seine Dolmetscherin, Krankenschwester und Sekretärin, und sie war ebenso klug wie reizvoll. Der alte Herr Chun hatte seinen weit verzweigten Konzern fest im Griff. Er war immer bestens informiert und achtete sorgfältig darauf, daß er immer das letzte Wort behielt und jeder das wußte.

Maria Bellheim, die außerordentliche Hochachtung für ihn empfand, trat ihm herzlich grüßend entgegen. Choi und Kim Hee Sun verbeugten sich tief. Maria reichte ihnen die Hand und hieß sie willkommen. »Kommen Sie, dort drüben ist Schatten«, bat sie. »Ich hole sofort meinen Mann.«

Der kam gerade aus dem Arbeitszimmer und machte einen sehr vergnügten Eindruck. Er pfiff sogar vor sich hin. Maria, die gemerkt hatte, daß Richard keine guten Nachrichten mitgebracht hatte, wunderte sich. Ihr Mann nahm sie galant bei der Hand und führte sie von der Terrasse in den Garten. Beide weiß gekleidet, gaben sie ein attraktives Paar ab: Maria, hellblond, hochgewachsen, von beinahe klassischer Schönheit, neben dem kräftigen, lebhaften Bellheim, dessen wilden Haarschopf und den gesträubten Bart die Jahre weiß gefärbt hatten. Die Gäste klatschten. Erich Fink dirigierte die Kapelle, und alle sangen im Chor das unvermeidliche *Happy Birthday to You*. Die Gratulationscour begann. Richard Maiers überreichte im Namen der Belegschaft aller Bellheim-Kaufhäuser ein großes Paket. Dann wurde Bellheim von Fink umarmt, der ihm ein kleines Päckchen in die Hand drückte. Olga Fink küßte ihn auf die Nase. In dem Päckchen war eine schöne alte Taschenuhr, derjenigen, die Maria ihrem Mann geschenkt hatte, sehr ähnlich. Olga und Erich hatten lange danach gesucht.

»Und sie geht sogar«, verkündete Olga stolz.

Bellheim bedankte sich gerührt.

Nachdem er den alten Herrn Chun begrüßt und auch dessen Glückwünsche entgegengenommen hatte, riß der Strom der Gratulanten nicht mehr ab. Die Kapelle drehte voll auf, ein junger Spanier tanzte hinreißend Flamenco, wozu die übrigen Gäste begeistert den Rhythmus klatschten.

Nina, die den widerstrebenden Rudi hinter sich herzerrte, überreichte ihrem Vater ebenfalls ein Etui: »Von uns, lieber Pa. Die Frucht langer Suchaktionen! Rudi hat sogar einen Teil seines Taschengeldes geopfert.«

Bellheim, kaum noch überrascht, ließ hastig das Päckchen der Finks verschwinden und packte mit mutiger Begeisterung eine hübsche alte Taschenuhr aus. Bevor Nina es sagen konnte, rief er fröhlich: »Und sie geht sogar! Wunderbar.«

Gegen Ende des Festes hatten sich Gertrud Maiers und ihr Sohn zu einem kleinen Strandspaziergang abgesetzt, um dem Getriebe ein wenig zu entfliehen. Es war inzwischen fast dunkel geworden. Die Fenster der Villa leuchteten hell durch die Bäume, und man hörte Gitarrenspiel, Geschirrklappern und heitere Stimmen.

Richard schob mit dem Fuß einen Sandhaufen vor sich her. »Das ganze Sanierungskonzept schmeckt ihm nicht.«

»Hat er das gesagt?«

»Nein, aber ich sehe es ihm an der Nasenspitze an. Wenn es Probleme gibt, ist zuerst der Vorstand schuld... warum wirtschaften wir nicht besser?«

»Er hat schon immer nur an sich geglaubt. Von Peter Bellheim ist er überzeugt und sonst von nichts auf der Welt.« Gertrud Maiers lächelte höhnisch. »Was kann er schon tun? Er ist kaltgestellt. Ein Rentner.«

Richard war anderer Meinung. »Er ist immer noch unser größter Aktionär – und Aufsichtsratsvorsitzender. Er kann uns eine Menge Ärger machen.«

Bellheim hatte sich zu der Zeit mit den Koreanern ins Wohnzimmer zurückgezogen. Der alte Herr Chun in seinem Rollstuhl saß ihm im spärlichen Licht der Schreibtischlampe gegenüber. Choi und die Dolmetscherin verharrten diskret im Hintergrund.

»Sie suchen Investitionsmöglichkeiten«, sagte Bellheim. Kim See Hun übersetzte prompt und unauffällig. Herr Chun nickte. Bellheim fuhr fort: »Wir verfügen über die nötigen Verkaufsflächen. Da bietet sich ein Zusammengehen doch geradezu an.«

Chun wiegte sinnend den Kopf. Überraschend schaltete sich sein Neffe in tadellosem Deutsch ein. »Mein Onkel fürchtet, daß man mit einem Fußkranken an der Hand das Rennen verlieren muß, wie wir in Korea sagen, Herr Bellheim. Ich habe mir erlaubt, im Auftrag meines Onkels ein paar Nachforschungen über Ihr Unternehmen anzustellen. Ich hoffe, Sie werden mir diese Eigenmächtigkeit verzeihen.« Er verbeugte sich höflich. »Bellheim ist nicht mehr das, was es einmal war.«

Kaum merklich nickte Herr Chun zu den Worten seines Neffen. Es war eine eindeutige Absage.

Spätestens jetzt, da ein so langjähriger und zuverlässiger, ihm stets gewogener Geschäftspartner derart nüchtern über sein Unternehmen urteilte, wurde Bellheim klar, wie es um seinen Kaufhaus-Konzern stand. Er sah Chun gerade in die Augen. »Sie haben recht. Aber das wird sich ändern.«

Maria Bellheim und Olga Fink standen in einer Ecke der Terrasse und beobachteten die Gäste, die sich nach Einbruch der Dunkelheit ins Innere der Villa begeben hatten. Erich Fink erklärte einigen Umstehenden, wer die drei Koreaner waren: »Chun Doo Heh ... großer Geschäftsmann in Korea ... So wie Bellheim in Deutschland.« Sein Englisch hatte unter dem Alkoholeinfluß gelitten. So fiel es ihm auch schwer, seinen Gesprächspartnern zu vermitteln, wie bemerkenswert er es fand, daß es in Süd-Korea keine Altersgrenze für die Pensionierung gab. »Ist denn so ein Tattergreis überhaupt noch der richtige Mann für so eine Spitzenposition?« mischte sich Paul Bindel mit überlauter Stimme in das Gespräch ein.

Fink musterte ihn böse. »Darf ich Sie mal was fragen?«

»Bitte.«

»Was Persönliches?«

Paul grinste freundlich. »Nur zu.«

»Ist die Haarsträhne da vorn gefärbt?« Fink blickte bedeutungsvoll auf Bindels ultramodische Frisur.

»Na klar«, bestätigte der andere vergnügt. »Eidottergelb. Ich hatte auch schon mal Silbermetallic, aber das wirkte irgendwie unnatürlich.«

Dr. Fink war entwaffnet. »Oh«, erwiderte er, »hm. Wirklich sehr fesch.«

»Erich ist ja richtig giftig«, flüsterte Maria in Olgas Ohr.

»Ach, es geht ihm nicht gut«, antwortete ihre Freundin seufzend. Maria sah sie besorgt an. »Wieso? Er ist doch nicht wirklich krank?«

»Nein, nein, das nicht. Aber weißt du, die ganze Zeit hat ihm sein Frankfurter Büro jeden Monat ein paar Sachen zum Bearbeiten geschickt. Er hat doch einen Beratervertrag, seitdem er pensioniert ist. Vor einer Woche kam plötzlich nichts mehr, und diese Woche auch nicht. Heute morgen hat Erich dann angerufen, und da hat ihm eine Sekretärin ganz lieb gesagt: ›Ach du meine Güte! Hat Sie denn niemand informiert? Das erledigt doch schon längst unser Herr Sowieso!‹... Erich war ganz am Boden. Er benötigt ja weiß Gott das Geld nicht, aber... es war so eine Verbindung mit früher... er hatte das Gefühl, sie brauchen ihn noch...«

Erst als gegen Morgen die letzten Gäste gegangen waren, fand Peter Bellheim die Zeit, Finks Festrede zu lesen – jene Rede, die er nicht gehört und die Erich auch gar nicht gehalten hatte. Er saß auf dem Bettrand und lachte vor sich hin. Dann legte er die Blätter weg und wurde wieder ernst.

»Maria?«

Seine Frau kam in einem sehr eleganten, kimonoartigen Nachtkleid aus dem marmorverkleideten Bad und schaute ihn fragend an. Sie war sehr müde.

»Ich muß nach Deutschland, Maria«, sagte Peter.

»Wann?«

»Irgendwann in den nächsten Tagen.«

»Warum?«

»Es gibt Schwierigkeiten im Unternehmen. Jemand muß Maiers zeigen, wo's langgeht.«

Maria sah ihn verwundert an. »Ich dachte, du hältst so große Stücke auf ihn?«

»Offenbar habe ich ihn überschätzt.« Bellheim räusperte sich unbehaglich.

Es entstand eine Pause. Dann sagte Maria leise: »Damals, vor drei Jahren, hast du erklärt: Jetzt ist Schluß mit den Geschäften.«

»Ich weiß.«

Maria imitierte Bellheims eigenen Tonfall: »Man muß aufhören, bevor man nachläßt. Nur nicht zu denen gehören, die an ihrem Stuhl kleben!« Sie setzte sich an ihren Schminktisch und beobachtete ihren Mann im Spiegel.

»Die Firma braucht mich«, erwiderte Bellheim sanft, aber nachdrücklich.

»Und das freut dich.« In Marias Stimme klang leichter Spott.

»Ach, Maria!« Es war wie ein Ausbruch. »Hier sitze ich doch

bloß herum. Ich bin zu früh zurückgetreten.« Er versuchte abzulenken. »Ist das ein neues Nachthemd? Todschick. Hast du das extra zu meinem Geburtstag gekauft?« Er legte ihr den Arm um die Schultern und zog sie zärtlich zum Bett. »Und wo steckt unter diesem vielen Stoff die Frau, die ich geheiratet habe?« Sanft streichelte er ihre Schultern. »Paß mal auf, wie schön das wird. Ich freue mich ja so auf zu Hause. Endlich mal kein blauer Himmel... keine Sonne... wir werden es genießen! Ins Theater gehen, ein paar alte Freunde treffen, viel Grünes sehen... ach, Maria!« Er seufzte sehnsüchtig und wollte sie küssen.

Maria richtete sich energisch auf: »Ich komme nicht mit, Peter.«

»Es ist doch nur für ein paar Wochen... in ein bis anderthalb Monaten habe ich bestimmt alles erledigt.«

»So lange kann ich die Ballettschule nicht im Stich lassen.«

»Ist es denn so wichtig, kleinen, dicken, tolpatschigen Mädchen das Tanzen beizubringen?« neckte Bellheim.

Aber das machte Maria erst richtig wütend. »Mir ist es wichtig!« fauchte sie.

»Aber das ist doch alles bloß Pipifax!«

Maria hatte genug. »So, das ist Pipifax? Meinst du, nur Männer hängen an ihrem Beruf? Deinetwegen habe ich damals auf das Tanzen verzichtet. Aber jetzt hast du aufgehört, und es gibt keinen Grund, daß ich nicht wieder arbeite, auch wenn es nur als Lehrerin ist. Es macht mir Spaß, verstehst du? Spaß!« Zornbebend verließ sie das Schlafzimmer ihres Mannes.

Es war früher Abend, als Peter Bellheim in Hannover ankam. In tiefen Zügen atmete er die feuchte Luft ein und betrachtete liebevoll die Dreckpfützen vom letzten Regen. Statt sich vom Taxifahrer nach Hause bringen zu lassen, bat er den Mann, ihn beim Kaufhaus Bellheim abzusetzen.

Wegen des Berufsverkehrs ging es in der Innenstadt nur stokkend voran. Als das Taxi langsam an den Schaufenstern des Kaufhauses vorbeirollte, beobachtete Peter Bellheim, wie einige Passanten neugierig den Dekorateuren im Innern zuschauten.

Andrea Wegener, inzwischen als Dekorateurin auf Probe angestellt, gab mit energischen Gebärden Anweisungen. Was sie sagte, konnte man allerdings nicht verstehen. Interessiert schaute Bellheim zu, aber ihr Gesicht kam ihm unbekannt vor.

Hinter der Glasscheibe der Pförtnerloge saß ein junger Angestellter, der seine Zeitung las, sich aus seiner Thermosflasche Kaffee ausschenkte und so spät am Tage nicht gestört werden wollte. Schließlich war in einer halben Stunde Geschäftsschluß.

»Guten Tag«, grüßte Bellheim höflich. »Könnte ich meine beiden Koffer einen Augenblick bei Ihnen abstellen? Ich will mich nur ein bißchen umsehen.«

Der Pförtner blickte gar nicht erst auf. »Lieferanteneingang da vorn«, schnarrte er gelangweilt.

»Es dauert nicht lange.« Bellheim ließ sich nicht abweisen. »Sie können mich ruhig reinlassen. Bellheim ist mein Name.«

Der Pförtner sah nicht einmal auf, sondern murmelte nur: »Und ich bin der Kaiser von China.«

Bellheim mußte lachen. In diesem Moment erschien ein älterer Hausinspektor, erkannte ihn sofort und näherte sich unter Verbeugungen. »Nein, so eine Überraschung!« rief er erfreut. »Der Herr Bellheim persönlich!«

Dem jungen Pförtner sank die Zeitung aus den Händen.

Bellheim trat ins Haus.

Drinnen stritt sich Andrea Wegener mit ihrem Chef, Kurt Reenlich, dem Leiter der Dekorationsabteilung. Reenlich, an sich ein friedliches Gemüt, war gerade im Begriff, das von Andrea gestaltete Schaufenster wieder umzubauen. Mathilde Schenk, ganz empörte Abteilungsleiterinnenwürde, unterstützte ihn. Sie wollte möglichst viel von ihrer bisher schwer verkäuflichen Frühjahrs-Damenmode ins Schaufenster gepackt haben. Die übervollen Ständer in ihrer Abteilung bereiteten ihr ernsthafte Sorgen. Hatte sie völlig falsch disponiert? Andrea sah wütend zu, wie ihre Schöpfung demontiert wurde.

»Jetzt hat es überhaupt keinen Pfiff mehr!« schimpfte sie. »Die ganze Linie ist hin. Alles ruiniert!«

»Gar nichts ist ruiniert«, versetzte der Chefdekorateur knapp.

»Es müssen einfach mehr Frühjahrsmodelle hinein«, erklärte Mathilde Schenk. »Das Frühjahr ist schon vorbei, und bei uns hängt noch alles voll. Das müssen Sie doch einsehen, Frau Wegener!«

»Ich sehe es ja ein«, knurrte Andrea. »Aber mit diesen Omafummeln kriegt man doch kein flottes Fenster hin!« Sie stöhnte dramatisch.

Charly Wiesner und der junge Christian Rasche schoben einen schwer beladenen Kleiderständer vom Lastenaufzug heran.

Christians Augen leuchteten auf, als er Andrea sah. Der flinke Charly bemerkte seinen sehnsüchtigen Blick und grinste.

Gleichzeitig näherte sich mit raschen Schritten Geschäftsführer Ziegler. Seine Augen, denen hinter der randlosen Brille nichts entging, hatten ein angebissenes Brötchen auf dem Fußboden entdeckt.

»Sehen Sie denn nicht, daß da etwas auf dem Boden liegt?« fuhr er Charly an. »Jeder Mitarbeiter hat auf Reinlichkeit im Haus zu achten.«

Charly nickte ergeben, verdrehte aber sofort die Augen, als Ziegler ihm wieder den Rücken zukehrte. Zu Christian sagte Charly rasch: »Don Krawallo, der Geschäftsleiter von dem Haus hier«, und damit Christian auch genau wußte, was er von solchen Szenen zu halten hatte, machte Charly noch mit der Hand eine Geste, die ausdrücken sollte: »Bescheuert!«

Immer noch lag jedoch das angebissene Brötchen am Boden, das Christian nun mit dem Fuß wegschubsen wollte. Zu seinem Pech landete es genau vor den Füßen des gerade auftauchenden Bellheim. Bellheim bückte sich und schwenkte demonstrativ die widerliche alte Semmel.

»Wo ist denn hier ein Abfalleimer?« erkundigte er sich überaus freundlich.

»Der große Zampano persönlich!« zischelte Charly erschrokken.

Der Chefdekorateur eilte mit einem Papierkorb herbei. »Herr Bellheim! Nein so was!«

Alle erstarrten, und die Privatgespräche verstummten. Bellheim, der inzwischen Mathilde Schenk begrüßt hatte, war schon im Weitergehen, drehte sich aber noch einmal um und meinte: »Äh, wenn ich etwas bemerken dürfte, vorher fand ich das Schaufenster ... wie soll ich sagen ... wirkungsvoller.«

Er zwinkerte Andrea Wegener zu und trat auf die Rolltreppe. Verdutzt starrte die junge Frau ihm nach.

Oben in der Damenoberbekleidung war nichts los. Carla, der die Füße wehtaten, lehnte lässig an der Theke und las Mona leise aus der Zeitung vor.

»Vorzeigbarer Mittdreißiger, Mercedes, in Klammern, Kat. Was bedeutet das? Katholisch?«

»Nein, Katalysator«, antwortete Mona unlustig. »Das ist auch das einzige, was an dem vorzeigbar ist. Den kenne ich.«

»Dann hier«, fuhr Carla fort. »Einsamer Wolf, nach Enttäuschung wieder allein...« Sie brach unvermittelt ab. »Hör mal! Das kann doch gar nicht sein! Sie spielen *La Paloma*!«

Tatsächlich ertönte aus allen Lautsprechern statt der üblichen sanften Hintergrundmusik *La Paloma*. Sofort legte Carla die Zeitung weg und begann, Ware in einem Regal zu sortieren. »Jetzt sag bloß... Der Alte ist wieder im Haus«, zischte sie Mona zu. Mona brachte einen Tisch mit Pullovern in Ordnung. Überall verbreitete sich eine so kurz vor Feierabend überraschende Aktivität.

Bellheim, gefolgt von Mathilde Schenk, kam auf der Rolltreppe nach oben gefahren. Vor einem der Stockwerks-Wegweiser blieb er stehen und blickte sich irritiert um.

»Kann ich Ihnen helfen, Herr Bellheim«, fragte Frau Schenk, die es bemerkt hatte.

»Ja, danke. Wo ist denn die Damenoberbekleidung geblieben?«

»Die ist jetzt eine Etage höher«, erläuterte Mathilde.

»Und wo stehen die Wühltische?«

Mathilde verzog leicht den Mund. »Die gibt es nicht mehr.«

Bellheim riß die Augen auf. »Wie bitte?«

»Nein«, bekräftigte Mathilde. »Herr Dr. Maiers fand sie... äh... nicht ästhetisch.«

Bellheim schüttelte den Kopf und brummte irgend etwas. »Und was ist das da oben?«

»Unser neuer Reitershop.«

»Aha!« Bellheim hob die Brauen, aber er verkniff sich eine Bemerkung.

Peter Bellheim betrat sein altes Büro, das ihm seit seinem Rücktritt vom Vorstand zur Wahrnehmung seiner Funktionen als Vorsitzender des Aufsichtsrates zur Verfügung stand.

Die beiden Räume waren konservativ und modern zugleich

eingerichtet. Holz in natürlichen Farben und klaren, geraden Formen herrschte vor. Bellheim liebte weder altdeutsche Wuchtigkeit noch allzu kühle Chrom-Lack-Glas-Luftigkeit; gediegen sollte die Einrichtung sein, ohne altväterlich zu wirken. Die unprätentiösen Möbelstücke und Bilder wirkten sachlich und einladend.

In einer Ecke des großen Zimmers stand ein Konferenztisch, an dem die Herren des Vorstandes Platz genommen hatten. Richard Maiers führte den Vorsitz. Mit gerunzelter Stirn lauschte Bellheim den Ausführungen des Finanzchefs Dr. Dürr, der schließlich sein Fazit zog: »Unsere Liquidität ist ungenügend. Seit Monaten weise ich darauf hin.«

Bellheim sah den Mann mit Schnauzbart und Brille, aber dennoch recht jugendlich wirkendem Gesicht, fragend an. »Und was heißt das in genauen Zahlen?«

»In genauen Zahlen... hm... äh... genaue Zahlen liegen mir derzeit nicht vor. Leider ist unsere EDV noch nicht so leistungsfähig, wie wir das gerne möchten. Und der zuständige Mitarbeiter...«

Bellheim unterbrach ihn. »Na gut. Weiter! Die Banklimite?«

»Hier in Niedersachsen?« Das war Richard Maiers.

»Natürlich konzernweit«, knurrte Bellheim gereizt.

»Da bin ich im Augenblick überfragt. Die Unterlagen...«

Wieder fiel Bellheim Dr. Dürr ins Wort. »Wann kann ich die genauen Zahlen haben? Es geht hier schließlich um eine grundlegende Neuordnung und Sanierung. Wir können doch nicht mit vagen Schätzungen operieren!«

»Ende nächster Woche.« Dr. Dürr warf Maiers einen besorgten Blick zu.

»Das ist zu spät«, erklärte Bellheim kühl.

Der Finanzchef wand sich wie ein Aal. »Leider ist die Basis unserer Führungsspitze sehr schmal. Der... äh... Aufsichtsrat war in dieser Hinsicht auf... hm... Sparsamkeit bedacht.«

Wieder schaltete Maiers sich ein. »Wäre dir Ende dieser Woche früh genug, Peter?«

»Unmöglich, Herr Dr. Maiers! Wie sollen wir das bis Freitag schaffen? Der zuständige Mitarbeiter ist im Jahresurlaub! Das ist viel zu kurzfristig!«

Ohne sich um das Gejammer zu kümmern, stand Bellheim auf und schaute ins Vorzimmer. Dort war Frau Vonhoff mit triumphierendem Lächeln damit beschäftigt, ihren Schreibtisch einzuräumen. Nach Bellheims Rücktritt hatte sie in der Personalabteilung eher ein Schattendasein fristen müssen, aber seine Rückkehr katapultierte auch sie wieder ins Zentrum der Macht. Bellheim zwinkerte ihr zu und grinste. »Machen Sie doch gleich mal einen Termin mit der Hannoverschen Kreditbank aus, Herrn Dr. Urban.«

Er schloß die Tür und setzte sich wieder an den Tisch.

»Und wo sind die Monatsabrechnungen der anderen Häuser?« fragte er.

Dr. Dürr schob ihm einen Stoß Papiere hin. Bellheim warf einen kurzen Blick darauf und sagte: »Nein, nicht die Umsatzzahlen. Ich meine die betriebswirtschaftlichen Abrechnungen der jeweiligen Monate.«

»Ah...« Dr. Dürr war sichtlich verlegen. »Da müßte ich die einzelnen Geschäftsführer bitten.« Hilfesuchend sah er auf Richard Maiers.

»Haben Sie das nicht griffbereit?« bohrte Bellheim nach.

»Normalerweise bekommen wir sie um den Zehnten des Monats für den Vormonat«, erklärte Richard.

Bellheim war ehrlich entsetzt. »Nicht früher? Und wer kontrolliert? Ihr seid schließlich für die Kosten verantwortlich.«

Das war selbst für den eisern beherrschten Richard Maiers zu deutlich. »Dafür sind alle verantwortlich«, entgegnete er bissig.

»Alle gefällt mir nicht«, erwiderte Bellheim in schroffem Ton: »Alle bedeutet zu guter Letzt: keiner.«

In Bellheims Villa in Hannover brannten schon die Lichter. Das große, im Landhausstil erbaute Wohnhaus lag in einer ruhigen Vorortstraße. Der Chauffeur und Hausmeister Hans pflegte den weitläufigen, in englischem Stil angelegten Garten, achtete darauf, daß alle Reparaturen erledigt wurden, und kümmerte sich um das Auto. Emma, seine Frau, führte den Haushalt und hielt während Bellheims Abwesenheit die Räume in Ordnung.

Die beiden begrüßten ihren Arbeitgeber mit aufrichtiger Freude. Baffi, Emmas Wollzottelhund, umsprang ihn mit begeistertem Kläffen.

»Warum haben Sie uns nicht Bescheid gesagt? Hans hätte Sie am Flughafen abgeholt«, erklärte Emma bekümmert.

Ihr Mann, der gerade die Koffer ins Haus trug, nickte und sah sich dann fragend um. »Nur diese beiden, Herr Bellheim?«

»Ich bleibe nicht so lange. Vier, fünf Wochen, dann seid ihr mich wieder los.« Er streichelte Baffi. »Hallo, mein Kleiner! Kennst du mich denn noch, du Schlingel?« Baffi versuchte mit einem gezielten Sprung, Bellheims Nase zu küssen. Der trat erschreckt zur Seite und mitten in eine Pfütze.

»Oh, Herr Bellheim! Verzeihung!« rief Emma bestürzt. »Ekelhaftes Wetter, immer naß, kalt und ungemütlich.«

Bellheim sah sie strahlend an. »Mir gefällt's!« sagte er aus vollem Herzen und betrat sein Haus mit einem dicken Stoß Akten unter dem Arm, die er an diesem Abend noch durcharbeiten wollte.

Bellheim hatte tief und fest geschlafen. Kein Vergleich mit den Nächten in Marbella, wo es eigentlich immer zu warm war. Auch das Frühstück schmeckte ihm besser. Und daß er früh aufstehen konnte, ohne Maria zu stören, die abends nie ins Bett fand, gefiel ihm ebenfalls.

Schon um acht Uhr ließ er sich von Hans zum Kaufhaus fahren. Dort herrschte bereits reges Leben. Lastwagen mit dem großen grünen Bellheim-Schriftzug auf weißem Grund rasselten polternd vom Hof. Fremde Lieferwagen stauten sich an der Rampe. Vor den Lastenaufzügen warteten Paletten mit Kisten und Kartons. Ein paar Packer frühstückten im Stehen. Gerade wurde ein seitlich offener Rollwagen, der mit seinen zwei Dutzend Kuchenblechen einen verführerischen Duft verströmte, vorbeigeschoben. Die Packer wollten schon kräftig zugreifen und hatten eines der Bleche halb vorgezogen, als einer von ihnen Bellheim bemerkte. Mit einem Zischen warnte er seine Kollegen, die hastig das Kuchenblech in den Rollwagen zurückstießen. Bellheim lächelte insgeheim, tat aber so, als habe er nichts bemerkt. Es hatte schon sein Gutes, früh aufzustehen und den Betriebsbeginn zu kontrollieren. Das war bei seinem Nachfolger offenbar nicht mehr üblich.

Zuerst hatte er den ganzen Vormittag über Sitzungen – die Einkäufer, dann die Filialleiter, danach der Betriebsrat. Zwischendurch hatte Maria versucht, ihn zu erreichen, aber er hatte keine freie Minute. Sie mußte er so bald wie möglich zurückrufen. Unbedingt! Sie hatten sich nur kurz in gespannter Stimmung verabschiedet. Morgens war sie in die Ballettschule gefahren und er kurz darauf zum Flughafen.

In all der Hektik wurde es spät, ehe er einen Rundgang durch die Abteilungen antreten konnte; auch das hatte er sich für diesen Tag vorgenommen. Was er sah, gefiel ihm ganz und gar nicht. Früher hatte er einmal wöchentlich so einen Rundgang gemacht und sich die Klagen und Wünsche der Mitarbeiter angehört. Das war wichtig. Die Leute wollten mit ihren Problemen und Sorgen von der Betriebsleitung ernstgenommen werden. Alle beklagten sich jetzt. Es fehlten gängige Größen im Bekleidungssortiment. Das Angebot war unübersichtlich geordnet. Überall lehnten die Verkäufer unlustig und gleichgültig an Regalen und Verkaufstheken. »So viele Kunden sagen jetzt, ›bei Ihnen findet man ja nie etwas Passendes‹!« erklärte der alte Albert, einst Starverkäufer in der HOB, traurig.

In der Porzellanabteilung klagte die erfahrene Substitutin über die Mitarbeiter: »Wir haben hier das allerschönste Porzellan, da übertreffen wir jedes Fachgeschäft, aber bedient werden die Kunden von Trantüten, die Meißen für eine Vogelart halten.«

Das gleiche sagte die Abteilungsleiterin, die für Hausrat zuständig war. »Die guten Leute sind inzwischen alle weg. Es liegt am Betriebsklima. Von oben hört man nie mal ein aufmunterndes Wort. Nur: Umsatz! Umsatz! Und Kritik!«

Auch der Fleischer unten in der Lebensmittelabteilung tutete in dieses Horn. »Wenn man auch nur ein bißchen die Klappe aufmacht, ist da oben gleich der Bär los. Die wollen nur hören: ›Herr Direktor vorn, Herr Direktor hinten.‹ Puderzucker von allen Seiten. Das einzige, was noch so gut ist wie zu Ihren Zeiten, ist die Wurst. Wollen Sie mal probieren, Chef? Die ess' ich selbst!«

Bellheim probierte das Stückchen Wurst, das der Fleischer ihm auf einer Messerspitze über die Theke reichte. Der Mann hatte recht. Mit seinen Klagen vermutlich ebenfalls. In so kurzer Zeit... in nur drei Jahren solche Veränderungen?

Was Peter Bellheim jedoch endgültig davon überzeugte, daß etwas faul war im Hause Bellheim, war die Begegnung mit dem

Betriebsratsvorsitzenden Jochen Streibel. Der war, als er ihn sah, hinter ihm hergelaufen und hatte ihm mit erkennbar aufrichtiger Freude die Hand geschüttelt. »Mensch, Herr Bellheim!« hatte er gerufen. Früher hatte er nie so gestrahlt, wenn er den Kaufhausbesitzer traf. Im Gegenteil.

Am meisten bedrückte Bellheim das fehlende Leben im Kaufhaus. Er hatte sein Geschäft als pulsierenden, manchmal hektischen, aber immer rastlosen Organismus in Erinnerung. Jetzt herrschte in manchen Bereichen Friedhofsruhe. Daß die Lähmung längst auch die Mitarbeiter erfaßt hatte, ließ sich nicht übersehen. Ein Schlendrian war eingerissen, der selbst vor alten und bewährten Kräften, die jahrelang das Rückgrat des Unternehmens gebildet hatten, nicht haltmachte. Ob es daran lag, daß eine funktionierende Kontrolle von oben fehlte, daran, daß die einst so starke Verbundenheit der einzelnen mit dem Wohl und Wehe ihres Hauses nicht mehr existierte, oder daran, daß der Anreiz fehlte, wußte er noch nicht. Aber er würde es herausfinden und diesen Zustand ändern.

Charly Wiesner arbeitete zur Zeit in der Damenoberbekleidung, weil zwei junge Verkäuferinnen in Mutterschutz gegangen waren. Das war ihm durchaus recht, denn der »Superverkäufer« Charly bediente Frauen sowieso lieber, und in der DOB boten sich ihm gewisse Gelegenheiten, die es unter Alberts wachsamem Blick nicht gab.

Gerade hatte er einer Dame eine preiswerte Bluse eingepackt. »Das sind dann bitte zweiundvierzig Mark fünfzig.« Die Dame öffnete ihr Portemonnaie. Charly stellte mit raschem Blick fest, daß kein anderer Verkäufer in der Nähe war, und drehte unauffällig den Kassenschlüssel auf »Aus«.

»Hätten Sie es vielleicht passend? Die Kasse klemmt mal wieder«, sagte er zu der Kundin und schlug wie zum Beweis auf das Gerät. »Ich schreibe Ihnen natürlich eine Quittung. Vielen Dank.« Er malte einen Schnörkel unter die Quittung, steckte sie in die Tüte und überreichte beides der Kundin, die ihm den Betrag abgezählt einhändigte und sich dann entfernte. Blitzschnell steckte Charly das Geld in seine Hosentasche.

Als er wieder aufsah, begegnete er Christians Blick. Der junge Mann starrte Charly sprachlos an. »Na und?« wisperte Charly leise und giftig, als er sich ertappt sah. »Das ist alles in den Preisen einkalkuliert. Sieh doch mal da drüben!«

Gegenüber in der Herrenabteilung packte der alte Albert gerade einen dunklen Anzug für Geschäftsführer Ziegler ein. Sorgsam entfernte er das Preisschild. Ziegler wartete ungeduldig.

»Jetzt paß mal auf«, zischte Charly auf dem Weg in die Abstellkammer Christian zu. »Der Herr Geschäftsführer braucht einen neuen Anzug. Der, den er sich aussucht, wird erst einmal um fünfzig Prozent runtergesetzt. Angeblich ist das Modell plötzlich unverkäuflich. Oder angestaubt. Auf diese fünfzig Prozent kriegt er dann noch fünfzehn Prozent Personalrabatt. Am Ende zahlt er also gerade mal ein Drittel. Bei seinem Gehalt! Und da wollen die uns erzählen, daß gespart werden muß... ach, leck mich doch am Arsch!« Er wandte sich grollend ab.

Gudrun Lange wollte nicht ihr Leben lang eine kleine Wertpapierberaterin bleiben. Sie hatte ein gutes Gespür für die Börse, das wußte sie, aber das wollte sie nicht für andere nutzen. Sie selbst wollte reich werden. Möglichst schnell, um das Leben noch genießen zu können, solange sie jung war.

Mehrfach hatte sie versucht, bei ein paar Großanlegern einen Termin zu bekommen, aber immer hatten die Sekretärinnen sie rüde abgewimmelt. Die Top-Manager verhandelten nicht mit mittleren Angestellten. Heute wollte sie es persönlich versuchen – ein Überfall bei einem der ganz Großen: Karl-Heinz Rottmann, Vorstandschef der mächtigen JOTA-Handelsgruppe und einer der ganz großen Spekulanten. An der Börse hatte man ihm den Spitznamen »Karl der Große« gegeben – wegen seiner immensen Erfolge – aber auch »The Animal«, weil er gefährlich und unberechenbar war wie ein Raubtier.

Sie hatte sich ihr bestes Kostüm angezogen, hell sandfarben mit korrekter Jacke und ganz kurzem, knappem Rock (und um einiges teurer, als sie es sich eigentlich leisten konnte), ein dezentes Make-up aufgelegt und sich einfach auf den Weg gemacht. Beim Verlassen der Bank lief ihr ausgerechnet noch Klaus Berger in die Arme. Sie wollte nicht, daß er von ihrem Ausflug etwas erfuhr. Wenn sie ohne Ergebnis zurückkehrte, brauchte sie wenigstens die Niederlage nicht einzugestehen.

Mit einem Taxi ließ sie sich vom Frankfurter Hauptbahnhof zur Zentrale der JOTA AG bringen, einem hoch aufragenden Verwaltungspalast mit blitzenden Fenstern und Metallverkleidungen. Im obersten Stockwerk residierte der Discount-Mogul, ein bulliger Selfmademan, dessen hemdsärmlige Manieren und Geschäftsmethoden berüchtigt waren.

Gudrun schaffte es tatsächlich, bis zu Rottmanns Sekretärin vorzudringen. Dort allerdings schien es nicht weiterzugehen. Der weibliche Zerberus stellte sich stur.

»Herr Rottmann hat leider keine Zeit. Wenn Sie keinen Termin vereinbart haben...«

Der Rest blieb offen, der Satz war auch so unmißverständlich. Durch eine Glastür konnte Gudrun in Rottmanns Büro sehen, wo sich einige Angestellte um ihren Chef versammelt hatten. Gudrun verlegte sich aufs Bitten.

»Fünf Minuten würden völlig genügen. Ich komme extra aus Hannover hierher, um mit Herrn Rottmann zu sprechen. Bitte...!«

»Ohne Anmeldung? Wirklich ganz ausgeschlossen. Herrn Rottmanns Zeit ist minutiös verplant. Das müßten Sie doch wissen...«

Aus dem angrenzenden Raum kam über eine Sprechanlage die Stimme ihres Herrn. »Steht die Konferenzschaltung?«

»Steht, Herr Rottmann«, meldete die Vorzimmerdame diensteifrig. »Mr. Goldstein in New York, Mr. Zimmermann in Los Angeles und Herr Barner in Hongkong.«

Gudrun war vergessen. Aber die ließ sich nicht so leicht abwimmeln. »Ich kann ja warten«, beharrte sie. »Vielleicht ergibt sich eine Gelegenheit.«

Die Sekretärin schüttelte den Kopf und wandte sich wieder ihrer Arbeit zu.

Gudrun bedauerte bereits ihren Entschluß, sich auf diese Auseinandersetzung mit der arroganten Chefsekretärin einzulassen.

Unschlüssig schlenderte sie durch den Korridor in Richtung Fahrstuhl. Niemand beachtete sie. Schon wollte sie den Knopf drücken, als sie Männerstimmen hörte. Die Konferenz bei Rottmann schien beendet zu sein, Rottmann, klein, untersetzt, dynamisch, erschien auf dem Gang mit einer Gruppe Herren, von denen er sich mit der Aufforderung: »Schnappt euch die Firma! Durchladen und entsichern!« schulterklopfend verabschiedete. Während die anderen zum Fahrstuhl gingen, verschwand Rottmann hinter einer Tür.

Gudrun sah sich um. Der Gang war leer. Jetzt oder nie, dachte sie und folgte ihm. Gerade wollte sie anklopfen, als sie außen auf der Tür ein dezentes Schild HERREN erblickte. Sie ließ betroffen die Hand sinken, faßte sich aber gleich wieder.

Sie wartete eine Minute und stieß dann entschlossen die Tür auf. Als sie den Vorraum betrat, klapperten ihre Absätze auf dem Steinboden.

Rottmann trat gerade zum Waschbecken.

Er bemerkte Gudrun, als sein Blick in den Spiegel fiel. »Sie haben sich wohl in der Tür geirrt, Lady!«

»Ich wußte bloß nicht, wie ich sonst an Sie herankommen soll, Herr Rottmann«, sagte Gudrun mutig.

Rottmann musterte sie verblüfft und brach dann in Gelächter aus.

»Also Chuzpe haben Sie, das muß man Ihnen lassen. Bis hierher hat mich noch keine verfolgt. Wer sind Sie?«

»Gudrun Lange von der Hannoverschen Kreditbank. Hier ist meine Karte.«

Rottmann nickte. »Also gut. In einer halben Stunde muß ich am Flughafen sein. Kommen Sie mit in mein Büro und erzählen Sie mir rasch, was Sie auf dem Herzen haben.«

An allen Leuten vorbei, die im Vorzimmer standen und erstaunt aufblickten, folgte Gudrun ihm in sein riesiges Büro.

Es war modern und funktional eingerichtet: ein großer, schwarzer Eckschreibtisch, eine gewaltige Telefonanlage mit vielen Tasten, ein Computer, wenig Papier. Ein schwerer schwarzer Drehsessel mit Leder und Chrom. Moderne Gemälde an den weißen Wänden. Große Fenster mit Aussicht auf die Frankfurter Hochhaus-Skyline. Eine schwarze Sitzgruppe, ein Besprechungstisch. Nebenan ein Konferenzraum. Nun war Gudrun ins Zentrum vorgestoßen. Von hier aus wurde ein gigantischer Handelskonzern dirigiert. Zum ersten Mal fühlte sie sich ein wenig beklommen. Nun galt: alles oder nichts.

»Schießen Sie los, Lady«, schnaubte Rottmann ungeduldig.

»Taub und Jensen«, sagte Gudrun. »Die Chartisten mögen die Firma nicht. Aber ich schon.« Sie wurde unterbrochen.

»Herr Rottmann! Telefon! Los Angeles auf Leitung vier!« meldete die Sekretärin.

Rottmann nahm den Hörer und drückte auf eine der Tasten. »Bob? Sagen Sie ihm, ich brauche genaue Zahlen. Ich rufe ihn morgen zurück.« Und zu Gudrun gewandt sagte er: »Die Chartisten haben recht. Taub und Jensen. Du liebe Güte! Wenn Sie nichts Besseres auf Lager haben, Lady.« Er musterte sie amüsiert.

Gudrun holte tief Luft. »Eine ganze Reihe guter Empfehlungen.«

»Die hat doch jeder«, erwiderte Rottmann geringschätzig. Solche Ratschläge hörte er zigmal am Tag. »Kommen Sie, wir sind in Eile. Nur die wirklich brandheißen Tips.«

»Dr. Arendt«, rief die Sekretärin dazwischen. »Auf Leitung eins.«

Rottmann nahm ab. »Rudi? Irgendwelche Überraschungen? Nein, ich will gerade los nach Hongkong. Wie? Das Kartellamt? Überlaßt das mir. Wenn die Brüder verrückt spielen... In einer Woche bin ich wieder da.«

Er stand auf und zog sein Jackett an. Zwei junge Angestellte kamen herein. Rottmann sah Gudrun ungeduldig an. »Nun?«

»Bellheim!« platzte Gudrun plötzlich hervor, ohne sich vorher recht überlegt zu haben, worauf sie eigentlich hinaus wollte. Rottmanns Augen blitzten auf. »Bellheim?«

»Jawohl, Bellheim«, wiederholte Gudrun. »Ich weiß, die Umsätze sind rückläufig, das Management ist miserabel. Genau deshalb sind die Aktien unterbewertet.«

»Wie kommen Sie auf Bellheim?« fragte Rottmann gedehnt.

»Da liegt eine Menge Besitz rum«, erwiderte Gudrun. »Das wissen die Aktionäre bloß nicht.«

»Kaufhäuser mag ich nicht«, sagte Rottmann grob. »Zu unbeweglich. Zu viel Personal. Scheiß-Mitbestimmung. Betriebsrat und Gewerkschaft, die einem in alles reinquatschen.« Er lachte. »Was glauben Sie, warum wir uns hier die Köpfe zerbrochen haben, wie wir meine Läden ganz anders aufziehen! Kleine Gesellschaften, unabhängige GmbHs. Wenig Angestellte. Ergo: Kein Betriebsrat.«

Die beiden jungen Herren stimmten in sein Gelächter ein. Rottmann wußte, wie er seine Leute mit markigen Sprüchen motivierte. Sie waren von ihm fasziniert. Gudrun wußte, worauf er anspielte. Seine Verbrauchermärkte waren alle selbständige kleine Gesellschaften mit nur wenigen Angestellten – ein Trick, um einen Gesamtbetriebsrat zu verhindern und den Einfluß der Gewerkschaften zu brechen.

»Allein der Immobilienbesitz von Bellheim«, versuchte Gudrun es noch einmal.

»Überzeugt mich nicht, Lady«, knurrte Rottmann kopfschüttelnd. »Sorry. Vielleicht ein andermal!«

Schon war er mit seinem Gefolge davon. Enttäuscht und niedergeschlagen sah Gudrun ihm nach. Sie hatte es vermasselt. Die große Chance, mit Rottmann ins Geschäft zu kommen, war vertan.

Peter Bellheim saß an seinem überquellenden Schreibtisch und arbeitete Abrechnungen und Berichte durch. Frau Vonhoff brachte ihm Tee und verabschiedete sich. »Ihre Frau konnte ich leider nicht erreichen«, sagte sie. »Sie ist in der Ballettschule und ruft Sie dann später von zu Hause aus an. Sie sollten jetzt Schluß machen, Herr Bellheim.« Sie betrachtete ihn besorgt. Er sah angegriffen aus. Bellheim hörte sie gar nicht. Er war schon wieder in seine Unterlagen vertieft.

Erst Stunden später sah er auf die Uhr und stellte erstaunt fest, daß es schon neun Uhr war und er Hunger hatte.

Im Kaufhaus brannte nur die Nachtbeleuchtung. Irgendwo schepperte eine Tür. Ein flatterndes Licht kam auf ihn zu und blendete ihn. Ein Hund knurrte. Der Nachtwächter machte mit Taschenlampe und Schäferhund seine Runde. Beim Knurren des Hundes erblickte der Mann zu seinem Erstaunen gleich zwei dunkle Gestalten: Bellheim, der mit ein paar Akten dem Ausgang zustrebte, und Andrea Wegener, die ihm gedankenverloren entgegenkam und ihn gar nicht bemerkte.

»Hallo! Oh, Herr Bellheim... guten Abend!« sagte der überraschte Wachmann.

»Guten Abend«, antwortete Bellheim und nickte Andrea zu. Hübsches Mädchen, dachte er und musterte sie verstohlen. Bißchen ausgeflippt. Andrea trug ihre Lieblingskleidung: Leggings im Leopardenmuster, dazu passende Riesenhandtasche und einen weiten Mantel. Ihr schmales Gesicht mit den tiefblauen Augen unter dem widerspenstigen dunklen Lockengewirr wirkte intelligent und etwas aufsässig. Große Baumelohrringe rahmten es ein. Sie war nicht geschminkt und sah erschöpft aus. Bellheim schätzte sie auf Ende Zwanzig.

»Was machen Sie denn so spät noch hier?« fragte er.

»Um die Zeit habe ich mehr Ruhe zum Nachdenken«, erklärte Andrea.

»Ich auch«, erwiderte Bellheim spontan und lachte. Andrea lachte mit. Sie folgte ihm zum Ausgang. Der Wächter und sein Hund schlurften davon.

»Übrigens«, begann Andrea, als sie schon fast an der Tür waren, »vielen Dank noch, daß Sie mir da beigesprungen sind, ich meine mit dem Schaufenster. Hat mein Selbstvertrauen mächtig gestärkt.«

»Wirklich?« Bellheim grinste. »Sie machen gar nicht den Eindruck, als ob Sie das nötig hätten.«

»Was?« fragte Andrea.

»Stärkung des Selbstvertrauens.«

Sie lachte.

Er sah ihr nach, wie sie zum Omnibus hinüberrannte, und stieg in den Mercedes. Hans, der Chauffeur, hielt ihm die Tür auf.

Während in Hannover langsam die Lichter verloschen, die Nacht fortschritt, erwachte am anderen Ende der Welt Hongkong, die betriebsame Handelsmetropole Asiens, zu pulsierendem Leben. Wie fast immer im Mai war es drückend schwül. Zweiunddreißig Grad im Schatten und neunzig Prozent Luftfeuchtigkeit. Schwere Regenwolken hingen über der funkelnden Hochhaus-Skyline der Halbinsel Kowloon.

Das bleifarbene Meer war übersät von Tankern, Schnellbooten, den Yachten der Reichen und chinesischen Dschunken.

Karl-Heinz Rottmann stand auf der Terrasse seiner Suite in einem Luxushotel. Übernächtigt von dem elf Stunden langen Flug, litt er unter der Zeitverschiebung und unter der feuchten Hitze. Der Lärm der pulsierenden Großstadt drang zu ihm rauf.

In einem aufgeknöpften Hemd und mit um den Hals baumelndem Handtuch telefonierte er mit seinem Frankfurter Büro. Natürlich lief daheim nichts so, wie er es wollte – kaum daß er den Rücken gekehrt hatte. Viel zu früh wollten seine Mitarbeiter in ein Aktiengeschäft einsteigen. »Nein, verdammt noch mal! Einhundertneununddreißig sind 'ne Frechheit!« krächzte er in den Hörer. »Ihr wartet, bis die Aktien auf hundertfünfunddreißig gefallen sind, dann steigen wir ein – nicht vorher, verstanden!« Er wischte sich mit einem Handtuch den Schweiß vom Gesicht. Sein Hemd war unter den Achselhöhlen naß geschwitzt. »Also paßt auf, sonst setzt ihr zuviel Geld in den Sand... und das kann ich nicht leiden.«

Unterdessen hatte die chinesische Sekretärin einen überaus korrekt gekleideten und freundlich lächelnden Herrn in die Suite geführt, der respektvoll an der Terrassentür wartete: Alex Barner, Geschäftsführer der Handelsniederlassung in Hongkong, erster Mann von Nina Barner und somit sieben Jahre zuvor noch Schwiegersohn von Peter Bellheim.

Was wollte sein oberster Boß hier? Warum der überraschende Besuch? War er unzufrieden mit dem Gang der Geschäfte? Alex Barner fühlte sich etwas befangen. Rottmanns ungehobelte Art lag ihm nicht, aber er hatte Respekt vor der enormen Tüchtigkeit und dem Geschäftsinstinkt des Mannes.

Auch die chinesischen Geschäftsfreunde waren ganz aufgeregt gewesen, als sie hörten, daß Rottmann persönlich anreiste. Bei »China-Ming«, einem Lieferanten von JOTA, wartete der Taipan, der Chef des Handelshauses persönlich.

Natürlich wollte Rottmann keine Zeit verlieren. Nachdem er sein Telefonat beendet hatte, begrüßten sich die beiden Männer kurz. Trotz seiner Erschöpfung bebte Rottmann vor Tatendrang. Sie verließen das Hotel, und Alex Barner chauffierte ihn im klimatisierten Wagen durch das brodelnde Gedränge von Hongkong. Am Wan-Chai-Markt parkte er den Wagen, den Rest mußten sie zu Fuß gehen.

»Essen wir nachher da?« Rottmann deutete auf eine der Garküchen, die mitten auf der Straße standen.

»Wenn Sie gebackene Schweinsaugen mögen oder Kaninchendarm mit süßem Spinat«, Barner lächelte.

Rottmann verzog angewidert das Gesicht und deutete auf einen anderen Stand. »Was ist denn das für'n Schweinkram?«

»Geschlechtsorgane von Affen«, erwiderte Alex. »Der Sud wird getrunken, soll potenzfördernd sein.«

»Schon mal probiert, Sportsfreund?« konnte sich Rottmann nicht enthalten, Barner zu fragen.

Rottmann hängte sich kameradschaftlich bei Alex ein, während sie durch das wimmelnde Gedränge marschierten, und sah sich um. »Wahnsinn, die bauen ja immer noch wie verrückt, obwohl 1997 doch alles an die Roten fällt!«

Alex Barner verbesserte: »Rotchina fällt an Hongkong! Sie wissen ja, in Hongkong amortisieren sich Investitionen innerhalb von vier, fünf Jahren«, erklärte Barner.

Rottmann knuffte ihn freundschaftlich in die Seite. »Sehen Sie, Sportsfreund«, knurrte er, »so was macht mich heiß! Da brauche ich keine Potenzmittel.«

Nach einigen weiteren Schritten trat ein schmaler Chinese auf sie zu, verneigte sich ehrfürchtig und führte die beiden Europäer auf das Betriebsgelände von China-Ming.

In einer hell erleuchteten Ausstellungshalle blieb Rottmann plötzlich vor einem großen Stapel Kisten stehen. Die Behälter trugen in dicken Lettern die Aufschrift BELLHEIM – HANNOVER – GERMANY. Der Chinese sagte etwas auf englisch zu Alex Barner. »Auf diesen Posten gibt China-Ming einen Sonderrabatt«, übersetzte Alex.

»Warum?« wollte Rottmann mißtrauisch wissen. »Ist die Ware nicht einwandfrei? Oder warum nimmt Bellheim sie nicht ab?«

Der Chinese, der zumindest den Tonfall der Frage verstanden hatte, brach in einen empörten Wortschwall aus.

»Es hat anscheinend Ärger gegeben«, erläuterte Barner, »irgendwelche alten Rechnungen, die noch offen sind.«

Rottmann murmelte leise: »Sieh mal an, der noble Herr Bellheim zahlt seine Rechnungen nicht. Interessant.«

Während die beiden andern schon vorangingen, starrte er nachdenklich auf die Kisten. Hatte er etwas entdeckt, was ihm helfen konnte, eine alte Rechnung zu begleichen? Steckte Bellheim etwa in Finanzschwierigkeiten?

In Rottmanns Kopf reifte ein Entschluß. War jetzt der Angriff auf Bellheim möglich? Plötzlich erinnerte er sich an diese attraktive junge Dame, diese Anlageberaterin der Hannoverschen Kreditbank, die sich nicht gescheut hatte, ihm sogar aufs Klo hinterherzulaufen. Sie hatte ihm doch etwas über Bellheim erzählt. Wußte sie mehr, als er vermutet hatte? Er lächelte. Sie würde früher von ihm hören, als sie vermutete.

Gudrun Lange saß an ihrem Computerterminal im lärmenden Durcheinander des Wertpapiersaals der Hannoverschen Kreditbank und telefonierte. Vor ihr flimmerten Linien und Zahlen, die das Steigen und Fallen der Börsennotierungen veranschaulichten, über den Bildschirm. Zusätzliche Informationen über bestimmte Einzelwerte dröhnten aus einem Lautsprecher. Wie immer herrschte ein unbeschreiblicher Lärm. Gudrun hielt sich das freie Ohr zu und versuchte, sich auf ihr Gespräch zu konzentrieren. Der Kunde war unlustig, aber sie hatte ihn schon fast an der Angel.

Ein junger Kollege, der stets auffallend bunte Hosenträger anhatte, winkte Aufmerksamkeit heischend mit seinem Telefonhörer. Gudrun wehrte gereizt ab. Sie hielt die Sprechmuschel ihres eigenen Telefons zu und sagte gepreßt: »Nicht jetzt! Ich bin mitten im Verkauf!«

»Rottmann ist dran!« zischte er in ehrfürchtigem Ton zurück. Rottmanns Anruf war auf seinen Apparat umgelegt worden, während Gudrun telefonierte. »Er will dich persönlich sprechen!«

»Rottmann?«

»Ja, verdammt noch mal! Karl der Große! Der Hai höchstpersönlich!« Endlich sprach er mit einem, der an der Börse verehrt wurde wie ein Gott. Auch wenn er das Gespräch nur vermittelte. »Also, was ist jetzt?«

Gudrun wimmelte den Kunden aufgeregt ab: »Darf ich Sie in drei Minuten zurückrufen? Danke! Bis gleich.«

Sie legte auf und nahm den Hörer ihres Nachbarn, den er ihr stumm entgegenstreckte. »Lange«, meldete sie sich. Ihr Mund war trocken vor Aufregung.

»Also gut, hübsche Lady! Ich möchte, daß Sie mir noch ein bißchen mehr über Bellheim erzählen. Wo und wann können wir uns sehen?«

Gudrun schloß die Augen. Sie hatte einen Volltreffer gelandet.

Rottmann, der große Rottmann bot ihr von sich aus ein Gespräch an. Die erste Sprosse auf der Erfolgsleiter war erklommen.

Sie trafen sich in einem Frankfurter Restaurant. Es war kühl, aber Rottmann zog es vor, unbeobachtet und allein mit Gudrun Lange draußen im Garten zu sitzen.

Während er sich nach dem Kellner umsah und an einem Zigarillo kaute, musterte sie ihn unauffällig. Äußerlich kühl und korrekt, war Gudrun Lange innerlich so erregt, daß sie nur mühsam ein Zittern der Hände unterdrücken konnte. Dieser Mann war ihre Chance. Ihn der Bank als Kunden zu präsentieren, würde für sie den endgültigen Durchbruch bedeuten. Ein Mann mit Geld, riesiger Macht und unvorstellbarem Einfluß. Er hatte Erfolg, und das törnte Gudrun an. Hier im Halbdunkel mit ihm zusammenzusitzen, konspirativ, abgründig, das war schärfer als die tollste Nacht im Bett. Er sah nicht schlecht aus. Er wirkte etwas primitiv, ungehobelt, ordinär, aber irgendwie anziehend. Sie holte tief Atem und sagte mit gedämpfter Stimme: »Bellheim hat jahrzehntelang Immobilien gekauft. Alles Grundstücke in bester Citylage. Allein der Immobilienbesitz der Firma ist schätzungsweise doppelt soviel wert wie die Aktienmehrheit. Seit drei Jahren zahlt das Unternehmen schlechte Dividende. Entsprechend unterbewertet sind Bellheim-Aktien.«

Rottmann zog an seinem Zigarillo. Er war ausgegangen. »Wenn also einer die Mehrheit erwerben würde...«

»...gehören ihm anschließend Grundstücke und Häuser in Eins-A-Citylagen, die mindestens das Doppelte des Einsatzes wert sind«, fuhr Gudrun gelassen fort. »Mit anderen Worten, das Geschäft finanziert sich von selbst. Sind Sie interessiert?«

Rottmann grinste. »Ich verdiene genug Geld.«

Gudrun sah ihm direkt ins Gesicht. »Genug ist zu wenig.«

Rottmann musterte sie amüsiert. »Ich dachte immer, hübsche Frauen haben nur Schmuck und Kleider im Kopf und wie sie andere Frauen ausstechen können.«

»Offenbar kennen Sie die falschen Frauen«, konterte Gudrun kühl und beugte sich vor. Leise und eindringlich erklärte sie: »Ich habe Zugang zu geheimen Unterlagen.«

»Ach?« Rottmann stand auf, winkte dem vorbeikommenden

Kellner und ließ Feuer geben. Er atmete den Duft seiner Zigarre ein.

»Woher haben Sie die?«

Gudrun lachte. »Das ist meine Sache. Ich kenne geplante Verkaufsstrategien, den Stand der Liquidität, den Grad der Verschuldung, die Kreditlimite.«

Sie dachte an Klaus Berger, ihren Kollegen aus der Kreditabteilung. Das alles lag bei ihm auf dem Schreibtisch herum. Sie würde ihn schon dazu bringen, daß er sie in die Unterlagen hineinschauen ließ.

»Sie wissen doch: ›Kenne Schwächen und Stärken deines Feindes, dann wirst du siegen.‹«

»Sü-Tse, *Die Kunst des Krieges*«, erwiderte Rottmann verblüfft.

»Ich habe erfahren, daß Sie das Buch sehr schätzen«, bemerkte Gudrun beiläufig.

»Ja, es ist das Beste, was je über den Krieg geschrieben wurde.« Rottmann lächelte. Sie gefiel ihm. Das war kein kleines Betthäschen, wie er anfangs vermutet hatte. Die kochte vor Ehrgeiz. »Sie sind auf Draht, Lady.« Er setzte sich neben sie. »Bellheim besitzt eine Sperrminorität von sechsundzwanzig Prozent der Aktien. Zwölf Prozent gehören der Familie Maiers.«

Gudrun sah ihn erstaunt an.

»Ich mache auch meine Schularbeiten, Lady«, meinte Rottmann ironisch. »Und wie kommen wir an die anderen Aktionäre heran?«

Rottmann, das spürte sie gleich, war aus dem gleichen Stoff wie sie. Sex war gut, aber Geldmachen, das große Geld, das war aufregender, das war besser. Rottmann, das spürte sie, empfand wie sie. Sicher wäre er einer schnellen Affäre nicht abgeneigt gewesen – mal rasch gemeinsam unter die Decke kriechen, nicht zu lang, damit keine persönlichen Bindungen oder Gefühle aufkommen. Außerdem mußte man für die Arbeit am nächsten Tag ausgeschlafen sein. Aber das hier war viel, viel besser. Sich gegenseitig heiß machen, den Ball zuspielen, mit riesigen Summen jonglieren, die Spannung steigern, Strategien entwerfen, den Krieg vorbereiten, einen Schlachtplan entwerfen. Mit dieser Erregung konnte keine Liebesnacht mithalten.

»Nun, es gibt eine ganze Reihe von Aktionären, die nach drei schlappen Dividendenjahren von ihren Bellheim-Papieren die Nase voll haben«, antwortete Gudrun.

Rottmann blieb nachdenklich, blies den Rauch durch die Nase. Gudrun wartete ungeduldig. Hatte sie ihn überzeugt? Vertraute er ihr?

Plötzlich beugte er sich vor. »Na schön«, sagte er, »kaufen Sie unterderhand, Lady. Zu hundertsiebzehn bis hundertsiebzehn fünfzig. Auf keinen Fall über hundertneunzehn! Bevorzugt außerhalb der Börse, damit wir den Kurs nicht anheizen. Was über die Börse läuft, schön streuen. Immer nur kleine Pakete. Und Vorsicht, damit uns keiner zu früh auf die Schliche kommt. Morgen schicke ich Ihnen die Liste von Konten, über die Sie die Transaktionen abwickeln können.«

Gudrun lauschte selig. Es lief. Er gab den Startschuß. Jetzt konnte sie loslegen.

Er rieb sich die Hände. »Wenn wir genug im Sack haben, schikken wir die Anwälte hin und machen ein Übernahmeangebot. Klappt's, versilbern wir den Laden. Klappt's nicht, steigt der Kurs, und wir machen dennoch unseren Schnitt. Zufrieden?«

Gudrun mußte sich zusammenreißen, um nicht in Jubelschreie auszubrechen. Sie hatte ihn überzeugt. »Und was springt für mich dabei heraus?«

Rottmann grinste. »Lady, Sie sind richtig!«

Gudrun wußte, daß Rottmann ihr kaum ein größeres Kompliment machen konnte.

»Der Wert des Menschen wird nun mal an seiner Brieftasche gemessen.« Ihre Freude über den gelungenen Coup mußte sie noch zurückhalten. Jetzt mußte sie kühl und sachlich bleiben. »Was ich brauche, ist ein Startkapital.«

Ohne zu zögern, nickte Rottmann. »In Ordnung. Sie kriegen es.« Gudrun war von sich selbst vollkommen überwältigt. Rottmann hatte sie als gleichwertige Geschäftspartnerin anerkannt.

An diesem Morgen war Peter Bellheim nicht gleich in der Frühe ins Kaufhaus gefahren. Zu lange schon hatte er den Besuch bei seinem achtundachtzigjährigen Vater in dem schönen Anwesen am Stadtrand von Hannover aufgeschoben, das selbstverständlich die Bezeichnung »Seniorenstift« trug. Er verstand sich gut mit dem alten

Herrn. Er mochte seine etwas pingelige Art und seine handfesten, praktischen Ansichten. Sein Vater war städtischer Angestellter gewesen. Daß der Sohn Abitur machte und studierte, war sein großer Wunsch gewesen. Eine Akademikerlaufbahn. Statt dessen hatte Peter Bellheim, nachdem er mit viel Mühe das Abitur hinter sich gebracht hatte, gleich einen kleinen Laden eröffnet. Kurz darauf einen zweiten. Er war schon erfolgreicher Geschäftsmann, als David Maiers ihm anbot, auch noch die Maiers-Ladenkette zu übernehmen. Entstanden war daraus der Bellheim-Konzern. Natürlich war der Vater ungemein stolz auf den Erfolg seines Sohnes. Trotzdem, Akademiker wäre ihm lieber gewesen.

Jetzt erschrak Bellheim, als er sah, wie tatterig und alt der Vater geworden war. Erst fand er sein Gebiß nicht, dann behauptete er steif und fest, die Fensterputzer hätten seine Manschettenknöpfe geklaut.

Als sie endlich gemeinsam mit dem greisen Freund des Vaters beim Mittagessen im Speisesaal des Seniorenheims saßen, neugierig beäugt von den anderen Alten, und Bellheim eine Bemerkung machte, er müsse Punkt vierzehn Uhr im Kaufhaus sein, da fragte der Vater plötzlich, ob er da während seiner Schulferien wieder jobbe. Bellheim blickte verstört auf. »Papa, das Kaufhaus gehört mir doch längst.«

Bellheim senior wiegte den Kopf, seine Augen starrten in die Ferne, seine Lippen zitterten, als er leise vor sich hin flüsterte: »Wie die Zeit vergeht, wie die Zeit vergeht!«

Bellheim wandte sich hilflos an den Freund des Vaters – aber der zuckte nur gleichmütig mit den Schultern. »Das war ein anstrengender Tag für ihn heute. Manchmal weiß er genau Bescheid, manchmal nicht.«

Beim Abschied nahm sich Bellheim vor, den Vater von jetzt ab öfter zu besuchen. Er hatte ein schlechtes Gewissen. Viel zu wenig hatte er sich um den alten Herrn gekümmert, besonders in letzter Zeit. Wer konnte voraussagen, wie lange er ihn noch hatte.

Auf der Fahrt zurück zum Kaufhaus blätterte er im *Hannoverschen Tageblatt*. Eine Werbeanzeige nahm sein Interesse gefangen. Fahrräder zu 396,– DM bei Röder & Castell. Röder & Castell? fragte er sich. Arbeitete in der Firma nicht ein ehemaliger Angestellter?

Auf der Terrasse des Kaufhauses sonnten sich die Verkäufer während ihrer Mittagspause. Christian Rasche plazierte sich unauffällig am Geländer, wo bereits Andrea Wegener stand und eine Zigarette rauchte. Dabei beugte sie sich über das Geländer und beobachtete, wie im Hof ein Mercedes hielt und Bellheim schnellen Schrittes in das Kaufhaus eilte. Carla und Mona waren bei ihrer Lieblingslektüre, den Kontaktanzeigen.

»Stattlicher Enddreißiger, nicht unvermögend, mit Sportcabrio und Hang zur Esoterik, sucht schlanke, kinderlose Vollbusige, mit der er...«

»...Hand in Hand durchs Leben gehen kann«, fiel Mona leiernd ein. »Kenne ich. Der macht's mit Räucherstäbchen.«

»Na, dann vielleicht den hier?« Carla gab die Hoffnung nicht auf. »Italiener, schwarzhaarig, gutaussehend, sehr temperamentvoll, sucht hübsches...«

»...Schmusekätzchen. Auch so ein Dauerannoncierer. In Wirklichkeit ist er Türke, sagt aber, er wäre Italiener, weil er glaubt, daß sich sonst keine meldet. Hat er mir am Telefon erzählt.«

»Und was hast du ihm geantwortet?« fragte Carla neugierig.

»Ich hab' ihm gesagt, Türke wäre okay, Italiener wäre auch okay, nur Schwindler wär' nix gut... und dann hab' ich aufgelegt.«

»Recht so.« Carla las weiter. »Großstädter mit kleinem Einkommen, ohne Auto, noch gebunden?«

»Sonst noch was?« erkundigte sich Mona bissig. »Vielleicht auch impotent und acht Kinder aus früheren Ehen! Nee!«

Carla legte die Zeitung weg.

Inzwischen war Peter Bellheim im Kaufhaus eingetroffen und stand mit Jürgen Ziegler, dem Geschäftsleiter des Stammhauses Hannover, und einigen anderen Herren, unter ihnen der Abteilungsleiter Sport, bei den Fahrrädern. Er blickte mißbilligend auf Preisschilder an den Ständern und auf einige an der Wand aufgehängte Modelle. »Bei Roeder und Castell haben sie Fahrräder für dreihundertsechsundneunzig Mark. Unser billigstes Familienrad kostet vierhundertneunundneunzig Mark.« Bellheim war mehr als aufgebracht. Seine Stimme dröhnte durch die ganze Abteilung.

»Was Roeder und Castell da verkaufen, ist der reine Schrott«, versuchte Ziegler abzuwiegeln.

Bellheim zog die Tageszeitung aus dem Jackett und entfaltete sie. »Mit diesem Schrott wirbt unsere Konkurrenz auf einer ganzen Seite.«

»Idiotisch. Das sind die Dinger nun wirklich nicht wert«, sagte Ziegler hochmütig.

Bellheim atmete tief durch und hielt an sich. »Über den Wert dieser ›Dinger‹, Herr Ziegler«, Bellheim betonte jedes Wort, »entscheidet einzig und allein der Kunde. Ich habe vorhin mit dem Zentraleinkäufer von Roeder und Castell telefoniert. Sie erinnern sich vielleicht noch, daß er früher bei uns gearbeitet hat. Er hat mir glaubhaft versichert, sie hätten allein in der letzten Woche neunhundert von diesen ›Dingern‹ verkauft.« Als er die Zahl Neunhundert nannte, knallte das wie ein Peitschenhieb durch den Raum.

Die Herren schwiegen betroffen.

»Also, jetzt hängt euch an die Strippe! Telefoniert in der Weltgeschichte herum! Schickt eure allerbesten Leute los. Nächste Woche müssen wir hier Fahrräder für dreihundertachtundsechzig Mark anbieten. Noch besser – für dreihundertneunundvierzig Mark.«

Er drehte sich abrupt um und ging. Noch fünf Sekunden, dachte er, und ich wäre aus der Haut gefahren.

Auch Ziegler kochte. Vor Wut schnaubend, ließ er sich bei Vorstandschef Maiers anmelden. Was erlaubte sich der Alte. Das stand einem Aufsichtsratsvorsitzenden doch gar nicht zu. Das überschritt doch seine Kompetenzen.

Richard Maiers blieb äußerlich gelassen und überlegte, ob er einen Krach mit Bellheim riskieren sollte. Aber das lag ihm nicht. Besser fand er es, mit List einer Konfrontation auszuweichen und Bellheim mit Arbeit zuzuschütten.

»Besorgen Sie Angebote für jeden erdenklichen Fahrradtyp. Decken Sie ihn mit Angeboten bis oben hin ein.«

Ziegler lächelte. Aber er konnte es sich im Hinausgehen nicht verkneifen zu bemerken: »Die Eskimos machen das schon richtig. Die setzen ihre Alten einfach aus.«

Schräg gegenüber vom Kaufhaus Bellheim lag die Stammkneipe der Belegschaft, auch als »Werk Zwo« bezeichnet. Hier fand sich in unregelmäßigen Abständen fast jeder ein, der für Bellheim arbeitete. An dem langen Tresen gab es Platz für alle.

Andrea Wegener, die neue Dekorateurin, stand mit Carla Lose an der Theke und beobachtete, wie sich Geschäftsführer Ziegler ein Stück weiter unten an den Tresen drängte und ein Bier bestellte.

»Na, hat dir Don Krawallo schon das Kaufhaus gezeigt?« fragte Carla grinsend.

»Unser Geschäftsführer persönlich?« Andrea blickte Carla verständnislos an.

Mona, die neben Carla lehnte, kicherte. »Keine Sorge, das kommt noch. Er zeigt dir einfach alles. Zuletzt führt er dich in sein Büro, riegelt die Tür zu und gießt dir einen Likör ein.«

»Und der ist so süß, daß dir allein davon schlecht wird«, erklärte Carla, »von allem anderen, was er dir anbietet, ganz zu schweigen.«

Die drei kicherten los. Von hinten erscholl Gejohle. Im Fernsehen gab es ein Fußballspiel, vom Publikum mit fachkundigen Kommentaren begleitet. Auch Charly und Christian hatten dort gesessen, standen jetzt aber auf und kamen zur Theke hinüber. Die beiden bildeten ein echtes Kontrastprogramm: Charly, der vielleicht fünf Jahre ältere, hatte eine Vorliebe für schreiend bunte Hawaii-Hemden. Noch auffälliger waren allerdings seine großen, abstehenden Ohren. Christian Rasche dagegen, lang, schmal und unauffällig, liebte einfarbige Pullover und blasse Hemden zu seinen Jeans. Modische Allüren waren ihm fremd.

Gerade ging das Gekichere der drei Damen in regelrechtes Prusten über, denn alle drei hatten mitbekommen, daß Ziegler sich nicht einmal entblödete, Andrea vor aller Augen über den Bartresen hinweg zuzuprosten.

Woran es Christian Rasche, vor allem mit Blick auf Andrea, völlig fehlte, das brachte Charly in seiner unverkrampften Art mühelos fertig: sich bei den Damen mit lockerem Geplaudere beliebt zu machen.

»Na, schon eingelebt in deiner neuen Wohnung?« erkundigte sich Charly bei Andrea. Andrea war zwar froh, daß sie den Job bei

Bellheim ergattert hatte, aber sie hatte auch viel dafür aufgegeben. Früher war sie in einer anderen Stadt Bühnenausstatterin gewesen. Aber es hatte dort am Theater viel Knatsch gegeben, und so hatte sie einfach einen Schlußstrich gezogen, alles hingeworfen und war nach Hannover gegangen, um sich eine neue Existenz aufzubauen.

»Hmh!« Andrea seufzte. »Allerdings fehlt mir noch ein Haufen Möbel... Wirklich, von der Suppenschüssel bis zum Fernseher, einfach alles.«

»Fernseher gibt's doch auch bei uns«, meinte Charly.

»Im Kaufhaus? Die sind mir zu teuer. Ich suche einen gebrauchten.«

»Billiger findest du sie nirgendwo.« Charly lachte. »Soll ich dir einen besorgen?«

Andrea nickte erstaunt. Carla und Mona gickerten. Auf einmal zischte Mona: »Mensch! Der Alte!«

Bellheim und der Betriebsratsvorsitzende Jochen Streibel waren plötzlich in das Lokal getreten. Schlagartig verstummte ringsum die Unterhaltung.

Die beiden Männer setzten sich an einen Tisch in der Ecke und waren bald so vertieft in ihr Gespräch, daß sie nicht mehr auf ihre Umgebung achteten. Andrea schaute unauffällig zu ihnen hinüber. Sie betrachtete versonnen diesen Peter Bellheim. Im Aufsehen begegnete sie Christians Blick und wandte hastig den Kopf ab.

Auch Charly beobachtete das ungewöhnliche Paar. »Nun seht doch bloß, wie sich unser Obermimer vom Betriebsrat aufplustert... nur weil der große Boß ein Bier mit ihm trinkt!«

Auch Carla lachte, als sie Bellheim und Streibel flüsternd die Köpfe zusammenstecken sah. »Die sind kurz vor der Verbrüderung.«

Peter Bellheim hatte sich entschlossen, ein paar Filialen selbst in Augenschein zu nehmen. Was nützten ihm die Hiobsbotschaften des Vorstands, wenn er nicht selbst gesehen hatte, wie es um die einzelnen Häuser stand. Deswegen hatte Streibel so intensiv auf Bellheim eingeredet. Nach dessen Meinung mußten die Filialen nicht geschlossen, sondern lediglich die Geschäftsführung verändert werden. Bellheim hatte darauf sehr zurückhaltend reagiert. Natürlich war der Betriebsrat gegen die Schließung von Filialen, denn das bedeutete den Verlust von Arbeitsplätzen. Er wollte sich selbst ein Bild machen. Als erstes wollte sich Bellheim Braunschweig ansehen.

Die Braunschweiger Bellheim-Filiale machte tatsächlich einen wenig einladenden Eindruck, die Schaufenster wirkten etwas langweilig und lieblos. Innen war weit und breit kein Kunde zu sehen. Das Personal stand lustlos zwischen den Verkaufstischen.

Plötzlich horchten die Leute auf. Gedämpft, aber unüberhörbar erklang statt der vorherigen eintönigen Hintergrundmusik aus den Lautsprechern *La Paloma*. Sofort strafften sich die müden Gestalten, gelangweilte Gesichter wurden munter. Betriebsamkeit setzte ein.

Bellheim schlenderte durch die Möbelabteilung. Komisch, dachte er, die Sachen sehen doch gar nicht schlecht aus. Warum ist hier nicht ein einziger Kunde?

»Guten Tag, Bellheim«, sagte jemand hinter ihm. Bellheim drehte sich um. »Guten Tag.«

Ein kräftig gebauter, älterer Mann mit Halbglatze streckte ihm zögernd die Hand entgegen. »Erkennst mich nicht, wie?«

Bellheim schüttelte bedauernd den Kopf. »Nein... im Augenblick...«

Der Mann betrachtete ihn traurig und meinte: »Habe ich mich denn so verändert?«

Bellheim musterte ihn prüfend. Der andere formte mit den Lippen ein »O«. Da fiel bei Bellheim der Groschen. »Otto! Otto Merkel!« rief er erfreut und erleichtert aus. Die beiden klopften sich auf die Schultern.

»Also weißt du! Mein Gott! Otto Merkel! Wie geht es dir? Was treibst du so?«

»Ich arbeite hier, nach wie vor«, antwortete Merkel.

»Hier?« Bellheim war betroffen. »Hier in...«

»Jawohl«, sagte der andere ruhig. »Hier. Genau seit vierzig Jahren.«

»Du hast etwas weniger Haare auf dem Kopf, mein Lieber«, bemerkte Bellheim, als die beiden über die Ausstellungsfläche schlenderten.

»Schiebedachschnitt.« Merkel lachte.

Bellheim fragte: »Verheiratet?«

»Verwitwet.«

Im Hintergrund säuselte unentwegt *La Paloma*. Bellheim war verlegen. Sollte er Beileid bekunden? Lieber nicht. »Hör dir das an!« sagte er ausweichend. »In jeder Filiale dieselbe Musik.«

»*La Paloma*?« Otto Merkel grinste breit. »Das spielen sie doch nur, wenn du da bist. Deine Erkennungsmelodie! Auf deutsch: Das Zeichen, daß du im Haus bist.«

»Was?« Bellheim blickte ihn erstaunt an.

»Sag bloß, das hast du nicht gewußt? All die Jahre nicht?« Otto Merkel amüsierte sich königlich.

»Nein.«

»Na, jetzt weißt du es. In einer von deinen Filialen soll der Geschäftsführer tagsüber gern mal segeln gegangen sein, natürlich schön in der Nähe vom Kaufhaus. Und wenn du auftauchtest, wurde auf dem Dach sofort die Fahne gehißt; dann wußte er, daß er zurückmußte.«

Bellheim lachte laut. »Stimmt! Aber das habe ich rausbekommen.«

»Und?«

»Ich habe ihn gefeuert.«

Otto Merkel lachte beklommen.

Zwei Damen gingen vorüber und weiter zum Ausgang, offenbar ohne etwas gekauft zu haben. Bellheim schüttelte bekümmert den Kopf.

»Schaut doch alles ganz gut aus. Verdammt! Warum läuft's dann nicht?«

»Möbel gehen ja. Teppiche noch besser.«

»Teppiche?«

»Mit unserer großen Verkaufsfläche sind wir in Braunschweig konkurrenzlos«, erläuterte Merkel. »Wir müßten uns nur ein bißchen mehr spezialisieren. Das Publikum hier hat Geld und Ansprüche. Da braucht man Fachpersonal. Die Verluste machen wir in anderen Abteilungen.«

Bellheim nickte nachdenklich.

»Hör mal, Peter«, sagte Otto fragend, »du bist doch noch unser… wie soll ich sagen? Ich weiß, daß der junge Maiers jetzt

Vorstandsvorsitzender ist. Aber du, entschuldige, wenn ich frage, du bestimmst doch noch, was passiert?«

Bellheim sah ihn an. »Ich habe das größte Aktienpaket. Ich habe auch das letzte Wort.« Das klang kämpferisch, entschlossen. Ja, das war noch der alte Bellheim. Vielleicht war die Schließung der Filialen doch nicht unabwendbar. Bellheim war zurückgekehrt. Bellheim – mit seiner Kraft, seinem Instinkt, seiner ungeheuren Kaufhauserfahrung. Es gab einen Hoffnungsschimmer. Otto Merkel atmete erleichtert auf.

Jeden Mittwoch fand in der luxuriösen Villa Maiers ein Hauskonzert statt. Im großen Salon waren die Stuhlreihen um den Flügel gruppiert. Eine handverlesene Gästeschar hatte sich eingefunden, um einem aufstrebenden jungen Pianisten zu lauschen. Alles atmete Kultur, gediegenen Wohlstand, beste Umgangsformen. Tettenborn, der junge Künstler, spielte Chopin. Andächtig lauschte die Gesellschaft. Wer kein Interesse an Musik hatte, tat wenigstens so. Um so ärgerlicher empfand man das fortgesetzte Tuscheln in der letzten Reihe. Mehrere Zuhörer wandten ihre Köpfe indigniert nach hinten.

Richard Maiers und Peter Bellheim kümmerten sich nicht um das Gezischel der vor ihnen Sitzenden. Sie steckten die Köpfe nur enger zusammen und debattierten weiter.

»Peter, das ist doch nicht dein Ernst! Wir müssen verkleinern, Gesundschrumpfen!«

»Gesundschrumpfen ist auch kein Allheilmittel«, flüsterte Bellheim ihm ärgerlich ins Ohr. »Man kann sich auch zu Tode schrumpfen.«

»Und wie willst du den Banken erklären, daß du plötzlich investieren möchtest? Statt Kosten zu sparen, willst du neues Geld ausgeben. Du willst umbauen, umgestalten, neue Projekte anfangen! In *der* Situation? Die erklären uns für verrückt, Peter.« Maiers lachte.

Bellheims Augen funkelten. Soeben wollte er zu einer heftigen Erwiderung ansetzen, als dezenter Applaus das Gespräch unterbrach. Die Gäste erhoben sich. Ein ziemlich feminin wirkender Jüngling in knappem Smoking schwebte auf Gertrud Maiers zu und küßte ihr begeistert die Fingerspitzen. »Hat er nicht wundervoll gespielt, gnädige Frau?« säuselte er. »Ja, unser Tettenborn!«

»Chopin ist seine Stärke«, antwortete Gertrud Maiers so stolz, als hätte sie selbst am Flügel gesessen.

Eine rundliche Dame trat heran und drückte ihr eifrig die Hand. »Danke für diesen Genuß! Woher Sie nur immer diese Einfälle haben? Auch die Dichterlesung letzten Monat, dieser... dieser... wie hieß er doch gleich? So schlicht und so sehr, sehr bewegend?« Sie seufzte hingerissen.

Ein älterer Herr mit weißem Schnurrbart gesellte sich dazu. »Bißchen die Kultur in Hannover hochhalten, was, gnädige Frau? Wie? Prima! Ah, da ist ja Bellheim!«

Die dicke Dame drehte sich um. »Tatsächlich!« rief sie. »Peter Bellheim! Seit wann sind Sie denn wieder im Land? Wir haben uns ja eine Ewigkeit nicht mehr gesehen. Wo haben Sie denn Ihre bezaubernde Frau?«

Bellheim begrüßte sie höflich. »Maria hat es bei diesem Schmuddelwetter vorgezogen, in Spanien zu bleiben. Verständlich, nicht wahr?« Aber schon zog Bellheim jemand anderes mit sich zum Buffet.

Die mollige Dame, jäh im Stich gelassen, schaute ihm nach.

»Fülliger ist er geworden. Und der Bart macht ihn alt«, zischte sie Frau Maiers zu.

Nachdem Peter Bellheim von Frau Vonhoff erfahren hatte, daß Dr. Urban, der Vorstandssprecher der Hannoverschen Kreditbank, sein alter Freund, auf Reisen war, hatte er sich mit Dr. Sebastian Müller-Mendt verabredet. Dieser empfing ihn zusammen mit seinem Assistenten Klaus Berger.

Aber obwohl die beiden Banker sich Bellheims Ideen geduldig anhörten, spürte er sofort, daß er hier nicht viel Verständnis für weitere Expansionspläne finden würde. Die Bank, das war deutlich zu erkennen, hatte kein unbegrenztes Vertrauen mehr in das Unternehmen. Aber man war natürlich daran interessiert, die bereits gewährten Kredite nicht zu verlieren. Der Kaufhauskonzern sollte wieder auf Rentabilitätskurs gebracht werden.

»Ihr Vorstand hatte uns ja bereits sein Sanierungskonzept vorgelegt, Herr Bellheim«, führte Müller-Mendt aus. »Welche Zweifel haben Sie daran?«

Müller-Mendts leicht spöttischer Unterton gefiel Bellheim wenig, aber er verzichtete darauf, ihn zu erwidern. »Mit Sparen verdient man noch nichts«, antwortete er gelassen. »Ich dachte...«

Berger unterbrach ihn eifrig. »Vor allem sollten Sie schnellstens die Verlustbringer abbauen und Kosten reduzieren, damit Ihr Unternehmen wieder Erträge bringt.«

Bellheim zog, über die belehrende Ausdrucksweise verärgert, die Brauen hoch. Bevor er etwas entgegnen konnte, betrat eine Sekretärin das Zimmer und steckte Müller-Mendt diskret einen Zettel zu, während sie die Kaffeetassen abräumte. Diese Unterbrechung kam Müller-Mendt sehr gelegen, da er bereits mit Richard Maiers einig geworden war und von Bellheim und seinen »Investitionen« eigentlich gar nichts wissen sollte. Verstohlen schaute er auf die Uhr und bekräftigte dann Bergers »Belehrung«. »Sonst ist ein Ende der Fahnenstange irgendwann abzusehen, nicht wahr?«, meinte er in jovialem Ton. »Herr Bellheim, ich kann Ihnen nachfühlen, daß Sie der Gedanke bedrückt, verkleinern zu müssen, Mitarbeiter auf die Straße zu setzen und Filialen zu schließen. Aber entweder opfern Sie jetzt ein paar Arbeitsplätze, haben den Mut, sich zu trennen... oder Sie gefährden das Ganze.«

Er stand auf. Mit einem Zitat des Feldherrn Moltke verabschiedete er sich: »Verspätete Rückzüge sind noch immer die verlustreichsten gewesen.«

Tief in Gedanken versunken, verließ Bellheim die Bank. Unten an der Drehtür der großen Schalterhalle stieß er mit einer jungen Frau zusammen, die eilig ins Innere strebte.

»Oh, Verzeihung!« entschuldigte sich Bellheim.

»Nichts passiert«, antwortete Gudrun Lange freundlich und drehte sich noch einmal nach ihm um.

Unruhig wälzte sich Peter Bellheim in dieser Nacht im Bett hin und her. Richard Maiers zum Vorstandsvorsitzenden zu machen, war falsch gewesen. Richard war intelligent, aber er hatte kein Gespür für die komplexe Welt des Kaufhauses, weder den nötigen Einfallsreichtum noch die Ellbogen. Die Wühltische abschaffen, mit denen man massenhaft Kundschaft ins Haus lockte. Pah! Aber

Peter Bellheim (Mario Adorf) übergibt auf seiner Abschiedsfeier den Vorstandsvorsitz des Kaufhaus-Konzerns an den Nachfolger Richard Maiers (Manfred Zapatka).

Gudrun Lange (Leslie Malton) wird in der Wertpapierabteilung der Hannoverschen Kreditbank von ihrem Abteilungsleiter ermahnt.

An seinem 60. Geburtstag begrüßen Peter Bellheim und seine Frau Maria (Krystyna Janda) ihre Gäste in Marbella.

Carla Lose (Erika Skrotzki) und Mona Stengel (Ingrid Steeger), zwei Verkäuferinnen, vertreiben sich die Langeweile des Arbeitsalltags durch die Lektüre von Kontaktanzeigen.

Gudrun Lange kann Karl-Heinz Rottmann (Heinz Hoenig) für ihre Börsentips interessieren.

In einer Kneipe trifft sich die Bellheim-Belegschaft nach Geschäftsschluß.

Olga Fink (Eva Maria Bauer) erklärt ihren Ehemann Erich (Heinz Schubert) für verrückt, als er zu Bellheim nach Hannover fährt.

Mit einem kräftigen Frühstück beginnen Herbert Sachs (Will Quadflieg), Erich Fink und Peter Bellheim den Arbeitstag in Hannover.

dafür ein Reitershop! Richard hatte eben nie hinter einem Ladentisch gestanden. Den Vorschlag einer Ausbildung im Konzern oder bei einem Konkurrenzunternehmen hatte er zurückgewiesen, hatte Volkswirtschaft studiert und war als Seiteneinsteiger ohne jede praktische Erfahrung in die Vorstandsetage eingezogen, angespornt von seiner ehrgeizigen Mutter, die es ihrem Mann nie verziehen hatte, daß er anstelle des eigenen Sohnes zuerst einmal den Emporkömmling Bellheim zum Nachfolger bestimmt hatte.

Natürlich hätte Bellheim auch Alex Barner, Ninas Ex-Mann, zum Nachfolger machen können – oder Rottmann, den dynamischen, rücksichtslosen, machtgierigen Karl-Heinz Rottmann. Hatte er, Bellheim, vor dessen brutaler Durchsetzungskraft damals selbst Angst gehabt? Hatte er die Konkurrenz des Jüngeren gefürchtet und ihn deshalb hinausgeworfen? Ach was. Bellheim schob alle selbstkritischen Gedanken beiseite. Der alte David Maiers hatte ihn unbeschränkt schalten und walten lassen. Nur eine Bedingung hatte er gestellt: Sein Sohn Richard sollte einmal das Unternehmen lenken. Bellheim hatte es versprochen und sein Versprechen gehalten. Aber jetzt gefährdete der stille, zurückhaltende, kluge Richard den Bestand des Ganzen.

Richard hatte kein Talent zum Feldherrn. Richard war ein Beamter, korrekt, fleißig, theoretisch. Was die Kaufhäuser brauchten, war ein Praktiker. Peter Bellheim wußte es, Richard selbst wußte es vermutlich auch, nur seine Mutter würde es nie einsehen.

Sein Lebenswerk stand auf dem Spiel. Die Kaufhäuser bedeuteten ihm alles. Er hatte sie aufgebaut. Jedes einzelne war eine Station seines Lebens. Wenn er sie verlor, hatte er sein Leben nur geträumt. Jünger müßte man sein, grübelte er, jünger... Und nach einer Weile: Verdammt noch mal, wieso eigentlich?

Jäh setzte Bellheim sich im Bett auf und griff zum Telefon. Es war halb zwei Uhr nachts. Auch in Spanien.

Olga Fink hatte im Gegensatz zu ihm selig geschlummert und war darum keineswegs erbaut, als das hartnäckige Schrillen des Telefons in der Diele sie weckte. Unwillig brummend warf sie einen Morgenrock über, ging die Treppe vom Schlafzimmer hinunter und hob den Hörer ab.

»Wer ist da?« fauchte sie unwirsch. »Peter? Ist was passiert? Nein? Sag mal, weißt du, wie spät es ist?«

Erich war inzwischen aufgewacht und grummelte ebenfalls recht ungnädig. Mit verstrubbeltem Haar kam auch er die Treppe hinabgeschlurft und nahm den Hörer in die Hand.

Bellheim war ganz von seiner neuen Idee gepackt. Ausführlich erläuterte er sie seinem alten Freund am Telefon. Das Gähnen am anderen Ende des Telefons überhörte er. Schließlich sagte Bellheim: »Warum werden Menschen mit Erfahrung... mit... Qualifikation, bloß weil sie sechzig oder fünfundsechzig sind, in den Ruhestand geschickt? Warum sollten sie auf einmal zu Hause rumsitzen?«

»Sag mal«, versetzte Erich, »rufst du mich mitten in der Nacht an, um mit mir über die Altersgrenze zu diskutieren?«

»Erich! Ich... du klingst so merkwürdig. Was hast du? Eine Klammer auf der Nase?«

»Ich habe Heuschnupfen! Seit gestern! Also was ist?«

»Erich«, erklärte Bellheim eindringlich, »ich brauche dich. Laß mich jetzt bitte nicht im Stich.«

»Laß mich nicht im Stich!« äffte Fink ihn wütend nach. »Wie stellst du dir das vor! Es ist allgemein bekannt, daß ich ein kranker Mann bin. Mein Magengeschwür bringt mich noch um. Ich habe Heuschnupfen. Ich... äh... was soll ich denn für dich tun?«

Noch während des endlosen Telefongesprächs ihres Mannes war die rundliche Olga längst wieder eingedöst. Nachdem Fink und Bellheim endlich die Hörer aufgelegt hatten, war bei Finks an Schlaf nicht mehr zu denken. Erich Fink war hellwach und wie elektrisiert gewesen. Er hatte seine Frau wachgerüttelt und ihr von Bellheims Vorschlag berichtet.

Die Debatte war noch in vollem Gange, als Maria Bellheim ihr Auto am nächsten Morgen vor der Gartentür parkte. Schon von weitem hörte sie die erregten Stimmen.

»Na schön, dann fahr! Fahr doch! Fahr!« Das war Olga. »Du hast doch nicht mehr alle Tassen im Schrank!«

»Mit Gartenarbeit und Bridgespielen will ich nicht meine Tage verplempern!« tönte es zurück.

»Du könntest ja auch mal ein Buch lesen, zur Abwechslung, wenn du dich langweilst.«

Maria faßte sich ein Herz und klingelte. Olga erschien. Sonst immer erfreut, wenn Maria kam, schien sie heute dem Anblick der Freundin nichts abgewinnen zu können. »Guten Morgen, Olga«, grüßte Maria mit betonter Unbefangenheit.

»Ich hoffe, ich komme nicht zu früh? Peter hat mich angerufen. Ich soll Erich...«

»Komm mir nicht mit dem!« rief Olga erbost. »Den Namen will ich gar nicht hören! Mitten in der Nacht klingelt das Telefon. Kein Auge habe ich mehr zugemacht. Schau mich an, wie ich aussehe.«

Im Schlafzimmer war Erich beim Kofferpacken. »Peter steckt offenbar in Schwierigkeiten. Und wenn mein Freund mich braucht...«

»Ach ja?« fiel Olga wütend ein. »Er braucht dich? Natürlich... du bist ja auch der einzige Wirtschaftsberater auf der Welt.«

»Morgens in den Spiegel gucken und mir Gedanken machen, wie ich den Tag rumbringe... das hängt mir schon lange zum Hals raus.« Ungerührt packte Fink weiter.

»Hat dir nicht neulich noch der Arzt gesagt, du solltest dir nicht zu viel zumuten?« schrie Olga ihm erbittert zu.

»Ich suche mir einen neuen Arzt«, murmelte Fink.

Maria mischte sich ein. »Auf einen Tag wird es ja wohl nicht ankommen, Erich. Soll ich Peter sagen, du kämst morgen?«

Aber Fink antwortete nicht.

Olga schwenkte aufgebracht einen Wasserkessel durch die Luft. »Soll ich dir mal den Unterschied zwischen diesem Kessel und dem da sagen?« Sie deutete auf ihren Mann. »Den Kessel kann man entkalken!«

Olga trat an die Terrassentür, während Maria vergeblich versuchte, sie zu beruhigen. »Soll ich dir noch was erzählen? Angeblich ist der erst dreiundsechzig Jahre alt. Dabei ist er in Wirklichkeit siebenundsechzig, und schon lange siebenundsechzig! Und dauernd klagt er über neue Zipperlein.« Drohend trat sie an die Schlafzimmertür. »Hast du nicht erst vorige Woche behauptet, du hättest Sehstörungen, und hast du nicht was von einem Gehirntumor gefaselt?«

»Ja, ja«, erwiderte Fink zerstreut, »aber da hatte ich doch...«

»Ich weiß«, zischte Olga, »du hattest deine Lesebrille verlegt. Verdammter Falschspieler!«

»Tut mir ja leid, daß ich keinen Tumor hatte«, erwiderte er bissig. Olga war sprachlos. Erich schloß die Koffer und trug sie in den Flur.

Maria folgte Olga auf die Terrasse und legte ihr liebevoll den Arm um die Schulter. »Den beiden kann doch gar nichts Besseres passieren«, meinte sie. »Sie werden wieder gebraucht!«

»Ich brauch' ihn auch«, beharrte Olga trotzig und fing an zu schluchzen.

Erich war bei ihren letzten Worten ebenfalls auf die Terrasse getreten.

»Ja, wie eine alte, graue Gewohnheit«, sagte er auf einmal traurig und ging nach unten. Maria folgte ihm.

»Jetzt denkt er, er kann wieder mit diesen billigen Blondinen aus seinem Büro herumziehen«, schluchzte Olga.

Fink sah Maria verdutzt an. »Keine Ahnung, wie sie auf so was kommt.«

»Wie?« rief Olga und kam die Treppe hinuntergefegt. »Und was war mit dem blonden Flittchen, mit dem du damals nach Ibiza geflogen bist?«

»Lieber Himmel!« hauchte Erich fassungslos. »Das war 1965!«

»Siehst du«, sagte Olga vorwurfsvoll zu Maria, »er erinnert sich noch ganz genau! Blonde Haare, blonde Zähne, blonde Figur!«

Die beiden Frauen brachten Erich Fink dann doch noch zum Flughafen von Malaga und schauten dem Flugzeug nach, wie es von der vor Hitze flimmernden Landebahn abhob und steil in den andalusischen Himmel stieg.

In der Elektroabteilung des Bellheim-Kaufhauses in Hannover flimmerten mehr als ein Dutzend Fernsehapparate auf den Regalen. Andrea ging eine Weile ratlos davor auf und ab und wandte sich dann hilfesuchend an einen Verkäufer. Es war ein junger Mann, der nicht wußte, daß sie ebenfalls im Haus beschäftigt war. Er empfahl ihr ein Gerät, das ihr selbst schon wegen der besonders guten Bildqualität aufgefallen war. »Sie sehen ja selbst«, erklärte er, »die Bildröhre ist einmalig. Das Gerät ist zwar etwas teurer, aber man muß halt wissen, was man will.«

Charly Wiesner, der Andrea ja angeboten hatte, ihr »auf günstige Weise« einen Fernseher zu besorgen, kam die Treppe hinauf. »Na, schon was gefunden?«

»Der dahinten hat das beste Bild und die schönsten Farben. Er sagt das auch.« Andrea deutete mit einer Kopfbewegung auf den Verkäufer.

»Das kann ich mir denken.« Charly grinste.

»Findest du nicht?« meinte Andrea.

»Na ja, die anderen Apparate sind halt ein bißchen blasser und unschärfer eingestellt.«

»Wieso?« Andrea begriff nicht.

»An denen hat der Herr Kollege nicht so viel Interesse«, erläuterte Charly geduldig. »Bei dem mit dem schönen Bild zahlt der Hersteller dreißig Mark Verkaufsprämie. Direkt an den Verkäufer! Da sind natürlich alle ganz heiß drauf, den zu verkloppen. Wenn das dreimal die Woche gelingt, ist das ein schönes Zubrot. Dafür wird an den anderen Geräten ein bißchen gefummelt: Schärfe weg, Farbe weg... wird bestimmt überall so gemacht.«

Am Abend regnete es mal wieder. Bellheim holte Erich Fink am Flughafen ab. Hans steuerte den Wagen. Es war kalt. Fink ließ das hintere Seitenfenster herunter und atmete tief durch. »Mieses Wetter! Regen! Herrlich!« Hans drehte sich verblüfft nach ihm um. Fink blinzelte ihm fröhlich zu. Bellheim mußte lachen und dachte an seine eigenen Gefühle vor wenigen Wochen, als auch er bei seiner Ankunft das schlechte Wetter so freudig begrüßt hatte.

»Na komm«, forderte Fink ihn auf, »erzähl mir was!«

»Willst du dich denn nicht zu Hause erst ein bißchen ausruhen?« fragte Bellheim fürsorglich.

»Ich ruh' mich schon jahrelang aus«, konterte Fink. »Also?«

»Also erst mal... der Vorstand ist nicht gerade begeistert darüber, daß ich wieder im Kaufhaus rumwimmle«, erklärte Bellheim.

Erich Fink lachte verschmitzt. »Verständlich. Und jetzt taucht noch so'n oller Knopp auf! Aber die werden den Teufel tun und sich gegen den Hauptaktionär stellen. Wie hättest du's früher gemacht. Überleg mal!«

»Uns Büros angewiesen. Einen Vorstandsassistenten als Aufpasser. Und ein paar Knochen hingeworfen, damit wir was zu beißen haben.«

»Genau! So planen die das auch«, bestätigte Fink. »Verlaß dich drauf.«

»Aber das wird ihnen nicht gelingen«, entgegnete Bellheim spitzbübisch, und beide lachten.

Fink war wirklich überhaupt nicht müde. Nachdem sie in Bellheims Villa angekommen waren, bestand er darauf, gleich in die Bilanzen und Verkaufsaufstellungen zu schauen. Er wollte mit dem ganzen Papierstapel gerade ins Bett gehen, als es an der Tür klopfte und Emma, die Haushälterin, mit einem appetitlich gedeckten Tablett erschien, das sie auf seinen Nachttisch stellte. »Ich dachte, Sie hätten vielleicht noch Hunger nach der langen Reise«, sagte sie freundlich.

Erich betrachtete mißbilligend das leckere Schinkenomelett, die Toastscheiben, den Salat und die Früchte.

»Schon mal das Wort Arteriosklerose gehört?« fragte er ungnädig.

»Ja«, erwiderte Emma erstaunt.

»Und Cholesterinspiegel?«

»Auch.«

»Und warum kochen Sie dann dieses ungesunde Zeug?«

»Probieren Sie doch erst einmal«, schlug Emma versöhnlich vor. »Schmeckt lecker.«

Fink machte eine abweisende Gebärde und rief: »Sollen wir uns denn zu Tode fressen? Ein bißchen gedünsteter Fisch, ein Blättchen Salat ohne Öl, das genügt für abends.«

Emma packte das verschmähte Tablett und verließ gekränkt ohne ein weiteres Wort das Zimmer. Peter Bellheim kam gerade aus dem Bad. Da Finks Tür offen stand, hatte er alles gehört. »Die Reise steckte ihm noch in den Knochen, Emma. Die Luftveränderung!«

»Hoffentlich«, knurrte Emma und verschwand nach unten.

Bellheim klopfte und trat ein. Erich Fink saß, umgeben von Papieren, vor dem großen Bett, hatte die Brille auf der Nase und wühlte selig in den Papieren herum. Leise ging Bellheim hinaus und lächelte zufrieden. Zum ersten Mal hatte er ein gutes Gefühl. Die Abrechnungen, Kostenberechnungen und Bilanzen wußte er in guter Hand.

Im Hof des Kaufhauses wurden Lastwagen entladen, Kisten und Paletten auf Förderbänder und in Lastenaufzüge verfrachtet. Im

Keller sortierten Arbeiter die Waren nach Verkaufsabteilungen, füllten Lager auf, meldeten Fehlbestände. Kleinere Gebinde und Kartons wurden zur Beförderung in die Verkaufsräume zusammengestellt.

Aus einem Container wurden fünf große Kartons ausgeladen. Sie enthielten, sorgfältig verpackt, Fernsehgeräte.

Charly Wiesner stand in der Nähe und tuschelte mit einem der Packer. Ein Händedruck, ein Nicken – der Packer blickte sich vorsichtig um und hob dann einen der Kartons wieder von der Palette. Unbemerkt schob er ihn in die dunkle Ecke hinter einem der großen Heizungskessel. Charly grinste ihm zufrieden zu.

Im obersten Stockwerk versammelte sich die Konzernleitung eine Stunde später zur allwöchentlichen Lagebesprechung im kleinen Sitzungssaal. Ganz unten am großen Konferenztisch saßen Bellheim und Fink.

Der Finanzchef Dr. Dürr musterte sie irritiert und wechselte dann einen Blick mit Richard Maiers. »Herr Dr. Fink«, fragte er ölig, »darf ich mich erkundigen, welches künftig Ihre Kompetenzen sein werden?«

»Ich habe keine Kompetenzen.« Erich lächelte entwaffnend.

»Herr Dr. Dürr meint, in welchem dienstlichen Verhältnis Sie und er...«, versuchte Richard Maiers zu präzisieren.

»In einem kollegialen, hoffe ich«, fiel Bellheim lächelnd ein.

Dr. Dürr war nicht zufrieden. »Schön, schön«, beharrte er, »aber wer gibt wem Anweisungen?«

»Sie sind hier die Verantwortlichen.« Fink strahlte. »Ich stehe Ihnen lediglich nach Kräften zur Seite und stelle Ihnen meine Erfahrungen und Kenntnisse zur Verfügung. Einverstanden?«

Fröhlich blickte er in die Runde.

»Na, wunderbar«, sagte Dr. Dürr skeptisch. Die anderen zogen es vor zu schweigen.

Bellheim lächelte. Die erste Runde hatte Fink eindeutig gewonnen.

Inzwischen ging in den Verkaufsabteilungen der Alltag weiter. Bei Radio und Fernsehen arbeiteten zwei Verkäufer. Einer davon war gerade dabei, einem Kunden Fernsehgeräte vorzuführen. »Der hier ist etwas teurer als die anderen«, erklärte er in beschwörendem Ton, »aber er hat eine einmalige Bildröhre. Vergleichen Sie selbst! Man muß halt wissen, was man will.«

Währenddessen näherte sich Charly mit einem Damenanorak über dem Arm dem zweiten Verkäufer, der Prospekte sortierte. »Sieh mal! Wäre das nichts für deine Frau, zum Geburtstag? Ich weiß doch, welche Farbe ihr steht. Neulich im Werk Zwo hatte sie auch so was Grünes an.«

»Quanta costa?« fragte der andere.

Charly sah sich verstohlen um und zog vorsichtig einen Faden aus der Naht des Kleidungsstücks, den er abriß. »Jetzt ist er um fünfzig Prozent herabgesetzt. Mängelexemplar. Einverstanden?«

Der Lastenaufzug hielt, und der Lagerarbeiter, mit dem Charly vorher gesprochen hatte, schob eine Palette mit vier in große Kartons verpackten Fernsehgeräten heraus. Er ging zu dem Erstverkäufer, der seinem Kunden inzwischen offenbar erfolgreich die Vorteile seiner Lieblingsmarke empfohlen hatte und kurz vor einem Abschluß stand, hielt ihm den Lieferschein hin: »Unterschreibst du mal?«

Der Verkäufer zeichnete den Lieferschein ab, ohne auch nur einen Blick auf die Geräte zu werfen. »Danke«, sagte der Arbeiter, zwinkerte Charly zu und begann mit dem Abladen. Vorsichtig verstaute er die Kartons in der dafür bestimmten Ecke.

»Gemacht«, sagte der andere Verkäufer zu Charly und nahm ihm den grünen Anorak ab.

»Ich hole mir nachher das Geld«, erwiderte Charly mit einem Nicken und ging zum Lastenaufzug. Zusammen mit dem Packer stieg er ein. Kaum war die Tür zu, als dieser ihm feixend den Lieferschein hinhielt.

»Wieviel hat er quittiert?« fragte Charly. »Fünf? Na siehst du. Das war doch klar, daß der nicht nachzählt, wenn er gerade einem was verkauft. Wenn man so etwas verhindern will, muß man eben mehr Leute einstellen, die aufpassen. Stimmt's?«

Der Packer grinste zustimmend.

Ebenso wie Bellheim genoß Fink die lange entbehrte Arbeit. Hatte er früher schnell über Termindruck und endlose Sitzungen gestöhnt, so fand er es jetzt wunderbar, regelmäßig ins Büro zu gehen und abends nach einem anstrengenden Tag müde ins Bett zu sinken. Ja, es war schön, wieder eine echte Aufgabe zu haben. Beim Wühlen in Akten, Listen und Abrechnungen förderte Fink Erstaunliches zutage.

Nicht minder erstaunlich waren die Neuerungen, die Erich Finks Anwesenheit für den Speiseplan in der Villa Bellheim mit sich brachte.

»Gibt's denn keinen Kaffee mehr?« hatte Peter Bellheim neulich beim Frühstück gefragt, als ihm hellblonder Tee eingeschenkt wurde.

»Kaffee«, hatte Emma mit scheelem Blick auf Fink doziert, »belastet Herz und Magen.«

»Dann einen Orangensaft«, hatte Bellheim vorgeschlagen.

»Orangensaft hat zu viel Säure.«

Selbst als Bellheims Vater und sein Freund aus dem Seniorenstift an einem Sonntag zu Besuch gekommen waren, hatte es nicht einmal Kuchen gegeben. »Kuchen hat zu viele Kohlehydrate«, hatte Emma schneidend bemerkt und giftig hinzugefügt: »Aber Magerquark haben wir jede Menge. Ungesüßten Magerquark natürlich.«

Es dauerte nur wenige Tage, bis Erich Fink die erste unangenehme Entdeckung machte. Bellheim wollte gerade schlafen gehen, als er ihn rufen hörte. »Komm doch bitte mal her, Peter.«

Die Stimme kam aus dem Badezimmer. Die Tür war nicht verriegelt. Bellheim öffnete und mußte schallend lachen. Fink lag in der Wanne, bis zum Kinn mit Badeschaum bedeckt. Vor ihm auf einer kleinen Ablage stapelten sich Papiere.

»Soll ich dir den Rücken schrubben?« fragte Bellheim grinsend.

Fink blickte über seine Brille ungerührt zu ihm auf.

»Mir ist da etwas aufgefallen«, erklärte er und reichte ihm mit nassen Fingern ein Papier. »Vergleich mal diese Preislisten mit den Rechnungen an uns... da zum Beispiel für diesen Artikel.« Er deutete auf einen bestimmten Posten.

Bellheim sah stirnrunzelnd nach. »Der kostet ja auf der Rechnung viel mehr als auf der Preisliste des Lieferanten!« sagte er erstaunt.

Fink nickte. Obwohl doch ein Großabnehmer wie Bellheim normalerweise nicht den Listenpreis bezahlt, sondern einen ordentlichen Rabatt bekommt. Er schaute über den Rand seiner Brille. »Ich werde mir das morgen mal etwas genauer betrachten. Irgend etwas stimmt da nicht.«

Schon am nächsten Tag fuhr Fink ins Ruhrgebiet zu dem Lieferanten. Der dortige Verkaufsleiter empfing ihn freundlich und wußte sofort Bescheid. »Selbstverständlich hat Bellheim Rabatt bekommen«, sagte er. »Und nicht zu knapp!«

Fink deutete höchst erstaunt auf seine Unterlagen, die er aus seiner Aktentasche gezogen hatte: »Und wie erklärt sich dann die Differenz?«

Der Verkaufsleiter staunte. »Lieferpreis minus Rabatt plus anteilige Werbungskosten, die Bellheim an uns zahlt, damit wir sie an die Werbeagentur PIA weiterführen. So war's vereinbart.«

»Werbeagentur PIA?« murmelte Fink und ließ sich die Zusammenhänge erklären.

Von der Telefonzelle aus rief er Bellheim an und erzählte ihm, was er herausbekommen hatte. »Und jetzt halt dich fest«, schloß er grimmig. »Die Agentur PIA gehört der Frau eures Zentraleinkäufers. Und Mitinhaber ist ein gewisser Dr. Dürr, Finanzvorstand bei Bellheim.«

Bellheim packte die Wut, als er den Telefonhörer auflegte. Ein Betrugsmanöver direkt vor der Nase von Richard Maiers, eingefädelt von einem seiner engsten Mitarbeiter und Vorstandskollegen! Er stürmte auf den Flur hinaus und in das Büro des Vorstandsvorsitzenden. Richard Maiers saß an seinem Schreibtisch und diktierte, als Bellheim eintrat und ohne weitere Einleitung sagte: »Kannst du bitte einen Augenblick mitkommen, Richard?«

Der stets höfliche Richard hob überrascht die Brauen. »Natürlich, Peter.«

»Und lies bitte das hier.« Bellheim reichte ihm einige zusammengefaltete Blätter. Richard stand auf und folgte Bellheim. Der ging eilig voran über den Flur, durchquerte, ohne die Sekretärin zu beachten, ein Vorzimmer und betrat das Büro des Finanzdirektors. Dr. Dürr befand sich in einer Besprechung mit dem Zentraleinkäufer und einem Vertreter. Verwundert blickten sie auf.

»Guten Morgen, Herr Bellheim, guten Morgen, Herr Dr. Maiers«, sagte Dr. Dürr und sah die beiden fragend an.

Bellheim nickte nur und reichte Dr. Dürr das Dossier.

Der Finanzdirektor blätterte verwundert in den Papieren. »Worum handelt es sich denn?«

»Sie sind entlassen«, antwortete Bellheim sanft. »Sie haben eine Stunde Zeit, Ihre Büros zu räumen. Oder wollen Sie sich lieber wegen Betrugs vor Gericht verantworten?« Er machte kehrt und verließ den Raum. Richard Maiers, ebenfalls völlig überrascht, folgte ihm hastig. »Peter, was ist denn hier eigentlich los?« Hinter ihm riß Dr. Dürr die Tür auf.

»Ich weiß nicht, was ich sagen soll, Herr Dr. Maiers«, begann er. »Falls sich das... befremdliche Verhalten von Herrn Bellheim auf die Werbeverträge mit der Agentur PIA bezieht... ich sehe darin nichts Verwerfliches. Es handelt sich um eine im Wirtschaftsleben durchaus übliche Praxis.«

»Werbung ohne Wissen des Gesamtvorstandes?« fragte Bellheim mit schneidender Stimme. »Über Ihre eigene Firma?«

»Dem Unternehmen Bellheim ist dadurch nicht der geringste Schaden entstanden!« Dr. Dürr war sichtbar verlegen geworden.

»Bei völlig überhöhten Honoraren und noch mal Beratungshonorar für Sie obendrauf? Außerdem hat Ihre Agentur PIA nicht nur bei den Lieferanten kassiert, sondern dieselbe Tätigkeit ein zweites Mal uns in Rechnung gestellt. Kein Betrug? Nein? Wollen Sie es auf eine Strafanzeige ankommen lassen?«

Der Finanzdirektor schwieg. Der Zentraleinkäufer war auf seinen Stuhl gesunken und hielt den Kopf in den Händen vergraben. Unbehaglich schaute der Vertreter von einem zum anderen.

Bellheim kehrte in sein eigenes Büro zurück. Der erste Schritt zum Ausmisten des Augiasstalls war getan.

Am Abend brütete er noch lange über seinen Akten. Frau Vonhoff hatte sich soeben verabschiedet, als Richard Maiers ins Zimmer trat. Erstaunt sah Bellheim, daß der stets nüchterne Richard leicht schwankte. »Ich bin betrunken«, verkündete Richard mit großem Ernst.

Bellheim lächelte. »Gibt's dafür einen besonderen Grund?«

»Gute Frage«, versetzte Richard. »Der halbe Vorstand läßt sich schmieren, und ich hatte keinen blassen Dunst.«

»So was passiert«, wiegelte Bellheim ab. »Da muß man zuschlagen, sonst wird's ein Faß ohne Boden.«

»Meine Güte, wie du da heute reingestürmt bist!« Richard lachte. »Waff! Der Exterminator! Rambo räumt auf! Mir vorher was zu sagen hätte natürlich die Wirkung vermasselt. Stimmt's?«

»Ach, darum geht's!« rief Bellheim. »Du bist ja gar nicht so betrunken.«

»Betrunken?« Richard wollte schon wieder klein beigeben, aber er raffte sich noch einmal auf. Wenigstens wollte er Bellheim die Meinung sagen. »Was kümmere denn *ich* dich? Die Hauptperson bist doch du. Der Kaufhauskönig! Einen wie mich kann man belügen... betrügen, dich nicht. Du traust keinem. Alle haben nach deinen Regeln zu spielen... zu deinen Bedingungen...«

Verbissen schwieg Richard eine Weile. »Möchtest du, daß ich zurücktrete?« fragte er dann plötzlich.

Bellheim schüttelte den Kopf. »Unsinn!«

»Ich würde gerne eine Weile ins Ausland gehen.«

Bellheim trat auf ihn zu. »Du bist hier wichtiger.«

Richard schwankte. »Bin ich das?«

Die beiden starrten sich an.

»Es ist doch dein Unternehmen«, sagte Bellheim.

»Es trägt deinen Namen, nicht meinen«, erwiderte Richard und wandte sich zur Tür.

»Richard«, rief Bellheim ihm nach, »wir sind doch Freunde!«

Richard war schon an der Tür. Bitter lächelnd drehte er sich um. »Zu deinen Bedingungen?«

Bellheim atmete tief durch. Richard lächelte, aber es war ein freudloses Lächeln. Er verließ das Büro und warf mit aller Kraft die Tür ins Schloß, so daß sie laut schepperte. Bellheim zuckte zusammen.

Draußen regnete es in Strömen. Bellheim konnte nun, nachdem Maiers die Tür knallend ins Schloß geworfen hatte, nicht mehr im Büro bleiben. Also zog er seinen Mantel an und ging durch das halbdunkle Kaufhaus zum Ausgang. Der Nachtwächter und sein Hund hatten sich inzwischen an ihn gewöhnt. Vor dem Tor zur

Tiefgarage wartete er auf Hans und den Wagen. Dabei bemerkte er eine dunkle Gestalt, die ebenfalls unter dem schützenden Vordach stand. Als das Licht einer Straßenlaterne auf sie fiel, erkannte er sie. Es war die junge Dekorateurin mit den flotten Einfällen.

»Guten Abend«, grüßte er.

Andrea fuhr erschrocken herum. Als sie ihn bemerkte, sagte sie lachend: »Na, so ein Zufall! Guten Abend, Herr Bellheim.«

»Waren Sie wieder bis spät fleißig?« erkundigte Bellheim sich freundlich.

»Offenbar genau wie Sie«, antwortete Andrea. Es klang etwas undeutlich, denn sie hielt ein Taschentuch an die Nase gepreßt. Gerade wollte sie »Auf Wiedersehen« murmeln und die Straße überqueren, als Bellheim fragte: »Haben Sie Zahnschmerzen?«

»Nein«, schniefte Andrea. »Ich bin erkältet.« Sie hustete.

»Ja, weiß Gott, das hört man«, bemerkte Bellheim mitleidig. »Da sollten Sie aber nicht so im Regen herumlaufen.«

Andrea musterte ihn spöttisch. »Was schlagen Sie sonst vor? Fliegen?«

Bellheim lachte. »Wenn Sie kein Auto dabei haben, Frau... äh... Fräulein...?«

»Wegener, Andrea Wegener. Nein, ich... äh...«

»Dann könnten wir Sie vielleicht ein Stück mitnehmen?«

Andrea überlegte einen Moment. »Würden Sie das wirklich? Das wäre wunderbar. Mein Bus kommt nämlich erst in zwanzig Minuten.«

Hans fuhr mit dem Wagen vor, stieg aus und öffnete die Tür.

»Kommen Sie schon«, sagte Bellheim. »Steigen Sie ein. Wo wohnen Sie?«

Hans kannte die Straße, die am Stadtrand lag.

Im Wagen war es angenehm warm. Andrea genoß den Luxus der leise dahingleitenden Limousine. Sie hustete wieder. »Entschuldigung. Hoffentlich stecke ich Sie nicht an.«

»Ich bin recht widerstandsfähig.«

»Ja?« Das klang recht doppeldeutig. Sie sah ihn lächelnd von der Seite an und schaute dann in die regnerische Nacht hinaus.

Als Hans endlich in einer düsteren, menschenleeren Straße

hielt, war der Regen noch heftiger geworden. Andreas Wohnung lag über einer kleinen Fabrik für Dekorationsmaterial.

»Der Meister hat mir den Lagerraum über der Werkstatt vermietet«, erklärte sie. Natürlich muß ich noch eine Menge daran basteln, aber es wird schon. Möchten Sie auf eine Tasse Tee mitkommen?«

Bellheim schüttelte lächelnd den Kopf. »Nein danke, lieber nicht.«

»Grundsätze?« fragte Andrea ironisch.

»Ich pflege meine Grundsätze so hoch zu halten, daß ich bequem darunter wegspazieren kann. Aber ich habe noch zu tun, und es war ein langer Tag.«

»Okay, okay«, sagte Andrea lachend. »Vielen Dank fürs Mitnehmen.«

Sie stieg rasch aus und verschwand im dunklen Hauseingang.

Bellheim sah ihr gedankenvoll nach, bis er den prüfenden Blick des Chauffeurs im Rückspiegel merkte. Er zwinkerte ihm vergnügt zu.

Nachdenklich lehnte er sich in die Polster zurück. Sie war jung. Vielleicht halb so alt wie er. Aber sie interessierte sich für ihn, das spürte er. – Nein, das redete er sich bestimmt nicht ein, das war unübersehbar. Vergnügt summte er ein Liedchen vor sich hin. Dabei spürte er ein leichtes Prickeln im Hals. Er räusperte sich. Vielleicht war er doch nicht so widerstandsfähig, wie er vermutet hatte.

Übers Wochenende waren Erich Fink und Peter Bellheim anläßlich von Bellheims und Marias Hochzeitstag nach Spanien geflogen. Da Maria sich in Marbella um ihre Ballettschule kümmerte, hatten sie seit Bellheims Rückkehr nach Hannover, selbst am Telefon, kaum Muße für ein ruhiges Gespräch gefunden. Wenn Maria anrief, war Bellheim beschäftigt – oft noch spät am Abend –, und es kam ihm auch dauernd etwas dazwischen. Sich gegenseitig Nachrichten zu hinterlassen, war auf die Dauer natürlich nicht gut.

Nachdem Olga und Maria ihre beiden Männer am Flugplatz abgeholt hatten, wollten sich die vier am Abend zu einem festlichen und fröhlichen Essen in Bellheims Villa treffen.

Vor allem Erich Fink war in ausgelassener Stimmung. Peter Bellheim hatte Maria ein zauberhaftes Armband mitgebracht, und als die Finks nach ihrem Eintreffen auf der Bellheimschen Terrasse das kostbare Geschenk bewunderten, läutete wieder einmal das Telefon. Das Gespräch war für Bellheim. »Wer hat Ihnen das gesagt?« fragte er, nachdem er eine Weile zugehört hatte, und wandte sich dabei mit betroffener Miene von den übrigen ab.

Schlagartig sank die Stimmung. Alle wußten, daß etwas Schwerwiegendes vorgefallen war. »Wir nehmen morgen früh den ersten Flieger«, beendete Bellheim das Gespräch.

Damit war allen vieren die Laune gründlich verdorben.

In Bellheims und Finks Abwesenheit hatte Maiers anscheinend eilig den Betriebsrat zusammengetrommelt, um sein Sanierungskonzept durchzuziehen. Bei ihrer Rückkehr wollte er sie wohl vor vollendete Tatsachen stellen.

Maiers wollte den Krieg. Und Bellheim wollte sich darauf einlassen. Doch er wußte, er würde Verstärkung brauchen.

Bellheim hatte sich natürlich telefonisch bei Herbert Sachs in Bellagio angemeldet. Sachs hatte ihm sofort freundlich angeboten, ihn vom Mailänder Flughafen abzuholen. Und als Bellheim ihn gefragt hatte, wie man sich denn erkenne, hatte Sachs versichert, er sehe noch genauso aus wie früher. Jetzt stand Bellheim in der riesigen Mailänder Flughafenhalle. Die Reisenden strömten durch die Zollabfertigung. Er blickte sich suchend um, ging weiter und blieb wieder stehen. Ein eleganter, grauhaariger Herr mit einem Strohhut musterte ihn und ging dann vor zur Absperrung. Die Menge verlief sich. Zurück blieben nur Bellheim und der grauhaarige Herr. Ein paarmal liefen sie auf und ab, hin und her, aneinander vorbei, schauten sich an und dann wieder weg. Schließlich drehten sich beide langsam um, und Bellheim ging zögernd auf jemand anderen zu. »Herr Sachs?« fragte Bellheim. »Herbert Sachs?«

Sachs musterte ihn ungläubig und ein wenig verlegen. »Peter Bellheim, also sind Sie's doch!« Er lächelte. »Sie sind etwas grauer geworden.«

Die beiden schüttelten sich die Hand.

Bellheim war erschrocken, wie alt Sachs geworden war, wie

gebrechlich. Aber natürlich ließ er sich seine Enttäuschung nicht anmerken. »Sie sind auch nicht jünger geworden!« versuchte er seine Irritation zu überspielen.

»Jaja«, winkte Sachs ab, »Schnee auf dem Gipfel, aber im Tal grünt es noch.« Sachs war immer ein besonders attraktiver Mann gewesen. Groß, breitschultrig, mit dunklen Augen, ein ausgesprochener Frauentyp.

Jetzt hatte die Zeit ihn sehr verändert. Er hatte einen Bauch bekommen. Aber hinter der schmalen Metallbrille blitzten noch immer kurzsichtige, aber sehr wache Augen. Ein genußfreudiger Mund und eine kräftige Nase vervollständigten das Bild eines Mannes, der im Ruhestand noch lange nicht auf die schönen Seiten des Daseins verzichten wollte.

Herbert Sachs führte Bellheim hinaus auf das Flugfeld. Dort wurden sie von einem bildhübschen blonden Mädchen erwartet.

Sachs warf Bellheim einen halb stolzen, halb verlegenen Blick zu und stellte vor: »Das ist Ornella.«

Zu Bellheims großer Überraschung wartete kein Auto auf sie. Statt dessen öffnete Sachs die Tür eines Hubschraubers.

»Fliegen wir damit?« fragte Bellheim überrascht.

Sachs nickte. »Geht doch schneller.«

Bellheim nahm zögernd neben Ornella auf der Rückbank Platz, während sich Sachs neben den Piloten setzte und Kopfhörer überstülpte.

Sachs grinste und flüsterte dem Piloten etwas zu. Der nickte und drückte auf den Anlasser. Der Hubschrauber hob vom Flughafen ab. Ornella musterte Bellheim ironisch. Sie meinte, daß er diesen Tag bestimmt nicht so schnell vergessen werde. Im Lärm des Helikopterflugs verstand Bellheim jedoch nicht, was sie sagte. Plötzlich bemerkte er, daß Sachs das Steuer übernommen hatte, während der Pilot in Flugkarten blätterte.

Erschrocken beugte er sich vor: »Fliegen jetzt etwa Sie?« fragte er Sachs.

Sachs nickte: »Was dagegen?« Bellheim wollte »ja!« sagen, aber das traute er sich dann doch nicht. Ornella beobachtete ihn und lachte amüsiert.

Nach einer relativ kurzen Flugzeit deutete Sachs auf die wunderbare Landschaft unter ihnen, die blauen Berge, den im Sonnenlicht glitzernden See. »Von hier oben haben wir den schönsten Blick über den ganzen Comer See«, rief er.

»Aber da unten habe ich noch 'ne Menge vor«, antwortete Bellheim etwas verängstigt.

»Und Sie habe ich immer für einen knallharten Burschen gehalten«, lachte Sachs. Der Hubschrauber flog eine Steilkurve. »Großer Gott«, stöhnte Bellheim, »ich hatte ja keine Ahnung, daß Sie für den ›Großvater des Jahres‹ trainieren.« Ornella bog sich vor Lachen.

Der Hubschrauber landete auf einer Wiese hinter einer herrlich gelegenen Villa.

Von deren Terrasse hatte man einen traumhaften Blick über den See. Es war mittlerweile Abend geworden. Den ganzen Nachmittag über hatten Sachs und Bellheim Erinnerungen an alte Zeiten ausgetauscht – wie sie sich gegenseitig Konkurrenz gemacht und in mancher Einkaufsschlacht miteinander gerungen hatten. Herbert Sachs gehörte vor seiner Pensionierung zum Vorstand des Warenhausriesen Kaufstadt, wo er für den gesamten Einkauf verantwortlich gewesen war.

Beim Abendessen schien Bellheim allerdings keinen Appetit zu haben. Er stocherte gedankenverloren auf seinem Teller herum.

Sachs beobachtete ihn und bemerkte dann schalkhaft: »Noch etwas von dem Loup de Mer? Sie essen ja gar nichts?«

»Danke.« Bellheim winkte ab.

Sachs wußte, daß Bellheim der Hubschrauberflug in die Glieder gefahren war. Aber er hatte im Laufe des Gesprächs auch mitbekommen, welche schweren Sorgen Bellheim bedrückten. Bellheim hatte keinen Hehl daraus gemacht, wie es um seinen Konzern stand. »Warum kommen Sie ausgerechnet zu mir?« fragte Sachs nicht ohne Koketterie.

Bellheim sah ihm gerade in die Augen. »Führungskräfte mit Ihrer Erfahrung, mit Ihren Branchenkenntnissen sind rar.«

»Ich bin schon eine Weile aus dem Geschäft«, antwortete Sachs. »Erzählen Sie mir lieber, wie Sie den alten Fink überredet haben, sich um Ihre Finanzen zu kümmern.«

»Ich *habe* ihn eben überredet«, sagte Bellheim knapp.

»Den zu haben ist wie mitten in der Wüste ein kaltes Bier finden.« Sachs betrachtete seinen Teller und fuhr dann fort: »Ich habe damals sehr ungern aufgehört. Sehr, sehr ungern. Aber ... mit einem gewissen Abstand ... wenn ich so an früher denke ... nun ja, die Belastbarkeit hat nachgelassen, die Flexibilität. Da darf man sich nichts vormachen.«

In diesem Augenblick trat Ornella in einem duftigen Kleid auf die Terrasse hinaus. Sachs erhob sich.

Bellheim beobachtete ihn skeptisch. Er spürte die Einsamkeit des alten Herrn. Wäre Sachs eine richtige Entscheidung, vorausgesetzt, er würde überhaupt mitmachen? Früher einmal war er einer von den wirklich Großen gewesen. Größer als Bellheim. Aber er war doch sehr alt geworden, sehr wackelig, ein wenig schwerhörig. Wie traurig der Alte gewirkt hatte, als das junge Mädchen an den Tisch kam. War das etwa seine Geliebte? Oder genoß er nur die Nähe der Jugend? Er hatte sehr betrübt gewirkt, als er erzählte, daß die junge Frau zum Herbst einen Studienplatz an der Universität von Bologna erhalten habe. Sachs würde allein hier in seinem vornehmen riesigen Haus bleiben.

Von seiner Frau, so hatte Herbert Sachs Bellheim erzählt, lebte er schon seit einer Ewigkeit getrennt, obwohl die beiden nie geschieden worden waren. Und Sachs' Sohn hatte mittlerweile selbst eine steile Karriere gemacht und saß nun auf demselben Posten wie früher sein Vater, nur bei einem anderen Konzern. Bei der Pensionierung von Sachs hatten Vater und Sohn versucht, in Bellagio eine große Orchideenzucht zu betreiben, aber das Unternehmen war schiefgegangen, und darüber hatten sie sich wohl heillos zerstritten. Wäre das vielleicht ein Grund, auf Bellheims Angebot einzugehen? Angst vor Alterseinsamkeit? Aber wünschte Bellheim sich das überhaupt? Sachs war immer ein Riese gewesen – aber jetzt?

Am nächsten Morgen joggten die beiden Herren im Trainingsanzug durch die Morgenkühle. Sachs war ein Fitneßfanatiker. Der Weg führte steil bergab und wieder bergauf. Bellheim wurde es warm. »Sie schwitzen ja!« stellte Sachs feixend fest, als sie sich auf dem Rückweg befanden. »Nicht in Form, wie?«

»Aber nein!« widersprach Bellheim. »Das sind nur Ihre Laufschuhe, die drücken.«

»Drücken? Faule Ausrede! Wie alt sind Sie?«

»Sechzig.«

»Sechzig! Donnerwetter. Sie sehen keinen Tag älter aus als neunundfünfzig.« Bellheim lächelte gequält.

Sie waren wieder bei Sachs' Villa angekommen. Während er sich mit einem Handtuch abrubbelte, sagte Sachs: »Ich habe mir Ihren Vorschlag von gestern noch einmal reiflich überlegt.« Er schüttelte den Kopf. »Wie stellen Sie sich das eigentlich vor? Ich soll Ihnen helfen, meinem eigenen Sohn Konkurrenz zu machen? Meinen früheren Arbeitgebern den Krieg zu erklären!« Er blieb stehen und sah Bellheim vorwurfsvoll an. Doch plötzlich verwandelte sich Sachs' Miene völlig. »Grandiose Idee!« Lachend umarmte er Bellheim. Sie schüttelten einander die Hände und flogen noch am selben Tag gemeinsam nach Hannover zurück.

Emma und Hans schleppten Unmengen von Koffern und Kisten nach oben. Nach einigem Hin und Her hatte Sachs eingewilligt, Bellheims Einladung anzunehmen und mit im Haus zu wohnen. »Platz ist genug«, hatte Bellheim gesagt, »und für den ständig tagenden Kriegsrat ist es auch besser.«

Erich Fink begrüßte Herbert Sachs in der Diele mit aufrichtiger Freude. Dieser klopfte ihm freundlich auf die Schulter und bemerkte salbungsvoll: »Ich hoffe, ihr werdet nicht von mir enttäuscht sein.«

»Bestimmt nicht!« erwiderte Fink energisch.

Sachs grinste selbstsicher. »Natürlich nicht! Das war nur so eine Redensart.« Sein Blick fiel auf Hans, der gerade ächzend eine schwere Kiste die Treppe hinauftragen wollte. »Nein«, sagte er, »die bitte nach unten ins Schwimmbad.«

Hans machte kehrt. »Was ist denn da drin?« erkundigte er sich ächzend. »Goldbarren?«

»Mein Trimmgerät!« erläuterte Sachs stolz. »Man muß doch fit bleiben!«

Emma, die an der Tür stand, verkniff sich ein Lächeln. Sachs bemerkte es sofort . »Und wie alt ist so was wie Sie?«

»Achtundfünfzig«, antwortete Emma etwas verlegen.

»Schau an! Sie sehen keinen Tag älter aus als siebenundfünfzig.«

Aha, dachte Bellheim schmunzelnd. Das ist also sein Standardwitz.

»Sind Sie verheiratet?« fragte Sachs weiter und dachte keine Sekunde daran, Emma, die sich gerade all seine vielen Koffer auflud, um sie die Treppe hinaufzutragen, mit dem Gepäck zu helfen. Als Emma unter Stöhnen bejahte, konterte er nur: »Gegen wen?« Die Witzeleien des neuen Hausbewohners gingen Emma schon jetzt auf die Nerven.

Im Kaufhaus verbreitete sich die Nachricht wie ein Lauffeuer. Jochen Streibel, der Betriebsratsvorsitzende, hatte »Don Krawallo« Ziegler auf dem Weg in sein Büro gestellt.

»Was hört man da?« fragte er aufgeregt. »*Wen* hat Bellheim angeheuert?«

»Sachs«, antwortete Ziegler barsch. Am liebsten hätte er den Betriebsratsvorsitzenden zum Teufel geschickt.

»Den Kaufstadt-Sachs? Den gibt's noch?«

»Allmählich wird das hier noch der reinste Rentnerverein!« knurrte Ziegler bissig und stieg mit grimmiger Miene mit seiner Sekretärin in den Aufzug.

»Wenn's funktioniert, ist's doch gut!« rief Streibel hinterher.

»Wenn!« fauchte der unversöhnliche Ziegler, und die Fahrstuhltür schloß sich. Grinsend sah Streibel ihm nach.

Als Jürgen Ziegler durch die offene Tür seines Vorzimmers schritt, erstarrte er. Seine Möbel waren verschwunden. Es wimmelte von Handwerkern und Möbelpackern, die Einrichtungsgegenstände und Akten von Raum zu Raum schleppten. Sekretärinnen trugen Stapel von Unterlagen und körbeweise Büromaterial über den Korridor. Ihm fiel ein, daß Bellheim vor ein paar Tagen etwas von Veränderungen auf der Etage erzählt hatte. Aber was ging das ihn an?

Vier Möbelpacker wuchteten einen gewaltigen Schreibtisch heran. Versehentlich streiften sie dabei Zieglers Rücken. »Herrgott noch mal!« Der Geschäftsleiter kochte vor Zorn.

Sachs bog mit einer dicken Aktentasche um die Ecke. »Da ist er ja!« rief er strahlend. »Mein alter aus Köln!« Zärtlich klopfte er auf die Schreibtischplatte.

Ziegler verließ das Zimmer. Er war ausquartiert worden. Sachs bezog sein Büro.

»Für das Trumm ist Ihr Büro zu klein«, sagte einer der Packer zu

Sachs und deutete auf den Schreibtisch. Sachs warf ihm einen vernichtenden Blick zu. »Werden Sie hier für Ihre Meinung bezahlt oder fürs Möbeltragen?« Der Mann zog es vor zu schweigen. Der Schreibtisch wurde in Position gebracht.

Erich Fink erschien zur Inspektion. Sachs hatte bereits hinter seinem guten Stück Platz genommen. Er holte einen dicken Stoß Notizbücher aus seiner Aktentasche und breitete sie stolz vor sich aus.

»Meine Lieferantenadressen«, erklärte er. »Die sind Gold wert!« Er griff zum Telefon. »Da wollen wir uns mal an die Front zurückmelden.«

Im Laufe des Vormittags stattete auch Bellheim Sachs einen Besuch ab, um zu sehen, ob er sich gut eingerichtet hatte. Sachs saß am Schreibtisch und telefonierte.

»Was denn? Sie haben die Fabrik nicht mehr? Wem gehört sie denn jetzt? Was? Und Westform? Die sind pleite? Mensch, so schnell ändert sich die Welt. Gibt's denn wenigstens noch Dickmann und Co? Auch nicht?« Er legte enttäuscht auf und wollte erneut wählen. Bellheim trat nachdenklich ans Fenster. Ganz schön schwer, nach zwölf Jahren alte Fäden wieder anzuknüpfen, dachte er. Wenn ich schon nach drei Jahren solche Schwierigkeiten damit habe! Plötzlich kamen ihm Zweifel am Gelingen seiner Pläne. Ja, es stimmte – Fink, Sachs und er waren drei alte Männer, die einfach versuchten, das Rad der Zeit zurückzudrehen. Konnten sie das überhaupt schaffen? Er biß die Zähne zusammen.

Sachs unterbrach seinen Gedankengang. Ärgerlich rief er: »Das Gespräch ist schon wieder weg! Frau Förster!«

Beflissen eilte die Sekretärin herein. »Haben Sie wieder den roten Knopf gedrückt?«

»Soll ich doch bei Ferngesprächen«, erwiderte Sachs.

»Nein!« stöhnte die Sekretärin. »Auf den weißen müssen Sie drücken ... Nein, nicht so«, schrie sie auf, »damit blockieren Sie sämtliche Gespräche hier auf der Etage!«

»Aber wozu ist dann der rote da?« erkundigte sich Sachs.

Die Sekretärin holte tief Luft. »Um das Gespräch zu mir rüberzustellen.«

»Und der weiße?« wollte Sachs weiter wissen.

»Um es von mir zu übernehmen«, erklärte Frau Förster resigniert.

Aber Sachs verstand sie falsch. »Was soll ich überqueren?«

Bellheim seufzte. Auch dieses Gespräch war nicht dazu angetan, seine Zweifel in die Zukunft zu beseitigen.

Nach Geschäftsschluß saßen Bellheim, Fink und Sachs in der halbdunklen, leeren Cafeteria des Kaufhauses deprimiert beieinander. Am Nachmittag hatte Bellheim einen aufgeregten Anruf von Maria erhalten. Sie war zu der Baustelle der Feriensiedlung in Marbella gefahren und hatte diese vollkommen verlassen und abgesperrt vorgefunden.

Fink goß drei Cognacs ein und sagte: »Deine spanische Feriensiedlung kommt unter den Hammer. Na schön, du wirst was verlieren. Vielleicht nicht alles, aber...«

»Warum mußte ich mich da dran beteiligen? Wenn ich das Geld auf der Bank gelassen hätte, wär's besser gewesen.«

Sachs versuchte ihn zu beruhigen: »Jeder hat sich schon mal verspekuliert. Ihre wirtschaftliche Existenz stellt das doch nicht in Frage?«

»Darum geht's nicht nur!« Bellheim leerte sein Cognacglas. »Früher wäre mir das einfach nicht passiert. Es hätte nicht gewagt zu passieren!«

»Ach was!« widersprach Sachs. »Reden Sie sich um Gottes willen nichts ein.« Er wollte zur Toilette, stutzte aber plötzlich vor einem Spiegel und betrachtete den neuen Anzug, den er sich bei Bellheim gekauft hatte. »Sagt mal, in dem Anzug hab' ich doch einen Buckel?«

Unwirsch erwiderte Fink: »Das ist dein normaler Buckel.«

»Ich seh' aus wie Richard der Dritte«, meinte Sachs voller Selbstironie. »Bei den Temperaturen hier brauchte ich unbedingt was Wärmeres. Aber die Bellheim-Herrenkonfektion ist doch nicht so ganz mein Stil.«

»Tauschen Sie ihn um«, sagte Bellheim mürrisch. Er wirkte sehr bedrückt.

»Nein! Ach was! Geh ich halt als Quasimodo.« Sachs begriff, daß Bellheim nicht zum Scherzen aufgelegt war. »Sie fürchten, Ihr Glück wär' dahin, stimmt's? Sie haben recht: Glück und Erfolg sind *in* einem. Wenn da drin was nachläßt, müde wird, ist es aus. Dann folgt Schlappe auf Schlappe, und man ist fertig. Hab' ich mein Lebtag beobachtet! Und nicht nur im Geschäftsleben.«

Fink beugte sich vor Sachs: »Mensch, du bist ja ungeheuer aufbauend. Wenn ich mal Selbstmord begehen will, komm' ich zu dir.«

»Unsinn! Er hat doch jetzt Gelegenheit, es rauszufinden. Wir alle. Gelingt's uns, den Karren aus dem Dreck zu ziehen, ist es noch nicht vorbei mit uns. Dann sind Glück und Erfolg noch mit uns.« Sachs hebt sein Cognacglas und prostet den beiden zu. »Finden wir's raus!«

Bellheim wurde wieder zuversichtlicher. »Finden wir's raus!« Sie stießen an.

Bellheim und seine Freunde nahmen das Frühstück bei schönem Wetter immer gemeinsam auf der Terrasse ein. Emma, zwischen unterschiedlichsten Ernährungstheorien hin und her gerissen, servierte Spiegeleier mit Speck und konnte gar nicht schnell genug schwarzen Kaffee nachschenken. Fink und Sachs nahmen ihre vollen Teller munter in Angriff. Sachs las dabei die Morgenzeitung.

»Eier!« brummelte Emma. »Gift für den Cholesterinspiegel!«

»Ach was!« sagte Fink. »Ich habe einen Mordshunger.«

»Und Ihr Magengeschwür?« versetzte Emma tadelnd.

»Was für ein Magengeschwür?« Fink biß kräftig in sein Butterbrötchen.

»Denken Sie denn gar nicht mehr an Ihren Natrium- und Kaliumhaushalt?« Emma konnte es nicht fassen.

»Dazu hat er jetzt keine Zeit mehr«, erklärte Sachs.

Emma verließ ratlos die Terrasse.

»Soll ich euch mal was sagen?« fragte Fink mit vollem Mund. »Ja? Es bekommt einem hervorragend, wieder Tage vor sich zu haben, bei denen man vorher nicht genau weiß, was passieren wird.«

Bellheim hatte Sachs die Zeitung mit einem Trick entwendet und blätterte darin. Jetzt sah er auf und verkündete: »Unser Aktienkurs ist um vier Punkte gestiegen. Nicht viel, aber immerhin. Was sagt ihr nun?«

»Sieht verdammt nach einem neuen Start aus«, lachte Sachs aufmunternd.

Schließlich erhoben sich die Herren. »Auf ins Büro!« schmetterte Fink.

Hans fuhr sie ins Kaufhaus.

Als sie dort angekommen waren, stießen sie eine Glastür auf und marschierten nebeneinander zum Fahrstuhl, fröhlich, zuversichtlich, mit jugendlichem Elan.

Wie selbstverständlich formierten sie sich zu einer Front. Sie wirkten so, als könne niemand auf den Gedanken kommen, sich ihnen in den Weg zu stellen.

ZWEITES BUCH

BELLHEIMS VIERERBANDE

Es war der listige Fink, der Bellheim noch einmal klarmachte, was sie als erstes erreichen mußten, um die Bank von ihrem Konzept zu überzeugen: einmal den Umsatz steigern; es mußte einfach mehr verkauft werden. Der erfahrene Sachs riet Bellheim, sich persönlich in einer Betriebsversammlung an die Belegschaft zu wenden. Zum anderen war es notwendig, den Kurs der Bellheim-Aktien, die seit Bellheims Rückzug aus dem Unternehmen erschreckend niedrig standen, zu steigern. Aber wie sollte man das bewirken? Wie konnte man die Aktien für Anleger und Spekulanten interessant machen? Wie überhaupt deren Aufmerksamkeit erregen? Bellheim hatte eine Idee.

Zu den Klängen buddhistischer Tempelmusik tanzten zartgliedrige, mandeläugige Mädchen in bunten Seidengewändern zwischen grünem Laub und leuchtend farbigen Stoffbahnen. Fächer wurden geschwenkt und Kimonos wehten. Alles war festlich geschmückt. Auf einem kleinen Podium in der Mitte bewegte sich eine in ein goldglänzendes Kostüm gehüllte Akrobatin.

Über der ganzen Pracht hing ein Riesentransparent mit der Aufschrift KOREANISCHE WOCHEN BEI BELLHEIM. Die Dekorationsabteilung des Hauses hatte sich selbst übertroffen. Als die Vorführung ihren Höhepunkt erreichte und viele Kunden im Kaufhaus wie gebannt zusahen, schickte Bellheim die Mannequins mit einer Handbewegung auf den Laufsteg. Die Modenschau konnte beginnen. Das Atrium im Zentrum des Kaufhauses war überfüllt. Neben den geladenen Eröffnungsgästen wimmelte es von Journalisten und Neugierigen.

Bellheim erspähte einen jüngeren Mann mit schmalem Fuchsgesicht und spitzer Nase in der Menge. Es war der Reporter Martin Kern vom *Hannoverschen Tageblatt*. Scheinbar unabsichtlich stieß er ihn beim Heruntergehen auf der Treppe an.

»Guten Tag, Herr Bellheim!« rief Kern, folgte ihm treppab und fragte mit gedämpfter Stimme: »Stimmt es, daß Sie hier wieder selbst das Ruder übernommen haben?«

»Wie kommen Sie denn darauf?« Bellheim gab sich überrascht.

»Nun – Sie sind hier. Nicht mehr in Spanien. Und Sie holen alte Freunde aus dem Ruhestand zurück.«

Er deutete auf Sachs und Fink, die weiter hinten mutig koreanische Spezialitäten kosteten.

»Leute mit großer Kaufhauserfahrung«, erklärte Bellheim ebenso nachdrücklich wie scheinbar beiläufig.

»So wie Sie!« meinte Kern. »Wie sieht es denn nun aus, werden Filialen geschlossen?«

Richard Maiers, der in der Nähe stand, hatte die Frage gehört. Er drehte sich diskret um. Bellheim winkte ab. »Mit Schließungen spart man vielleicht Geld, aber man verdient keins. Ich würde lieber welches verdienen.«

Beifall unterbrach ihn. Die Akrobatin ringelte sich vom Podium und jonglierte mit Tellern auf dünnen Stäben. Kern ließ nicht lokker.

»Koreanische Wochen! Wieso nicht asiatische? Hat doch was zu bedeuten? Ist denn was dran an den Gerüchten, daß die Koreaner bei Ihnen einsteigen?« fragte Kern leise und drängend. »Doo-Kim-Industries?«

Bellheim schüttelte den Kopf und lächelte.

»Wollen Sie sich nicht äußern, Herr Bellheim, oder gibt es noch keine Verhandlungen? Oder sind die Verhandlungen noch nicht abgeschlossen?«

»Hm«, murmelte Bellheim, »die Koreaner sind alte Geschäftsfreunde. Aber...«

»Na, sehen Sie!« fiel ihm Kern ins Wort. »Das ist doch schon etwas. Da weiß ich doch gleich ein bißchen mehr. Danke!«

Wieder applaudierten die Zuschauer. Auf der Bühne verneigte sich die Akrobatin. Bellheim blickte Kern nach und ging hinüber zu Fink und Sachs. »Er hat angebissen!« flüsterte er ihnen zu.

Am nächsten Morgen war Dr. Erich Fink besonders früh aufgestanden und hatte sich die Zeitung aus dem Briefkasten geholt. Das *Hannoversche Tageblatt* brachte einen halbseitigen Bericht über die Eröffnung der koreanischen Wochen im Kaufhaus, dazu Fotos von Bellheim, der Festdekoration und dem alten Chun Doo Heh.

Fink war entzückt. »Habt ihr gesehen, was da steht?« rief er

Bellheim und Sachs zu, die gerade am Frühstückstisch erschienen, den Emma des schönen Wetters wegen wieder auf der Terrasse gedeckt hatte. »›...wird zwischen dem südkoreanischen Giganten Doo-Kim-Industries und der Kaufhauskette Bellheim offenbar eine enge Zusammenarbeit angestrebt...‹ Genau wie wir's wollten.« Fink war ganz außer sich wegen des gelungenen Coups. »Haben wir das nicht gut gemacht?«

Bellheim musterte den aufgeregten Kleinen und fragte plötzlich erstaunt: »Erich! Wie siehst du denn aus? Dein linkes Auge ist ganz blutunterlaufen.«

»Vermutlich Zug bekommen«, erklärte Fink unbekümmert.

»Nur das linke?« Sachs' Stimme klang besorgt.

»Ja, wieso? Ist es weniger schlimm, wenn beide Augen blutunterlaufen sind?«

»Nein«, antwortete Sachs ernsthaft, »im Gegenteil. Sei froh, wenn es nur eins ist.«

»Warum?«

»Weil du sonst wie ein Karnickel aussehen würdest.« Sachs und Bellheim lachten. Sachs klingelte der Haushälterin. »Emma, könnten Sie mir bitte die Augentropfen aus dem Bad holen?«

»Und eine Scheibe von dem Beinschinken, wenn Sie sowieso gehen?« rief Fink ihr noch nach.

Emma eilte in die Küche.

Beim Kauen blätterte Erich Fink wieder in der Zeitung. »Könnte ich immer wieder lesen«, schwärmte er hochgestimmt. »Jetzt brodelt die Gerüchteküche, verlaßt euch darauf. Und unser Aktienkurs steigt. Jede Wette«, fuhr er fort, »daß der Zeitungsfritze sich heute morgen als erster selbst mit Bellheim-Aktien eindeckt.« Er wußte, daß Wirtschaftsjournalisten nicht selten Informationen, die sie irgendwo aufgeschnappt hatten, erst mal für sich selbst ausnutzten, indem sie rasch ein Schnäppchen an der Börse zu machen versuchten. Natürlich würde der Bellheim-Kurs anziehen, wenn das Gerücht die Runde machte, der mächtige koreanische Mischkonzern würde bei Bellheim einsteigen. Also hatte sich Kern vermutlich noch zu einem niedrigen Kurs Bellheim-Aktien besorgt.

Emma kam mit den Augentropfen auf die Terrasse zurück.

»Und wo ist der Beinschinken?« fragte Fink vorwurfsvoll.

Sachs nahm ihr das Fläschchen ab und beugte sich über Fink. »Guck mal nach oben!«

Fink schwärmte: »Wenn es uns jetzt noch gelingt, den Umsatz hochzupäppeln, ehe wir mit unserem Konzept bei der Bank aufkreuzen...«

»Nach oben schauen!« kommandierte Sachs.

Fink war nicht zu bremsen. »Guter Aktienkurs plus höhere Umsätze, das macht auf Banken Eindruck. Banken interessieren sich nur für Zahlen, nicht für Prosa. Aua!« Er machte einen Satz. »Das tropft man rein, das bohrt man nicht! Das ist ein Tropfer und kein Bohrer!«

Sachs lächelte unbarmherzig. »Du hast den Kopf bewegt.«

»Allerdings«, zeterte Fink, »weil du bohrst, anstatt zu tropfen.«

Gudrun Lange war nach Frankfurt gefahren, um mit Rottmann zu reden. Ihm ihre Neuigkeiten mitzuteilen duldete keinen Aufschub, und Telefongespräche waren ihr zu unsicher. Rottmann hatte zuerst wenig Lust gehabt, sie zu empfangen, ihr dann aber doch gesagt, sie solle abends zu ihm nach Hause kommen.

Rottmanns Haus lag in einem schönen alten Garten auf dem Lerchesberg, einem feinen Wohnviertel im Stadtteil Sachsenhausen. Die futuristische Villa war immer hell erleuchtet. An der Zahl der ringsum parkenden Autos erkannte Gudrun, daß Rottmann Gäste hatte. Ein Hausmädchen öffnete.

»Zu Herrn Rottmann bitte«, sagte Gudrun freundlich und bestimmt. »Mein Name ist Gudrun Lange.«

Das Mädchen bat sie in die festlich erleuchtete Diele und entfernte sich. Aus der Wohnhalle hörte man Stimmen, Lachen und das Klirren von Gläsern.

Rottmann kam sofort und begrüßte im Vorbeigehen noch eine Besucherin.

»Nun, Lady? Wo brennt's?«

»Tut mir leid, wenn ich störe«, sagte Gudrun. »Ich habe bedauerlicherweise keine guten Nachrichten. Der Kurs von Bellheim ist heute auf zwodreiundzwanzig gestiegen.«

Rottmann pfiff durch die Zähne. »Glauben Sie, jemand hat etwas davon mitbekommen, daß wir Bellheim-Aktien kaufen?« fragte er leise.

»Kann ich mir nicht vorstellen. Unsere Käufe sind gut getarnt und laufen über die unterschiedlichsten Konten. Nein... aber haben Sie das hier schon gelesen?«

Sie reichte ihm das *Hannoversche Tageblatt*. Der Artikel über eine mögliche Fusion zwischen Bellheim und Doo-Kim-Industries war rot angestrichen.

Rottmann las. »Hm. Ein bißchen Kurspflege durch geschickt plazierte Gerüchte? Oder ist da wirklich was im Busch?« Er runzelte die Stirn.

»Kommen Sie, wir setzen uns dort hinüber«, forderte er Gudrun auf und führte sie in einen abgedunkelten, nicht in das Fest einbezogenen Nebenraum, offensichtlich sein Arbeitszimmer.

Es klopfte, und ein jüngerer Mann trat ein. »Rex gehört zu meiner Truppe«, sagte Rottmann zu Gudrun und fuhr fort: »Wenn hier tatsächlich die asiatische Prozession mit Koffern voller Scheinchen zu Bellheim unterwegs ist, dann verkaufen wir eben die Aktien wieder.«

Gudrun fuhr erschrocken auf. »Was! Jetzt wollen Sie die Flinte ins Korn werfen?« Sie sah alle ihre schönen Zukunftsträume in nichts zerfließen. Daß Rottmann nur mit ihr spielte, merkte sie nicht.

»Tja... der Kurs wird steigen, und wir haben ja schon ein ganz schönes Paket zusammen. Da machen wir auch unseren Schnitt.«

Gudrun ereiferte sich. »Aber das wäre doch bloß Kleingeld. Mit Bellheim läßt sich ein Vermögen verdienen. Man braucht nur die Kaufhäuser aufzulösen und an Fremdfirmen zu vermieten. Keine Gewerkschaft, kein Betriebsrat, keinerlei Risiko. Alles Top-Immobilien in bester Citylage, für die man jede Miete bekommt.«

Rottmann blinzelte Rex zu und grinste. »Gib ihr den Umschlag!« Gemeint war Gudrun Langes »Honorar« für ihre Informationen. Jetzt hatte er sie da, wo er sie haben wollte. Es ging ihm ja nicht allein um Börsenspekulationen. In bezug auf Bellheim hatte er viel weitreichendere Interessen. Er wußte, der Schreck war Gudrun in die Glieder gefahren. Von nun an würde sie alles tun, was er wollte – vielleicht auch etwas Ungesetzliches. Er beugte sich vor. »Okay, Lady, aber ich brauche Informationen. Fakten, keine Vermutungen!« Er fixierte sie. »Sie sitzen doch an der Quelle. Ihre Kreditabteilung weiß garantiert über alle Transaktionen Bescheid.«

Gudrun zögerte. »In der Bank verläuft so eine Art chinesischer Mauer zwischen Kreditabteilung und Wertpapierabteilung. Wir haben da strikte...«

Rottmann unterbrach sie schroff: »Klettern Sie drüber!«

Gudrun schwieg.

»Na, ... was ist?«

Gudrun begriff, was er von ihr erwartete. Aus dem Wohnzimmer ertönte schallendes Gelächter. »Wenn ich erwischt werde, bin ich meinen Job los«, flüsterte sie tonlos.

Rottmann lachte höhnisch. »Erwischen lassen sich nur die Dummen.«

Notgedrungen nickte Gudrun. Sie wußte, daß sie zustimmen mußte, wenn sie nicht alles verlieren wollte. Der Krieg mußte weitergehen. Informationen aus der Kreditabteilung.

Peter Bellheim hatte sich an Erich Finks Ermahnung erinnert und die Belegschaft des großen Stammhauses in Hannover zu einer Belegschaftsversammlung zusammengerufen.

Verwundert rüttelten eilige Kunden an den Eingangstüren des Kaufhauses, aber überall hingen Schilder: HEUTE WEGEN BETRIEBSVERSAMMLUNG BIS 9.30 UHR GESCHLOSSEN.

In der Kantine war ein langer Tisch aufgestellt worden, an dem bereits der Betriebsratsvorsitzende Jochen Streibel mit einigen seiner Kollegen saß. Maiers, Ziegler und der Personalleiter setzten sich dazu. Bellheim trat an das daneben stehende Rednerpult, räusperte sich, griff zum Mikrofon und begrüßte die Anwesenden. »Ich will nicht um die Sache herumreden«, sagte er. »Sie kennen die Situation. Wenn wir Filialen schließen müssen, hat das auch Auswirkungen auf unser Stammhaus hier in Hannover. Wir werden Mitarbeiter aus anderen Häusern hierher übernehmen und dafür unter Umständen andere, sozial weniger gefährdete und jüngere entlassen müssen.«

Albert und Charly wechselten einen beklommenen Blick. Mona sah ratlos auf Carla, aber selbst die blieb ausnahmsweise ernst und stumm.

»Aber«, fuhr Bellheim fort, »ich hoffe noch immer, daß sich Schließungen vermeiden lassen.«

Richard Maiers erstarrte. Die Filialschließungen waren doch längst beschlossene Sache. Von der Bank abgesegnet. Aber natürlich wollte man die Pferde vorher nicht scheu machen. Die Belegschaft sollte erst davon erfahren, wenn der Sozialplan, der die Abfindungen für die Mitarbeiter, die gehen mußten, regelte, mit dem Betriebsrat ausgehandelt war.

Und jetzt funkte Bellheim dazwischen. Jetzt machte er die geheimen Pläne des Vorstands bekannt. Es war nicht zu fassen. Maiers krampfte ärgerlich die Hände zusammen und blickte auf Bellheim, der mit seiner Rede fortfuhr.

»Um Schließungen zu vermeiden, brauche ich Ihre Hilfe!«

Donnernder Applaus. Sogar Streibel klatschte.

»Kein Unternehmen kann sich leisten, dauernd zuzubuttern«, sagte Bellheim. Richard Maiers nickte nachdrücklich. »Also müssen wir raus aus den roten Zahlen. Wir müssen mehr verkaufen.«

In das erneute Händeklatschen mischten sich Rufe des Unmuts.

»Schafft erst mal bessere Ware ran!«

»Weg mit den Ladenhütern!«

Abendroth, der Personalleiter, sprang empört auf. »Keine Zwischenrufe, wenn ich bitten darf! Hier vorn ist ein Mikrofon, das jedem zur Verfügung steht.« Das war ein beliebter Trick, um unerwünschte Wortmeldungen zu verhindern. Viele, die einen Zwischenruf riskierten, trauten sich nicht nach vorn an das Mikrofon. Aber die erregte Menge übertönte diesmal den Personalleiter.

»Dauernd ist das Lager vollgestopft mit Ware, die wir nicht verkaufen können!« rief Charly, und Mona sekundierte tapfer: »Jawohl! Im Winter Bikinis, im Sommer Skistiefel!«

Die Mitarbeiter johlten. Mona verstummte errötend.

»Wenn Sie etwas zu sagen haben, kommen Sie bitte nach vorn. Hier versteht man Sie besser«, forderte Abendroth hartnäckig. Bellheim hob die Hand. »Ich verstehe die Kollegin auch so sehr gut«, meinte er. Der Personalleiter musterte ihn entgeistert. Wie konnte der Alte ihm dermaßen in den Rücken fallen? Es gab Gelächter und Beifall. Auch Sachs, der an der Tür stehengeblieben, und Fink, der zu ihm getreten war, applaudierten amüsiert.

»Nicht sonderlich beliebt, unser Personalleiter«, bemerkte Fink gedämpft.

Bellheim deutete nun auf die beiden. »Ich möchte Ihnen noch zwei personelle Veränderungen mitteilen. Wir haben jetzt einen neuen Zentraleinkäufer – da hinten steht er –, Herr Herbert Sachs, früher im Vorstand von Kaufstadt.« Die Mitarbeiter applaudierten beeindruckt. Von Sachs hatten sie alle schon gehört. Herbert Sachs – eine legendäre Gestalt in der Branche. Beruhigend, wenn der sich jetzt um den Einkauf kümmerte. Bellheim fuhr fort: »Und Dr. Erich Fink, unser neuer Finanzdirektor.«

Fink lächelte verlegen, als sich alle neugierig zu ihm umdrehten. Richard Maiers kniff die Lippen zusammen. Die beiden Alten mußte er ja im Vorstand akzeptieren. Da gab es nach dem Fiasko mit Dürr und dem Zentraleinkäufer keine Alternative. Aber sonst mochte Bellheim so viel reden, wie er wollte. Noch heute nachmittag würde er den Betriebsrat zusammentrommeln und den Sozialplan aushandeln. Die Filialen würden geschlossen, gleichgültig, was Bellheim da aufführte. Er betrachtete den Kaufhausgründer von der Seite. Alt war er geworden. Offenbar hatte er das Gespür für die Erfordernisse des Marktes verloren. Man durfte seinen Marotten nicht nachgeben. Dieses Kaufhausunternehmen war auch das Unternehmen seines Vaters, und dessen Bestand war jetzt gefährdet, wenn man nicht bald die Verlustbringer abbaute und schloß. Er, Richard Maiers, würde tun, was getan werden mußte. Auch wenn er sich damit unbeliebt machte. Er würde seine Pflicht tun, für den Fortbestand des Konzerns sorgen – so wie er es mit Dr. Müller-Mendt abgesprochen hatte.

Im Wertpapiersaal der Hannoverschen Kreditbank herrschten wie immer Hektik und Stimmengewirr. Kursnotierungen flimmerten über die Bildschirme. Gudrun Lange hielt sich ein Ohr zu, während sie mit einem Kunden aus Übersee telefonierte. Plötzlich sah sie durch die Glastür, wie Klaus Berger zwei Besucher zum Ausgang begleitete. Rasch beendete sie das Gespräch und verließ dann eilig das Großraumbüro. Sie rannte die Treppe zur Kreditabteilung hoch, sah sich kurz um und schlüpfte verstohlen durch die Korridortür in Bergers Zimmer. Sie hatte Glück. Zwar stand die zweite Tür zum Vorzimmer offen, aber die Sekretärin saß nicht an ihrem Schreibtisch. Der Raum war leer.

Auf Bergers Schreibtisch stapelten sich Unterlagen und Papiere. Hastig begann Gudrun sie durchzublättern. Mehrere Schreiben trugen die Aufschrift: Bellheim. Aber das, was sie suchte, fand sie nicht.

Sie blickte auf den Computer. Bergers Codekarte, die geheime Informationen vor unbefugten Augen schützte, steckte in einem Modul. Plötzlich hörte Gudrun Stimmen auf dem Korridor. Nur einen Augenblick zögerte sie. Dann nahm sie die Computerkarte, den Schlüssel zu allen Informationen der Kreditabteilung, steckte sie rasch ein und verschwand unbemerkt aus dem Zimmer. Hoffentlich würde Berger das Fehlen der Karte nicht so schnell merken. Seine Einladung zum Abendessen heute abend mußte sie wohl oder übel annehmen.

Klaus Berger hatte Gudrun Lange in das elegante Spielbank-Restaurant am Maschsee eingeladen. In dem sanft beleuchteten Raum speiste man bei Kerzenschein und dezenter Hintergrundmusik ausgezeichnet und konnte sich plaudernd entspannen. Allerdings, das merkte Berger schnell, war Gudrun ungewohnt schweigsam gewesen und hatte einen zerstreuten, ja abweisenden Eindruck gemacht. Dabei hatte er sich solche Mühe gegeben. Seit ihrem gemeinsamen Kinobesuch vor einigen Wochen hatte er sich wieder ernsthafte Hoffnungen gemacht. Nach einer Stunde etwas gequälter Konversation legte Gudrun schließlich ziemlich abrupt ihr Besteck auf den Teller, sagte, sie wolle gehen, stand auf und wandte sich zum Ausgang. »Entschuldige mich«, fügte sie wenig freundlich hinzu. Berger folgte ihr durch das Lokal. »Ich bring' dich noch nach Hause«, schlug er vor.

Aber Gudrun wehrte entschieden ab. »Nein. Nicht heute. Bitte ...«

Sie standen in der Eingangshalle der Spielbank. Berger wollte den Arm um sie legen und sie an sich ziehen, aber Gudrun schob ihn fast brüsk zurück. »Nein!«

»Was hast du denn?« fragte Berger verblüfft.

»Ich hab' keine Lust«, fauchte sie.

Berger sah sie so erschrocken an, daß sie sich besann und einlenkte. »Entschuldigung. Holst du mir bitte meinen Mantel? Ich nehme mir draußen ein Taxi.«

Berger sah ihr nach, wie sie die Straße überquerte, und kehrte kopfschüttelnd und ratlos an seinen Tisch zurück. Er bestellte sich noch ein Bier und grübelte, was er wohl falsch gemacht haben könnte.

An einem kleinen Ecktisch des Speisesaals saß noch ein anderes Paar. Christian Rasche hatte sich mittags ein Herz gefaßt und die angebetete Andrea zum Essen eingeladen. Zu seinem Erstaunen hatte sie angenommen. Er ahnte nicht, wie einsam sie sich in ihrer neuen Umgebung in Hannover fühlte, daß ihr abends die Decke auf den Kopf fiel und sie für jedes freundliche Wort dankbar war. Sie mochte den jungen Mann, der ihr so offen entgegenkam.

Sie trug eine enge, ärmellose, schwarzgolden glitzernde Bluse, in deren Stoff Metallfäden gewebt waren. Ärmelstulpen mit Leopardenmuster reichten vom Handgelenk bis zum Oberarm und ließen die Achseln frei. Darüber hatte sie einen langen glänzenden Schal mit dicken dunkelroten Wollbommeln geschlungen. Sie wirkte ein wenig exotisch und sehr verführerisch.

Christian war hingerissen. In seinem einzigen Anzug, mit korrektem Oberhemd – die Krawatte hatte er allerdings weggelassen – und blankgeputzten Schuhen, sah er wie ein braver Oberschüler aus. Erst langsam taute er beim Essen auf. Er wagte es, ihr ein bißchen von sich zu erzählen, von seinem Elternhaus, vom Kleinstadtleben, daß er die Schule viel zu früh verlassen hatte und zum Bund gegangen war und jetzt versuchte, in Abendkursen sein Abitur nachzumachen. Die Ausbildung finanzierte er durch die Arbeit bei Bellheim.

Der Kellner kam, goß den letzten Rest der Weinflasche in Andreas Glas und warf Christian einen fragenden Blick zu. Der reagierte nicht.

»Und was dann?« fragte Andrea, die lebhaft mit dem Essen hantierte.

»Ja, dann ... so richtig weiß ich noch nicht, was ich danach machen möchte.«

»Genau wie ich«, lächelte Andrea.

»Hör mal«, protestierte Christian, »du malst, du singst, du dekorierst, du bist ein echtes Naturtalent.«

»Ich bin ein Naturtalent in vielem«, erwiderte Andrea bitter, »aber dann stellt sich heraus, daß ich eigentlich zu nichts Besonderem fähig bin. Trinken wir noch einen?«

Christian zögerte.

»Ist alles in Ordnung?« erkundigte sich Andrea.

»Nein.«

»Nein?«

»Doch natürlich.« Christian konnte sich kaum konzentrieren. Die Preise auf der Speisekarte waren viel höher, als er erwartet hatte. Er war sicher, schon jetzt nicht genug Geld eingesteckt zu haben. Und dann noch eine Flasche Wein. Was hatte die gleich gekostet? Sechzig Mark? Ihm wurde heiß. Andrea starrte ihn an. Er lachte verlegen und bedeutete dem Kellner, noch eine weitere Flasche zu bringen. »Übrigens, die Paul-Klee-Ausstellung neulich fand ich toll«, fuhr er nervös fort. »Danke für den Tip!«

»War die nicht großartig?«

Unvermittelt stand Christian auf. »Entschuldige mich einen Augenblick.«

Andrea sah ihm verwundert nach. Was hatte er denn auf einmal? Er wirkte so zerstreut. Aus den Augenwinkeln beobachtete sie, wie er den Kellner ansprach und leise mit ihm flüsterte. Der Geschäftsführer kam dazu. Unauffällig verließen die beiden den Speiseaal. Aufmerksam geworden, folgte Andrea ihnen nach draußen.

Der Geschäftsführer schüttelte ärgerlich den Kopf. »Also was erwarten Sie denn?« zischte er ärgerlich. »Ich bitte Sie, Sie können sich nicht ausweisen, Sie haben weder genug Geld eingesteckt noch irgendwelche Kreditkarten, jetzt wollen Sie einen weiteren Wein bestellen.«

»Ich bring' Ihnen den Rest morgen vorbei«, erklärte Christian inständig. »Bestimmt.«

Andrea trat rasch hinzu und rettete Christian aus dieser peinlichen Situation. »Aber warum sagst du denn keinen Ton. Ich habe deine Brieftasche doch eingesteckt.« Sie sah ihn an.

Der Geschäftsführer lächelte erleichtert. »Nun, dann ist ja alles in Ordnung, gnädige Frau!« Er entfernte sich rasch.

Christian stand mit knallrotem Kopf daneben. Andrea faßte seine Hand und zog ihn ein Stück weiter in den Vorraum. »Tut mir leid, daß ich so blödsinnig, so gedankenlos war.«

Christian wollte etwas erwidern, aber sie schloß ihm mit ihrer Hand den Mund. Dann gab sie ihm einen Kuß. Christian umarmte sie heftig und küßte sie leidenschaftlich. Als sie sich vorsichtig von ihm löste, legte er mutig den Arm um sie und führte sie unbekümmert um die neugierigen Blicke der anderen Gäste stolz an ihren Tisch zurück.

Er war so glücklich, daß Andrea sich davon anstecken ließ. Die beiden unterhielten sich so angeregt, daß aus der einen zusätzlichen Flasche drei wurden.

Berger sah ihnen eine Weile neidisch zu, bevor er nach Hause ging. Er verstand Gudrun nicht. Was war bloß geschehen? Warum hatte sie sich so hastig und so lieblos von ihm verabschiedet?

Die Wertpapierabteilung war nachts in tiefes Dunkel getaucht, und Gudrun saß mutterseelenallein an ihrem Terminal, schob Bergers Codekarte in das Modul und tippte das Paßwort in den Computer. Der riesige Saal war leer, ringsum herrschte tiefe Stille. Auf dem Bildschirm erschienen flimmernde Zeichen und Zahlen. Bellheim-Bilanzen, vertrauliche Mitteilungen über Geschäftsbeziehungen, Vorstandsprotokolle.

Mit übernächtigten Augen starrte Gudrun auf den Bildschirm. Plötzlich hörte sie Schritte. Ein Nachtwächter machte draußen seinen Rundgang. Blitzschnell schaltete sie den Computer ab und duckte sich unter den Tisch. Der Mann ging an der Glaswand vorbei und leuchtete mit seiner Taschenlampe den Wertpapiersaal ab, ohne sie zu bemerken.

Gudrun schaltete den Computer wieder ein, starrte mit brennenden Augen auf den Bildschirm und machte sich in einem kleinen Heft Notizen.

Als sie unbemerkt die Bank verließ, war es fast zwei Uhr morgens.

Beinahe täglich lernte Christian Rasche Neues. Nicht nur, daß Charly Wiesner beim Kassieren klaute, daß sich die Angestellten ungeniert in der Süßwaren- und Lebensmittelabteilung bedienten und daß nicht alles, was das Personal verbilligt nach Hause schleppte, wirklich Mängelware war. Nein, es gab jede Menge weiterer Tricks und Kniffe, mit denen man das Kaufhaus beschummeln konnte. Und die wurden auch fleißig angewandt.

Heute morgen hatte ihn Carla aufgefordert, Kaffee zu besorgen, und ihn gefragt, ob er eine Nadel habe. Als er sie verständnislos angestarrt hatte, hatte sie über seine Ahnungslosigkeit nur den Kopf geschüttelt. »Mit der Nadel pikst du in das Paket Kaffee, das ist vakuumverpackt, dann kommt da Luft rein, der Kaffee muß aussortiert werden, und wir haben oben Nachschub. Doch klar«, erklärte sie ihm ungeduldig.

Christian, die Nadel in der Hand, zögerte. Endlich gab er sich einen Ruck, wanderte in die Lebensmittelabteilung und suchte das Kaffeeregal. Er nahm ein Päckchen heraus, warf einen Blick in die Runde und stach hinein. Als er sich umdrehte, um mit dem Kaffee an die Kasse zu gehen, stand ein Mann hinter ihm. Christian wußte sofort, daß es einer der Kaufhausdetektive war. Wenig später stand Christian mit schlotternden Knien vor dem Personalleiter. Er wartete auf seine fristlose Kündigung. Er war so nervös, daß er die Standpauke, die der Personalleiter ihm hielt, gar nicht richtig in sich aufnahm.

Erst zum Schluß horchte er erstaunt auf, als sein wütender Vorgesetzter erklärte, zwar sei die Vertrauensbasis erschüttert, aber man werde noch einmal Gnade vor Recht ergehen lassen, wenn er bereit sei, mit ihm zusammenzuarbeiten.

Was meinte der damit? Sollte er seine Kollegen denunzieren?

»Für jede Anzeige gibt's eine Erfolgsprämie«, lockte der Personalleiter. »Sie möchten doch etwas dazuverdienen, oder? Also, entscheiden Sie sich. Wenn nicht Sie, tut's ein anderer. Wir finden schon jemanden!« Christian nickte unschlüssig.

In der Damenoberbekleidung stand Mona Stengel vor dem Spiegel und probierte ein elegantes helles Seidenkleid aus der Bellheim-Kollektion an. Für ein Rendezvous mit einem neuen, vielversprechenden »Kontakt« wollte Mona besonders schick angezogen sein. Carla Lose half ihr. Sie entfernte das Preisschild und stopfte Tempotaschentücher unter Monas Achseln. Dann steckte sie ihr eine Stoffblüte in den Ausschnitt, trat zurück und betrachtete ihr Werk. »Super siehst du aus, nur schwitzen darfst du nicht, hörst du! Wer ist es denn diesmal?«

»Der Widder«, flüsterte Mona aufgeregt, »und er hat auch noch Widder im Aszendenten, stell dir vor. Die ganze Nacht haben wir telefoniert.«

»Der wird ausrasten, wenn er dich sieht.«

»Und morgen früh hängen wir den Fummel wieder schön ordentlich zurück, ohne daß jemand was merkt«, beruhigte Carla Mona.

Charly hatte unterdessen einer Kundin eine Seidenbluse verkauft, kassierte 198,– Mark und gab der Dame zwei Mark Wechselgeld zurück. »Schönen Dank, gnä' Frau«, sagte er mit schwungvoller Verbeugung und legte das Geld in die Kasse. Christian, der ihn beobachtete, staunte. Nicht 198,– Mark hatte Charly eingetippt, sondern 19,80. Die Differenz steckte er sich in die Tasche. Christian musterte ihn fassungslos. Das war Diebstahl. Unterschlagung. Aber Charly zwinkerte ihm unbekümmert zu.

Unten im Hof, zwischen den abfahrenden Autos und den Mitarbeitern, die in den Feierabend strebten, standen der Personalleiter Abendroth und Streibel, der Betriebsratsvorsitzende, und stritten sich heftig.

»Kopfprämien!« rief der Betriebsratsvorsitzende. »So eine Schnapsidee!«

Abendroth blickte ihn zornig an. »Wer stiehlt, der fliegt. Basta. Da gibt es nichts mehr zu diskutieren.«

Streibel stieg das Blut ins Gesicht. Gerade wollte er heftig antworten, als er Bellheim sah, der mit Fink und Sachs auf dem Weg zu seinem Wagen war. Streibel lief auf ihn zu.

»Herr Bellheim!« Die drei Männer blieben stehen. »Haben Sie schon vom neuesten Einfall unserer Geschäftsleitung gehört? Wenn ein Mitarbeiter einen anderen beim Klauen erwischt, kriegt er eine Prämie. Wohlgemerkt, nicht wenn er einen Ladendieb stellt, sondern nur, wenn er Kollegen denunziert. So wird sehr leichtfertig der Betriebsfrieden aufs Spiel gesetzt!«

Noch bevor Bellheim antworten konnte, traten Mona und Carla aus der kleinen Seitentür. Mona hatte das helle Seidenkleid an, das sie kurz zuvor probiert hatte. Jäh blieb sie stehen.

»Was ist denn?« fragte Carla.

»Sieh doch mal, wer da steht!« flüsterte Mona. »So kann ich doch nicht an denen vorbeigehen ... in dem Kleid!«

»Die können doch nicht jedes Kleid kennen!« zischte Carla. »Los jetzt ... Ohrläppchen steif halten!« Sie gab ihr einen freundschaftlichen Rippenstoß.

Fluchtartig setzte Mona sich in Bewegung und verlor prompt die rote Ansteckblüte. Sie wollte sich danach bücken, aber der galante Sachs kam ihr zuvor, hob die Blüte auf und hielt sie ihr entgegen. Als sie den Arm ausstreckte, um danach zu greifen, rutschten die Papiertaschentücher aus ihren Achselhöhlen und flatterten ebenfalls zu Boden. Sofort bückten sich Fink und Sachs, um sie aufzuheben. Mona stand mit hochrotem Kopf da und wagte nicht zu atmen. Carla lächelte Sachs kokett zu, nahm die zitternde Mona, die sich stotternd bei den Herren bedankte, beim Arm und steuerte mit ihr der Ausfahrt zu. Sachs' Blicke folgten gebannt dem Schwung ihrer Hüften unter dem engen kurzen Kleid.

Inzwischen hatte sich Streibel verabschiedet. Bellheim stand immer noch bei Abendroth und redete leise auf ihn ein. Plötzlich rief der Personalchef laut und giftig: »Natürlich respektiere ich Ihre Meinung, Herr Bellheim, aber, entschuldigen Sie, ich bin eben anderer Ansicht. Guten Abend!«

Müde ging Bellheim auf Sachs zu. »Der ist so grün, daß ihn im Sommer die Kühe fressen«, kommentierte Sachs die Auseinandersetzung.

»Personalpolitik mit der Brechstange«, meinte Bellheim nachdenklich und nahm im Auto Platz. Noch war seine Mannschaft nicht komplett. Er brauchte einen neuen Personalchef. Einen, der den Mitarbeitern klarmachte, wie ernst die Situation war, dem sie vertrauten, der nicht neue Fronten schuf zwischen Betriebsleitung und Belegschaft, der es ermöglichte, daß alle am gleichen Strang zogen. Ohne die Hilfe der Belegschaft war es nicht zu schaffen. Bellheim schloß die Augen. Er war müde. Es war ein langer Tag gewesen.

Doch plötzlich blinzelte er amüsiert. Ihm war eine Idee gekommen. Warum nicht den Bock zum Gärtner machen? Er lachte auf. Heute abend würde er noch telefonieren.

In der Villa Bellheim servierte Emma das Abendessen. Schweigend löffelten die drei Männer die Suppe.

Nach einer Weile sah Bellheim auf und fragte: »Erinnert ihr euch noch an Max Reuther?«

»Den Chefeinkäufer von Gortleb?« erkundigte sich Fink gleichgültig.

»Der hieß Rennert«, erklärte Bellheim.

Fink unterbrach ihn. »Rennert war Geschäftsführer vom Einzelhandelsverband.«

»Nein, der hieß Riechert«, korrigierte Bellheim.

Einen Augenblick später fügte Sachs hinzu: »Der Rennert ist übrigens tot.«

»Ach!« Fink salzte seine Suppe. »Der ist tot? Sag nur!«

»Seit drei Jahren«, meinte Sachs ungerührt, »wird siebzig und schleicht sich einfach davon.«

»Reuther«, fing Bellheim wieder an, »war der alte Gewerkschafter, der uns immer so viel Ärger gemacht hat.«

»Richtig!« Fink erinnerte sich. »Der von der DAG.«

»Ach, der.« Sachs hielt mit dem Löffeln der Suppe inne und lachte mokant auf. »Wüßte gern, wo der steckt!«

»Vielleicht ist er auch schon tot«, versetzte Fink munter.

»Wenn es euch interessiert, er lebt bei seinem Sohn in Lüneburg, seitdem er pensioniert ist«, sagte Bellheim. »Ich habe vorhin mit seiner Schwiegertochter telefoniert.«

»Und warum?« fragte Sachs mißtrauisch. »Was wollen Sie denn von dem?«

Fink hatte bereits begriffen. »Reuther? Torten-Reuther?« Er lachte. »Eine verrückte Idee, wär' ja 'ne Wucht.«

»Moment«, schaltete Sachs sich wieder ein. »Ich bin wohl ein bißchen schwer von Begriff. Was wäre eine Wucht?«

»So ein ausgebuffter Gewerkschaftsonkel als Personalchef!«

Fink musterte Bellheim bewundernd. Der hatte wirklich verblüffende Ideen.

Sachs runzelte bedenklich die Stirn. Aber Bellheim wiegelte schon ab. »Vielleicht hat er ja überhaupt kein Interesse, oder er ist zu alt oder zu krank.«

Schweigend aßen die drei weiter.

Am nächsten Morgen mußte Gudrun Lange dringend Rottmann erreichen. Aber von ihrem Arbeitsplatz in der Bank aus wollte sie ihn nicht anrufen. Das war zu riskant. Möglicherweise konnte einer ihrer Kollegen etwas von dem Gespräch aufschnappen. Also nutzte sie ihre Mittagspause, um zu einer Telefonzelle zu eilen. Ausreichend Kleingeld hatte sie eingesteckt. Rottmann würde zufrieden sein mit dem, was sie rausgefunden hatte. Niemand wollte mit Bellheim fusionieren, weder die Koreaner noch ein anderer potenter Anleger. Der besorgniserregende Anstieg der Bellheim-Aktien beruhte auf einem Gerücht, das jeder Grundlage entbehrte.

Rottmann lachte zufrieden, während ihm seine Sekretärin eine Insulinspritze reichte. »Sie sind auf Draht, Lady«, lobte er Gudrun und hantierte weiter an seinem riesigen Schreibtisch in seinem kühlen Büro, während er mit Gudrun sprach. Sie sagte: »Wenn die Kaufhäuser nicht bald in die Gewinnzone zurückkehren, ist es sehr unwahrscheinlich, daß die auch künftig irgend jemand zum Tanz auffordert... Bellheim widersetzt sich weiterhin allen Sanierungskonzepten.«

»Der mit seinem Riesenego. Will sich noch einen glänzenden Abgang verschaffen.« Rottmann überlegte: »Okay, versuchen wir, Bellheim in die Suppe zu spucken! Aber Vorsicht, Lady«, warnte er, »man darf ihn nicht unterschätzen.« Er reichte der Sekretärin eine Unterschriftenmappe und winkte sie dann hinaus. »Bon, knallen Sie alles auf den Markt, was wir an Bellheim-Aktien besitzen!«

»Unseren ganzen Bestand?« fragte Gudrun erschrocken.

»Auf einen Schlag! Plus dreitausend. Ach was, fünftausend! So produziert man Schaden.« Rottmann lachte.

»Das wäre ein Leerverkauf«, wandte Gudrun erschrocken ein, »und Sie wissen...«

»Fracksausen, Lady?« fiel Rottmann ihr ins Wort. »Ich habe zwei Tage Zeit, um der Bank die zusätzlichen fünftausend Aktien nachzuliefern.« Er wartete auf ihre Reaktion.

Sie schwieg. »Also machen Sie's, Lady«, fauchte er in den Hörer, »sonst war's das mit uns beiden.«

»Okay, Herr Rottmann.« Gudrun war es heiß geworden in der engen Telefonzelle.

Was er von ihr verlangte, der Leerverkauf, war verboten, wurde aber trotzdem gemacht, wenn der Kunde eine Bank fand, die mitspielte: nämlich mehr Aktien zu verkaufen, als man besaß. In anderen Ländern war das erlaubt, in Deutschland verboten. Es verführte zu riskanten Spekulationsmanövern. Die Bank verkauft im Auftrag eines Kunden eine bestimmte Aktienmenge, die der Kunde innerhalb von zwei Tagen der Bank nachliefern mußte, falls er sie nicht besaß. Sank der Kurs durch den massiven Verkauf und fiel es nicht auf, daß unterderhand über verschiedene Börsen gestreut die Aktien wieder zurückgekauft wurden, verdiente der Kunde. Kam einer hinter das Manöver, stieg der Kurs. Dann wurde es für den Spekulanten teuer. Dann mußte er zum erhöhten Kurs die Aktien zurückkaufen.

Rottmann ermutigte Gudrun. »Wir versauen den Kurs, wir knüppeln ihn runter, dazu Gerüchte über schlechte Erträge, Schließungen von Filialen... keine Sorge, da helf' ich schon ein bißchen nach. So was fährt nicht nur Kleinaktionären in die Knochen, Lady.« Er lachte vergnügt.

Gudrun kehrte in die Wertpapierabteilung zurück. Stimmengewirr erfüllte den großen Saal. Die Wertpapierberater starrten auf die Terminals, über die Reihen schimmernder Buchstaben und Zahlen glitten, und sprachen unentwegt in ihre Telefone. Über Lautsprecher wurden Notierungen an ausländischen Börsen annonciert.

»Ich habe 'ne Perle«, flüsterte Gudrun im Vorbeigehen ihrem Kollegen mit den Hosenträgern zu. »Wenn du Bellheim hast, weg damit, sofort.«

»Wieso?« Der Kollege richtete sich auf. »Hast du was läuten hören?« Gudrun nickte und ging weiter.

Der Kollege flüsterte einer Kollegin etwas zu. Die beugte sich über Gudrun: »Danke, ich revanchier' mich«, sie griff eilig zum Telefon.

Aus ihrer Schreibtischschublade holte Gudrun ihr Aufputschmittel und schluckte unauffällig zwei Tabletten.

Wie ein Lauffeuer verbreitete sich die Nachricht unter den Wertpapierhändlern. Bellheim abstoßen. Die Telefone liefen heiß. Irgendwas schien sich bei Bellheim anzubahnen.

Rottmann hatte in seinem Frankfurter Büro währenddessen

wieder zum Hörer gegriffen und die Nummer des *Hannoverschen Tageblattes* gewählt. Er ließ sich mit Martin Kern von der Wirtschaftsredaktion verbinden. Der hatte an der Eröffnung der »Koreanischen Woche« bei Bellheim teilgenommen und anschließend den Artikel geschrieben, in dem über eine mögliche Fusion der Bellheim-Kaufhäuser mit den Koreanern spekuliert wurde.

»Das Gerücht vom Multimillionengeschäft zwischen Bellheim und den Koreanern ist ein schönes Märchen«, rief Rottmann in den Hörer.

Kern, zunächst erschrocken, hatte sich schnell gefaßt. »Definitiv?« fragte er nur.

»Definitiv.«

»Das ist ja ein ganz schöner Hammer.« Kern war wütend. »Da hat mich Bellheim also angeschmiert. Aber so lasse ich mich nicht verarschen. Kann ich Sie als Quelle zitieren?«

»Unterstehen Sie sich!« Rottmanns Stimme klang scharf. »Schreiben Sie: ›Wie man hört.‹ Dann haben Sie die Nase ganz vorn, und keiner kann Ihnen an den Karren fahren.«

Kern legte auf. Noch bevor er an seinen Schreibcomputer hastete, gab er seiner Bank telefonisch Verkaufsorder für seine Bellheim-Aktien.

Rottmann trat in seinem Büro ans Fenster. Der erste Angriff auf Bellheim war gestartet. Der Krieg hatte begonnen.

Im Kellergeschoß des Kaufhauses standen Carla und Mona in der Damentoilette.

Mit einem feuchten Lappen versuchte Carla das elegante, helle Seidenkleid zu säubern, mit dem Mona am Abend zuvor zu ihrem Rendezvous gerauscht war. Darauf befanden sich einige unübersehbare größere Flecken. Immer wieder rieb Carla auf den Stellen herum. »Rotweinflecken!« Sie war entsetzt.

Mona schluchzte hemmungslos. »Wir hatten uns gerade hingesetzt, er prostet mir zu... ich greife nach meinem Glas... und rums! Der ganze Abend im Eimer!« Sie schneuzte sich. »Ich hab' so geheult, daß ich gar nicht mehr mit ihm sprechen konnte...« Die Tränen kullerten über ihr Gesicht.

Charly und Christian sahen zu den beiden hinüber. »He, schlaf nicht!« Charly gab ihm einen Stoß. »Faß mal mit an!«

Hinter einem der großen Heizungskessel zerrte er eine sperrige Kiste hervor. Das war der Fernsehapparat, den er neulich, als die Geräte geliefert wurden, mit Hilfe des Packers dort versteckt hatte. Zwar hatte der zuständige Verkäufer ohne mit der Wimper zu zucken den Empfang von fünf Apparaten quittiert, aber Charly hatte trotzdem lieber einige Zeit gewartet, ob ihm nicht später auffallen würde, daß es nur vier waren. Jetzt rechnete er nicht mehr damit, daß man den Fehlbestand noch bemerken würde. Darum wollte er das Gerät mitnehmen und dann Andrea verkaufen, die natürlich nicht wissen sollte, woher es stammte.

Christian zögerte. »Was ist denn los?« zischte Charly.

Christian rührte sich nicht. »Die sind jetzt unheimlich scharf, Mann.«

Charly sah ihn verständnislos an. »Meinst du, mit Anstand kommt man weiter?« Er lachte bitter. »Wie, glaubst du, hat es so einer wie Bellheim geschafft?«

Er steckte dem Lagerarbeiter rasch einen Geldschein zu und schleppte dann keuchend die Kiste nach draußen zu seinem Auto. Der Pförtner sah gelangweilt von seiner Zeitung auf. »Defekt«, ächzte Charly, »muß repariert werden.« Der Pförtner nickte gleichgültig.

Die Sonne schien stechend von einem wolkenlosen Himmel. Es war einer dieser heißen Frühsommertage. Peter Bellheim kurbelte das Autofenster herunter und genoß den kühlen Luftzug. Hans, der Chauffeur, fuhr den Wagen durch idyllische Gassen, vorbei an schönen, alten Fachwerkhäusern. In der Ortsmitte überquerten sie einen altertümlichen Marktplatz und bogen in eine Straße mit Einfamilienhäusern inmitten von gepflegten Gärten und blühenden Ostbäumen ein.

Der Mercedes hielt vor einem eher bescheidenen Einfamilienhaus. Bellheim stieg aus und drückte den Klingelknopf an der Gartenpforte: »Max Reuther, 2× klingeln«, stand auf einem Zettel, der unter das Türschild geklebt war.

»Herr Bellheim?« Eine schwitzende Frau kletterte, mit Einkaufstüten beladen, eilig aus ihrem Kleinwagen, in dem sie gerade angekommen war. »Mein Schwiegervater hört wieder nicht. Ich mußte noch Besorgungen machen. Warten Sie schon lange?«

»Keine zwei Minuten«, beruhigte sie Bellheim. »Guten Tag, Frau Reuther!«

Die Schwiegertochter schloß die Haustür auf und rief in die Diele: »Vater! Dein Besuch ist da! Vater?« Niemand antwortete. Sie schüttelte den Kopf. »Ich versteh' das nicht, der hat Ihre Verabredung vergessen.« Sie seufzte. »Er vergißt 'ne Menge in letzter Zeit.« Sie führte Bellheim in das Haus. Ein etwa neunjähriger Junge kam aus der Küche. »Ist Opa oben?« fragte die Schwiegertochter. Der Junge schüttelte den Kopf.

Sie wandte sich an Bellheim: »Nach dem Tod meiner Schwiegermutter hat er sehr abgebaut, wissen Sie. Aber das will er natürlich nicht wahrhaben.«

»Vielleicht ist er im Theater«, meinte der Junge, während er seine Schulbücher auspackte.

Frau Reuther lächelte: »Seit ein paar Monaten hat er ein neues Hobby.«

Bellheim schaute sich in der engen Diele um. In der Ecke hing ein Foto von Max Reuther, wie er bei einem Gewerkschaftskongreß auf dem Podium stand.

Nachdem Frau Reuther ihre Einkäufe ausgepackt hatte, stopfte sie die leeren Tüten in den Abfalleimer. Plötzlich stutzte sie und holte mit spitzen Fingern einen Zigarrenstummel heraus. »Jetzt gucken Sie sich das an! Manchmal ist mein Schwiegervater wie ein unvernünftiges Kind«, schimpfte sie. »Er hatte zwei Herzinfarkte, der Arzt hat ihm das Rauchen streng verboten. Aber er ist dermaßen uneinsichtig.« Kopfschüttelnd warf sie den Zigarrenstummel wieder in den Abfalleimer.

Anscheinend sorgte man sich hier in gewisser Weise rührend um Max Reuther, aber die Schwiegertochter merkte gar nicht, daß sie ihn wie ein kleines Kind behandelte, daß sie ihn mit ihrer Fürsorge geradezu entmündigte.

Bellheim hielt es in der stickigen Atmosphäre des kleinen Hauses nicht aus. Er erkundigte sich, wo das Theater lag, und machte sich auf den Weg.

Er fand Max Reuther auf der Probe. Mehrere Darsteller standen in Kostümen der Jahrhundertwende auf einer kleinen Bühne im Freien, in einem alten Burghof. Sie studierten eine Szene aus Gerhart Hauptmanns *Vor Sonnenuntergang* ein. Einige Schauspieler, der Regisseur und die Bühnenarbeiter saßen unterhalb des Podiums und schauten zu. Neugierige Blicke richteten sich auf Bellheim. Rechts hinter den Kulissen stand ein bulliger, älterer Mann mit energischem Kugelkopf, kurzgeschorenem Haar und gesträubtem weißem Schnurr- und Kinnbart.

»Solange ich lebe«, betonte einer der Darsteller kraftvoll, »soll der Geheimrat das Heft nicht aus der Hand geben.«

Das war offenbar das Stichwort: Der Mann hinter den Kulissen wollte die Tür in der Wand öffnen und hineinstürmen. Tatsächlich griff er nach der Klinke und zog, aber nichts tat sich.

»Nicht-aus-der-Hand-geben!« wiederholte der Darsteller.

In der ersten Stuhlreihe richtete sich mit dumpfem Knurren ein riesiger Rottweiler auf und stellte die Ohren.

»Jaja«, tönte es hinter der Kulisse hervor, »ich kenne mein Stichwort, aber ich kriege die Tür nicht auf!«

»Unsinn, die muß doch aufgehen!« Der Regisseur beugte sich vor, der Hund begann zu bellen, die anderen kicherten. Max Reuther rüttelte so heftig an der Kulissentür, daß die ganze Konstruktion wackelte und einzustürzen drohte.

»Nicht nervös werden, Max.« Der Regisseur versuchte ihn zu beruhigen. »Zieh die Tür zu dir hin, Max. Ganz ruhig!«

Max Reuther fuhr ärgerlich herum. »Die geht auch ganz ruhig nicht auf.«

»Nicht drücken! Ziehen!« kam es von unten.

»Die klemmt!« rief Max Reuther erbittert.

»Ziehen, Max, ziehen! Vorsichtig! Nicht mit Gewalt!«

Es war sinnlos. Ein paar Männer eilten auf die Bühne und versuchten ihm zu helfen. Ebenfalls vergebens. Max Reuther wurde zunehmend gereizter. Der Hund kläffte. Der Regisseur, der seinen Darsteller kannte und sah, daß der alte Herr kurz vor einem Wutanfall stand, eilte selbst hinauf, rüttelte kurz und ergebnislos an der Lattenkonstruktion und resignierte.

»Alles halb so schlimm!« verkündete er dann. »Wir machen fünf Minuten Pause, reparieren die Tür und fahren danach fort.«

Bellheim hatte die Szene mit gemischten Gefühlen beobachtet. War das wirklich Torten-Reuther, dieser alte Choleriker da oben, der nicht mal eine Tür aufbekam? Der sollte ihm helfen? Kopfschüttelnd wandte er sich zum Gehen. Er wollte sich die Sache doch lieber noch einmal gründlich überlegen. Aber Max Reuther hatte ihn schon erspäht. »Herr Bellheim?«

Verlegen drehte Peter Bellheim sich um. »Guten Tag, Herr Reuther. Ihre Schwiegertochter hat mir gesagt, wo ich Sie finde.«

Reuther schüttelte ihm kräftig die Hand. »Ist es denn schon vier Uhr?« Er betrachtete Bellheim prüfend. »Mensch, haben wir uns lange nicht gesehen! Ich hab' Sie gleich erkannt«, log er.

Der Regisseur kam. »Max, wir wechseln die Tür aus. Ich schlage vor, daß wir für heute abbrechen und morgen weiterproben.«

Reuther sah ihm finster nach. »Ich habe sie kaputtgemacht.« Er deutete auf den Hund, der sich aufgesetzt hatte. »Was dagegen, wenn wir ein bißchen laufen? Er hat Schwierigkeiten mit der Verdauung.«

»Macht er darum so ein grimmiges Gesicht?« erkundigte sich Bellheim.

»Aber er hat doch ein prachtvolles Gesicht!« Reuther war ehrlich empört. »Also wissen Sie! Schauen Sie sich doch nur diese Bernsteinaugen an!« Die beiden stiegen die Burgtreppe hinauf. »Ach, übrigens ... äh ... Sie haben nicht zufällig eine Zigarre bei sich?«

Bellheim schüttelte den Kopf. »Tut mir leid.«

Reuther seufzte. »Na ja, da kann man wohl nichts machen. Wissen Sie, mein Sohn und meine Schwiegertochter lassen sich von dem Arzt bequatschen. Das ist so'n Grünschnabel! Denkt doch tatsächlich, ich gebe das Rauchen auf. Dabei raucht er selber wie ein Schlot.«

Bellheim versuchte das Thema zu wechseln. »Wie lange leben Sie schon hier?«

»Seit meiner Pensionierung ... vier Jahre. Ich wohne bei meinem Sohn, hab' das schönste Zimmer im Haus. Mit Gartenblick. An sich alles wunderbar. Ich habe angefangen, Bienen zu züchten, Briefmarken zu sammeln ... aber irgendwann hat man die Briefmarken in Ordnung. Neuerdings spiele ich hier im Theater mit.« Sie lehnten sich über eine Brüstung, von der man in die Theatergarderobe schauen konnte, wo sich ein paar spärlich bekleidete Mädchen kichernd unterhielten, während sie sich umzogen. »Schöne Sache das Theater«, bemerkte Max Reuther augenzwinkernd.

Bellheim nickte. Einträchtig marschierten die beiden eine Straße hinunter. Der Rottweiler folgte gemessenen Schrittes, schnüffelte aufmerksam an Bäumen, Zäunen und Laternenpfählen und hob ab und zu gedankenvoll das Bein. Max Reuther sah Bellheim an. »So, und nun verraten Sie mir endlich, was Sie eigentlich in unser schönes Städtchen führt.«

Bellheim erzählte. Er berichtete ohne Beschönigung von den Ereignissen der letzten Wochen und der drei zurückliegenden Jahre und verschwieg dabei nicht, in welcher Situation sich das Unternehmen Bellheim jetzt befand. Während Bellheim und Reuther mit dem großen Hund kreuz und quer durch die idyllischen Altstadtgassen spazierten, rollte Bellheims Mercedes langsam hinter ihnen her.

»Personalchef, ich?« Max Reuther war ehrlich entsetzt. »Ist das Ihr Ernst? Personalchefs waren für mich immer ein rotes Tuch. Mit denen bin ich mein Lebtag Schlitten gefahren. Die Seiten sind doch nicht so einfach austauschbar.«

»Hm. Nun ja. Vielleicht haben Sie recht.«

»Freut mich aber, daß Sie an mich gedacht haben.« Ehe Bellheim noch etwas einwenden konnte, zupfte er ihn am Ärmel. »Äh ... tun Sie mir einen Gefallen?«

Er deutete auf einen Kiosk. »Kaufen Sie uns 'ne schöne Zigarre? Selbst kann ich da nicht hingehen, weil meine Schwiegertochter dann sofort wieder Bescheid weiß.«

Bellheim ging lachend zum Kiosk und verlangte zwei Zigarren. Max Reuther hob drei Finger und bedeutete ihm stumm, die langen Havannas zu kaufen. Bellheim korrigierte sich gegenüber dem Verkäufer: »Vier Zigarren.« Max Reuther grimassierte anerkennend. Nachdem die Zigarren in Brand gesteckt worden waren, wanderten die beiden gemütlich paffend weiter.

»So.« Max seufzte behaglich. »Jetzt noch ein Schlückchen guten alten Cognac. Das weitet die Arterien. Vorsicht, da drüben wohne ich.«

Grinsend wie die Schuljungen schlichen sie am Haus vorbei zu einem Geräteschuppen im Garten. Hannibal, der Rottweiler, trabte auf leisen Pfoten hinterher.

»Ich muß nämlich den Cognac auch verstecken. Dieser Arzt, wissen Sie, der Grünschnabel, ist nicht nur gegen Zigarren, sondern auch gegen Alkohol.«

Reuther wollte nun einen kleinen Verschlag an dem Geräteschuppen öffnen. »Nanu!« Er stutzte.

»Was ist?«

»Die Tür geht nicht auf!« Max zerrte an dem Schloß.

»Nicht!« warnte Bellheim halblaut. »Nicht mit Gewalt. Vorsicht!«

»Klemmt!« fluchte Max wütend. »Treten Sie mal kräftig dagegen. Aber leise!«

Bellheim untersuchte die Klinke. »Nutzt nichts«, zischelte er, »die ist verriegelt!«

»Verriegelt!« schäumte Max. »Das ist ja unglaublich! Wer hat hier was zu verriegeln! Da steht doch mein Cognac drin!«

»Regen Sie sich nicht auf!« versuchte Bellheim ihn zu beruhigen.

»Ich soll mich nicht aufregen!« seufzte Max. »Wenn ich jetzt tot umfalle, ist das Mord. Wer immer hier abgeriegelt hat, hat dann 'ne Mordklage am Hals.« Er stapfte aus dem Gebüsch. Auf der Terrasse stand die Schwiegertochter mit einem Tablett und schaute mit gespielter Unschuld herüber. »Ich stell' euch den Kaffee hierher.«

Max versuchte rasch seine Zigarre zu verstecken. »Bestimmt koffeinfreier«, meinte er verlegen. »Ist er wenigstens frisch?«

»Eben durchgelaufen«, antwortete die junge Frau Reuter genervt.

Max hob die Hände: »Ich frag' ja nur!«

»Das fragt er mich seit vier Jahren«, sagte Frau Reuther zu Bellheim und kehrte ins Haus zurück.

Max schüttelte den Kopf. »Arme Person, völlig überarbeitet.«

»Sie macht sich Sorgen um Sie«, meinte Bellheim.

»Ach was!« Reuther setzte sich an den Terrassentisch. »Von der Vorstellung, daß die Generationen friedlich nebeneinander leben können, muß man sich verabschieden. Das haut nicht hin.« Mit resignierter Miene streichelte er den Kopf des großen Hundes. »Manchmal denke ich, es wäre besser, man stirbt, bevor man in Pension geht.«

Bellheim blickte erschrocken auf. »Was reden Sie denn da! Fangen wir lieber mit der Zeit, die uns noch bleibt, etwas Vernünftiges an.«

Aber Max Reuther schüttelte bedrückt den Kopf. »Es würde nicht hinhauen. Sehen Sie mich doch an. Zwei Herzinfarkte und viel zu lange raus aus dem Geschäft. Ist mir eine Ehre, daß Sie an mich gedacht haben ... wirklich ... aber ich schaffe es nicht mehr. Tut mir leid.«

Christian Rasche fuhr Andrea am Abend mit seinem knatternden Moped nach Hause. Das Ding machte einen Höllenlärm. Andrea hockte auf dem Rücksitz und klammerte sich krampfhaft an Christian fest. Vor ihrer Wohnung parkte Charlys altes Auto. »Charly, bringst du etwa meinen Fernseher?« Er war gerade dabei, eine schwere Kiste aus dem Kofferraum zu hieven. »Das ist ja toll! Mensch, Charly!«

»Ich hab's doch versprochen«, keuchte Charly.

Andrea schloß rasch die Haustür auf. »Wieviel kriegst du dafür?«

»Hm ... na ja ... ein paar Kosten sind schon entstanden. Sagen wir fünfhundert?«

Andrea war verblüfft. »So billig? Wie machst du das bloß?«

Begeistert stürmte sie vor den beiden ins Haus. Charly packte die Kiste und wuchtete sie aus dem Kofferraum. Dabei kniff er ein Auge zu und lachte Christian an. Der sah betreten zur Seite und schwieg.

Die Fenster der Schwimmhalle in Bellheims Haus waren zurückgeschoben. Sachs kletterte vom Trimmrad, schlang sich ein Handtuch um den Hals und ging zur Terrasse hinüber. Dort saßen Bellheim und Fink im Schein eines flackernden Windlichts und tranken eine Flasche Wein. Mit halblauter Stimme berichtete Bellheim über seinen Besuch bei Reuther.

»Die Ärzte haben an seinem Herzen so einiges repariert, aber ganz kriegen sie es wohl nicht wieder hin. Bevor ich wegfuhr, habe ich noch mit der Schwiegertochter gesprochen. Sie meint, er wäre vom Tod gezeichnet.«

Sachs grinste und griff zum Glas. »Das sind wir doch alle.«

»Du?« Fink klopfte ihm amüsiert auf den wohlgerundeten Bauch. »Du ... du bist vom Leben gezeichnet.«

»Gib mir etwas Zeit«, erwiderte Sachs lakonisch.

Fink wollte etwas erwidern, als Baffi, Emmas kleiner Wollzottelhund, hechelnd aus dem Garten geschossen kam und mit einem Satz auf Finks Schoß sprang. Quietschend und wedelnd versuchte er ihm die Nase abzulecken.

»Pfui!« rief Fink empört. »Was soll denn das? Geh weg ... Verschwinde! Gegen Hundehaare bin ich allergisch. Ich schwelle an und werde rot wie eine Erdbeere. Baffi! Runter!«

Vom Haus her pfiff Emma. Baffi hüpfte von Finks Schoß und rannte zu seiner Gebieterin.

Fink schüttelte sich. »Brr! Er kommt also nicht?«

»Nein.«

»Schade. Es war so eine prima Idee.« Auf Finks und Bellheims Miene machte sich eine Spur von Resignation breit. Zum erstenmal schien etwas nicht zu klappen.

»Vielleicht ist es besser so«, warf Sachs unvermittelt ein. Die beiden anderen musterten ihn erstaunt. Er nahm gravitätisch Platz und schlürfte genießerisch an seinem Weinglas. »Wir hätten uns womöglich nicht vertragen. »Vor Jahren habe ich ihm einmal eine Freundin ausgespannt. Sie war seine Sekretärin und reiste immer zu den Tagungen mit.«

»Dir ist aber auch nichts heilig«, tadelte Fink.

»Sie hatten was mit Reuthers Sekretärin?« Bellheim konnte es nicht fassen.

»Nun ja«, gab Sachs mit einem Unterton von Ironie zu, »hat die Tarifverhandlungen mächtig erschwert. Eigentlich hätte Reuther mir aber dankbar sein sollen. Sie war nämlich eine nervtötende Person. Rief dauernd bei mir zu Hause an. Prompt kam meine Frau dahinter. Blödsinnig.« Er schüttelte ärgerlich den Kopf.

Gudrun Lange konnte in dieser Nacht kaum einschlafen. Das kam in letzter Zeit immer häufiger vor. Ihr brennender Ehrgeiz drohte sie aufzufressen. Fast jeden Abend machte sie Überstunden. Die Kollegen, die erst gutmütig gespöttelt hatten, fingen an sich zurückzuziehen. Gudrun war nie besonders beliebt gewesen; jetzt begegnete man ihr offen mit Mißtrauen.

Kam sie dann spät und müde nach Hause, widerte sie der Anblick ihrer engen, unordentlichen Wohnung an. Sie mußte raus aus diesem Loch. Sie wollte nach oben, sie wollte Geld, viel Geld! Eine Stufe auf der steilen Leiter des Erfolges war Klaus Berger. Als Mensch bedeutete er ihr nichts. Aber noch brauchte sie ihn, und sie zahlte mit dem, was sie ihm bieten konnte: Sex.

Daß er noch etwas anderes von ihr wollte, wenn er nachts bei ihr schlief, verdroß sie. Sie ekelte sich vor sich selbst. Innerlich aufgewühlt, aber körperlich erschöpft, saß sie am Bettrand. Berger lag hinter ihr und beobachtete sie besorgt. »Kannst du nicht schlafen?« Da Gudrun keine Antwort gab, richtete er sich auf und streichelte ihr über die Stirn. »Fühlst du dich nicht gut?« Mit einer heftigen Kopfbewegung schüttelte sie seine Hand ab. »Du bist so gereizt«, sagte Berger in sanftem Ton.

»Ich bin nicht gereizt.«

»Soll ich dir einen Tee machen?«

»Nein, danke.« Jeden Berührungsversuch Bergers wehrte sie heftig ab. Er setzte sich auf und schaltete das Licht ein.

»Gudrun, hast du mich eigentlich ... ein bißchen lieb?«

Gudrun zögerte, seufzte tief auf und stieß dann hervor: »Ja! Ja, natürlich habe ich dich lieb.«

»Ich liebe dich nämlich, weißt du?«

Gudrun kämpfte mit den Tränen. »Wenn ich erst mal vierzig bin«, meinte sie leise und in sehr bitterem Ton, »sieht mich doch keiner von euch mehr an.«

Berger schüttelte verwundert den Kopf. »Du spinnst ja.« Er wollte sie sanft in die Arme nehmen, aber Gudrun entwand sich ihm.

Am nächsten Tag kaufte Gudrun als erstes eine Zeitung und las auf der ersten Seite den Artikel über Bellheim. Der erboste Wirtschaftsredakteur Martin Kern hatte ganze Arbeit geleistet. »Kein Deal mit Koreanern« lautete die Schlagzeile.

An der Börse herrschte das übliche hektische Treiben mit all seinem Stimmengewirr. Kursänderungen wurden durch Zurufe signalisiert. Auf der Kurstafel erschienen laufend neue Notierungen. Der amtliche Kursmakler schrieb gerade »Verkaufsorder 10000« hinter dem Namen Bellheims auf eine große Tafel. Niemand wußte, ob ein Verkäufer hinter dieser Order stand oder viele. Der Schock war im großen Saal zu spüren. Alles rannte zu den Telefonen. Also war an dem Zeitungsgeschwafel doch was dran. Bellheim war unter Beschuß.

Auch bei Gudrun klingelte der Apparat. »Frau Lange!« schrie der Makler. »Was ist mit Bellheim? Der Kurs ist für eine Viertelstunde ausgesetzt! Doppelte Minus-Ankündigung, das heißt mindestens zwanzig Prozent unter gestern! Will Ihr Kunde trotzdem verkaufen?«

»Verkaufen!« orderte Gudrun mit fester Stimme.

Überall versuchten brüllende Verkäufer nun Bellheim-Aktien loszuwerden. Binnen Sekunden sackte der Kurs nach unten. Immer mehr Bellheim-Papiere wurden auf den Markt geworfen. Es war wie eine Lawine.

Inzwischen liefen in der Konzernzentrale in Hannover die Telefone heiß. Richard Maiers war der Verzweiflung nahe. Vergeblich bemühte er sich, die Anrufer zu beschwichtigen. Der Kurssturz der Bellheim-Aktien hatte einen Erdrutsch ausgelöst, der das Unternehmen zu begraben drohte.

Bleich stürzte er ins Vorzimmer und rief seiner Sekretärin zu: »Versuchen Sie, Peter Bellheim zu erreichen, schnell! Wir müssen unbedingt eine Pressekonferenz einberufen. Uns zu dem Kursverfall äußern. Die Journalisten bombardieren uns mit Anfragen! Jetzt haben wir den Schlamassel.«

In der Villa Bellheim saßen Fink und Sachs ahnungslos beim Frühstück. Zur Abwechslung war wieder einmal Diät angesagt. Die Nachrichten über den Gesundheitszustand von Reuther schienen ihnen zu denken gegeben zu haben.

»Kein Brötchen, keine Butter, keine Marmelade, keine Wurst«, erklärte Fink und reichte der erschreckten Emma eine appetitlich angerichtete Platte zurück.

»Kaffee schwarz, ohne Milch, ohne Zucker«, sekundierte ihm Sachs. »Trockenes Knäckebrot.«

Das Telefon klingelte. Sachs stand auf und trat ins Zimmer an den Apparat. Fink steckte sich rasch und heimlich eine Wurstscheibe in den Mund, ohne daß Sachs etwas bemerkte. Sachs seinerseits schnappte sich ein Stück Käse von der Platte, als Emma vorbeiging – in der Hoffnung, daß Fink das nicht mitbekam. »Hier Sachs. Nein, Peter Bellheim ist nicht da.« Und plötzlich ganz energisch: »*Was* ist los?«

Er hörte eine Weile zu, ohne den Anrufer zu unterbrechen, und erklärte dann: »Er ist mit seinem Vater bei der Geburtstagsfeier seines Enkels. Bitte sagen Sie Herrn Dr. Maiers, daß ich ihn dort sofort benachrichtige. Ja, natürlich. Er kommt, so schnell er kann.«

Bellheim war an diesem Tag nach Hamburg zu seiner Tochter gefahren. Am Tag zuvor hatte er im Kaufhaus in der Spielzeugabteilung Geschenke für seinen Enkel Rudi ausgesucht. Früh am Mittag hatte er seinen Vater vom Seniorenstift abgeholt. Jetzt rollte der große Mercedes über die Kennedybrücke und bog in eine der eleganten Villenstraßen an der Alster ein.

Hier lagen die teuersten Wohnungen von Hamburg.

Bellheim steuerte zu der exorbitanten Miete, die seine Tochter zahlen mußte, monatlich etwas bei, sonst hätte sich Nina niemals die Luxuswohnung leisten können. Es war eine geräumige Erdgeschoßetage mit breiten Fenstern zum Garten. Dahinter schimmerte die Alster.

Bellheim klingelte. Nina öffnete die Wohnungstür. Bellheim balancierte mehrere Schachteln auf dem Arm und stützte gleichzeitig seinen greisen Vater, während er hereinkam.

Nina umarmte ihren Vater und ihren Großvater.

Auf der Wiese draußen standen eine lange Geburtstagstafel und ein Kasperletheater. Die Kinder verfolgten atemlos die Vorstellung. Rudi entdeckte seinen Opa und seinen Urgroßvater und stürmte auf sie zu. Bellheim hob ihn in die Höhe und drehte sich mit ihm im Kreis: »Alles, alles Gute zum Geburtstag, mein Kleiner!«

Paul Bindel kam dazu, und er stellte ihn seinem Vater vor. »Herr Bindel, mein Vater!« Der alte Bellheim beachtete Bindel kaum. Er wandte sich gleich seinem Urenkel zu. »Also Moment, paß auf, das ist von mir und das ist von deinem Opa«, er deutete auf die verschiedenen Pakete.

»Nee, umgekehrt, das ist von mir.«

Nina lachte: »Ihr verwöhnt ihn viel zu sehr!«

Im Arbeitszimmer klingelte das Telefon. Paul Bindel ging hinaus, um abzuheben. Rudi stürmte mit seinen Geschenken nach draußen. Bellheims Vater taperte hinterher. »Na, willst du denn nicht wenigstens danke schön sagen. Wie wär' denn wenigstens eine kleine Umarmung?«

Nina lachte. »Aber dazu ist er doch viel zu aufgeregt, Opa.«

Bellheim hakte sich unter und fragte leise: »Ist deine Mutter auch da?«

»Die kommt erst am Abend«, beruhigte ihn Nina.

Paul Bindel kam zurück und deutete auf das Telefon: »Für Sie, Herr Bellheim.«

»Schon wieder Geschäfte«, seufzte Nina. »Wir sehen uns so selten, und dann hast du gleich zu tun.«

»Aber du bist es doch, die nie Zeit hat«, erwiderte Bellheim etwas unwirsch. Nina hakte sich bei Paul unter. »Wenn Pa eine Million verdient, sagt er nicht: ›Jetzt mache ich mir ein schönes Leben‹, er fragt gleich: ›Wie kann ich die Million verdoppeln?‹«

Bellheim wurde ärgerlich: »Darum geht's doch nicht.«

»Nein?« fragte Nina lachend. »Worum geht's denn?«

Bellheim blieb auf dem Weg zum Telefon stehen: »Geld schafft Arbeitsplätze und...« Er unterbrach und lächelte... »Ach was, macht einfach Spaß, wenn die Leute zu einem kommen und fragen, was sie zu tun und zu lassen haben.« Er sah Nina an: »Du bist nur so lange was, wie du was zu sagen hast!«

Nina musterte ihn, und dann umarmte sie ihn liebevoll. Bellheim eilte ans Telefon.

Der alte Herr Bellheim war im Garten von Kindern umringt. Er hob das Sektglas: »Wollen wir mal auf das Geburtstagskind anstoßen, ja? Dürft ihr denn schon Sekt trinken, ja?«

Aus dem Garten drangen das Krähen der Kinder und die Stimme des Vaters. Die Kinder jauchzten begeistert. Er goß ihnen das perlende Gemisch aus Apfelsaft und Sprudel ein. »Also dann prosten wir uns mal zu. Auf geht's, ex und hopp.«

Bellheim trat mit dem Telefonhörer ans Fenster: »Wieviel Punkte haben wir verloren« fragte er erschrocken, »seit heute früh?«

Nina und der Enkel waren sehr betrübt, als Bellheim zum raschen Aufbruch drängte. Auch der Vater war etwas verwundert, daß sie nicht länger blieben.

Inzwischen rollte der Mercedes in rascher Fahrt über die Autobahn. Bellheim hatte den Chauffeur aufgefordert, Gas zu geben.

Der Vater beobachtete besorgt seinen Sohn. »Probleme, mein Junge?« fragte er endlich.

Bellheim lächelte dem alten Herrn beruhigend zu. »Nichts, was sich nicht in den Griff bekommen ließe, Papa!«

Er starrte vor sich hin. Hoffentlich stimmte das, was er seinem Vater gesagt hatte. Hoffentlich ließen sich die Schwierigkeiten überwinden. Hoffentlich wurde man mit diesem schrecklichen Kurssturz, der sich seit heute morgen ereignet hatte, fertig. Er fragte sich, was dahintersteckte.

Das Restaurant von Bellheim Hannover war überfüllt. Journalisten, Wirtschaftsreporter und Fotografen drängten sich. Kellnerinnen gingen mit Getränken und Häppchen herum. Vorn am Podium saß Richard Maiers mit Fink, Sachs und einigen anderen Herren, unter ihnen selbstverständlich Ziegler.

Martin Kern saß unmittelbar vor dem Podium. »Wenn sich die geplante Fusion mit Doo-Kim-Industries zerschlagen hat, dann...«

Richard Maiers fiel ihm ins Wort. »Wer sagt denn das?«

»Es steht in allen Zeitungen«, mischte ein anderer Journalist sich ein.

»Glauben *Sie* alles, was in der Zeitung steht?« fragte Sachs höflich und ein wenig ironisch. Die Journalisten lachten.

Aber Kern ließ sich nicht ablenken. »Wollen Sie damit sagen, es gibt doch eine Fusion?«

Richard Maiers blieb gelassen. »Die Koreaner sind gute Geschäftsfreunde und langjährige Lieferanten. Eine Fusion mit ihnen war noch nie geplant.«

»Und wie erklären Sie sich dann, daß Ihr Kurs jetzt so in den Keller geht?« fiel ihm Kern ins Wort. »Heißt das nicht, daß Ihre Strategien offenbar nichts taugen?«

Im Saal war es plötzlich sehr still geworden. Richard wollte gerade etwas erwidern, als die Tür aufflog und Peter Bellheim mit großen Schritten hereingestürmt kam. Er hatte Kerns letzte Frage gehört und beantwortete sie noch beim Durchqueren des Saals.

»Man muß vor allem davon ausgehen, daß es Leute gibt, die

daran interessiert sind, unsere Sanierungs- und Umgestaltungspläne zu durchkreuzen, weil sie es auf unsere Kaufhäuser abgesehen haben.«

Fink und Sachs tauschten einen erleichterten Blick. Die Aufmerksamkeit der Journalisten wendete sich Bellheim zu. Eine Reporterin fragte: »Gibt es dafür konkrete Hinweise?«

Bellheim kniff vor dem Blitzlichtansturm der Fotografen die Augen zu, legte den Mantel ab, nahm Platz und antwortete laut: »Wir werden demnächst eine Zwischenbilanz veröffentlichen. Daraus ist zu ersehen, daß wir nicht auf dem absteigenden Ast sind, sondern daß im Gegenteil nach dem letzten Halbjahresergebnis der Ertragspfeil eindeutig nach oben zeigt.«

Kern bohrte weiter. »Werden Sie Filialen schließen?« Er sah Maiers dabei an.

»Verlustbringende Filialen...«, wollte der gerade antworten, als Bellheim einfiel: »Verlustbringende Filialen werden wir mit neuen Konzepten in die Gewinnzone zurückführen.«

Richard sah ihn fassungslos an. Ziegler schnappte hörbar nach Luft.

»Aber Umgestaltungen bedeuten doch auch einen erhöhten Kapitalaufwand?« fragte Kern hartnäckig.

Sachs beugte sich vor und schenkte ihm ein mildes Lächeln. »Ja, der liebe Gott gibt uns die Nüsse, aber er knackt sie nicht für uns«, meinte er gütig.

Wieder gab es Gelächter im Saal. Die Schlagfertigkeit von Sachs war in solchen heiklen Situationen von unbezahlbarem Wert. Hier bewährte sich eben die große Erfahrung der alten Füchse, die den Jüngeren fehlte. Mit dieser vieldeutigen, eher unklaren Aussage hatte Sachs den Journalisten den Wind aus den Segeln genommen, ohne sie zu brüskieren. Bellheim lehnte sich erleichtert zurück.

Lärmend drängte die Belegschaft an der Personalkontrolle vorbei zum Ausgang. Charly und Christian hatten sich umgezogen, kamen den düsteren Kellerflur entlang und plauderten fröhlich miteinander. Plötzlich entdeckte Charly in einer Kiste einen Haufen Teddybären, nahm sich einen und steckte ihn rasch in seine Jakkentasche. »Für meine Kleine«, flüsterte er. »Die wird morgen drei.« »Um Himmels willen.« Christian packte ihn mit überraschender Heftigkeit am Arm und riß ihm das Stofftier weg. Schnell warf er den Teddy zurück in die Lieferkiste. Charly musterte ihn überrascht und bog um die Kellerecke.

Vor den Stechuhren wartete eine lange Schlange von Mitarbeitern. Stichprobenartig wurden einzelne Mitarbeiter gebeten, ihre Taschen und Tüten vorzuzeigen. Einige bat der Hausdetektiv in ein kleines Nebengelaß.

Charly blickte fassungslos Christian an. Der legte den Finger auf den Mund.

Die ältliche Frau Feld aus der Damenoberbekleidung hatte eine Plastiktüte bei sich. Einer der Detektive bat sie, ihm den Inhalt zu zeigen. Frau Feld blieb wie angewurzelt stehen, die Tüte fest an sich gedrückt. Der Mann wiederholte seine Bitte und griff, als Frau Feld nicht reagierte, schließlich selbst danach. Willenlos händigte sie ihm die Tüte aus. Er sah hinein und holte eine helle Damenbluse heraus. Sie trug ein Bellheim-Etikett und unten am Saum hing ein Preisschild. Der Detektiv winkte Frau Feld aus der Reihe.

»Die hab' ich mitgenommen«, stotterte sie, »weil ich dachte, die hat sich verfärbt. Die liegt ja schon so lange im Regal. Ich wollte sie zu Hause auswaschen.«

Ringsum gab es neugierige, mitleidige, hämische Blicke. Niemand glaubte ihr.

Frau Feld gab nicht auf. »Die Arbeit wär' mir ja nicht bezahlt worden. Trotzdem mache ich sie, weil ich nicht will, daß wir 'ne Bluse verkaufen, die sich verfärbt hat.«

Der Detektiv musterte die Bluse skeptisch. »Wo hat die sich denn verfärbt?«

Frau Feld brach in Tränen aus. »Kann ich dafür, wenn die Beleuchtung oben bei uns nicht ausreicht. Ich war sicher, die hat sich verfärbt.« Sie schneuzte sich. »Seit Jahren predige ich, wir brauchen da oben besseres Licht.«

Es half nichts. Der Hausdetektiv schob sie mit sanfter Gewalt in das Nebenzimmer, damit ein Protokoll aufgenommen werden konnte.

Charly und Christian durften ungehindert passieren. Draußen goß es in Strömen. Plötzlich blieb Charly mitten im Hof stehen und drehte sich zu Christian um. »Sag mal, woher hast du gewußt, daß heute kontrolliert wird?« Christian antwortete nicht. Charly packte die Wut, und er packte Christian am Kragen. »Du arbeitest mit denen zusammen, du Schwein. Du bist ein Spitzel.«

Carla, Mona und Albert umringten die beiden. Die anderen Angestellten rannten zu ihren Autos. Der aufgebrachte Charly versetzte Christians Moped einen gezielten Fußtritt, so daß es scheppernd zu Boden fiel. Albert, Mona und Carla versuchten, die Streithähne zu trennen. Dann lief Carla auf das Auto eines Verehrers zu, der sie abholen wollte. Beim Einsteigen sah sie den Betriebsratsvorsitzenden Streibel zu seinem Wagen gehen. »Moment mal«, rief sie, »Bespitzelung am Arbeitsplatz, das ist doch 'ne Kiste für den Betriebsrat.« Sie lief hinter Streibel her: »Hätten Sie wohl einen Augenblick Zeit für mich, Herr Streibel?« Mona rannte hinter ihr her und versuchte, den Schirm über sie zu halten.

Bellheim, Fink und Sachs waren ziemlich erledigt zu Hause angekommen. Vor allem Sachs war flau im Magen, teils von der Aufregung an diesem Tag, teils vor Hunger. Schnuppernd folgte er Emma in die Küche.

»Gibt's bald Abendbrot?« fragte er griesgrämig und hob den Deckel eines Topfes.

»Wieso Abendbrot?« Emma war erstaunt. »Ich denke, Sie sind auf Diät?«

»Heute nicht«, stöhnte Sachs. »Heute brauchen wir alle dringend Nervennahrung.« Ungeduldig riß er den Kühlschrank auf. »Aber Herr Sachs«, wandte Emma betroffen ein, »der Kühlschrank ist doch ganz leer. Wie *Sie* es wollten, damit Sie nicht in Versuchung geraten.«

»Ja, ja, ja!« brummte Sachs ungeduldig. »Was gebe ich auf mein dummes Geschwätz von vor fünf Minuten!«

Haustür und Telefon klingelten gleichzeitig. Bellheim griff zum Hörer, Fink ging in die Diele, Emma enteilte in ihre Wohnung, um dort die Vorräte zu plündern. Sachs setzte sich auf den Küchenhocker, den Kopf in die Hände gestützt, ein Bild des Jammers.

Draußen vor der Villa hielt ein Taxi. Ein gewaltiger Hund

sprang heraus und hob am Eckpfosten des Gartentors sofort das Bein. »Hannibal!« rief es drohend aus dem Auto. »Laß das! Schön warten!« Ächzend schob sich Max Reuther durch die Tür. Er bezahlte die Rechnung, gab dem Fahrer genau eine Mark Trinkgeld und verlangte dafür von ihm, die Koffer ins Haus zu tragen. Murrend gehorchte der Mann. Unter dem Vordach der Villa knallte er die Koffer auf den Boden und beeilte sich, durch den Regen zu seinem Fahrzeug zurückzukommen. Hannibals tiefes Knurren und die Nässe beflügelten seine Schritte.

An der offenen Haustür stand Fink, hinter ihm Emma, die öffnen wollte. Sachs hatte sich schnell aus der Diele verdrückt, als er Max Reuther kommen sah.

Drinnen hatte Bellheim gerade den Hörer aufgelegt. »Das war Streibel«, erklärte er Sachs und schlug sich dabei mehrmals mit der Hand an die Stirn. »Stellen Sie sich vor, unsere Personalleitung hat Mitarbeiter bespitzeln lassen, ohne den Betriebsrat zu informieren.«

Sachs machte eine Kopfbewegung nach draußen. »Da hat er ja gleich eine schöne Aufgabe.«

»Wer ... er?« Bellheim verstand nicht.

Aus der Diele hörte man einen Aufschrei. »Pfui!« schimpfte Fink. »Willst du wohl! Runter! Weg!«

Bellheim öffnete die Zimmertür zur Diele. Fink stand wie erstarrt vor dem großen Hund. »Ich bin gegen Hundehaare allergisch! Ich schwelle an und werde am ganzen Körper wie eine Erdbeere.«

Bellheim eilte in die Diele.

»Max Reuther!« rief er erfreut und schüttelte dem Neuankömmling die Hand.

»Keine Ahnung, warum ich Ihretwegen mein schönes Landleben aufgebe«, seufzte Max.

Bellheim strahlte. »Kommen Sie rein. Sie sind ja ganz naß, ziehen Sie doch Ihren Mantel aus. Kennen Sie schon Dr. Fink?«

Fink stand immer noch stocksteif da und musterte den Rottweiler. »Schon gut«, sagte er kurz angebunden zu Reuther.

Hannibal schüttelte sich ein paarmal, daß die Tropfen flogen. »Halten Sie bitte das Tier fest!« bat Fink wie gelähmt vor Angst.

Max Reuther grinste und entledigte sich seines Mantels. Bellheim bat ihn gerade weiter herein und schlug ihm vor, ebenfalls in seinem Haus Quartier zu nehmen; Reuther schaute sich auch beeindruckt um, als sein gelöster Gesichtsausdruck sich plötzlich verwandelte. Er erstarrte. Er hatte Sachs entdeckt, der in der Wohnzimmertür stand.

»Was sucht denn der hier?« fragte Max dumpf grollend. »Bellheim, Sie haben mir nicht gesagt, daß der auch dabei ist.«

Noch bevor Bellheim antworten konnte, bemerkte Sachs leutselig: »Ist das nicht der olle Reuther? Hat sich ja kaum verändert, außer daß er rund ein Vierteljahrhundert älter aussieht.«

Max Reuthers Stimme wurde eisig. »Also, ich kann mir nicht vorstellen, daß ich an irgend etwas Interesse haben könnte, was mit dem zu tun hat.« Grimmig zog er seinen Mantel wieder an.

»Aber Max!« Bellheim packte ihn am Ärmel. »Ich bitte Sie! Wie lange haben Sie beide sich nicht gesehen? Fünf Jahre? Sechs Jahre?«

»Sieben. Gesprochen haben wir seit neun Jahren nicht mehr miteinander. Und dabei soll es auch bleiben. Rufen Sie mir bitte ein Taxi!« Er wollte seine Koffer wieder hinaustragen.

Sachs musterte erst ihn, dann Bellheim und sagte dann ganz sachlich, als ob Reuther nicht da wäre: »Wir haben es mit einem ernsten Problem zu tun. Er ist verkalkt.«

Max explodierte. »Äußerlich«, schrie er, »sehe ich vielleicht älter aus, aber hier drinnen ist alles noch wie früher!« Dabei tippte er sich auf die Stirn.

Bellheim schob Sachs mit sanfter Gewalt ins Wohnzimmer. Sachs wehrte sich laut. »Tut mir wirklich leid. Entweder er oder ich.« Und leise fügte er hinzu: »Als Personalchef wäre er einsame Spitze. Er ist klug und gerissen, aber …« Er sprach nicht weiter, sondern schüttelte nur ärgerlich den Kopf.

Max schleppte ächzend seine Koffer zur Tür und bemerkte zu Fink, der sich immer noch nicht gerührt hatte und den Blick nicht von Hannibal ließ: »Als Geschäftsmann ist er gut, das muß man zugeben, klug und gerissen. Als Geschäftsmann kommt so leicht keiner an ihn ran.« Besonders laut rief er dann: »Als Mensch will keiner an ihn heran!«

Mit diesen Worten drehte er sich um, wollte er die Haustür öffnen und stutzte: »Nanu!«

Fink sah auf. »Was ist?«

»Die Tür klemmt.« Er rüttelte daran. Hannibal knurrte.

Bellheim erschien. »Die hat noch nie geklemmt.«

Reuther trat gegen die Tür. »Jetzt klemmt sie.« Erbost fuhr er herum. »Das ist 'ne Falle!« brüllte er und stemmte sich dagegen.

»Nicht mit Gewalt.« Bellheim trat herzu und erklärte: »Moment! Erst muß der Riegel da oben zurück.« Er griff über Max' Schulter nach dem Riegel und schob ihn zur Seite. Problemlos ging die Tür auf. In der Öffnung stand Emma, schwer beladen mit Tüten voller Lebensmittel und dicht gefolgt von Baffi. Einen Sekundenbruchteil später stürzte Hannibal sich auf ihn. Quiekend flüchtete Baffi in den Garten. Emma schrie auf und prallte gegen Max Reuther, der den Rottweiler festzuhalten versuchte. Der Inhalt der Tüten polterte zu Boden.

»Hannibal!« röhrte Max. »Hierher!«

»Baffi!« kreischte Emma. »Komm zu Frauchen!«

Und wie auf Kommando rannten die beiden hinaus in die Nacht, um in dem großen, durchnäßten Garten ihre Hunde einzufangen.

Bellheim, Fink und Sachs sammelten die Lebensmittel wieder ein. Sachs setzte sich erschöpft ins Wohnzimmer. Wenig später kam Max Reuther mit seinem Rottweiler zurück. Bellheim reichte ihm ein Handtuch, damit er sich abtrocknen konnte. Weitere Worte wurden im Moment nicht gewechselt, aber Reuther folgte Emma nun mit seinen Koffern nach oben, um sich von ihr sein Zimmer zeigen zu lassen. Fink und Bellheim sahen sich beruhigt an. Das Kaufhaus hatte einen neuen Personalchef.

Karl-Heinz Rottmann war zum Pferderennen nach Hannover gekommen. Diese Veranstaltung war jedes Jahr ein großes gesellschaftliches Ereignis.

Vorher hatte er sich auf einem abgelegenen Parkplatz mit Gudrun Lange getroffen. Sie hatte sich in einer der vorangegangenen Nächte über den Bankcomputer die Namen und Adressen aller größeren Bellheim-Aktionäre besorgt.

Jeden hatte sie am Tag zuvor angerufen und ein Angebot unterbreitet, das über dem aktuellen Tageskurs lag. Natürlich hatte sie weder ihren Namen noch den Namen ihres Auftraggebers genannt.

Peter Bellheim (Mario Adorf) und die Dekorateurin Andrea Wegener (Renan Demirkan) bei der Eröffnung der »Südkoreanischen Woche« im Kaufhaus.

Nachts verschafft sich Gudrun Lange (Leslie Malton) Zugang zu den Computerdateien ihres Kollegen Klaus Berger (Alexander Radszun).

Peter Bellheim will den alten Gewerkschafter Max Reuther (Hans Korte) für sein Projekt gewinnen.

Der Verkäufer Christian Rasche (Thomas Haber) bewahrt seinen Kollegen Charly Wiesner (Dominique Horwitz) vor einer Personalkontrolle.

Peter Bellheim, Herbert Sachs und Max Reuther beobachten skeptisch die Vorgänge auf der Galopprennbahn.

Auch Klaus Berger und Gudrun Lange sind zum Renntag erschienen.

Gertrud Maiers (Annemarie Düringer) macht Bellheim Vorwürfe wegen seiner Eigenmächtigkeiten.

Christian Rasche ist eifersüchtig, weil er merkt, daß seine Freundin Andrea sich in Bellheim verliebt hat.

Zwei Aktionäre waren bereit zu verkaufen. Die anderen wollten es sich noch einmal überlegen. Aber offenbar war der massive Kursverlust allen in die Glieder gefahren.

Rottmann lächelte zufrieden. »Hab' ich doch vorausgesagt, Lady! *Bon*, hängen Sie sich dahinter. Bleiben Sie am Ball.«

Das Autotelefon klingelte. Rottmann steckte Gudrun ein dickes Kuvert, prall gefüllt mit Geldscheinen, zu und hob den Hörer ab.

»Rex, endlich«, schnarrte er in den Hörer. »Hör zu, bei Tepafix scheint sich was zu tun. Stell fest, ob die Zahlen getürkt sind. Wenn nicht, steigen wir ein.«

Gudrun horchte auf.

Wenn Rottmann da Aktien kaufen wollte, mußte man sich anhängen. Garantiert würde der Kurs der Papiere anziehen. Sie prägte sich den Namen der Firma ein: Tepafix.

Rottmann nickte ihr zu. Die Besprechung war beendet. Gudrun stieg aus und ging über den Parkplatz zu dem wartenden Taxi.

Auch Bellheim und seine drei Freunde wollten die Rennbahn besuchen. Zwar hatten weder Max Reuther noch Fink Lust dazu, doch nach dem gewaltigen Kurssturz der letzten Tage war es wichtig, sich in der Öffentlichkeit zu präsentieren, Flagge zu zeigen und Optimismus zu demonstrieren.

Bellheim wartete ungeduldig am Auto, die anderen waren noch nicht soweit.

Fink hatte zuerst seine Wollsocken nicht finden können, die er unbedingt anziehen wollte, damit er auf der Tribüne keine kalten Füße bekam. Und Max Reuther hatte, unabsichtlich natürlich, eine Ladung Zahnpasta auf Sachs' Jackettärmel gedrückt, als die beiden nebeneinander im Bad standen. Reuther hatte es einfach zu amüsant gefunden zuzusehen, wie Sachs seine Haarpracht kunstvoll über die lichten Stellen verteilte.

Es war ein wundervoller Junisonntag, warm, wolkenloser Himmel, heiter. Die Tribünen der Rennbahn waren überfüllt. Lautsprecherdurchsagen kündigten das nächste Rennen an. Die Zuschauer applaudierten, als die Pferde, die Jockeys schon im Sattel, die Rampe herauftänzelten, um im Führring vor den Besitzern und Trainern nervös zu paradieren. Zwischen dem Sattelplatz, den Umkleidekabinen der Jockeys und der langen Reihe der Wettkassen stand eine Ausstellungsvitrine mit Reitzeug und anderen Sportartikeln: »Bellheim« war in großen Lettern auf der Vitrine und auf der Fahne darüber zu lesen. Rottmann betrachtete interessiert die Auslagen.

»Informieren Sie sich, was die Konkurrenz so zu bieten hat, Herr Rottmann?« Dr. Müller-Mendt kam, vorsichtig die Pfützen auf der Wiese vermeidend, auf ihn zu. Rottmann lächelte verächtlich: »Reiterklamotten. Für uns zu hochgestochen. Wer Kaviar essen will, muß Heringe verkaufen, nicht umgekehrt.« Er reichte dem Bankdirektor die Hand.

»Bleibt's bei unserer Verabredung nächste Woche?« erkundigte sich Müller-Mendt. »Wir kegeln, nichts Geschäftliches!« machte ihm Rottmann nachdrücklich klar.

Müller-Mendt nickte seufzend.

Rottmann klopfte ihm auf die Schulter. »Noch 'ne Bank, die mir das Geld hinterherträgt, brauche ich nicht!«

Hoch oben auf der Tribüne, inmitten elegant gekleideter Zuschauer, beobachtete Klaus Berger durch sein Fernglas die beiden Männer. »Müller-Mendt«, sagte er amüsiert zu Gudrun Lange, »hast du gesehen? Tag und Nacht im Dienst der Bank.« Er reichte Gudrun, die neben ihm Platz genommen hatte, das Glas. »Kennst du den Bulligen daneben? Rottmann, Karl der Große.«

Gudrun richtete das Glas auf Rottmann und Müller-Mendt, die gerade gemächlich zu den Logen zurückschlenderten.

Rottmann deutete mit einer Kopfbewegung zu der Vitrine hinter sich: »Bellheim hat Probleme«, bemerkte er beiläufig, »hört man!«

Müller-Mendt zeigte keinerlei Reaktion.

»Ach, kommen sie«, lachte Rottmann, »Sie sind seine Hausbank, außerdem pfeifen's die Spatzen schon von den Dächern.«

Müller-Mendt kniff die Lippen zusammen. »Tut mir leid, aber darüber...« er unterbrach sich »...Sie wissen doch, daß ich mich dazu nicht äußern darf, Herr Rottmann.«

»Der Kurs fällt ins Bodenlose, aber Sie stehen in Treue fest zu ihm«, meinte Rottmann ironisch.

»Bankbeziehungen«, wich Müller-Mendt aus, »sind nun mal in der Regel sehr langfristige Beziehungen.«

»Bis in den Tod?« Rottmann hakte ihn freundschaftlich unter.

»Ihr Brüder verliert doch ungern Geld, oder? Dann setzt doch nicht auf Verlierer!«

Müller-Mendt schaute sich vorsichtig um, zögerte, dann entschloß er sich, Farbe zu bekennen. Leise flüsterte er: »Ich persönlich sehe in Bellheim schon seit längerem einen Risikopatienten.«

Rottmann blieb stehen. »Ach nee, tun Sie? Mit welchen Konsequenzen?« Er grinste. »Ich bin nicht oft in Hannover. Klären Sie mich auf. Der wievielte in Ihrem Laden sind Sie?«

»Der zweite«, Müller-Mendt lächelte dünn, »leider nur der zweite.«

»Und der letzte, wenn's um Entscheidungen geht, hm?« Rottmann hieb ihm mit der Hand auf die Schulter. Mühsam lachte Müller-Mendt bei dem Scherz mit.

Ja, es stimmte, der alte Dr. Urban, betulich, altmodisch, hatte in der Bank noch immer das Sagen. Und der setzte auf Bellheim, weil er eben seit vierzig Jahren mit Bellheim zusammengearbeitet hatte. Aber zum Jahresende würde Urban pensioniert werden.

Und wenn es ihm, Müller-Mendt, bis dahin gelang, der Bank einen Großkunden wie Rottmann und seine JOTA AG zu präsentieren, dann hatte er garantiert bei der Diskussion um die Nachfolge die Nase vorn. Müller-Mendt atmete tief durch. Er mußte es schaffen. Er mußte endlich der erste werden.

Vom grünen Rasen der Rennbahn drangen inzwischen Trommel- und Trompetenklänge herüber. Eine Reiterkapelle ritt langsam zum Ausgang. Bellheim kam mit seinen drei Freunden die Tribünentreppe herauf. Unter den Zuschauern wurde getuschelt. Bellheim sah so vergnügt aus. Dann konnten die Gerüchte über den Niedergang des Konzerns doch nicht so ganz stimmen.

Richard Maiers, der gerade einen Getränkeverkäufer herangewinkt hatte, entdeckte Bellheim. »Hallo«, rief er, »guten Tag!«

Sie begrüßten einander. »Wie geht's dir? Bist du allein?«

Richard deutete auf seine Frau und seine Mutter, die vorne in einer der Logen saßen.

Auch Richards Mutter blickte durch ihr Fernglas angestrengt und aufmerksam zu ihnen herüber.

Fink und Sachs gingen weiter. Richard drehte sich um. Max Reuther stand hinter ihm. Bellheim stellte vor: »Herr Maiers, Herr Reuther!«

»Sehr erfreut«, sagte Richard. Er musterte den berühmten alten Gewerkschafter überrascht. Max nickte ihm zu und setzte sich neben Fink und Sachs. Bellheim nahm nun ebenfalls neben seinen Freunden auf der Haupttribüne Platz und beobachtete beunruhigt Müller-Mendt und Rottmann, die einträchtig wie zwei Brüder auf der Tribüne erschienen. Das gefiel ihm gar nicht. Was hatten die miteinander zu schaffen?

Mit donnernden Hufen jagten die Pferde vorbei und näherten sich unter den anfeuernden Zurufen des Publikums der Ziellinie. Von oben betrachtete Gudrun Lange durch ihr Glas Bellheim und seine drei Freunde und richtete es dann, während sie kurz Richard Maiers' Loge beobachtet hatte, auf Rottmann und Müller-Mendt, die aufstanden, zu Bellheim hinüberblickten, sich etwas zuflüsterten, lachten und dann wieder Platz nahmen.

In den Pausen zwischen den Rennen strömten die Zuschauer an den Ställen vorbei zu den Erfrischungsständen.

Fink, Sachs und Max Reuther schauten sich die Pferde im Führring an, und Bellheim vertrat sich ein wenig die Füße.

Ein eleganter, graumelierter Herr kam ihm entgegen. »Wurde aber auch Zeit, daß Sie hier mal wieder nach dem Rechten sehen!«

Er reichte Bellheim die Hand. »Konsul Tötter!« Bellheim verneigte sich höflich.

Tötter gehörte seit Jahren zum Aufsichtsrat von Bellheim. In seinem Besitz befanden sich etwa drei Prozent des Aktienkapitals von Bellheim.

Konsul Tötter besaß eine kleine gutgehende Maschinenfabrik in Hannover. Schon als Vorstandschef hatte Bellheim sich auf die Stimme von Tötter im Aufsichtsrat immer fest verlassen können. Konsul Tötter zog ihn jetzt beiseite. »Ich hatte da einen merkwürdigen Anruf«, sagte er halblaut, »Freitag nachmittag. Bellheim-Aktien waren gerade ganz unten, Tiefstand.«

Bellheim nickte seufzend.

»Eine Dame wollte wissen, ob ich vielleicht meine Bellheim-Anteile verkaufen möchte«, fuhr Tötter fort, »mit kräftigem Paketaufschlag natürlich.«

»Und«, fragte Bellheim erschrocken, »haben Sie?«

Tötter schüttelte den Kopf. »Noch nicht. Hundertsechsundfünfzig sind zwar miserabel, aber...« Er sprach nicht weiter. Offenbar wollte er Bellheim noch nicht aufgeben. Aber wenn die Aktien noch tiefer sanken – die Drohung war unüberhörbar –, dann würde er sich von seinem Paket trennen.

»Aus der Talsohle kommen wir schon wieder heraus, glauben Sie mir«, versuchte ihn Bellheim zu beruhigen.

Tötter wiegte skeptisch den Kopf.

»Die alte Geschichte«, erklärte ihm Bellheim, »jemand wirft auf einen Schlag zigtausend Aktien auf den Markt, der Kurs sinkt, die Kleinaktionäre werden nervös und ziehen nach, und der Kurs fällt noch mehr.«

Er zögerte: »Wer hat Ihnen das Angebot gemacht?«

Tötter lächelte: »Zuerst wollte die Dame anonym bleiben, sie handele im Auftrag einer Gruppe von Großanlegern. Ich habe ihr erklärt, mit Anonymen mache ich keine Geschäfte. Da rückte sie mit einem Namen heraus: ›ALPAG KG‹.«

»ALPAG KG«, wiederholte Bellheim, »nie gehört.« Tötter erblickte in der Menge einen Bekannten und verabschiedete sich.

Kurz vor der Siegerehrung hörte Bellheim plötzlich Rottmanns Stimme. »Lange nicht gesehen, großer Meister.« Rottmann reichte ihm die Hand: »Hab' schon gehört, daß Sie wieder mitmischen.« Er musterte Bellheim: »Die Kaufhäuser lassen Sie nicht los, hm?«

»Das ist wie beim Wolf, Karl-Heinz«, erwiderte Bellheim kühl, »... wenn der Wald ruft.«

Klaus Berger hatte diese Begrüßung aufmerksam verfolgt und meinte zu Gudrun gewandt: »Ach nee, die sprechen doch seit Jahren nicht miteinander.«

»Warum?« erkundigte sich Gudrun.

»Rottmann war mal bei Bellheim angestellt«, erklärte ihr Berger, »in grauer Vorzeit, und irgendwas muß er da gefingert haben, mit zu hohen Abschreibungen, glaube ich. Jedenfalls ist ihm Bellheim auf die Schliche gekommen, und der alte Maiers hat Rottmann gefeuert, fristlos.«

Gudrun nickte. Das war ja wirklich interessant. Rottmann hatte offenbar also nicht nur ein rein geschäftliches Interesse an Bellheim, sondern möglicherweise auch noch eine alte Rechnung mit ihm zu begleichen.

Unterdessen war Richard Maiers auf das Podium geklettert, um den Pokal dem Sieger des Bellheim-Rennens zu überreichen.

Jemand rief nach dem Besitzer des Siegerpferdes »Earl von Hugenfeld«. Rottmann meldete sich. »Sagen Sie nur, Sie kriegen das Preisgeld, das wir ausgesetzt haben?« fragte Bellheim verblüfft. Rottmann nickte grinsend und lachte. Sein Lachen klang wie ein Wiehern. Er ging nach vorn, um den Pokal entgegenzunehmen.

»Sie kennen ihn?« Sachs war leise neben Bellheim getreten.

»O ja. Sehr gut. Ein gescheiter Kerl, fleißig, gerissen, ungeheuer ehrgeizig... und völlig skrupellos.«

Während der Applaus für Rottmann und sein Pferd hochbrandete, war Bellheim immer nachdenklicher geworden. Hatte etwa Rottmann die Börsentalfahrt der Bellheim-Aktien ausgelöst? Wer steckte hinter der ALPAG KG, von der Konsul Tötter ihm vorhin erzählt hatte? Offensichtlich ging doch jemand gezielt an der Börse vor. Wer immer hinter dem Kurssturz der letzten Tage steckte, es mußte ein strategisch denkender Kopf sein.

Wenn Rottmann der Gegner war, der günstig Bellheim-Papiere kaufte, dann wurde es gefährlich. Dann war dieser letzte Kampf, der Bellheim bevorstand, der schwerste seines Lebens.

Wer einmal den Ruhestand gekostet hat, spürt bei allem Einsatzwillen doch schmerzlich, daß gewisse Begleiterscheinungen des Arbeitslebens auch lästig sein können.

Dazu gehört zum Beispiel das erstens frühe und zweitens pünktliche Aufstehen.

Der erste, der morgens wach zu werden pflegte, war Hannibal. Nicht, daß er aufgestanden wäre; er lag so herrlich bequem in Max Reuthers Bett, den Kopf auf Max' Arm, die ganze beträchtliche Körperlänge ausgestreckt auf Emmas schneeweißem Bettbezug. Zwar verfügte er auch über eine geräumige und weiche Matratze in einer Zimmerecke; aber da fühlte er sich nicht so wohl wie im Bett seines Herrchens.

Um sechs Uhr klingelte der Wecker. Grunzend stellte Max ihn ab, sah mürrisch auf das Zifferblatt und drehte sich noch einmal um.

Auch in den anderen Zimmern rasselten die Wecker. Sachs, Bellheim und Fink schlurften in Bademänteln, Handtücher umgehängt, hinunter in den Garten zum Schwimmbad. Fink kehrte um und öffnete die Tür zu Max Reuthers Zimmer. Hannibal richtete sich drohend auf und knurrte. Als er allerdings merkte, daß es Fink war, stand er im Bett auf, bellte fröhlich und watete durch die Kissen auf ihn zu.

Erich rüttelte den schlummernden Max. »Aufstehen! He! Wir wollen Punkt halb acht im Büro sein!«

Max stöhnte. Hannibal leckte Fink liebevoll die Hand. Der fuhr entsetzt zurück und brummte: »Vorige Woche konnten Sie noch so lange schlafen, wie Sie wollten. Das war Ihnen auch nicht recht.«

Tatsächlich dauerte es nicht lange, bis Max, gefolgt von seinem Hund, am Rand des Schwimmbeckens erschien. Bellheim planschte bereits im Wasser und winkte ihm fröhlich zu reinzukommen. Reuther schüttelte den Kopf.

»Sind Sie wasserscheu?« fragte Sachs.

»Nein«, erwiderte Max.

»Wirklich sehr erfrischend«, ermunterte ihn Fink.

»Wie tief ist das?« erkundigte sich Max vorsichtig.

Sachs versetzte ihm einen Schubs, so daß er ins Wasser stürzte. »Rein mit ihm«, schrie er.

Wie ein prustendes Walroß tauchte Max aus den Wellen auf und schnappte nach Luft. »Hilfe, ich kann nicht schwimmen«, rief er. Hannibal bellte. Bellheim und Fink schwammen rasch zu dem alten Gewerkschafter und zogen ihn an den Beckenrand.

Im Kaufhaus wurden rasselnd die eisernen Rolläden hochgezogen. Lieferantenfahrzeuge und Laster bogen auf den Hof ein und hielten vor der Warenannahme. Eine hupende Autoschlange rollte wie jeden Morgen auf die Parkplätze und in die Tiefgarage.

Ziegler, mehrere Herren der Geschäftsleitung und der Personalleiter gingen zum Aufzug.

»Jetzt wieder den lieben langen Tag das Gelabere«, seufzte Ziegler, »wie man vor dreißig Jahren Kaufhäuser geführt hat oder vor vierzig. Dieser ganze Käse, der keinen mehr interessiert.«

»Als ob man nicht schon genug um die Ohren hätte«, assistierte ihm der Personalleiter.

Höflich grüßten die beiden Richard Maiers, der aus seinem

Auto stieg. Ziegler lachte verhalten: »Manchmal weiß man vor Langeweile wirklich nicht, wie man sich setzen soll.« Doch dann erstarrte er in devoter Verbeugung. Bellheim, Sachs, Fink und Max Reuther kamen auf sie zu. Ob sie die Bemerkung gehört hatten, war nicht auszumachen. Ziegler sah ihnen überrascht nach. Jetzt waren es ja schon vier. Hatte er richtig gesehen? Marschierte als letzter nicht der alte Gewerkschaftsboß Max Reuther hinter den anderen her? Was suchte denn der hier? Torten-Reuther. Das Gerücht ging wie ein Lauffeuer durch das ganze Kaufhaus.

»Torten-Reuther?« rief der überraschte Betriebsratsvorsitzende Streibel, als er davon erfuhr. »Was tut denn der hier? Der alte Büffel ist im Haus, das gibt's ja nicht.«

Max Reuther schaute sich beklommen in dem riesigen Kaufhaus um. Putzkolonnen verließen das Erdgeschoß. Die ersten Verkäufer fanden sich ein.

Plötzlich hatte er Angst. Würde er es schaffen? Er hatte richtig Lampenfieber.

In Bellheims Büro tropfte Erich Fink ein leichtes Beruhigungsmittel auf einen Löffel und flößte es Max Reuther ein. »Nur die Ruhe«, sagte er milde lächelnd. »Die beste Medizin ist, wieder eine Aufgabe zu haben.«

Max schluckte die bitteren Tropfen hinunter. »Im Oktober werde ich siebzig, die Zahl hat so gar nichts Erfreuliches.«

»An Jahren werden Sie vielleicht siebzig«, beruhigte ihn Fink. »Aber was sagt das schon? Wieviel vergreiste Fünfzigjährige gibt's denn, die im Lehnstuhl sitzen und den Hintern nicht hochkriegen.«

»Alte Kriegsteilnehmer wie wir?« ermunterte ihn Sachs. »Ohne gute Kondition hätten wir's doch gar nicht geschafft.«

»Na ja«, meinte Fink im Hinausgehen, »bißchen Glück hatten wir auch.«

»Gut«, lenkte Sachs ein, »das braucht man immer.«

Bellheim sah den dreien amüsiert nach. Er war glücklich an diesem Morgen. Endlich war seine Mannschaft komplett, der Kampf um die Bellheim-Kaufhäuser konnte beginnen.

Noch einer war an diesem Morgen nervös. Charly Wiesner wollte sich in einem großen Damenmodegeschäft vorstellen. Die suchten einen Einkäufer. Dafür wurde mehr als das Doppelte von dem bezahlt, was er im Kaufhaus verdiente. Das wäre zu schön, um wahr zu sein. Es mußte dringend etwas geschehen. Mit den siebzehnhundert Mark netto monatlich reichte es bei ihm vorn und hinten nicht. Seine Frau hatte erst neulich geklagt, daß sie sich nicht mal einen Urlaub leisten konnten, nachdem die Miete ihrer ohnehin zu engen Dreizimmerwohnung wieder erhöht worden war. Früher, als seine Frau noch mitverdiente, waren sie in etwa hingekommen. Aber solange die Kinder so klein waren, mußte sie zu Hause bleiben. Während er sich in einem kleinen Kabuff umzog, plauderten Mona und Carla wieder über ihr Lieblingsthema: die Männer. Die ewig hoffnungsvolle Mona hatte bereits wieder einen neuen Fisch an der Angel.

»Hast du seinen Brief mit?« fragte Carla neugierig. »Zeig her!«

Mona zog einen schon stark verknitterten Briefbogen aus der Tasche und gab ihn ihr. Vom Ständer nahm sie eine Bluse und hielt sie sich an. »Ich kann's kaum erwarten, ihn kennenzulernen. Wie findest du die Bluse? Ich will mich natürlich nicht auftakeln, aber nach ein bißchen was soll es schon aussehen.«

Carla las. »Der arbeitet ja auch in einem Kaufhaus!«

»Ja!« sagte Mona begeistert. »Und er war noch nie verheiratet. Er ist fleißig, sparsam, ehrgeizig und zärtlich...«

Versonnen strich sie über den Kleiderständer.

Dabei bemerkte sie eine Kundin. Es war Gudrun Lange, die sich suchend umblickte. Mona hängte die Bluse zurück und ging auf sie zu. »Kann ich Ihnen helfen?« Aber in diesem Augenblick hatte Gudrun ihre Tante entdeckt. Mathilde Schenk saß an ihrem Schreibtisch unter der Treppe und kontrollierte Rechnungen.

Mona verstand, daß sie nicht gebraucht wurde, und zog sich wieder zu den anderen in die Abstellkammer zurück. Dort saß auch der alte Albert und entlastete seine Füße, die schon am frühen Morgen weh taten. Charly Wiesner kämmte sich vor einem kleinen Spiegel und zupfte sorgfältig seine Jacke gerade.

»Wo stellst du dich denn heute vor?« fragte Albert.

»Bei Franke«, erklärte Charly. »Die suchen einen Einkäufer. Natürlich werde ich den Job nicht kriegen.«

»Einkäufer?« erkundigte Mona sich erstaunt.

»Jawohl«, versetzte Charly scharf. »Und?«

»Sicher«, meinte Mona versöhnlich. »Ich habe nur nicht gewußt, daß du Erfahrungen im Einkauf hast.«

»Die kriegt man dann schon«, behauptete Charly kühn. »Immerhin verstehe ich etwas vom Verkauf.«

»Da bist du einsame Spitze«, lobte Albert.

»Was soll denn an Einkäufern so Besonderes sein?« wollte Charly von Mona wissen.

»Nichts, gar nichts«, stotterte sie, »die... kaufen eben ein.«

»Und du denkst, das schaffe ich nicht?« beharrte Charly böse.

Mona war schon wieder den Tränen nahe. »Aber wieso denn! Das habe ich doch überhaupt nicht gesagt! Kein Mensch hat einen Ton davon erwähnt!«

»Junge, Junge, bemerkte Charly wütend, »ihr könnt einem ganz schön die Stimmung vermiesen.«

Carla gab ihm einen Rippenstoß. »Nun sei doch nicht so empfindlich!«

Charly atmete tief durch. »Man darf sich nur nicht von seiner Unsicherheit alles kaputtmachen lassen.« Rasch marschierte er zum Aufzug, wobei er darauf achtete, daß die Abteilungsleiterin nicht mitbekam, daß er während der Arbeitszeit das Kaufhaus verließ.

Doch die war ohnehin abgelenkt, weil Gudrun leise und drängend auf sie einredete. Sie hatte ihr einen Zettel in die Hand gedrückt. »Tepafix, Tante. Nicht vergessen. Könntest du es heute noch erledigen? Bitte, es ist wichtig.«

Mathilde Schenk jammerte. »Aber wie soll ich denn jetzt zur Bank kommen! Bis zu meiner Zweigstelle braucht man eine gute halbe Stunde. Muß das denn immer über mein Konto laufen?«

»Psst, Tante«, zischte Gudrun und sah ungeduldig auf die Uhr. »Ich hab's dir doch erklärt. Wertpapierkäufe für mich selber müßte ich der Bank melden. Aber ich finde, mein Arbeitgeber braucht nicht alles zu wissen. Verstehst du?«

Mathilde nickte unwillig. Gudrun gab ihr einen Scheck, den sie zusammen mit dem Zettel in ihre Handtasche steckte. »Na gut – wenn's unbedingt sein muß.«

Gudrun umarmte sie flüchtig. »Danke, Tante Mathilde!« sagte sie erleichtert und verschwand hastig in Richtung Hannoversche Kreditbank. Den Tip mit Tepafix hatte Gudrun von Rottmann aufgeschnappt. Rottmanns Börseninstinkt imponierte ihr. Wenn der ein Geschäft roch, war es auch eins. Da wollte sie sich anhängen und mitverdienen. Wenn Rottmann einstieg, kletterten die Kurse bestimmt nach oben. Natürlich mußte sie den Kauf tarnen, und deshalb lief alles zwar mit Gudruns Geld, aber über das Konto von Mathilde Schenk. Es war nicht das erste Mal.

In der Geschäftsleitungsetage war ein lautstarker Streit im Gange. Frau Feld saß in einer Ecke des großen Schreibzimmers, in dem mehrere Sekretärinnen emsig tippten, auf einem Arme-Sünder-Stühlchen und sah zu, wie sich in einem verglasten Büro an der Rückwand Personalchef Abendroth und der Betriebsrat stritten. Zwar konnte man die Worte draußen nicht verstehen, aber Frau Feld wußte, daß es um ihren Job ging.

»Daß die Frau gestohlen hat, steht ja wohl fest«, hatte Abendroth gerade zufrieden erklärt.

»Aber die Umstände, die zur Aufdeckung geführt haben, sind äußerst bedenklich, Herr Abendroth«, hielt Streibel ihm entgegen.

Frau Roster, eine weitere Betriebsrätin, sekundierte: »Methoden wie früher beim Stasi.«

»Frau Feld würde ja sofort aufhören«, fuhr Streibel fort, »aber wovon soll sie leben?«

Abendroth wurde giftig. »Will wohl noch eine Abfindung, wie? Die kriegt keinen Pfennig von uns. Das wäre ja noch schöner.« Durch die Glaswand sah er Bellheim, der mit Max Reuther das Schreibzimmer durchquerte. Ihnen folgten ein paar kräftig aussehende Männer.

»Hier entlang, bitte«, forderte Bellheim sie auf und ging auf Abendroths Büro zu.

Der kam ihnen bereits entgegen. »Ich habe mich schon darauf gefreut, Sie kennenzulernen, Herr Reuther«, sagte Abendroth mit verkniffenem Lächeln.

»Und das ist Herr Streibel, unser Betriebsratsvorsitzender.«

Max Reuther streckte die Hand aus, zögerte und rief: »Aber... Mensch! Jochen Streibel! Wir kennen uns doch!«

Streibel war geschmeichelt, daß Reuther sich an ihn erinnerte.

Abendroth blickte sprachlos zur Tür. Die drei stämmigen Männer hatten gerade seine Möbel an eine Wand gerückt und schleppten nun einen Schreibtisch, einen Stuhl, einen Aktenschrank und eine Lampe herein, die sie an der anderen Wand aufstellten.

»W-was s-soll d-das?« stotterte der Personalchef.

Bellheim lächelte freundlich. »Herr Reuther braucht einen Platz, an dem er arbeiten kann.«

Abendroth begriff gar nichts mehr. »Aber wieso... äh... gehört Herr Reuther denn jetzt zur Geschäftsleitung... zum Personalressort? Und mit welchen Kompetenzen beziehungsweise Funktionen?«

Bellheim überlegte. »Wie wäre es mit ›Berater in Personalfragen‹?«

Max, der Abendroths Verwirrung bemerkte, fragte freundlich: »Wir stören hoffentlich nicht gerade bei einer wichtigen Angelegenheit?«

Abendroth antwortete hastig: »Wir... äh... unterhalten uns gerade über eine fristlose Kündigung wegen Diebstahls.«

Sofort mischte Streibel sich ein. »Wir befassen uns mit der Bespitzelung von Kollegen am Arbeitsplatz, veranlaßt von der Geschäftsleitung, ohne daß der Betriebsrat informiert wurde. Verstoß gegen Paragraph siebenundachtzig des Betriebsverfassungsgesetzes!«

»Das geht natürlich nicht«, erwiderte Max und schüttelte streng den Kopf. Streibel und seine Leute lächelten zufrieden.

»Andererseits«, fuhr Max fort, »geht es natürlich auch nicht, daß hier im Unternehmen geklaut wird. Ich will mich ja nicht einmischen...«

Bellheim wandte sich zufrieden lächelnd zur Tür.

Abendroth kam ihm bestürzt nach. »Herr Bellheim! Wieso ›Berater in Personalfragen‹? Kennt unser Geschäftsreglement überhaupt so eine Position?«

Bellheim lächelte. »Wenn nicht, schaffen wir sie eben jetzt. Sehen Sie da ein Problem?«

Abendroth würgte. »N-nein.«

»Danke für Ihr Verständnis!« Bellheim ging. Abendroth sah, wie sich in seinem Büro Max Reuther und die Betriebsräte freundschaftlich unterhielten. Sein Gesicht färbte sich dunkelrot.

Wenn Dr. Müller-Mendt höchstpersönlich in der Wertpapierabteilung erschien, wußten die Damen und Herren im Saal, daß irgend etwas Besonderes anlag. Heute war Gudruns großer Tag. Ihr bisheriger Abteilungsleiter hatte vor einiger Zeit einen Herzinfarkt erlitten. Der Sessel im Glaskasten war wochenlang vakant geblieben, bis klar war, daß der Mann nicht wiederkommen würde. Noch nie war eine Frau zur Leiterin der Wertpapierabteilung ernannt worden. Sie packte ihre Unterlagen zusammen und folgte, von neidischen Blicken der Kollegen begleitet, dem vorangehenden Müller-Mendt in das Büro an der Stirnseite des Saals. Energisch applaudierten die Kollegen und Kolleginnen und beglückwünschten sie. Gudrun wußte sehr gut, daß die wenigsten ihr diese Beförderung gönnten. Die Konkurrenz in der Abteilung war unerbittlich und Gudrun nicht beliebt.

Müller-Mendt öffnete die Tür zu ihrem neuen Büro. Im vorderen, durch eine Trennwand abgeteilten Raum saß eine junge Frau an der Schreibmaschine.

»So, Frau Lange«, sagte Müller-Mendt, »hier sitzen Sie jetzt. Das hier ist Frau Jordan, Ihre neue Sekretärin.«

»Freut mich sehr, Frau Lange«, sagte die junge Frau und lächelte.

Gudrun nickte beklommen. »Hallo.«

»Nun, das ist doch etwas komfortabler als da draußen, wie? Gefällt es Ihnen?« erkundigte Müller-Mendt sich leutselig.

»Ich weiß gar nicht, was ich sagen soll...«

»Mitarbeiter wie Sie«, lobte Müller-Mendt, »braucht die Bank. Jetzt können Sie sich ganz auf das Großkundengeschäft konzentrieren!«

Gudrun setzte sich an ihren neuen Schreibtisch. Ihre Knie waren immer noch wacklig. Ihr Chef nickte ihr ermunternd zu. Klaus Berger steckte den Kopf durch die Tür. »Herr Dr. Müller-Mendt? Bellheim wartet.«

»Ach je«, lachte Müller-Mendt, »der alte Querkopf. Lassen wir ihn ruhig noch ein bißchen schmoren.« Er lachte Gudrun vertrauenheischend zu. Bei dieser Bemerkung hatte sie aufgehorcht. Müller-Mendt schien nicht zu Bellheims Fürsprechern zu zählen. Das würde sie sich merken.

Währenddessen saß Bellheim im Besprechungszimmer und wartete. Wer war er denn, daß man ihn wie einen kleinen Bittsteller warten ließ? In vierzig Jahren Zusammenarbeit mit der Bank war das noch nicht vorgekommen. Fink, der ihn begleitete, sah auf die Uhr und trommelte ungeduldig mit den Fingerspitzen auf seine Aktenmappe.

Klaus Berger kam eilig herein.

»Herr Bellheim, Herr Dr. Fink. Bitte entschuldigen Sie! Herr Dr. Urban mußte leider ganz überraschend nach Brüssel, und Herr Dr. Müller-Mendt bedauert, noch nicht zu Ihnen kommen zu können, weil er mitten in einer Sitzung ist. Er hat mich gebeten, ihn vorerst zu vertreten.«

Er reichte Bellheim und Fink die Hand und setzte sich zu ihnen. »Sie wollten uns Ihr neues Sanierungskonzept vorlegen?« Berger sah Bellheim erwartungsvoll an. Der musterte ihn kühl.

»Nein.«

»Nein?« Berger betrachtete ihn entgeistert. »Aber es geht doch wohl um die... äh... Erweiterung Ihres Kreditvolumens für die... äh... geplante Umgestaltung der Kaufhäuser?«

Bellheim war aufgestanden. Erich Fink folgte seinem Beispiel.

»Ich bin sicher«, sagte Bellheim mit vollendeter Liebenswürdigkeit, »daß Herr Dr. Urban Sie zu gegebener Zeit informieren wird.« Er schritt zur Tür. Fink murmelte ein verlegenes »Auf Wiedersehen« und trabte hinterher. Berger blieb völlig perplex stehen. Auf dem Weg in die Schalterhalle hinunter sagte Bellheim zu Erich Fink: »Was bilden die sich eigentlich ein? Wir verhandeln doch nicht mit Schmidtchen. Wir verhandeln nur mit Schmidt.«

Bellheims Mittagessen bestand aus einem Joghurt, den er im Büro löffelte, während er sich im Fernsehen den Börsenbericht anschaute. Im Vorzimmer versuchte Frau Vonhoff Herrn Dr. Urban, den Vorstandssprecher der Hannoverschen Kreditbank, telefonisch in Brüssel zu erreichen.

Erich Fink kam mit einem dicken Wälzer in der Hand herein, den er vorher aus Richard Maiers' Vorzimmer mitgenommen hatte: »Wer gehört wem?«, ein Verzeichnis von Firmenbeteiligungen.

»Na, wie sieht's aus?« fragte er Bellheim und setzte sich, in dem

Buch blätternd, neben ihn. »Unser Kurs erholt sich. Wir sind schon wieder bei zweihundertvierzehn. Da muß aber einer mächtig kaufen.«

Fink reichte Bellheim das Buch. »Hier. Du wolltest doch etwas über die ALPAG wissen.«

Bellheim schaute auf die markierten Stellen und las.

»Hm«, sagte er. »Tochter der Schweizer Zöllikon.«

»Hast du denn eine Vermutung, wer dahintersteckt?«

Bellheim schüttelte den Kopf. »Vermutungen nützen uns nichts.« Er sah ins Vorzimmer. Frau Vonhoff legte gerade den Hörer auf. »Herr Dr. Urban ist zur Zeit nicht im Hotel.«

»Versuchen Sie es weiter. Und verbinden Sie mich bitte mit der Wirtschaftsdetektei.«

Es war unmittelbar nach Feierabend, und im »Werk Zwo«, der Kneipe gegenüber vom Kaufhaus war es deshalb noch ziemlich leer. Albert sah aus dem Fenster. Draußen verabschiedete sich Max Reuther gerade von Jochen Streibel. Albert schüttelte den Kopf.

»Torten-Reuther!«

»Heißt der wirklich so, oder ist das nur ein Spitzname?« wollte Mona wissen.

Albert staunte. »Kennt ihr die Geschichte nicht? Reuther war bei der Gewerkschaft und hat Tarifverhandlungen geführt. Jedesmal hat er eine Torte aufgemalt und erklärt: ›Also das ist der Umsatz. Soviel für Einkauf, soviel für Rückstellung, soviel für Verwaltung, soviel für Aktionäre ... wieviel von der Torte bleibt dann für die Belegschaft?‹ Das haben sie alle verstanden, und der Name ist an ihm hängengeblieben.«

Carla hatte auf der anderen Seite der Theke einen Mann entdeckt, der ihr zuprostete. Er gefiel ihr. Hüftenschwenkend marschierte sie um die Theke herum und wehrte Mona, die sich anschließen wollte, barsch ab. »Psst! Du bleibst hier.«

Trübselig sah Mona ihr nach. »So möchte ich sein ... so rassig«, murmelte sie. »Ich bin doch nur ein kleiner Knubbel.«

»Ach was«, tröstete Albert sie, »du bist viel hübscher.«

Carla wurde von ihrem neuen Verehrer sofort mit Beschlag belegt. Charly trat ein. Er machte einen leicht geknickten Eindruck.

Man hatte seine Bewerbung wohlwollend entgegengenommen und ihm im übrigen zu verstehen gegeben, daß im Augenblick kein Bedarf bestünde. Aber Charly ließ sich nicht entmutigen. Er bestellte ein Bier, holte einen Stapel Prospekte aus der Tasche und blätterte sie eifrig vor Albert auf.

»Ich habe da schon eine viel bessere Sache an der Hand, etwas, das wirklich was bringt: Lebensversicherungen! Sieh mal hier. Erst muß man natürlich Geld einzahlen, für einen Ausbildungskurs und die ganzen Informationsbroschüren. Aber dann! Da steht es: ›Bohren Sie nach Feierabend eine Geldquelle an!‹ Der Vertreter hat mir gesagt, man kann im Monat glatte fünftausend nebenbei verdienen.«

Drüben im Kaufhaus gingen nach und nach die Lichter aus. Nur das Dekorationsteam war noch bei der Arbeit. Bellheim, der gerade nach Hause gehen wollte, hörte zwei streitende Stimmen. Unwillkürlich spitzte er die Ohren. Natürlich die kleine Wegener, dachte er, und das andere ist Kurt Reenlich, der Chefdekorateur. Neugierig näherte er sich den Debattierenden.

»Kurt, das ist ja ätzend!« schimpfte Andrea. »Ich hab' gar nicht gewußt, was du für ein Spießer bist.«

»Hör jetzt lieber auf, hier rumzumeckern, und beeil dich. Mir hängt der Magen in den Kniekehlen.«

Andrea wehrte sich. »Aber das Fenster sieht aus wie beim Bestattungsunternehmer, grau, trist und öde. Wer soll denn da was kaufen?«

»Was würden Sie denn ändern?« fragte Bellheim aus dem Dunkel.

Reenlich fuhr erschrocken herum. »Oh, Herr Bellheim! Guten Abend!« Andrea achtete gar nicht auf ihn. »Am Theater haben wir immer...«

Reenlich fiel ihr ins Wort: »Ja, vielleicht an dieser kleinen Klitsche, wo du rumbasteln durftest. Das Rot da beißt sich.«

»Warum denn immer die Augen schonen?«

»Aber der Geschmack unserer Kundschaft ist nun einmal anders«, erklärte Bellheim nüchtern.

Andrea war nicht dieser Ansicht. »Vielleicht der Älteren. Aber Sie wollen mit diesen Kleidern doch junge Leute ansprechen... neue Kunden!«

»Trotzdem finde ich es zu knallig«, beharrte Bellheim eher nachsichtig.

»Na gut. Wenn es Ihnen nicht gefällt, kann man eben nichts ändern. Dann haben Sie eben keine Antenne für junge Mode.« Bei dem Wort »Antenne« stocherte sie mit dem Finger vor ihrer Stirn merkwürdig in der Luft herum.

Bellheim lächelte nachsichtig. »Sie meinen, in meinem Alter hat man kein Gespür mehr für das, was junge Leute mögen?«

»Ich finde, Sie sollten offener für Neues sein.« Resignierend fügte sie hinzu: »Na schön!« und beugte sich über ihren Entwurf, um ihn zu korrigieren. Als der Stift nicht gleich schrieb, schüttelte sie ihn zornig. Prompt spritzten Tintenkleckse nach allen Seiten. Auf Bellheims Krawatte breitete sich ein dunkler Fleck aus.

»Was machst du denn!« zeterte Kurt Reenlich. »Warten Sie, Herr Bellheim, hier muß irgendwo Fleckentferner sein!« Hastig entschwebte er in sein Allerheiligstes.

Andrea warf Bellheim von unten einen schrägen Blick zu und sagte: »O je, tut mir leid.« Sie zögerte. »Hoffentlich war das nicht Ihre Lieblingskrawatte?«

Andrea mußte losprusten, und auch Bellheim lachte mit. »Wozu hab' ich ein Kaufhaus?« konterte er.

Plötzlich merkten alle, daß sie Hunger hatten, aber um die Zeit waren in Hannover die Lokale schon geschlossen. Also gingen sie hinauf in die dunkle Cafeteria. Die Lichter ringsum waren gelöscht, nur die Notbeleuchtung brannte. Die Stühle standen auf den Tischen.

Kurt Reenlich schaltete den Kocher an. Andrea warf Dosenwürstchen in das heiße Wasser. Da schaute der Dekorationschef besorgt auf die Uhr. »Ich mach' mich auf die Socken«, flüsterte er Andrea zu. »Mein Freund macht sich bestimmt schon Sorgen. Tschüs, Andrea! Auf Wiedersehen, Herr Bellheim!« Fort war er.

Andrea spritzte etwas Senf auf die Teller, und sie und Bellheim bissen herzhaft in die Würstchen. Schließlich schob Bellheim den Teller fort und seufzte dankbar. »Das hat mir richtig gutgetan.«

»Bißchen salzig, wie?« Andrea war nicht ganz so begeistert.

Bellheim betrachtete sie streng. »Die Würstchen schmecken Ihnen auch nicht? Gibt es denn überhaupt etwas an unserem Kaufhaus, das Ihnen gefällt?«

»O je. Jetzt sind Sie sauer. Tut mir ja leid, wenn ich Sie vorhin verärgert habe. Wegen der Krawatte.«

»Ich bin nicht verärgert.«

»Wissen Sie, was einem in Ihrem Kaufhaus dauernd eingebleut wird? Bloß keine eigene Meinung äußern. Schön wegtauchen vor den großen Bossen. Immer brav jawoll sagen. Ein falscher Ton, eine falsche Bewegung, und schon hat man den Stempel ›schwierig‹ auf der Stirn.«

Peter Bellheim kratzte sich, leicht verlegen, am Hinterkopf. »Sind Sie schwierig?«

Bevor Andrea antworten konnte, erschien der Nachtwächter mit seinem Schäferhund. Der Wächter leuchtete mit der Taschenlampe in die Gesichter und entschuldigte sich verblüfft, als er Bellheim erkannte. Er warf einen neugierigen Blick auf Andrea und die abgegessenen Teller und entfernte sich nach vielen umständlichen Entschuldigungen. Andrea und Bellheim war das Sonderbare der Situation jäh zum Bewußtsein gekommen. Die zwanglose Stimmung war dahin. Verlegen saßen sie einander gegenüber. Andrea faßte sich als erste ein Herz.

»Ich möchte das Malheur mit der Krawatte gern irgendwie wiedergutmachen.«

«Was schlagen Sie vor?«

»Ich lade Sie zum Essen ein.«

»Einverstanden.«

Andrea riß die Augen auf. »Ehrlich? Sie würden wirklich?«

»Aber ja.«

»Und wann? Haben Sie morgen abend schon etwas vor?«

»Nein ... doch! Morgen geht es leider nicht.«

Nach vielem Blättern in seinem Kalender schlug Bellheim den Dienstag der folgenden Woche vor. Andrea kritzelte auf eine Papierserviette die Adresse und Telefonnummer eines italienischen Restaurants. »Das Milano«, erklärte sie. »Man ißt dort wirklich sehr gut. Acht Uhr, Dienstag nächster Woche?«

»Ich komme.«

Zu Hause wurde Bellheim mit mäßigem Wohlwollen empfangen. Man hatte mit dem Essen auf ihn gewartet. Max Reuther, der auf seine Kochkünste stolz war, hatte es komponiert und war tief gekränkt, als Bellheim erklärte, keinen Hunger mehr zu haben. Notgedrungen setzte Bellheim sich an den Tisch und aß.

»Das ganze Aroma ist jetzt natürlich futsch«, bemerkte Max Reuther spitz. Bellheim kostete. Es schmeckte wunderbar. Im Handumdrehen war der Teller leer.

»Hast du Urban erreicht?« fragte Fink.

»Nein. Erst war er nicht im Hotel und dann gleich wieder auf einem Empfang. Diese Soße ist ein Traum.«

»Altes Rezept von meiner Frau.« Max Reuther war schon wieder halb versöhnt.

»Im Kochen liegt nämlich seine wahre Begabung«, stichelte Sachs.

Fink und Bellheim mußten lachen.

»Ach, zischt ab!« knurrte Reuther. »Man kocht ja gern für Freunde, aber wenn sie dann nicht pünktlich sind und alles kalt wird...«

»Du hast ja so recht, Liebling!« unterbrach ihn Sachs mit saccharinsüßer Stimme. »Wir sind untröstlich, Liebling.«

Max Reuther warf ihm einen bösen Blick zu. »Früher sollen Sie ja mal ganz witzig gewesen sein. Jetzt würde ich es eher plump nennen.«

Sachs seufzte tragisch. »Wenn die Kondition nachläßt, muß man eben zu härteren Bandagen greifen.«

Auch Andrea wurde in ihrer Wohnung bereits erwartet. Der hohe, hallenartig kahle Raum mit den weißgetünchten Wänden hatte längst eine wohnliche Atmosphäre angenommen. Andrea hatte sich selbst eine Küchentheke gemauert, einen großen Arbeitstisch gebaut und aus alten Vorhangstangen und Stoffbahnen ein gemütliches Himmelbett errichtet.

Christian Rasche saß an dem Schreibtisch und klappte seine Bücher zusammen. »Du kommst ja reichlich spät«, sagte er ungeduldig.

Andrea sah ihn erstaunt an. »Ich hatte noch zu arbeiten.«

»Willst du etwas essen?«

»Nein, danke.«

»Kaffee oder Tee?«

»Nein, vielen Dank. Gar nichts.« Sie stellte sich vor ihn und lachte. Nichts konnte heute Andreas Laune mindern. Sie war berauscht, schwebte wie im siebten Himmel. Dieses Würstchenessen in dem leeren Kaufhaus war amüsant gewesen und irgendwie sehr romantisch. Christian beobachtete sie. Seit zwei Wochen lebten die beiden zusammen. Sie hatte ihn nicht aufgefordert, bei ihr einzuziehen. Anfangs war er für eine Nacht geblieben, dann fürs Wochenende, schließlich war er ganz bei ihr eingezogen. Für sie war es nicht die große Liebe, aber es war schön, jemanden um sich zu haben. In jeder freien Minute büffelte er für seine Abendschule. Trotzdem hatte er immer etwas zum Essen für sie vorbereitet und brav aufgeräumt. »Rate mal, mit wem ich bis eben über unsere Schaufenster debattiert habe!«

»Keine Ahnung.«

»Bellheim höchstpersönlich.«

Christian schnaubte. »Ach ja?« Jäh streckte er die Arme aus, hielt sie fest und wollte sie küssen. Andrea seufzte, drückte ihn an sich und ließ sich einen Kuß gefallen. Dann machte sie sich los und trat zurück. Sie setzte sich an den Tisch und stützte den Kopf in die Hände.

»Ich finde ihn eigentlich ganz sympathisch. Und überraschend aufgeschlossen für neue Ideen.«

»Mit der Meinung stehst du aber allein.«

Andrea lachte. »Sehr intelligenten Menschen.«

»Nur weil er viel Geld gemacht hat?« fragte Christian mit einem Anflug von Eifersucht. »Vermutlich gar nicht so schwer, wenn man nichts anderes im Sinn hat.«

Andrea starrte träumerisch auf die Tischplatte und antwortete nicht.

Christian ging stumm hinaus.

Bellheim und seine Freunde hielten im Schwimmbad der Villa ihre übliche Morgenkonferenz ab. Bellheim hatte wiederholt versucht, Dr. Urban in seinem Brüsseler Hotel zu erreichen, immer vergeblich. Der Chef der Hannoverschen Kreditbank war nicht zu sprechen und rief auch nicht zurück.

»Ich kann mir nicht vorstellen, daß er sich verleugnen läßt«, meinte Bellheim besorgt. »Immerhin ein langjähriger Geschäftsfreund.«

»Wir müssen endlich wissen, ob die Bank mitzieht«, beharrte Fink. »Ein unbegreiflicher Fehler meiner Vorgänger, nur mit einer Bank zu arbeiten!«

Max Reuther fuhr Sachs erbost an: »He, spritzen Sie nicht so!«

Sachs lachte. »Noch ein Wort ... und ich lasse da die Luft raus.«

Er deutete auf die Schwimmballons, die Reuther um die Arme gebunden hatte.

Dr. Urban blieb den ganzen Tag über nicht erreichbar. Statt dessen wollte jemand anderes Bellheim unbedingt sprechen: Gertrud Maiers.

Richards Mutter war durch das, was sie von ihrem Sohn gehört hatte, ganz außer sich. Bellheim hatte für die Position des Personalleiters einen alten Gewerkschafter herangeholt. Aber dieses Unternehmen hatte einen Personalleiter.

»Er taugt nichts«, fiel ihr Bellheim ins Wort. »Und wenn ich sehe, daß jemand unfähig ist ...«

»Du siehst, du entscheidest«, zischte Gertrud Maiers empört. »Darf ich dich daran erinnern, daß du vor drei Jahren zurückgetreten bist.« Bellheim bot ihr höflich einen Kaffee an. Aber sie winkte ärgerlich ab.

»Dein Mann und ich haben das hier alles aufgebaut, Gertrud«, fuhr Bellheim einlenkend fort.

Aber Gertrud Maiers schnitt ihm wieder das Wort ab. »Du willst den Vorstand ausbooten, weil du die Firma noch immer als deine ganz private Spielwiese betrachtest. Das lasse ich nicht zu, Peter.«

Bellheim mußte sich beherrschen. Zu gern hätte er ihr seine Meinung über diesen Vorstand und über das, was ihr Sohn alles nicht geleistet hatte, offen gesagt, aber er beherrschte sich. Es hatte keinen Zweck, es zum Eklat kommen zu lassen.

»Es ist meine Pflicht, Gertrud«, erklärte er ihr – er korrigierte sich –, »unter uns, es ist mir auch eine Freude, dafür zu sorgen, daß das Unternehmen floriert. Ich möchte in unsere Kaufhäuser wieder mehr Pfiff reinbringen.«

Wieder unterbrach ihn Gertrud Maiers. »Das ist schon der zweite Satz, der mit ›ich‹ anfängt!«

Max steckte den Kopf zur Tür herein. »Störe ich?« fragte er.

»Wir haben keine Geheimnisse vor unseren Großaktionären!« Bellheim stand auf. »Gertrud, ich möchte, daß du Max Reuther kennenlernst. Das ist Frau Maiers.« Max verbeugte sich.

Gertrud nickte kühl und wendete sich schroff ab.

Max zog verwundert die Brauen hoch, sagte aber nichts.

»Was gibt es denn?« fragte Bellheim.

»Mit dem Betriebsrat sind wir einen großen Schritt weiter«, berichtete Max. »Streibel ist unter Umständen bereit, das dreizehnte Monatsgehalt den Umsatzergebnissen anzugleichen, wenn wir...«

»Hast du gehört, Gertrud?« Bellheim war begeistert. »Weißt du, wieviel Geld uns das spart?«

»Nicht soviel wie du ausgeben willst«, versetzte Gertrud Maiers eisig.

Erneut ging die Tür auf. Erich Fink kam atemlos hereingestürzt. »Peter, Dr. Urban ist am Telefon! Oh, Entschuldigung. Guten Tag, gnädige Frau!«

Bellheim war schon aufgesprungen. »Gertrud, du kennst Dr. Fink? Entschuldigt mich bitte einen Augenblick.«

»Komm endlich zur Vernunft, Peter!« rief Gertrud Maiers dem Davoneilenden nach. »Wenn du so weitermachst, setzt du deine Altersversorgung aufs Spiel und meine auch!«

Bellheim blieb noch einmal stehen. »Also bei mir ist es fast sicher, daß ich reicher sterbe, als ich geboren wurde!«

Damit entschwand er.

In den Verkaufsabteilungen herrschte gähnende Leere. Das warme Wetter war verheerend für den Umsatz. Entsprechend bedrückt war die Stimmung der Verkäufer. Hartnäckige Gerüchte über einschneidende Veränderungen im Kaufhaus waren nicht geeignet, die Stimmung in der Belegschaft zu heben. Sogar der stets muntere Charly war nicht so fröhlich wie sonst. Frustriert hatte er feststellen müssen, daß nicht einmal die naive, gutgläubige Mona seinen Verkaufsargumenten erlegen war und sich eine Lebensversicherung hatte aufschwatzen lassen. Wenn es aber bei ihr schon nicht klappte, wie würden dann andere, skeptischere Kollegen reagieren? Charly, der bereits die gesamte Bellheim-Belegschaft als seinen Kundenbestand betrachtet hatte, war enttäuscht. Offenbar war es doch nicht so einfach, monatlich fünftausend Piepen nebenbei zu verdienen.

Sachs und Ziegler gingen mit der Abteilungsleiterin Mathilde Schenk vorbei an Kleiderständern und Thekentischen. »Was machen die denn da?« flüsterte er Albert zu.

»Sie überprüfen im ganzen Haus den Warenbestand«, flüsterte der Ältere zurück. »Anordnung von Bellheim.«

Auf Mathilde Schenks Wangen standen hektische rote Flecken. Als endlich Ziegler vor ihr stehenblieb und sie kritisch musterte, zitterten ihre Hände.

»Bei dem Überlager... kein Wunder, daß Sie in den roten Zahlen stecken!« Ziegler schüttelte den Kopf.

Mathilde Schenk fing an zu stottern. »Als nichts ging, habe ich noch mal neue Ware geordert. Es war ja auch kein richtiges Frühjahr!«

Wie eine Angeklagte, die spürte, daß der Boden unter ihren Füßen wankte, stand sie vor Sachs und Ziegler. »Dauernd warmes Wetter, da sind uns die Wollkleider hängengeblieben.«

Charly sah zu Albert hinüber und senkte verstohlen den Daumen nach unten. »Jaja«, höhnte Ziegler, »das Wetter und die dummen Kunden, die nicht kaufen, was man ihnen anbietet.« Er wandte sich zum Gehen.

Sachs runzelte unwillig die Stirn. »Setzen Sie die Preise runter«, riet er Mathilde leise in vertraulichem Ton. »So lange runtersetzen, wie noch eins von den Wollkleidern da hängt.«

Mathilde nickte, schlich dann mit unsicheren Schritten an ihren Schreibtisch und setzte sich erst einmal hin. Ihr war schwindelig.

Nicht in Brüssel, sondern in der Schweiz hatte Bellheim den alten Bankdirektor Dr. Urban, seinen langjährigen Geschäftspartner bei der Bank, endlich erreicht. In einem Sanatorium in Luzern, am Vierwaldstätter See. Seine Sekretärin, die in der Bank die Stellung hielt und alle Versuche, Urban in Brüssel zu erreichen, abwimmelte, hatte ihn von Bellheims wiederholten Anrufen in Kenntnis gesetzt, und Urban hatte sich daraufhin von sich aus mit Bellheim in Verbindung gesetzt. Es war ein strahlender Sonnentag. Von der großen Liegeterrasse des Sanatoriums aus hatte man einen Blick weit über das Tal bis zu den schneebedeckten Berggipfeln.

Der weißhaarige Dr. Urban saß in einem Sessel in Decken gehüllt und blinzelte in das klare Licht.

Bellheim war über dessen schlechtes Aussehen erschrocken. Dabei war Urban kaum drei Jahre älter als er selbst.

»Bleibt aber unter uns, daß wir uns hier treffen«, mahnte der Bankier. »Sollen die in der Bank ruhig glauben, daß ich in Brüssel bin, wir leben nun einmal in einer Gesellschaft, die Kranksein nicht duldet.«

Bellheim nickte. »Was fehlt Ihnen denn?«

»Nichts Besonderes, nur das Alter halt!« Urban lächelte. »Die einzige Krankheit, gegen die man im Leben gar keine Vorsorge treffen möchte.«

Eine junge Frau servierte Kaffee. Dr. Urban lehnte dankend ab.

Er erkundigte sich freundlich nach dem Befinden von Maria Bellheim. Noch immer schwärmte er davon, wie sie am Hannoverschen Staatstheater die »Giselle« getanzt hatte. Sie war bezaubernd gewesen. Bellheim sollte sie nicht zu sehr vernachlässigen.

»Sie hat einen Kaufhaus-Menschen geheiratet«, grinste Bellheim, »die sind schlimmer als die Matrosen.«

Urban lächelte und kam zur Sache: »Wie laufen denn die Geschäfte?«

»Unsere Umsätze verbessern sich.«

Urban schüttelte den Kopf.: »Nicht rasch genug! Das Sommerloch wird sie wieder zurückwerfen.«

»Wir schaffen es schon«, beruhigte ihn Bellheim. Urban schwieg einen Moment und sah Bellheim dann offen an. »Nun verstehen Sie doch auch mal uns, wenn eine Bank ein Kreditengagement in dieser Größenordnung eingeht, wie wir bei Bellheim, und ich sehe, das Unternehmen macht Verluste, der Aktienkurs sackt immer tiefer ...«

»Dieser Kurssturz letzte Woche.« Bellheim sprach leise: »Jemand wirft große Aktienpakete auf den Markt und kauft sie dann zurück.«

Alarmiert beugte Urban sich vor. »Vermuten Sie das oder wissen Sie das?«

Bellheim zögerte. »Kennen Sie die ALPAG?«

»Nein!«

»Die Zöllikon, eine Schweizer Firma?«

Urban schüttelte den Kopf. »Nie gehört. Die stecken dahinter?«

Bellheim seufzte: »Es könnte sein. Ich möchte das gerne feststellen.«

Urban nickte: »Kriegen Sie's raus. Das würde die Kollegen im Kreditausschuß beeindrucken. Dr. Müller-Mendt ist Ihnen ja wohl bekannt.«

»Flüchtig.« Bellheims Miene blieb verschlossen. Zu Müller-Mendt wollte er sich nicht äußern.

»Erstklassiger Mann«, Urban lehnte sich in seinen Sessel zurück, »möchte gern mein Nachfolger werden. Müller-Mendt rät dringend ab, unser Kreditvolumen bei Bellheim auszuweiten.«

»Und Sie?« fragte Bellheim.

»Ich? ... Ich denke, Unternehmen werden von Menschen gemacht... Und ihre Freunde und Sie...«

Bellheim lächelte. »Wir vier sind nicht ganz ungeeignet für diesen Job.«

Urban nickte. »Sie waren noch immer für eine Überraschung gut.« Plötzlich faßte er Bellheims Hand und flüsterte eindringlich: »Wir brauchen positive Nachrichten, damit die Aktionäre nicht die Nerven verlieren. Senken Sie die Kosten, bauen Sie Verlustbringer ab. Liefern Sie mir Argumente. Die Gewerkschaft spielt ja wohl mit.« Er lachte. »Was für eine Idee... holt den ollen Reuther in die Personalleitung... Torten-Reuther...«, anerkennend klopfte er Bellheim auf den Rücken, während er aufstand.

Bellheim hatte verstanden. Der alte Bankier bat ihn um Hilfe. Wenn er ihm Argumente lieferte, würde Urban ihn unterstützen, ihm helfen, seine Vorstellungen durchzusetzen.

Auch Bellheims Freunde waren an diesem schönen Sonntag in Hannover nicht untätig. Das prachtvolle Wetter hatte Groß und Klein ins Freie gelockt. Max Reuther, Sachs und Fink hatten sich mit dem Betriebsratsvorsitzenden Streibel zu einem Picknick verabredet.

Streibel war begeisterter Hobbyangler. Sachs und Fink hätten es vorgezogen, schön zu Hause zu bleiben und sich im Garten auszuruhen. Aber was tat man nicht alles für ein gutes Einvernehmen mit dem Betriebsrat.

Also hatte sich Sachs auf den Rat von Max Reuther hin Angelzeug besorgt und stand nun neben Reuther mit Streibel am See und angelte. Streibel genoß es, dem großen Sachs endlich mal Anweisungen geben zu können.

Zuvor hatten sie sogar noch Bellheims Vater aus seinem Seniorenstift abgeholt und zu dem Picknick mitgenommen. Natürlich war der alte Herr Bellheim nicht besonders erfreut, als er erfahren mußte, daß sein Sohn wegen eines dringenden Termins in der Schweiz wieder einmal kurzfristig abgesagt hatte. Man hatte sich einen stillen, idyllischen Winkel ausgesucht. Hügel, ein Wäldchen, in der glatten Seeoberfläche spiegelte sich die Sonne. Aber auch andere Ausflügler hatten sich hier eingefunden.

Ein Paar saß friedlich am Wiesenrand in der Sonne und versuchte, Konversation zu treiben. Es war Mona mit ihrer neuesten Anzeigenbekanntschaft. Er war groß, kräftig und redete wenig. Freddy hieß er. Mona betrachtete ihn vorsichtig aus den Augenwinkeln. Schön war er nicht, machte aber einen soliden Eindruck.

Kein Millionär, aber das hatte er auch nicht behauptet. Und im Alter paßte er durchaus zu ihr. Wenn er nur ein bißchen gesprächiger gewesen wäre. Mona rutschte verlegen hin und her.

»Zieht's?«

Mona schüttelte den Kopf.

»Soll ich Musik machen? Sie mögen doch Musik?« Er drehte an dem Kofferradio. »Stand in der Annonce.«

Mona errötete. »Ja? Kann ich mich gar nicht erinnern.« Verlegen knetete sie das Brot zu kleinen Kügelchen. »In welchem Kaufhaus arbeiten Sie denn? Ich arbeite nämlich auch in einem Kaufhaus. Bei Bellheim?«

»Bei Bellheim?« fragte Freddy verwundert. »Na, ich doch auch.«

»Nein«, rief Mona überrascht, »wo denn da?«

»In der Packerei.«

»Ich bin in der Damenoberbekleidung.« Mona freute sich. »Und wir sind uns nie begegnet?«

Freddy versuchte, ihr tief in die Augen zu sehen.

Mona wich ihm aus. »Vielleicht doch, wir haben's bloß nicht gemerkt.«

Freddy nahm sich ein Herz und kroch etwas näher zu ihr hin. »Hier ist es ja auch was ganz anderes, nicht?« flüsterte er zärtlich.

Mona nickte.

»So direkt«, fuhr Freddy fort. Er beugte sich zu ihr. Sie hob ein wenig den Kopf, damit er sie küssen konnte.

Plötzlich hörten die beiden ganz aus der Nähe eine mißmutige Stimme: »Alles voller Brennesseln«, schimpfte Fink, »was an einem Picknick schön sein soll, möchte ich wissen.« Erschrocken fuhren die beiden auseinander. Wie ertappt. Mona linste durch das Gebüsch. Dr. Fink, ihr Finanzdirektor aus dem Kaufhaus, hockte neben einem alten Herrn auf der Wiese. Weiter vorn standen der »große« Sachs, der neue Personalleiter Max Reuther und der Betriebsratsvorsitzende Streibel einträchtig mit Angeln am Ufer.

Fink schlug nach einer Wespe. »Überall kriechen die Viecher einem hin, zu Hause könnte man sich ein Kissen in den Rücken stopfen und schön fernsehen. Hier ist es feucht, und man holt sich 'ne Lungenentzündung.«

Der alte Herr neben Fink trank genüßlich etwas Wein. Er war entschlossen, sich nicht die Stimmung verderben zu lassen.

Monas und Freddys Stimmung allerdings war dahin. Eilig packten sie zusammen, die Decken, Radio und Picknickkorb, um sich ein anderes Plätzchen zu suchen, wo sich vielleicht die Gelegenheit bot, einander etwas näherzukommen, ohne dabei Gefahr zu laufen, daß der halbe Firmenvorstand dies mitbekam.

Vom Ufer hörte man die Stimme von Sachs: »Halt, ich hab' was dran. Nein, doch nicht.«

»Die Leine ganz locker lassen«, erklärte ihm Streibel. Er kannte sich ja aus. »Jawoll, so ist es richtig!« Dann setzte er das Gespräch fort. »Wenn mehr Personal eingestellt würde und die ein bißchen Erleichterung verspürten, wären die auch motivierter, und wir würden bessere Umsätze erzielen. Wieviel Kunden laufen denn weg, weil kein Verkäufer sich um sie kümmert!«

Auch er versuchte, den Tag zu nutzen. Er mußte Bellheims Freunde davon überzeugen, daß Entlassungen schädlich waren. Das war er der Belegschaft schuldig und seinem Amt als Betriebsratsvorsitzender. »Nur wird das Argument nicht stechen«, Sachs blickte ihn herablassend an. »Löhne sind Kosten, und die Kosten müssen wir senken.« Er hielt inne und hantierte mit der Angel.

»Hoch, nicht so weit ausholen«, rief Streibel, »ganz locker aus dem Handgelenk.« Aber es war schon zu spät. Sachs hatte im hohen Bogen die Angel ausgeworfen, und die Schnur war prompt in einem weit über das Wasser hinausreichenden Ast hängengeblieben. Seufzend krempelte sich der Chauffeur die Hosen hoch, zog die Schuhe und Strümpfe aus und stieg ins wadenhohe Wasser, um vorsichtig die Schnur zu lösen. Reuther lachte schallend, was ihm einen strengen Blick von Sachs eintrug.

Zu Streibel gewandt, fuhr Sachs fort: »Durchsetzen werden wir uns nur, wenn wir die Banken überzeugen, daß künftig berechtigte Hoffnungen auf ein ausreichendes Erlösniveau bestehen.« Ironisch fügte er hinzu: »Wenn's Ihnen lieber ist, Herr Streibel, kann ich auch sagen... auf ausreichende Profite.«

Ehe Streibel antworten konnte, erklärte Max demonstrativ: »Daß eine gewisse Rentabilität des Unternehmens sein muß, lernt ein Gewerkschafter mit der Muttermilch, Herr Sachs. Das müssen Sie uns nicht beibringen.« Freundschaftlich blinzelte er Streibel zu, der nicht durchschaute, daß die beiden hier mit verteilten Rollen ein abgekartetes Spiel vor ihm aufführten.

Fink saß unterdessen wie ein übergroßer Teddybär neben Bellheims Vater auf dem Plaid, packte schlecht gelaunt den Picknickkorb aus und beobachtete mit zusammengezogenen Brauen den großen Hund. »Sehen Sie sich das an«, beschwerte er sich gegenüber Vater Bellheim, »pißt überall hin. Da wollen wir nachher essen, uns hinlegen.«

Fröhlich sprang der Hund auf ihn zu und leckte ihm die Hand. »Geh weg!« schimpfte Fink. »So was Unhygienisches, ich krieg schon wieder meine Allergie.«

»Der kann Sie aber gut leiden«, staunte der alte Herr.

»Der kann mich leiden?« fragte Fink ungläubig.

»Der liebt Sie«, beharrte der alte Bellheim.

»Ach was«, wehrte Fink ab und warf einen zweifelnden Blick auf Hannibal.

»Nein, er liebt Sie.« Vater Bellheim lachte: »Das sieht doch jedes Kind. Gucken Sie nur, wie der Sie anschaut, er liebt Sie.«

Fink war wider Willen geschmeichelt. »Möglich, trotzdem werde ich ihn nicht verzärteln. Ich habe nie Hunde gehabt, und sie haben mir nie gefehlt.«

Er warf dem Rottweiler ein großes Stück Wurst zu. »Was ist, hast du Hunger? Na, dann nimm!«

Fink stand auf und stapfte mit seinem Fotoapparat zum Ufer. Dort war man unterdessen zu einem Ergebnis gekommen.

»Also es bleibt dabei«, hielt Sachs fest, »das dreizehnte Monatsgehalt an den Umsatzergebnissen zu orientieren?«

Streibel zögerte noch. »Wenn die Kollegen mitspielen«, erwiderte er.

Max Reuther übernahm wieder die Rolle des belehrenden Gewerkschafters. »Dem Unternehmen geht es schlecht, Herr Sachs. Da ist normalerweise die Belegschaft immer bereit, ihren Teil an Opfern beizusteuern.«

»Das hoffe ich«, murmelte Sachs und warf mutig die Angel aus. Mit erstaunlicher Präzision blieb sie im selben Ast, fast an derselben Stelle, hängen. Hans nieste vorwurfsvoll, zog noch einmal Schuhe und Socken aus und stieg mit hochgekrempelten Hosenbeinen ins Wasser.

Nun wollte Fink Sachs fotografieren. Er trat nahe ans Ufer, stellte sich in eine günstige Position und konzentrierte sich dann leider allzu sehr auf die Technik des Apparates. Keiner paßte auf, ein falscher Schritt – und Fink stand mit beiden Schuhen mitten im Uferschlamm im Wasser. Ein Schrei. Ein Fluchen. Kläffend raste der große Hund herbei. Wütend stapfte Fink durch den Schlamm wieder auf die Wiese. Sachs, Streibel und Max Reuther hielten sich vor Lachen die Seiten.

Spätabends waren Bellheims Freunde in aufgeräumter Stimmung nach Hause zurückgekehrt, nachdem sie Bellheims Vater im Seniorenstift abgeliefert und sich von Streibel verabschiedet hatten. Der Tag hatte sich gelohnt. Bellheim war aus der Schweiz zurück und erzählte von seinem Besuch bei Dr. Urban. Später, alle waren schon müde, spielte Sachs – wie jeden Abend – auf dem Klavier.

Erich Fink hockte auf dem Boden und streichelte den großen Hund.

Max Reuther kam aus der Küche: »Mag einer noch einen Joghurt: Zitrone, Himbeer, Erdbeer, Nuß?«

Sachs stand auf und ging auf die Terrasse hinaus: »Für mich ganz normal, ohne Geschmack!«

»Ich habe nur Zitrone, Himbeer, Erdbeer, Nuß«, versetzte Reuther in grantigem Ton. Er folgte Sachs nach draußen.

Sachs stand am Gitter der Terrasse und schaute durch ein Fernglas.

»Beobachten Sie die Sterne?« fragte Max neugierig.

Sachs schüttelte den Kopf: »Nein, die Nachbarn!«

Erstaunt trat Max näher: »Sie wissen hoffentlich, daß so was verboten ist. Lohnt's wenigstens? Wohnt da drüben was Schnuckliges? Lassen Sie mich auch mal gucken.«

Sachs reichte ihm das Glas. Bellheim kam zu den beiden hinaus, weil er die Koseworte, die Fink dem großen Hund zumurmelte, nicht mehr mit anhören wollte.

Sachs beobachtete Max Reuther. »Entzückend, wie!« murmelte er.

Enttäuscht reichte Reuther das Glas an Bellheim weiter. Der schaute durch. In einem engen, hell erleuchteten Fensterausschnitt war ein sehr altes Ehepaar zu sehen, das eng beieinander sitzend fernsah.

»Manchmal halten sie sich sogar an den Händen«, sagte Sachs tieftraurig und ging ins Haus zurück. Bellheim und Max sahen ihm betroffen nach.

Für ihre Informationen kassierte Gudrun Lange von Rottmann immer mehr Geld. Was er ihr bei den mehr oder weniger regelmäßigen Treffen in verschlossenen Kuverts diskret überreichte, hatte sich inzwischen zu einem hübschen kleinen Kapital angesammelt – Spielgeld, das sie anlegen, mit dem sie spekulieren oder sich den einen oder anderen Luxus gönnen konnte. Ihre neue Position verlangte eine Menge von ihr, gab ihr aber auch neue Möglichkeiten. Natürlich arbeitete sie viel, konnte es sich aber auch leisten, gelegentlich ihren Arbeitsplatz zu verlassen, ohne darüber Rechenschaft ablegen zu müssen.

Daß es ihr insgesamt besser ging, sah man ihr deutlich an. Kleidung, Schuhe, Accessoires waren ganz schnell teuer und elegant geworden, sie bemühte sich um ein überlegen gemeintes, aber leicht herablassend wirkendes Auftreten. Auch Klaus Berger bekam dies zu spüren, als sie eines Tages die Treppe in die Schalterhalle herunterkam.

»Wo willst du denn so eilig hin?« fragte er.

Gudrun wollte ihm das nicht verraten. »Soll ich dir mal was sagen«, versuchte sie abzulenken, »ich hab' den Wagen gekauft.«

»Den wir uns neulich angesehen haben?« fragte Berger überrascht.

Gudrun nickte.

»Du hast ihn wirklich gekauft?«

»Ich weiß, es ist total verrückt«, sagte Gudrun mit besitzerstolzem Lachen, »aber ich mußte ihn einfach haben.«

Während sie durch die Drehtür nach draußen gingen, musterte Berger Gudrun etwas ungläubig und nachdenklich. »Bist du in die Bank eingebrochen oder hast du im Lotto gewonnen?«

»So teuer war der gar nicht«, wiegelte Gudrun ab. »Sieht er nicht toll aus?« Vernarrt deutete sie auf den roten Sportwagen, der ganz vorne auf dem großen Parkplatz vor der Hannoverschen Kreditbank stand. Gudrun war unvorsichtig geworden. Sie mußte partout zeigen, was sie sich leisten konnte. Der arglose Berger jedenfalls war zutiefst beeindruckt und konnte es gar nicht abwarten, zu einer Probefahrt mitgenommen zu werden. »Nicht heute«, erwiderte Gudrun, »ich muß noch einen Kunden besuchen, aber am Wochenende.« Sie warf ihm einen vielsagenden Blick zu und stieg schnell in den Wagen.

Sie mußte nach Frankfurt, um mit Rottmann zu sprechen. Wieder trafen sie sich in dem abgelegenen, von Büschen verdeckten Winkel des Gartenlokals. Gudrun erstattete Bericht über das, was sie inzwischen erreicht hatte. Mehrere Bellheim-Aktionäre hatten ihre Papiere an sie verkauft; zum Preis von 225,–. »Und die anderen?« fragte Rottmann.

Gudrun schüttelte den Kopf.

»Na schön«, meinte Rottmann. »Ich habe hier die Bankvollmacht für Sie. Nehmen Sie Geld von diesem Konto und transferieren Sie es auf das ALPAG-Konto. Wickeln Sie nur über die ALPAG ab. Aber sehen Sie zu, daß wir bald noch ein paar größere Bellheim-Aktionäre an die Angel kriegen.«

Gudrun nickte. »Ich tu' mein Bestes.«

Sie merkte, daß das Gespräch offenbar beendet war und stand verlegen auf. »Wiedersehen.«

»Vorm Abschied noch ein kleiner Tip gefällig?« Rottmann grinste.

»Aber immer«, erwiderte Gudrun neugierig.

Rottmann drehte sich zu ihr um. »Raus aus Tepafix!«

Gudrun starrte ihn erschrocken an. Rottmann genoß es, ihr seine Überlegenheit zu beweisen, ihr zu zeigen, daß er sie durchschaute. »Sie haben sich doch neulich rangehängt, als Sie mitgekriegt haben, daß ich Tepafix kaufe! Stimmt's?« Er blickte ihr in die Augen. »Nicht sich gleich mit Tepafix eingedeckt?« Gudrun schwieg verlegen. Rottmanns Grinsen wurde noch breiter: »Sorry, Lady, ich bin auf die bombigen Analysen von der Bank reingefallen. Alles geschönte Zahlen. Vermutlich wollten die Brüder ihren Eigenbestand an Tepafix loswerden. Tepafix ist nämlich marode. Da kracht's demnächst. Den Verlust wälzt die Bank lieber auf gutgläubige Kunden ab.« Er lachte über Gudruns erschrockenes Gesicht. »Da draußen ist ein Haifischbecken, Lady. Nur die Stärksten überleben.«

Bellheim hatte eine schwere Aufgabe vor sich. Die Sanierung und Umgestaltung der Kaufhäuser würde Opfer kosten. Das hatte er gewußt. Etliche der Mitarbeiter würde er entlassen müssen. Aber es war etwas anderes, so etwas zu strategisch zu planen oder einem dieser Menschen, die nicht zu halten waren, Auge in Auge gegenüberzusitzen. Besonders, wenn es sich bei dem Betreffenden um einen alten Mitarbeiter und Mitstreiter handelte.

Aber mit Sicherheit war Mathilde Schenk, die seit beinahe dreißig Jahren zu Bellheim gehörte und etliche Hochs und Tiefs der Firma mit durchgestanden hatte, für die Leitung der Abteilung Damenoberbekleidung inzwischen zu alt. Jetzt saß sie vor Bellheims Schreibtisch und starrte ihn verblüfft und erschrocken an. »Sie wollen mich entlassen?« flüsterte sie fassungslos.

Geschäftsführer Ziegler und Max Reuther waren bei dem Gespräch ebenfalls zugegen. Bellheim ging wie ein Tiger im Käfig auf und ab. »Nein, aber«, er holte tief Luft. »Ich stecke in der Klemme, Mathilde. Ich will ganz offen mit Ihnen sein. Ihre Abteilung macht hohe Verluste.«

»Großer Gott, Sie werfen mich raus, das darf doch nicht wahr sein«, stammelte Mathilde Schenk.

Max Reuther schaltete sich ein. »Herr Bellheim möchte, daß wir uns nach dem Sommerschlußverkauf noch einmal zusammensetzen, Frau Schenk. Inzwischen können Sie sich alles in Ruhe überlegen.«

»Wir können Ihnen zum Beispiel eine Stelle bei den Kurzwaren anbieten«, schlug Bellheim vor, »oder, wenn Sie bereit wären, ins zweite Glied zurückzutreten, als Substitutin in unsere Göttinger Damenoberbekleidung zu gehen. Da wären Sie weniger überlastet.«

Das war zuviel. Mathilde Schenk begehrte mit tränenerstickter Stimme auf. »Ich fühle mich nicht überlastet. Ich bin Abteilungsleiterin in der Damenoberbekleidung...«

Ziegler unterbrach sie kühl. »Grundsätzlich erlaubt Ihr Arbeitsvertrag die Versetzung in eine andere Abteilung.«

»Seit fünfundzwanzig Jahren arbeite ich in der Damenoberbekleidung!«

»Eben darum wäre ein Wechsel vielleicht mal erforderlich«, beharrte Ziegler ungerührt.

Bellheim sah ihn mißbilligend an. »Überlegen Sie sich bitte noch eine andere Möglichkeit, Mathilde«, sagte er freundlich. »Wenn Sie ganz aufhören möchten... Nach all den Jahren bei uns würden Sie eine sehr anständige Abfindung bekommen.«

Mathilde brach in Tränen aus. »Sie bieten mir Geld, und ich habe keinen Boden mehr unter den Füßen! Lieber Gott, Herr Bellheim, was habe ich Ihnen getan?«

Max Reuther drehte sich weg; er konnte nicht mehr hinschauen. Zum erstenmal begriff er, worauf er sich da eingelassen hatte. Früher hätte er für diese Frau gekämpft, sich mit allen Mitteln für sie eingesetzt. Jetzt half er mit, sie aus ihrer Stellung zu vertreiben. Bellheim beobachtete ihn. Er wußte, daß der alte Gewerkschafter in diesem Augenblick bereute, auf Bellheims Angebot eingegangen zu sein.

Wie benommen kehrte Mathilde Schenk an ihren Schreibtisch zurück. Die anderen sahen, daß sie geweint hatte und sich im Zustand äußerster Erregung befand. Sie ließen sie taktvoll in Ruhe. Mühsam versuchte Mathilde sich zu fassen.

Das Telefon klingelte. »Damenoberbekleidung, Schenk«, meldete sie sich mit bebender Stimme.

»Guten Tag, Tante Mathilde.« Gudrun war am Telefon mit einem dringenden Anliegen.

Mathilde, die sich ein tröstendes Wort gewünscht hätte, konnte Gudruns dringenden Angelegenheiten nur wenig Interesse entgegenbringen. Aber ihre Nichte ließ nicht locker.

»Nur noch dieses eine Mal, Tante, bitte! Laß mich jetzt nicht im Stich, sonst bin ich erledigt. Es ist ungeheuer wichtig, daß wir sofort alles verkaufen. Ja, noch heute. Tepafix. Ja, ich weiß, daß wir die Papiere eben erst gekauft haben... Tante? ... Du klingst so merkwürdig. Hast du geweint? ... Es geht um sehr viel Geld, und erst seit ich anfange, etwas mehr davon zu haben, weiß ich, wie beschissen es war, keins zu haben.«

Gudrun hatte wie üblich aus der Telefonzelle vor der Bank angerufen. Eilig lief sie ins Büro zurück und setzte sich wieder an ihren Computer. Aber sie konnte sich heute nur schlecht konzentrieren. Wenn nur Tante Mathilde bald losging! Falls es nicht gelang, Tepafix noch rechtzeitig abzustoßen, hätte Gudrun einen großen Teil ihres neu gewonnenen Vermögens verloren. Der Gedanke schnürte ihr die Kehle zu. Nervös griff sie sich an den Hals und schluckte unauffällig zwei kleine rosa Pillen.

Mona, die heimlich einen Ausflug in die Packerei unternommen hatte, um ihren Freddy wiederzusehen, war gerade auf dem Rückweg in ihre Abteilung, als ihr Mathilde Schenk entgegenkam. Fast im Laufschritt eilte die ältere Frau zum Ausgang. Mona hatte sich in eine Ecke gedrückt, um nicht bemerkt zu werden.

Plötzlich hörte sie lautes Hupen und das Quietschen von Bremsen. Es gab einen dumpfen Aufprall. Jemand schrie. Mona rannte nach draußen. In Sekundenschnelle hatte sich ein Menschenauflauf gebildet. Ein Mann rannte ins Kaufhaus und bat die Information, Polizei und Notarzt zu verständigen.

Vor den Rädern eines Omnibusses lag eine Frau. Sie blutete. Mona hastete zurück in die Abteilung.

Fink stürmte hinter Bellheim her. »Diese Abteilungsleiterin, mit der ihr heute gesprochen habt...« Bellheim wandte sich überrascht um. Fink blickte betreten zu Boden: »Sie ist überfahren worden!«

»Was?« Bellheim starrte ihn fassungslos an. »Vor unserem Kaufhaus«, nickte Fink.

»Verdammt noch mal«, sagte er leise.

Fink trat zu ihm. »Sie lebt, wie schwer verletzt sie ist, weiß man noch nicht.«

Bellheim atmete tief durch. Er war entsetzt. »Verdammt noch mal.« Das hatte er nicht gewollt. Konnte es sich um einen Selbstmordversuch nach einer für diese Frau zu schweren Auseinandersetzung handeln? Wenn das der Preis für die Sanierung des Unternehmens war... was würde dann noch alles kommen, womit er nicht gerechnet hatte?

Am Maschsee herrschte Feierabendverkehr. Die Sonne funkelte durch das Geäst der Bäume. Bankdirektor Müller-Mendt und der Geschäftsführer Ziegler schlenderten am Ufer entlang. Sie wurden rechts und links von Joggern überholt, und ein Spaziergänger pfiff nach seinem Hund. Von diesen regelmäßigen Treffen sollte im Kaufhaus niemand etwas wissen. Als bei Bellheims Rücktritt vor drei Jahren Vorstandschef Richard Maiers einen neuen Geschäftsführer für das Haupthaus in Hannover suchte, hatte ihm Müller-Mendt den jungen Ziegler empfohlen.

Das war so üblich im Geschäftsleben. Häufig hatten Bankiers bei der Besetzung von Führungspositionen die Hände im Spiel.

Ziegler revanchierte sich, indem er Müller-Mendt regelmäßig Bericht über die Interna des Kaufhauses erstattete.

»Die Frau wird entlassen«, berichtete Ziegler, »und gerät prompt unter den Bus. Das macht natürlich böses Blut. Die Volksseele kocht.«

Müller-Mendt nickte. »Das bedeutet mithin: kein Entgegenkommen der Gewerkschaft?«

»Gewerkschaften müssen Stimmungen berücksichtigen«, erklärte Ziegler hämisch. »Schließlich leben sie von Mitgliedsbeiträgen. Der Betriebsrat wird jetzt garantiert eine härtere Gangart einlegen.«

Müller-Mendt reichte ihm die Hand. »Danke, daß Sie mich gleich informiert haben.«

Ziegler lächelte ölig. »Wenn es Neuigkeiten gibt, rufe ich Sie an.«

»Oder ich Sie.« Müller-Mendt nickte ihm zu und entfernte sich rasch.

Mathilde Schenk lag mit geschlossenen Augen im Bett. Ihr Arm war eingegipst. Er tat nicht weh, dafür hatte sie solche Kopfschmerzen, daß ihr die Tränen über die Wangen liefen.

Leise kam Gudrun herein. »Ich habe gerade mit Mama telefoniert. Sie wünscht dir gute Besserung. Wenn du sie brauchst, kommt sie sofort her.«

Mathilde winkte müde ab. Gudrun brachte ihr eine Tasse Tee und stützte sie beim Trinken. Zaudernd begann sie: »Tante... tut mir leid, wenn ich noch mal davon anfange, aber... du hast doch die Aktien verkauft?«

Mathilde begann zu schluchzen. »Tepafix? Nein. Ich war doch auf dem Weg zur Bank, als es... als ich...«

Gudrun richtete sich erschrocken auf. »O Gott, Tante! Ich bin ruiniert!« Sie überlegte fieberhaft. »Ich brauche unbedingt eine Kontovollmacht von dir, um wenigstens noch einiges zu retten. Kannst du schreiben, Tante? Ich hole ein Formular.«

Sie stand auf, kramte in ihrer Handtasche und förderte ein Blankoformular zutage. »Ich brauche nur deine Unterschrift. Bitte, Tante!«

Mühsam und unter Tränen richtete Mathilde sich auf und malte ihren Namen auf das Blatt. Dann sank sie erschöpft in die Kissen. Gudrun sah kurz auf die Uhr und stürzte aus der Wohnung.

Im großen, düsteren Sitzungssaal der Hannoverschen Kreditbank saßen Bellheim und Fink den Herren des Kreditausschusses unter Leitung von Dr. Müller-Mendt gegenüber.

Die Atmosphäre war frostig.

Bellheim trug die Argumente für die Umgestaltung der Filialen vor. Er hörte sich selbst reden, blickte in skeptische, ablehnende Gesichter. Seine Zunge fühlte sich pelzig an. Er war nervös. Er mußte diese Männer überzeugen, daß es richtig war, die Kredite für Bellheim zu erhöhen, daß es Gewinne versprach, in das Kaufhaus-Unternehmen zu investieren.

Als er geendet hatte, entstand eine Pause. Schließlich räusperte sich Müller-Mendt. »Ihr Konzept klingt logisch und schlüssig, Herr Bellheim«, begann er. »Aber wer ist schon frei von Fehleinschätzungen. Die Filialumgestaltung wird eine Menge Geld kosten.«

Bellheim nickte ärgerlich. Offenbar hatte keines seiner Argumente Müller-Mendt überzeugen können. »Ich würde Ihnen ja mehr Versprechungen machen«, antwortete er milde, »wenn wir nicht so sehr damit beschäftigt wären, sie einzulösen.«

Die Banker lächelten angestrengt.

»Unsere Ertragslage hat sich deutlich verbessert«, schaltete sich Fink ein. Er blätterte in seinen Notizen. »Wir sehen ein Licht am Ende des Tunnels.«

Müller-Mendt erwiderte giftig: »Passen Sie nur auf, daß es kein entgegenkommender Zug ist!«

Die Umsitzenden lachten. Dann erhoben sie sich von ihren Plätzen. Dr. Urban war hereingekommen.

»Bitte, ich möchte gar nicht stören«, winkte er ab, »nur rasch guten Tag sagen.« Er schüttelte Bellheim und Fink die Hand.

Müller-Mendt blätterte gereizt in seinen Papieren. Was mischte sich der Alte in eine Sitzung des Kreditausschusses ein? Er entschloß sich, seinen Trumpf auszuspielen – das, was ihm Ziegler anvertraut hatte.

»Sie haben doch angekündigt, der Betriebsrat würde Ihre Bemühungen, Arbeitsplätze zu erhalten, besonders honorieren.« Er blickte über den langen Sitzungstisch Bellheim an. »Davon ist ja bisher nicht viel zu merken.«

Bellheim war verblüfft. Für einen Augenblick war er sprachlos. Woher wußte Müller-Mendt so genau Bescheid? Am Abend zuvor hatte ihn Streibel angerufen. Nach dem Unfall der Abteilungsleiterin schaltete die Gewerkschaft auf stur – keinerlei Entgegenkommen. Die Belegschaft munkelte, daß die Abteilungsleiterin sich aus Verzweiflung über die angedrohte Versetzung oder Entlassung vor den Bus geworfen hatte. Ein Entgegenkommen der Gewerkschaft – wie das Aussetzen des dreizehnten Monatsgehalts – hätte in dieser Situation niemand mitgemacht. Gewerkschaften mußten diese Stimmungen berücksichtigen. Dem Betriebsrat blieb gar nichts anderes übrig, als eine härtere Gangart einzulegen. Streibel hatte bedauert. Aber woher in aller Welt wußte Müller-Mendt davon? Unterdessen hatte Dr. Urban das Wort ergriffen. Beredt legte er dar, wie überzeugt er von Bellheims Sanierungskonzept war. Fink lauschte ihm dankbar lächelnd.

Die Sitzung im Kreditausschuß der Hannoverschen hatte mit einem Kompromiß geendet. Weder Müller-Mendt noch Dr. Urban hatten sich vollends durchsetzen können. Man war daher übereingekommen, daß sich die Hannoversche Kreditbank mit einem Drittel an den Umbau- und Sanierungskosten beteiligte. Für den Restbetrag mußten neue Geldgeber gefunden werden. Bellheim brauchte noch weitere Banken.

Am nächsten Tag reisten Bellheim und Erich Fink deshalb nach Frankfurt. Dort führten die beiden den ganzen Tag Verhandlungen mit verschiedenen Geldinstituten. Bei den meisten stießen sie auf Skepsis. Wenn Bellheims Vorhaben so lukrativ war, wie er es darstellte, warum beteiligte sich dann seine langjährige Hausbank nicht allein daran? Warum suchte er jetzt neue Partner?

Die Gespräche zogen sich in die Länge. Absagen wurden mit halbherzigen, nichtssagenden Zusagen kaschiert. Am Ende war es lediglich die kleine Frankfurter FHG-Bank, die sich mit einem weiteren Drittel beteiligen wollte. – Immerhin ein halber Erfolg.

Aber es war sehr spät geworden, und Bellheim wußte, daß er eine Verabredung nicht würde einhalten können.

Andrea saß im »Ristorante Milano« und wartete. Sie war aufgeregt. Das ärgerte sie selbst am meisten. Na schön, sie traf sich mit ihrem obersten Chef, und die Initiative war von ihr ausgegangen. Er war ein ganzes Stück älter als sie und außerdem noch verheiratet. Nach allem, was man hörte, war die Ehe sehr gut.

Dieses Essen war ganz unverfänglich! Warum war sie also so durcheinander?

Nachmittags hatte sie sich extra freigenommen, um zum Friseur zu gehen. Stundenlang hatte sie vor dem Spiegel ihre Kleider durchprobiert, bis sie sich endlich für eins entschieden hatte. Daß Bellheim so reich war, interessierte sie nicht, aber seine Erfahrung faszinierte sie. Vielleicht auch sein Einfluß, das, was er ausstrahlte.

Sie bestellte sich einen zweiten Sherry und sah auf die Uhr. Schon eine halbe Stunde über die Zeit. Hatte er die Verabredung vielleicht vergessen? Sie entschloß sich, im Büro anzurufen. Vom Tisch gegenüber lächelte ein Herr anzüglich herüber. Andrea stand auf und ging zur Telefonzelle.

Im selben Augenblick klingelte am Tresen des »Milano« das Telefon. Peter Bellheim war dran. Er rief vom Frankfurter Flughafen aus an, weil sein Flugzeug Verspätung hatte. Der italienische Wirt verstand ihn schlecht. Es kam zu etlichen Mißverständnissen. Bellheim bat, Andrea im Lokal auszurufen. Doch sie hörte den Wirt nicht, der mehrfach ihren Namen – falsch ausgesprochen – in das Lokal rief, weil sie gerade selbst mit Frau Vonhoff telefonierte und erfuhr, daß Herr Bellheim verreist sei. Andrea legte rasch auf. Im selben Augenblick, als der Wirt einem Anrufer erklärte, die gesuchte Dame sei offenbar nicht unter den Gästen.

Verstimmt dankte Bellheim. Hatte diese kleine Dekorateurin ihn tatsächlich versetzt? Was erlaubte die sich? Er ärgerte sich über seine Entrüstung. Was war schon dabei. Aber irgendwie war er traurig und sehr enttäuscht.

Andrea trank ihren Sherry aus, zahlte und verließ das »Milano«. Sie war sauer. Schließlich hätte er die Einladung ablehnen können, statt sie einfach so sitzenzulassen.

Als Andrea nach Hause kam, saß Christian wieder über seine Schularbeiten gebeugt. Andrea zog ihren Pullover aus, verhedderte sich im Ärmel und zog wütend daran. Sie war es leid, daß der anhängliche Christian immer treu und brav zu Hause hockte und sie über jeden Schritt Rechenschaft ablegen mußte. Diese Klette! dachte sie, zerrte Christian auf den Bettrand und setzte sich neben ihn. »Wir müssen in Zukunft einiges ändern, okay?« Sie sprach sehr schnell und fuchtelte aufgeregt mit den Fingern vor seiner Nase herum. »Du darfst dich nicht zu früh binden.« Sie suchte nach Worten. »Du mußt dein Leben offenhalten.«

Christian machte ein betroffenes Gesicht. Er durchschaute sie gleich. »Stell's nicht so hin, als ob's zu meinem Besten wäre, wenn du mal wieder Schluß machen willst!«

»Denkst du denn, mit uns könnte das je was werden?« brach es aus ihr hervor.

»Ich dachte immer, mit uns wäre das schon was geworden.« Christian verlegte sich verzweifelt aufs Betteln. »Wir sind doch ... Wir empfinden doch so vieles ganz ähnlich ... und ... wir lachen über dieselben Dinge ...« Andrea verdrehte die Augen zur Decke. Er stockte und musterte sie argwöhnisch. »Du hast einen anderen!« sagte er plötzlich.

Andrea sprang auf.
»Mach mir doch nichts vor. Ich bin doch nicht blöd. Du wirst ja ganz rot.« Andrea gab es zu. »Na und? Ich bin nicht dein Eigentum.«
Christian verbarg das Gesicht in den Händen.
»Aber es ist nicht, was du denkst«, sagte Andrea, etwas ruhiger geworden. »Ich will nur ... ach, ich weiß überhaupt nicht, was ich will.« Verwirrt lehnte sie sich an ihn.

Als Bellheim und Fink aus Frankfurt zurückkehrten – Bellheim in sich gekehrt und mürrisch, Fink müde und gereizt –, war es in der Villa merkwürdig still. Der einzige, der sich ehrlich freute, war Hannibal. Jaulend und vor Freude sabbernd sprang er an Fink hoch, legte ihm die Pfoten auf die Schultern und leckte ihm schniefend die Nase ab. Fink, der sich über Bellheims beharrliches Schweigen im Flugzeug geärgert hatte, war gerührt und wehrte Hannibal nur milde ab. Wenigstens einer, der mich liebt, dachte er grimmig.
Emma nahte mit unheilschwangerer Miene. »Ich bin ja so froh, daß Sie wieder da sind«, murmelte sie.
»Was ist denn los?« fragte Bellheim. Emma wollte ihm gerade etwas zuflüstern, als oben auf der Treppe Max Reuther erschien. »Ich reise ab«, knurrte er. »Könnten Sie bitte meinen Sohn anrufen lassen, damit er mich am Bahnhof abholt?«
Bellheim und Fink sahen verblüfft zu ihm auf. »Was ist denn passiert?« fragten sie, während Reuther mit schweren Koffern die Treppe hinabstieg.
»Ich habe ein wunderschönes Zuhause«, verkündete Max, »mein Enkel ist ein Sonnenschein. Warum soll ich mich hier rumärgern?«
Aus dem Wohnzimmer ertönte die gereizte Stimme von Sachs. »Gewerkschaftsbonze! So was kann kein Kaufhaus führen, so was kann nur den Betrieb stören!«
Bellheim versuchte zu beschwichtigen. »Nun haltet mal einen Moment die Luft an! Worum geht es überhaupt?«
»Ich habe jemanden eingestellt, ohne ihn zu fragen!« erklärte Sachs und trank sein Cognacglas leer. »Er will aber immer gefragt werden.«

»Ich reise ab! Schluß! Aus!« rief Max Reuther und legte noch den Schirm zu seinem Gepäck.

»Wir brauchen in der Damenoberbekleidung dringend eine gute Verkäuferin. Heute morgen hat sich ein sehr nettes, aufgewecktes Mädchen bei mir vorgestellt.«

»Aufgeweckt!« Reuther lachte höhnisch. »Sie hätten mal sehen sollen, wie er um die Kleine herumscharwenzelt ist. Richtig widerlich.« Er schüttelte sich demonstrativ. »Der macht ihr schöne Augen, und wir dürfen ihr nachher eine Abfindung zahlen, um sie wieder loszuwerden!«

»Wollen wir wetten, daß das Mädchen tüchtig ist?« tönte Sachs.

»Fragt sich nur, wo«, keifte Max.

Sachs musterte ihn verächtlich. »Ich hatte früher vierzigtausend Angestellte. Da werde ich noch in der Lage sein zu beurteilen, ob einer was kann oder nicht.«

»Hoffentlich ist Verkalkung nicht ansteckend«, fiel Max ihm grob ins Wort.

Sachs konnte sich in seinem Zorn kaum mehr zurückhalten. »Dann wären Sie ja eine Gefahr für die Allgemeinheit. Sie aufgeblasener Wichtigtuer!«

»Bestellen Sie mir lieber ein Taxi!« schrie Max, puterrot im Gesicht. »Falls Sie noch wissen, wie man das macht!« Er hielt inne und faßte sich an die Brust. »Ich soll mich nicht aufregen.« Zornbebend drehte er sich zu Sachs um. »Und ich rege mich nicht auf.«

Er eilte in die Gästetoilette und schlug die Tür hinter sich zu.

Die drei anderen standen stumm am Fuß der Treppe.

»Schön«, sagte Bellheim plötzlich. »Soll er abreisen. Wißt ihr was? Wir lassen das Ganze.« Er marschierte die Treppe hinauf. Oben schloß sich vernehmlich die Schlafzimmertür hinter ihm.

Sachs warf Fink einen überraschten Blick zu. »Was ist denn mit *dem* los?« fragte Sachs verblüfft und völlig ernüchtert. »Was regt der sich denn jetzt auf?«

Von draußen hörte man seltsame Geräusche. Max rüttelte an der Toilettentür.

»Mensch, wir sind vollkommen fertig«, erklärte Fink, der sich unterdessen an den Eßtisch gesetzt hatte und von Emma ein

Abendessen serviert bekam. »Den ganzen Tag haben wir uns den Mund fußlig geredet wie die Staubsaugervertreter.«

»Und wie ist es gelaufen?«

»Na ... nett, daß mal einer fragt«, antwortete Fink ironisch.

Von draußen drang ein Bummern ins Zimmer. Max rief durch die Tür. »He! Ich bin eingeschlossen!« Er donnerte mit der Faust gegen das Holz. »Die Tür geht nicht auf!«

»Natürlich geht sie auf!« seufzte Sachs. Er ging in die Diele und rüttelte an der Tür. »Die Tür geht tatsächlich nicht auf.«

»Dann tun Sie was!« keuchte Max von innen.

»Was soll ich denn tun?« erkundigte Sachs sich ratlos.

»Was soll ich denn tun!« äffte Max ihn nach. »Himmelherrgott! Rufen Sie den Schlosser an!«

Emma, durch den Lärm herbeigelockt, kam die Treppe herauf. »Nicht mit Gewalt!« rief sie schon von weitem. »Herr Reuther, Sie müssen den Knopf leicht eindrücken und dann drehen! Nicht daran reißen, drehen!« Problemlos öffnete sie die Tür.

Eine kleine Pause, dann trat Max Reuther heraus. Sachs stand ihm gegenüber. Sachs setzte schon zu einer spitzen Bemerkung an. Aber als er Max' blaue Lippen sah und merkte, wie schwer der andere atmete, meinte er nur: »Okay, entlassen wir die Kleine wieder. Sie ist ja noch in der Probezeit. Und jetzt reden wir nicht mehr davon.«

Max begegnete schweigend seinem Blick. Langsam entfärbte sich sein Gesicht und zeigte ein schwaches Lächeln. Der Atem ging ruhiger. »Naja«, sagte er, »man kann ja mal abwarten. Wenn sie wirklich was taugt ...«

Er trug die Koffer wieder in sein Zimmer. In der Villa Bellheim kehrte der Friede wieder ein.

Angestachelt von Rottmann, war Gudrun Lange immer noch auf der Suche nach größeren Bellheim-Aktionären, die möglicherweise zum Verkauf ihrer Pakete bereit sein könnten. Einer davon war Konsul Eduard Tötter, dem sie telefonisch und anonym schon einmal die Übernahme angeboten hatte. Leider hatte er damals nicht angebissen. Also wollte sie es mit persönlichem Einsatz probieren.

Durch gezielte Nachfragen fand sie heraus, daß Tötter ein Pferd besaß und Mitglied eines Reitclubs war. Frühmorgens pflegte er in einem Gelände, das dem Club gehörte, auszureiten. Gudrun war im Morgengrauen dorthin gefahren und hatte ihr rotes Auto an einem Waldweg abgestellt, den Tötter vermutlich passieren würde, und wartete. Es dauerte gar nicht lange, bis sie von weitem einen Reiter kommen sah: Konsul Tötter auf seinem Schimmel.

Als er ihren Parkplatz fast erreicht hatte, fuhr Gudrun plötzlich rückwärts auf den Weg, als wollte sie wenden. Sie bremste sofort, so daß Tötter den scheuenden Schimmel ohne größere Schwierigkeiten beruhigen konnte.

Noch bevor er etwas sagen konnte, stieg Gudrun mit allen Anzeichen der Verstörtheit aus ihrem Wagen und entschuldigte sich wortreich und zerknirscht. Tötter musterte wohlgefällig ihre langen Beine und ihre gazellenhafte Figur und lud sie schließlich zu einem Drink im nahen Clubhaus ein.

Der erste Schritt war getan; das dachten übrigens beide.

Bellheim und seine Freunde frühstückten ausgiebig. Emma brachte die Post. Für Bellheim war ein dicker Umschlag dabei, den er sofort aufriß. »Von der Wirtschaftsdetektei!«

»Hier ist noch mehr Post.« Fink griff nach einem zweiten Kuvert. »Oh, für Sie.« Er reichte Sachs den Brief.

Max Reuther blätterte in der Zeitung und rauchte eine dicke Zigarre. Bläulich-gelbliche Rauchwolken stiegen in die Luft. Fink hüstelte empört.

»Von dieser dauernden Raucherei kriegt man Krebs. Als Nichtraucher ist man noch mehr gefährdet.«

»Dann rauchen Sie doch auch«, versetzte Max ungerührt.

Bellheim sah von dem Schreiben der Wirtschaftsdetektei auf. »Erinnert ihr euch noch an die ALPAG?«

»Die so scharf darauf war, Bellheim-Aktien zu kaufen?« fragte Fink. »Die Tochter von dieser Schweizer Zöllikon?«

»Jawohl!« erwiderte Bellheim. »Und die wiederum – ist eine hundertprozentige Tochter der JOTA AG.«

»JOTA?« Fink fuhr in die Höhe. »Also steckt Rottmann dahinter.«

Bellheim nickte. »Rottmann.« Das hatte er befürchtet. Rottmann war gefährlich. Rottmann war nicht zu unterschätzen, und er verfügte über sehr viel Geld. Die Ertragslage von JOTA war äußerst positiv. JOTA galt als eines der erfolgreichsten Unternehmen in der Konsumgüterbranche.

Plötzlich seufzte Sachs, faltete seinen Brief zusammen und nahm die Brille ab.

Fink reagierte als erster. »Was ist denn?«

»Schlechte Nachrichten?« fragte Max Reuther mit ungewöhnlich milder Stimme.

Nach einer Weile sagte Sachs: »Meine Frau hat die Scheidung eingereicht. Sie ... möchte sich wiederverheiraten.«

Betretenes Schweigen. Endlich meinte Fink vorsichtig: »Aber, ihr lebt doch schon eine Ewigkeit getrennt?«

»Ja«, sagte Sachs leise und wie für sich, »es ist ganz merkwürdig im Leben ... man fährt über eine Weiche und merkt nicht, daß sie falsch gestellt ist. Und dann landet man ganz woanders, als man eigentlich wollte.« Er sah zu Boden und schluckte. Dann gab er sich einen Ruck, schaute die anderen der Reihe nach an und knurrte: »Also dieser Rottmann will uns ans Leder? Na, dann nehmen wir uns den mal vor!«

Bellheim, Fink und Max lächelten, zuerst ein wenig zaghaft, dann immer zuversichtlicher. »Recht hat er! Auf in den Kampf!« trompetete plötzlich Max Reuther und half Sachs in sein Jackett. Energisch griffen die vier nach ihren Aktenmappen und Papieren und marschierten zum Auto.

DRITTES BUCH

KREDIT UND MISSKREDIT

Nach dem von Gudrun Lange vorgetäuschten Beinahe-Zusammenstoß auf dem Reitweg war es zwischen ihr und Konsul Tötter nicht bei einem Drink im Clubhaus geblieben. Tötter, der elegante Herrenreiter, Besitzer einer Maschinenfabrik in Hannover und Mitglied des Aufsichtsrats bei Bellheim, genoß es, sich in Begleitung der attraktiven jungen Frau zu zeigen.

Für Gudrun war er in jeder Hinsicht interessant. Ursprünglich hatte sie wegen des Aktienanteils von drei Prozent, den Tötter an Bellheim besaß und den Rottmann erwerben wollte, seine Bekanntschaft gesucht. Aber bald hatte sie in ihm mehr gesehen als jemanden, der nur wegen einer geplanten Transaktion interessant war.

Tötter hatte Geld und Charme, und er verfügte über beste gesellschaftliche Beziehungen. Sein Alter störte Gudrun überhaupt nicht. Sie schätzte seine Erfahrung, seine Bildung, seine Noblesse. Er hatte ihr Reitstunden geben lassen. Er hatte ihr die Mitgliedschaft im Reitclub besorgt. Für Gudrun bedeutete die Bekanntschaft mit ihm die Eintrittskarte in die gute Gesellschaft. Endlich konnte sie sich in einer Welt bewegen, von der sie immer geträumt hatte. Sie lernte schnell. Sowohl was die Haltung im Sattel anbelangte, als auch in gesellschaftlicher Hinsicht. Die Clubmitglieder waren von ihrem strahlenden Lachen begeistert, und der Konsul war sehr stolz auf sie.

An einem schönen Sommermorgen kehrten die beiden von einem ausgedehnten Ausritt zu den Ställen des Clubs zurück. »Sehr gut ging das heute«, lobte Tötter, während er Gudrun beim Absteigen behilflich war. Er strich ihr zärtlich eine verwehte Haarsträhne aus dem Gesicht. Gudrun schmiegte ihre Wange in seine Hand. In diesem Augenblick betrat Gertrud Maiers den Stall. Sie hatte schon eine ganze Weile in ihrem Auto auf die Rückkehr des Konsuls gewartet. Tötter zog verlegen seine Hand zurück. »O je«, stöhnte er leise, »jetzt wird man sich wieder die Mäuler zerreißen über das ungleiche Paar.«

Gudrun lachte. »Wir sind eben ein richtiger Skandal. Stört es dich?«

Tötter schüttelte den Kopf. »Nein.«

Gertrud Maiers trug ein korrektes sandfarbenes Leinenkleid mit passendem Hut. »Guten Morgen, gnädige Frau«, grüßte Tötter. Er stellte die beiden Frauen einander vor. Gertrud Maiers nickte der Jüngeren kühl zu.

Zu gerne wäre Gudrun Lange mit Gertrud Maiers, der zweitgrößten Bellheim-Aktionärin, ins Gespräch gekommen. Inzwischen wußte sie natürlich, daß Gertrud Maiers eine vehemente Gegnerin der Sanierungspläne von Peter Bellheim war. In vierzehn Tagen stand eine wichtige, außerordentliche Aufsichtsratssitzung an, bei der die Weichen für die Zukunft des Unternehmens gestellt werden sollten. Wenn Gudrun mit Tötter allein war, plauderte er öfter über Firmeninterna, und sie hatte die Vorlage für die Sitzung auch schon bei ihm zu Hause auf dem Schreibtisch liegen sehen.

Gertrud Maiers musterte Gudrun nun allerdings so unverhohlen von oben herab, daß Gudrun gleich merkte, daß sie störte und sich entschuldigte, um zum Duschen in die Umkleidekabine zu verschwinden.

»Plaudern wir da vorn ein bißchen?« schlug Tötter vor. Frau Maiers quittierte Gudruns Abgang mit einem mokanten Lächeln. Sie schlenderte zum Clubhaus hinüber.

»Vor der Aufsichtsratssitzung bei Bellheim wollte ich mich mit Ihnen abstimmen«, begann Gertrud Maiers.

»Es gibt Meinungsverschiedenheiten zwischen Ihrem Sohn und Bellheim, hört man«, bemerkte Tötter vorsichtig.

»Der Aufsichtsrat, denke ich, sollte Bellheim endlich klarmachen, daß der *Vorstand* das Unternehmen lenkt und nicht der Aufsichtsratsvorsitzende.« Frau Maiers sah Tötter erwartungsvoll an.

Tötter schwieg. Einerseits traute er dem kaufmännischen Instinkt Bellheims mehr als den Managerqualitäten des jungen Maiers. Bellheim hatte ihm dieses angenehme, hochdotierte Aufsichtsratsmandat in seinem Kaufhauskonzern besorgt, und in all den vergangenen Jahren hatte Tötter immer so gestimmt, wie Bellheim es von ihm erwartet hatte. Das Unternehmen war auch gut damit gefahren. Aber jetzt hatten sich die Zeiten geändert. Die Erträge waren gesunken und der Aktienkurs im Keller. Man hatte ihm bereits ein Angebot gemacht, sich von seinem Anteil an

Bellheim zu trennen. Sogar mit kräftigem Paketzuschlag. Wenn es mit Bellheim weiter bergab ging, ein durchaus verlockendes Angebot. Daß das Angebot von Gudrun Lange gekommen war, hinter der wiederum Rottmann stand, hatte Konsul Tötter immer noch nicht erfahren. Andererseits durfte Tötter es sich mit Gertrud Maiers nicht verderben. Sie saß auch im Aufsichtsrat seines eigenen Unternehmens.

Zur gleichen Zeit, am gleichen Tag, als seine Mutter mit Konsul Tötter wegen der Aufsichtsratssitzung sprach, unterhielt sich Richard Maiers mit Wolfgang Niemann, dem Inhaber einer großen Werbeagentur, die den Löwenanteil des Werbeetats der Kaufhäuser erhielt.

Auch Niemann war Aktionär und Aufsichtsratsmitglied bei Bellheim. Seine Beziehungen zu dem Kaufhaus-Konzern waren durch eine alte, bewährte Freundschaft schon zu David Maiers, später auch mit Peter Bellheim fest gegründet. Da Niemann außerdem ein begeisterter und hervorragender Golfer war, fand das Treffen mit Richard Maiers auf einem Golfplatz statt.

»Unser Aktienkurs ist im Keller, die Liquiditätsprobleme werden immer drückender, und Bellheim will expandieren, umgestalten«, klagte Richard. »Sagt man was, hört er kaum hin.«

Niemann lachte. »›Wer bin ich und wer seid ihr!‹ Typisch Bellheim!«

»Wir können uns keine Experimente mehr leisten, Herr Niemann«, erklärte Richard eindringlich. »Darum bitte ich Sie, bei der nächsten Aufsichtsratssitzung für mich zu stimmen.« Niemann ging schweigend weiter über den Rasen. Er hatte die Vorlage für die Aufsichtsratssitzung flüchtig gelesen. Daher wußte er, daß Richard Maiers insgesamt sieben Filialen, die Verluste erwirtschafteten, schließen wollte. Bellheims Strategie zielte genau in die entgegengesetzte Richtung. Er wollte investieren, wollte die Filialen umgestalten, um sie in die Gewinnzone zurückzuführen. Dafür mußte sich das Unternehmen natürlich höher verschulden. Niemann überlegte, wer im Augenblick für ihn wichtiger war. Nicht Bellheim, sondern Vorstandschef Maiers vergab den Werbeetat für die Kaufhäuser. Nach einer Weile drehte Niemann sich um und nickte. »Sie können auf mich zählen!«

Richard atmete erleichtert auf: »Da bin ich Ihnen sehr verpflichtet!«

Niemann blickte ihn an: »Darauf komme ich vielleicht noch mal zurück!«

Richard erstarrte. So unverblümt aus der Abstimmung ein Gegengeschäft zu machen, verschlug ihm die Sprache.

In der Villa Bellheim waren die Fenster hell erleuchtet. Max und Fink saßen auf der Terrasse, tranken Wein und arbeiteten die Zeitungen durch, die die letzte Pressekonferenz behandelten.

»Bellheim will...«, Fink hielt die Zeitung weiter von sich, um besser lesen zu können. »Früher waren die Buchstaben größer«, seufzte er und fuhr dann fort: »Bellheim will die Filialen erhalten. In der nächsten Aufsichtsratssitzung werden die Weichen gestellt, ob sich das Bellheimsche Konzept oder der Plan von Vorstandschef Maiers durchsetzt.«

Im Wohnzimmer telefonierte Sachs mit der Schwester von Konsul Tötter. Der Konsul selbst war nicht da. Er bat sie, ihrem Bruder auszurichten, daß Peter Bellheim sich noch vor der Aufsichtsratssitzung mit ihm treffen wollte.

Bellheim selbst brütete in seinem halbdunklen Arbeitszimmer über einem Schachbrett aus Marmor, auf dem er sechs weiße und sechs schwarze Figuren aufgebaut hatte, die er in wechselnden Anordnungen arrangierte.

»Soll das Schach sein?« wunderte sich Sachs, als er auf dem Weg zur Terrasse an ihm vorbeischlurfte.

Ohne den Blick zu heben, antwortete Bellheim: »Tick von mir, alle möglichen Variationen mal theoretisch durchzuspielen.« Er deutete auf die zwölf Figuren. »Das hier ist unser Aufsichtsrat. Er besteht aus zwölf Personen. Sechs von der Arbeitnehmerseite. Das sind die weißen. Sie wissen ja: Belegschaft, Betriebsrat, Gewerkschaft. Die sollten eigentlich für mein Konzept stimmen; Schließung von Filialen bedeutet Verlust von Arbeitsplätzen.« Es klackte laut, als er die sechs weißen Marmorfiguren auf die eine Seite des Bretts zu dem schwarzen König stellte. »Das bin ich.«

Sachs überlegte. »Wenn aber denen von der Arbeitnehmerseite eingeredet wird, unser Sanierungskonzept gefährde den Bestand des Ganzen?«

»Das wäre schlecht.« Bellheim rückte drei weiße Figuren wieder zur Mitte des Bretts. »Dann wäre der Ausgang völlig offen.«

Emma kam herein. »Entschuldigen Sie, Herr Bellheim. Wie ist das Klima in Hongkong?«

»Heiß, vermutlich.« Bellheim zuckte mit den Schultern.

»Sind Sie sicher? Sonst packe ich Ihnen noch das Falsche ein. Es steht doch bestimmt in Ihren Reiseunterlagen.«

Bellheim starrte wieder grübelnd auf das Schachbrett. Sachs folgte weiter aufmerksam seinen Überlegungen: »Die sechs schwarzen Figuren, das ist die Arbeitgeberseite. Erstens Gertrud Maiers: natürlich gegen mich.«

Mit einem besonders harten Knall landete eine schwarze Figur auf der entgegengesetzten Seite des Marmorbretts.

»Zweitens Karin, meine Exfrau. Ich denke, für mich.« Er rückte eine zweite schwarze Figur neben den schwarzen König.

Sachs deutete auf die übrigen drei schwarzen Figuren. »Und wer ist das?«

Bellheim tippte mit dem Finger auf jede einzelne. »Konsul Tötter. Niemann, Inhaber unserer Werbeagentur. Und Dr. Urban von der Bank. Auf die drei kommt es an.«

Emma hatte unterdessen die Reiseunterlagen gefunden und blickte erschrocken auf. »Hundertvier Grad? Um Gottes willen!«

»Fahrenheit«, beruhigte Bellheim sie.

Am nächsten Morgen goß es in Hannover. Mürrisch bewegten sich die Menschen zur Arbeit. An der Rampe im Hof des Kaufhauses war der Kampf der Lieferwagen um die Abladeplätze in vollem Gange. Carla Lose stieg aus dem Auto eines Verehrers aus und warf ihm ein Kußhändchen zu. Charly Wiesner war schon dreimal fluchend um den Block gefahren. Die Zeit lief ihm davon. Plötzlich erspähte er in der kleinen Sackgasse, die auf den Hinterhof des Kaufhauses mündete, einen Wagen, der im Begriff war wegzufahren. Sofort stellte Charly sich dahinter und wartete auf die freiwerdende Lücke. Dabei fiel sein Blick auf einen kleinen Laden. Er stand leer; die Schaufenster waren ausgeräumt, und ein Schild hing an der Tür ZU VERMIETEN. Nachdem Charly seinen Wagen endlich abgestellt hatte, sprang er noch schnell zu dem Laden hinüber und spähte aufmerksam hinein.

Mona machte das schlechte Wetter heute nichts aus. Sie war so selig, daß sie am liebsten der ganzen Welt ihre große Neuigkeit mitgeteilt hätte. Da jedoch die Kollegen alle mit sich selbst und ihren nassen Sachen beschäftigt waren, mußte sie lange warten, bis in dem kleinen Aufenthaltsraum einen Augenblick Ruhe einkehrte.

»Kennt ihr Freddy?« fing sie sofort an.

»Den aus der Packerei?« fragte Charly ohne Interesse.

»Das Pferdegesicht mit dem breiten Maul?« Das war Carla. Albert sekundierte: »Der immer wie'n alter Gaul wiehert, wenn er lacht?«

»Trapper Geierschnabel?« fügte Carla gackernd hinzu.

»Wir wollen heiraten«, verkündete Mona.

Die anderen verstummten vor Schreck. Betretenes Schweigen. Charly und Albert verdrückten sich rasch nach draußen. Carla trat verlegen auf Mona zu. »Also ein Typ ist er ja. Bestimmt!« Ein halbherziger Versuch, die Situation zu retten. Sie legte Mona die Hand auf den Arm, und tapfer lächelnd kämpfte Mona gegen die aufsteigenden Tränen an.

Zwischen Schaufenstermaterial und Puppenrümpfen kaum sichtbar, stand Andrea zwei Geschosse weiter oben und blickte gespannt nach allen Seiten. Durch das offene Atrium in der Mitte des Kaufhauses konnte sie sehen, wie Bellheim ein Stockwerk tiefer mit dem alten Verkäufer Albert sprach. Sie standen vor dem Hemdenregal, und Albert zog gerade ein zellophanverpacktes Hemd heraus. »Nehmen Sie lieber ein Original F und B-Hemd als Muster mit.«

»Danke, Albert.«

Bellheim wollte gerade mit dem Hemd in sein Büro zurück.

Andrea hastete zur Rolltreppe. Christian schob eine leere Palette in den Lastenaufzug zurück und beobachtete sie verwundert. Plötzlich sah Andrea, daß Bellheim auf der Rolltreppe wieder nach oben fuhr. Sie machte kehrt und wollte gegen die Fahrtrichtung hinaufrennen. Dabei stieß sie mit einem Kunden zusammen, dessen Pakete polternd auf die Rolltreppe fielen. Sie entschuldigte sich und rannte weiter. Aber Bellheim war nicht mehr zu sehen. Eine Palette voller Kisten und Kartons wurde an ihr vorbeigeschoben. Plötzlich stand sie vor Bellheim: »Ach du meine Güte«, entfuhr es ihr.

Bellheim grüßte kühl und reserviert: »Was machen Sie denn hier oben?« fragte er.

»Ich suche... äh... ein paar Dekorationspuppen.« Andrea wirkte verwirrt.

»Hier suchen Sie so was?« bohrte Bellheim nach, denn er wußte, daß die Deko-Puppen im Keller aufbewahrt wurden.

»Ich muß gucken, wie der neue Dekorationsplan aussieht, um... äh.«

»Geht es Ihnen nicht gut?« erkundigte sich Bellheim. »Sie sind so atemlos.«

Andrea schluckte. »Nein, nein. Es ist nur... übrigens... ich weiß nicht, ob Sie sich noch daran erinnern... aber wir waren neulich abend miteinander verabredet.«

»Ja, aber Sie waren ja nicht da.« In seiner Stimme war ein beleidigter Unterton.

Andrea starrte ihn verdutzt an. »Natürlich war ich da.«

»Aber ich habe doch angerufen, eine Nachricht für Sie hinterlassen.«

»Das verstehe ich nicht.« Andrea lächelte. »Ich habe über eine Dreiviertelstunde auf Sie gewartet.«

»Wirklich? Wir steckten in Frankfurt fest, wegen Nebels.«

Andrea atmete auf. »Ich dachte schon, Sie hätten mich einfach versetzt. Ich war stocksauer.«

»Ja, ... ehrlich gesagt, ich auch.« Die beiden lachten. »Hm... können wir's denn noch mal versuchen?« fragte Bellheim.

»Mit einer Essensverabredung?« Andrea konnte es gar nicht fassen. »Würden Sie noch mal... ich meine, hätten Sie Lust?«

»Aber ja!« Bellheim lächelte. »Ja doch.«

»Wann? Heute abend?«

»Heute muß ich leider für ein paar Tage verreisen.« Er blätterte in seinem Terminkalender. »Aber Mittwoch nächster Woche.«

»Okay, im ›Milano‹.«

Christian war Andrea gefolgt und hatte sie bei ihrem Gespräch mit Bellheim beobachtet. Wie jung und fröhlich sie auf einmal wirkte! Düster starrte er zu den beiden hinüber, die offensichtlich ganz aufgekratzt plauderten.

Bellheim wollte sich in Hongkong, dem wichtigsten Handelsplatz Asiens, mit dem alten Herrn Chun von Doo-Kem-Industries treffen. Das Unternehmen hatte dort eine Handelsniederlassung.

Chuns Neffe, der junge Choi, holte Bellheim am Flugplatz ab. Nachdem das Gepäck im Hotel deponiert war und Bellheim sich umgezogen hatte, wurden sie in einer riesigen Limousine Richtung Hafen chauffiert. Der große Wagen bahnte sich langsam einen Weg durch den brodelnden Verkehr von Hongkong. Schreiend boten Straßenverkäufer ihre Waren an. Schlitzäugige, fremdartige Gesichter mit zahnlosen Mündern tauchten am Autofenster auf. Lichtreklamen warfen zuckende Reflexe auf die Gesichter von Bellheim und Choi im Fond des Wagens.

Bellheim spürte die Müdigkeit durch die Zeitverschiebung. Er trocknete sich mit einem Taschentuch die schweißnasse Stirn und holte das in Zellophan verpackte Oberhemd aus seiner Aktentasche, das ihm der alte Verkäufer Albert mitgegeben hatte. Er reichte es Mr. Choi.

Choi betrachtete es fachmännisch. »F und B, Düsseldorf«, bemerkte er lakonisch.

Bellheim fragte ihn, ob Doo-Kem-Industries Hemden gleicher Qualität billiger fertigen könne. Choi lächelte höflich und antwortete: »Wir sprechen mit meinem Onkel.« Am Hafen hielt der Wagen vor einem der mit Tausenden von bunten Lichtern illuminierten Restaurantschiffe.

Ein Wassertaxi brachte Bellheim und Choi zu Chuns eleganter Dschunke. Die beiden betraten das Deck. Durch ein schmales Fenster blickte man in die Küche. In einem Topf siedete Öl auf glühenden Herdplatten. Im dunstigen Feuerschein bewegten sich gespenstisch die Schatten der Köche.

Bellheim folge Mr. Choi zu einer großen Tafel, auf der erlesene koreanische Gerichte angerichtet worden waren. Der greise Chun Doo Heh saß in seinem Rollstuhl und schlief. Das Kinn war ihm auf die Brust gesunken. Scheinbar teilnahmslos hockte die Übersetzerin Akiko – auch sie wie der alte Chun in koreanischer Nationaltracht – daneben.

Bellheim verneigte sich und nahm irritiert Platz. Chun Doo Heh schnarchte leise. Chinesische Musiker kauerten auf dem Vorderdeck, aber niemand spielte. Auch keiner der Kellner servierte die

Speisen. Während Chun schlief, schien die Zeit stillzustehen. Die Asiaten haben noch immer riesigen Respekt vor dem Alter. Innerhalb der Familien ist das selbstverständlich. Die Alten üben einen großen Einfluß auf das Leben ihrer Kinder aus, auch wenn diese längst erwachsen sind. Selbst unter Geschwistern kommt den Erstgeborenen eine absolute Vorrangstellung zu. Wenn eine Familie über Vermögen verfügt oder ein Unternehmen betreibt, so ist dem Ältesten die letzte Entscheidung vorbehalten. Eine »Pensionierungsgrenze« gibt es nicht. Nachgedacht wird darüber, vor allem in letzter Zeit, sehr. Niemand hätte sich erlaubt, ohne Genehmigung des greisen Chefs Absprachen zu treffen, niemand hätte sich erlaubt, mit dem Essen zu beginnen, solange er schlief. Nach einer Weile neigte sich Mr. Choi zu Bellheim und flüsterte halblaut: »Mein Onkel ist über Ihre Pläne informiert.«

Bellheim nickte: »Die Hannoversche Kreditbank und die FAG-Bank in Frankfurt beteiligen sich mit je einem Drittel. Das letzte Drittel fehlt mir. Wollen Sie mir helfen?« Bellheim bemerkte, daß der greise Koreaner aufgewacht war. Akiko übersetzte leise. Jeder am Tisch verhielt sich so, als habe der alte Herr keine Sekunde geschlafen. Bellheim wendete sich direkt an ihn: »Wenn ich das restliche Drittel habe, können wir endlich loslegen. Umgestalten und erweitern. Und was das heißt, brauch' ich Ihnen nicht zu sagen: Erhebliche Ertragsverbesserungen.«

Chun Doo Heh murmelte etwas. Akiko übersetzte: »Ihr Vorstand ist anderer Meinung.«

Bellheim lächelte. »Ja, aber den besseren Riecher hatten doch immer wir, Chun!« Der Alte musterte ihn kühl. Undurchdringliche, geheimnisvolle Augen ruhten auf Bellheim. »Ich könnte mir denken«, fuhr Bellheim fort, »daß Ihre Freunde bei den koreanischen und japanischen Banken an uns interessiert sind.«

Chun Doo Hehs Augen verengten sich, und er beugte sich vor: »Trifft es zu, daß Ihre Hausbank Ihnen die Kreditlinie beschnitten hat?« übersetzte Akiko.

Bellheim erschrak. Woher wußte der Alte so genau Bescheid? Dann nickte er: »Ja, das trifft zu!«

»Und ist es richtig«, übersetzte Akiko weiter, »daß Sie noch nicht wissen, wie Ihr Aufsichtsrat sich Ihren Plänen gegenüber verhalten wird?«

Bellheim nickte: »Das ist richtig!«

Chun Doo Heh lächelte und lehnte sich in dem Rollstuhl zurück. Akiko übersetzte, was er sagte: »Warum immer wieder kämpfen, alter Freund. Warum nicht das Leben genießen?«

Bellheim lächelte ebenfalls: »Das fragen ausgerechnet Sie mich!« Er blickte dem alten Weggefährten ins Gesicht. Konnte er ihm noch trauen? Würde Chun Doo Heh, der über viele Jahrzehnte als Lieferant von Bellheim viel Geld an dem Kaufhaus-Unternehmen verdient hatte, zu ihm stehen? Würde der alte Koreaner, der im Lauf der Jahre so unermeßlich reich geworden war, ihm helfen? Chuns Miene war wie immer undurchdringlich. Seine Entscheidungen würde er nach Rücksprache mit seinen Banken Bellheim in den nächsten Tagen mitteilen. Bellheim nickte. Er wußte, daß mehr nicht auszurichten war. Es hatte keinen Zweck, einen Asiaten zur Eile zu drängen. Er mußte warten und hoffen.

Eine Landstraße schlängelte sich durch idyllisches, hügeliges Gelände. Die Straße wurde von einem Transparent »50-km-Radrundfahrt« überspannt. Ein paar Zuschauer standen in Gruppen hier und da am Wegrand. Radfahrer, alle mit Nummern auf den Trikots, rasten keuchend vorüber. Ein Fahrzeug mit Fotografen, die sich weit aus den Fenstern hängten, überholte sie. Die Objektive klickten, als die Fotografen jetzt inmitten des Pulks den strampelnden Karl-Heinz Rottmann entdeckten. Das leuchtende JOTA-Embelm auf seinem Trikot war durchgeschwitzt. Fröhlich winkte er in die Kamera und rief einem Fahrer neben sich zu: »Tempo, Tempo. Wenn einer von JOTA mitmacht, muß er auch siegen.« Das Auto mit den Fotografen beschleunigte und zog davon. Rottmann wartete, bis es außer Sichtweite war. Dann bremste er, stieg ab und winkte schweratmend einem Begleitfahrzeug zu, das rasch herankam. Rottmanns Chauffeur stieg aus. »Es reicht«, knurrte Rottmann, »ich will mir nicht zuviel zumuten.«

Der Chauffeur verstaute eilig das Fahrrad im Kofferraum. Rottmann trank gierig Mineralwasser, trocknete sich mit einem Handtuch ab und stieg in den Wagen.

Auf der Rückbank saß Gudrun Lange. Rottmann beugte sich zu seinem Chauffeur vor und deutete auf die Radfahrer: »Dranbleiben!« Er atmete schnell. »Kurz vorm Ziel schleusen Sie mich dann unauffällig wieder ins Hauptfeld ein, klar.« Er zwinkerte Gudrun zu und lehnte sich in die Polster zurück. »Was rausbekommen?«

Gudrun schüttelte seufzend den Kopf. »Tut mir leid!«

»Was ist mit Ihnen los, Lady?« Rottmann runzelte die Stirn. »Bei Ihrer Bombenbeziehung zum Aufsichtsrat von Bellheim!« Er grinste hämisch.

Gudrun ärgerte sich über seine zweideutigen Anspielungen: »Da kann ich nur sehr behutsam vorgehen«, erwiderte sie kühl.

Rottmann grinste anzüglich: »Na klar.« Dann faßte er sie plötzlich am Arm: »Ich muß aber unbedingt wissen, was das Rentner-Quartett ausbrütet«, sagte er eindringlich. »Was hat Bellheim in Hongkong erreicht? Steht die Finanzierung für den großen Umbau? Kann er sich gegen seinen Vorstand im Aufsichtsrat durchsetzen? Was ist mit Dividende dieses Jahr?« Sein Grinsen wurde noch breiter: »Sie haben da auch 'nen heißen Draht zur Kreditabteilung Ihrer Bank, Lady«, murmelte er. »Nutzen Sie den mal!«

Gudrun nickte verlegen.

Bellheim war ohne eine eindeutige Zusage aus Hongkong zurückgekehrt. Jetzt schlief er erschöpft auf dem Sofa.

Max Reuther und Sachs, die ewigen Streithähne, gerieten sich immer wieder in die Haare, und sei es, daß sie sich darum zankten, wer im Badezimmer versehentlich wessen Handtuch benutzt hatte.

Heute hatte es wieder eine solche Auseinandersetzung gegeben, die in Reuthers wütender Bemerkung gipfelte: »Wenn der so weitermacht, komme ich nicht zu seiner Beerdigung.«

Zwar hatte Sachs hohnlächelnd entgegnet: »Sie werden gar nicht dazu eingeladen.« Aber die Stimmung blieb gereizt. Müde setzten sich die vier an den Tisch, nachdem Emma das Abendessen aufgetragen hatte. Bellheim war von Fink geweckt worden. Lustlos stocherten sie in Emmas guten Speisen herum. Keiner hatte Appetit.

»Ich habe ein Fax aus Hongkong«, berichtete Fink. »Vorhin erst gekommen, während du schliefst. Die Mitsutaka-Bank will sich Montag äußern.«

Bellheim fragte: »Was ist mit der Hannoverschen Kreditbank? Hast du Urban erreicht?«

»Nein. Er ist schon wieder verreist«, sagte Fink betrübt.

»Und Niemann?«

Sachs schüttelte bedauernd den Kopf. »Dieser Werbefritze? Dauernd Termine.«

»Tötter auch«, erklärte Fink.

Bellheim knallte ärgerlich das Besteck auf den Eßtisch. »Ihr wollt mir sagen, ihr habt noch mit keinem vom Aufsichtsrat geredet?« polterte er los.

Der gutmütige Fink verlor die Geduld. »Peter! Peter! Schön, nächste Woche ist die Sitzung, und du bist nervös. Wir doch auch! Aber denke bitte nicht, wir hätten nur Däumchen gedreht, während du weg warst.«

Bellheim stand auf und schob vernehmlich den Stuhl zurück.

»Sie sind sehr müde«, meinte Max Reuther väterlich. »Schlafen Sie sich erst einmal richtig aus.«

»Ich finde, daß ich hellwach bin. Als einziger!« schnappte Bellheim.

»Wenn Sie so weitermachen«, erwiderte Sachs gelassen, »wird man sagen, Bellheim ist ja zum Umfallen müde.«

Das »Umfallen« betonte er sehr doppeldeutig. Wortlos drehte Bellheim sich um und stampfte die Teppe hinauf. Krachend fiel seine Schlafzimmertür ins Schloß. Die drei anderen schauten sich wortlos an.

Nach einer längeren Pause sagte Fink: »Ich verstehe ihn ja.«

Sachs stand auf. »Ich doch auch, aber er ist schließlich nicht der einzige, der nervös ist. Ich gehe jetzt ins Bett. Punkt halb sechs morgen früh will ich raus. Dieser Niemann spielt immer in aller Herrgottsfrühe Golf, hat mir seine Sekretärin gesteckt.«

Max Reuther hatte inzwischen brummend ein paar Brote belegt und auf einen Teller geschichtet. »Das bringe ich ihm rauf«, erklärte er.

Tatsächlich schaffte es Sachs, am nächsten Morgen pünktlich auf dem Golfplatz zu erscheinen. Geduldig wartete er vor den Umkleidekabinen. Er gähnte und blickte skeptisch zum Himmel, an dem sich Regenwolken türmten. Golfspieler gingen an ihm vorüber. Fehlte nur noch, daß Niemann wegen des schlechten Wetters nicht erschien.

Nach einer Weile wandte sich Sachs ungeduldig an den Platzwart: »Herr Niemann kommt wohl noch, wie?«

Der Platzwart harkte den Weg. »Niemann, soll der bei uns Mitglied sein? Nie gehört!«

»Ich denke, der spielt hier jeden Morgen«, fragte Sachs und fügte voller böser Ahnung hinzu: »Gibt's noch einen zweiten Golfplatz in Hannover?«

»Sicher«, nickte der Platzwart, »am anderen Ende der Stadt.«

Zähneknirschend fuhr Sachs ins Büro und nahm sich vor, am nächsten Morgen den zweiten Golfplatz aufzusuchen, auch wenn ihm das frühe Aufstehen in der Seele zuwider war.

Im Kaufhaus war nichts los. Das Sommerloch. Wer es sich leisten konnte, war verreist. Aber auch die Daheimgebliebenen zogen es vor, bei der Hitze ins Schwimmbad zu gehen oder sich zumindest auf dem Balkon zu aalen.

Schläfrigkeit und sommerliche Mittagshitze herrschten auch in allen Abteilungen. In der Damenoberbekleidungs-Etage umstanden die Verkäufer Frau Feld, die von ihren Erlebnissen seit der Entlassung bei Bellheim berichtete. Davon hatte sie sich offenbar erholt, denn ihre Stimme zeugte von gesundem Selbstvertrauen.

»Riesig günstige Kredite«, erzählte sie, »kriegst du immer bei Existenzneugründungen. Und viele Lieferanten lassen einem die Ware in Kommission. Es ist ein Kinderspiel, sagt Heinrich.«

Carla, die gerade seufzend die Schuhe wechselte, hörte gleichgültig zu. Aber Charly war interessiert näher getreten. Klang das nicht verheißungsvoll? Wie lange träumte er schon davon, sein eigener Herr zu sein! Gerade wollte er Frau Feld nach Einzelheiten fragen, als Mona auf sie zukam. Sie zerrte den verlegen blikkenden Freddy hinter sich her, den sie überredet hatte, sich ihren Kollegen vorzustellen.

Die Begrüßung erfolgte mit mäßigem Enthusiasmus. Nur die unverbesserliche Carla widmete Freddy einen ihrer Hüftschwünge und ein heiseres »Halli-Hallo!«, begleitet von einem tiefen Blick in die Augen des errötenden Bräutigams.

Danach hörten alle wieder Frau Feld zu.

»Wie gesagt: man braucht Ideen und Mut«, prahlte sie. »›Mein Chef bin ich‹, sagt Heinrich immer.«

Hingerissen wiederholte Charly: »Mein Chef bin ich! Nicht schlecht!«

An einem Freitag fand der alljährliche Betriebsausflug der Bellheim-Belegschaft statt. Peter Bellheim war nicht in rechter Stimmung dazu. Die Aufsichtsratssitzung rückte immer näher. Mit etlichen Mitgliedern hatte man noch immer nicht gesprochen. Alles war offen, aber natürlich war auch die Stimmung der Belegschaft wichtig. Der Betriebsrat bestand auf dem Fest. Fink stöhnte über die zusätzlichen Kosten. Diesmal hatte der Vergnügungsausschuß einen schneeweißen Weserdampfer gemietet und die Kollegen zur Flußfahrt eingeladen. Die grünen Bellheim-Fahnen flatterten am Mast. Es gab Kaffee und Kuchen, später Tanz, ein Riesen-Buffet und beliebige Getränke. An Deck spielte eine Amateurband aus Bellheim-Mitarbeitern. Christian Rasche saß am Schlagzeug. Andrea Wegener sang. Das Wetter war herrlich, die Stimmung entsprechend.

Die Damen hatten ihre schönsten Sommerkleider an, die Herren trugen gehobene Freizeitkleidung. Nur die Mitglieder des Vorstandes und der Geschäftsleitung waren im korrekten Anzug erschienen – aber sie gaben sich redlich Mühe, volkstümliche Freundlichkeit auszustrahlen.

Bellheim ließ sich von seinen Sorgen nichts anmerken und schlenderte zwischen den Feiernden umher und grüßte jeden, der ihm begegnete. Als sein Blick auf die singende Andrea fiel, lächelte er ihr zu. Andrea lächelte zurück. Christian Rasche bemerkte es und machte ein finsteres Gesicht. Streibel, der sich gerade eine Schürze umgebunden hatte und unter dem Gelächter der Verkäuferinnen Kuchen austeilte, tuschelte mit Max Reuther. »Da ist 'ne Sache am Kokeln! Wir müssen dringend reden!« Max horchte auf.

Sachs tanzte mit einer hübschen jungen Verkäuferin. Eine zweite klatschte ihn ab. Sie alle wollten mit dem großen, berühmten Sachs einmal ein Tänzchen wagen. Mona hatte ihre Arme um Freddy geschlungen. Carla betrachtete sie von weitem und stellte fest, daß Freddy doch gar nicht so übel aussah. Nicht unbedingt elegant, dachte sie, aber er hat was Solides.

Sie zupfte an dem knallengen, schulterfreien, schwarzen Minikleid, das ihre üppigen Rundungen mehr unterstrich als bedeckte, und marschierte entschlossen auf die Tanzfläche. Vor Mona und Freddy blieb sie stehen und klatschte in die Hände. »Abklatschen!« Als sie mit Freddy davonwalzte, dem angesichts ihres Dekolletés die Augen aus dem Kopf quollen, liefen bei Mona schon wieder die Tränen. Mit gesenktem Kopf setzte sie sich auf eine Bank und starrte ins Wasser.

Etliche Verkäufer umlagerten das große Bierfaß. Charly wischte sich den Schaum vom Mund, zog ein kleines Buch aus der Tasche und hielt es dem alten Albert stolz unter die Nase. Es trug den Titel *Wie werde ich Unternehmer?* und war seit einigen Tagen sein ständiger Begleiter.

»Viel früher hätte man sich mit so was befassen sollen«, seufzte er.

Albert musterte den schmalen Band nachdenklich. »Auch, woher man das Geld dazu bekommt?«

»Bei Existenzgründungen«, erläuterte Charly, »buttert der Staat kräftig zu. Das erste Darlehen ist praktisch umsonst. Wenn man das bei einer anderen Bank anlegen würde, könnte man schon mit den Zinsen seinen Schnitt machen.« Er leerte sein Bierglas. »Im Grunde verschenkt man jahrelang Geld, weil man nicht ein bißchen kaufmännischer denkt!«

Donnernder Applaus unterbrach seinen Vortrag. Andrea hatte ihr Lied beendet. Sie suchte Bellheims Blick. Er klatschte Beifall und nickte ihr begeistert zu.

Carla, die Freddy erst einmal wieder laufengelassen hatte und jetzt in Andreas Nähe stand, sah es. »Sag mal, hat unser Mr. Kaufhaus ein Auge auf die geworfen?« flüsterte sie. »Mach' keine Sachen, Schätzchen!« Sie drohte ihr lächelnd mit dem Finger.

Die Kapelle intonierte ein paar flotte Rhythmen. Carla, schon leicht beschwipst, drehte sich um sich selbst, ließ sich von der Musik inspirieren und wiegte sich sinnlich im Takt.

Sachs, Fink und Max schauten vom Oberdeck aus wie gebannt hinunter.

»Mann, hat die Lungen!« schwärmte Sachs.

Fink lächelte verträumt. »Und einen netten Po.«

Max Reuther nickte nur.

Als hätte sie die Worte gehört, sah Carla auf und grinste schelmisch. »Die meint mich«, erklärte Sachs.

»Und was machst du, wenn sie dir irgend etwas vorschlägt?« fragte Fink unschuldig und angelte sich ein Stück Kuchen vom Blech. Reuther prustete los.

Sachs warf sich in die Brust. »Dann sage ich: Prima. Im Gegensatz zu euch habe ich damit keine Probleme.«

Carla hob ihr Weinglas und prostete den dreien zu. Fink verschluckte sich fast.

Unterdessen hatten sich vor den Toiletten Schlangen gebildet. Max Reuther trat auf Bellheim zu und zog ihn am Ärmel. »Können wir uns einen Moment unter vier Augen unterhalten? Wir kriegen ein Problem. F und B machen einen Riesenstunk«, erklärte er leise. »Wir würden ihre Hemden in Hongkong kopieren lassen und dadurch hier in Deutschland Arbeitsplätze gefährden. Die Gewerkschaft...«

Unten auf dem Hauptdeck führte Streibel eine Polonaise an. Alle machten mit. Das Schiff geriet gefährlich ins Schwanken. Sobald die Polonaise vorbei war, schlug, als hätte es nur noch diesen krönenden Höhepunkt abgewartet, das Wetter um. Ein scharfer Wind wehte über das Deck und trieb Zigarettenkippen, Papierservietten und Pappbecher vor sich her. Nur ein paar Unentwegte tanzten noch.

Zu ihnen gehörte Carla, die Fink ein paar neue Schritte beizubringen versuchte. Sie war inzwischen ziemlich angeheitert, aber noch durchaus standfest. »Eins und zwei und eins und schwupp!« kommandierte sie.

Max Reuther tauchte auf und versuchte es ebenfalls.

»Eins und schwupp und ...: immer schön aus der Hüfte. So. Ja.« Reuther war ins Stolpern geraten.

»Vorsicht, die Planken sind glatt!« rief sie kichernd.

Sachs kam die Treppe herauf, sah die drei herumhüpfen und grinste. Carla winkte ihn heran, nahm ihm das volle Wodkaglas aus der Hand und trank einen großen Schluck.

»Aaah!« sagte sie gedehnt. »Das ist ja ein irrer Geschmack. Mann, ist der stark!« Sie sah Sachs vielsagend in die Augen. »Da werde ich ja ganz heiß«, gurrte sie.

Der Wind wurde immer stärker, das Schiff schwankte beträchtlich. Plötzlich griff Fink sich mit schmerzverzerrtem Gesicht an die Brust. Er taumelte. Reuther faßte ihn erschrocken beim Arm. »Was hast du denn!«

Fink stöhnte. »Mir ist so schlecht.«

Bellheim war schon bei ihnen. Sie führten den ächzenden Fink zu einer Bank an der Reling.

»Geschieht dir ganz recht«, knurrte Reuther. »Mußt du denn auch den ganzen übriggebliebenen Kuchen in dich hineinstopfen?«

»Aber er war doch so lecker«, jammerte Fink.

»So lecker!« schimpfte Max. »Wie alt bist du? Fünf?«

In diesem Augenblick begann es zu regnen. Ein Wolkenbruch überschüttete das Deck. Fluchtartig strömte alles nach unten in die Salons. Die Musiker rafften ihre Sachen zusammen. Planen wurden hastig über größere Instrumente und den Rest des Buffets gebreitet und festgezurrt.

Nur Fink blieb auf der Bank sitzen.

»Los!« rief Bellheim. »Komm doch! Schnell!«

Fink schüttelte seufzend den Kopf. »Wenn ich mich jetzt bewege, kommt mir alles an Kuchen hoch, was ich seit 1956 gegessen habe.«

Nach dem Betriebsfest besuchte Bellheim endlich Konsul Tötter, der unverheiratet war und mit seiner wesentlich älteren Schwester zusammen wohnte. Die beiden teilten sich eine elegante Villa in einem Vorort von Hannover. Sie liebten Kunst, Kultur und gepflegte Gastlichkeit; ihre Hausmusikabende für einen ausgewählten Kreis waren berühmt. Die Harmonie der beiden Geschwister hatte ungestört Jahrzehnte überdauert. Erst in den letzten Wochen war ein Schatten darauf gefallen. Elise Tötter hatte von der Beziehung ihres Bruders zu Gudrun Lange Kenntnis nehmen müssen. Das Mädchen gefiel ihr nicht. Eine kalte, von Ehrgeiz zerfressene Person. Elise Tötter hatte Angst um ihren Bruder.

Einmal hatte Eduard Tötter seine Schwester gefragt, was sie von Gudrun Lange halte. Frau Elise hatte lange gezaudert und Ausflüchte versucht, endlich aber ihren Bruder fest angeschaut und mit sanfter Stimme erklärt: »Sie kommt aus keinem guten Stall, und das merkt man.« Danach wurde das Thema im Hause

Tötter nicht mehr berührt, und die beiden Damen gingen einander aus dem Weg.

Elise Tötter öffnete selbst. Sie begrüßte Bellheim leise und freundlich und legte sofort den Finger auf den Mund.

»Sie haben eben angefangen«, erläuterte sie. »Bitte kommen Sie doch mit.«

Sie führte Bellheim in den Salon. Dort saß Tötter am Flügel und musizierte ernst und konzentriert mit einem anderen Herrn und zwei älteren Damen.

Einige weitere Gäste saßen auf Stühlen und Sesseln und lauschten andächtig. Auch Gudrun Lange war unter ihnen. Sie trug ein kniekurzes, seegrünes Seidenkleid mit tiefem Ausschnitt. Gelangweilt ließ sie die Töne über sich ergehen und rauchte ein Zigarillo. Bellheim sah es erstaunt. Elise Tötter zog fast unmerklich die Brauen hoch.

Sie bot Bellheim einen Stuhl an und brachte ihm auf Zehenspitzen ein Glas Chablis. Bellheim setzte sich und entspannte sich allmählich. Die Musik, von der er nichts verstand, klang ihm sanft und heiter in den Ohren. Sein Blick schweifte über den Raum und die Zuhörer. Eine Harfe lehnte an einer Bücherwand. Wenige, aber ausgesuchte Kunstwerke schmückten den Raum. Es herrschte eine behagliche, festliche Stimmung. Bellheim seufzte leise. Gudrun musterte ihn mit halbgeschlossenen Augen.

Als das Stück zu Ende war, spendeten die Zuhörer diskreten Beifall. Die Musiker erhoben sich und machten kleine dankbare Verbeugungen.

Tötter kam auf Bellheim zu und reichte ihm die Hand. »Mit meinem Spiel ist es wirklich nicht mehr weit her.« Er zündete sich eine Pfeife an. »Spielen Sie auch ein Instrument?« fragte er.

»Leider nicht«, antwortete Bellheim und dachte einen Moment an eine Jugend, in der für musische Dinge keine Zeit und kein Geld dagewesen war. Tötter stellte ihn einigen anderen Gästen vor, darunter einer bekannten Schriftstellerin. Bellheim hatte ihren Namen noch nie gehört.

Leise flüsterte Bellheim dem Hausherrn zu: »Ich würde gerne mal mit Ihnen über unsere Aufsichtsratssitzung sprechen.«

»Immer noch Geschäfte, alter Freund«, lachte Tötter. »Sie

brauchen die Herausforderung, seien Sie ehrlich!« Er legte den Arm um ihn und führte ihn auf die Terrasse hinaus.

Tötters Schwester hatte sich an die Harfe gesetzt. Andächtig lauschend nahmen die Gäste wieder Platz.

Auf der Terrasse drang von ferne das dumpfe, ununterbrochene Rauschen der Stadt herüber. Man blickte auf eine breite, baumbestandene Straße, die vom Regen noch glänzte. Die Wipfel der Bäume schwankten leicht im Wind.

»Wegen der Aufsichtsratssitzung hat Frau Maiers bereits mit mir gesprochen«, meinte Tötter leise.

»Ach!« Bellheim war plötzlich heiser. »Hat sie?«

Tötter nickte: »Sie wissen doch, daß sie auch im Aufsichtsrat von meiner Firma sitzt.«

»Ja«, sagte Bellheim.

»Natürlich hat das nichts direkt miteinander zu tun«, wiegelte Tötter ab, »aber...« Er hob hilflos die Schultern und entdeckte Gudrun, die den beiden unbemerkt in einigem Abstand gefolgt war. »Entschuldige«, sagte sie, »ich muß mich leider verabschieden!« Tötter nahm ihre Hand und küßte sie. »Das ist aber schade, kannst du nicht noch ein bißchen bleiben?«

Bellheim verneigte sich förmlich: »Hat mich sehr gefreut!«

Tötter wollte Gudrun zur Tür begleiten, aber sie wehrte ab: »Ich kenn' doch den Weg, laßt euch bitte nicht stören.« Sie küßte Tötter vertraulich und verschwand leichtfüßig durch die Gartenpforte.

Von drinnen hörte man das zarte Harfenspiel. Nachdenklich an seiner Pfeife ziehend, blickte Tötter Gudrun gedankenvoll nach.

»Was glauben Sie, finden jüngere Frauen an älteren Männern?« fragte er plötzlich.

Bellheim war verblüfft: »Na, wir stellen doch was dar«, meinte er.

Tötter überlegte: »Und unser Alter wirkt beruhigend auf sie. Das ist es. Wir haben zwar schütteres Haar, bißchen Bauch. Um so strahlender wirkt ihre Jugend daneben.« Er blickte nachdenklich in den dunklen Garten. Bellheim, den ganz andere Sorgen plagten, wagte nicht, ihn zu stören. »Im Vergleich zu uns werden sie noch lange jung sein«, meinte Tötter, »und brauchen sich vor der Zeit nicht zu fürchten!« Schweigend starrte er dann in das Dunkel. Bellheim beobachtete ihn, darauf aus, über das, was ihm am Herzen lag, endlich sprechen zu können.

Gudrun war keineswegs nach Hause gefahren. Sie war mit Klaus Berger in einem kleinen Restaurant verabredet. Sie fühlte sich wohl in der gediegenen Eleganz im Hause Tötter. Aber das Geschäft ging vor. Sie durfte den Kontakt zu Berger nicht vernachlässigen, denn sie brauchte ihn noch. Bisher war es ihr mit Leichtigkeit gelungen, gegenüber dem gutgläubigen Berger ihre Affäre mit Tötter zu verbergen. Ihr sichtbarer beruflicher Aufstieg, verbunden mit Überstunden, auswärtigen Terminen, Kopfschmerzen – es gab ihm gegenüber tausend Ausreden, um Zeit für Tötter zu gewinnen. Aber fallenlassen konnte sie Klaus Berger nicht. Nach dem Essen wollte sie Berger die neue Wohnung zeigen, die sie sich gekauft hatte.

Die beiden fuhren zu einer verlassenen Baustelle. Nur ein paar Sicherheitslaternen brannten. Als Absperrung dienten lediglich einige rot-weiße Plastikbänder.

Gudrun nahm eine Taschenlampe aus dem Auto, ergriff Bergers Hand und zog ihn mit sich. Sie gingen eine Treppe hinauf in die erste Etage. Der Strahl der Taschenlampe geisterte über kahle Wände, Ecken voller Mörtel und leere Tür- und Fensteröffnungen.

»Hier ist es«, erläuterte Gudrun stolz. »Das ist die Diele. Hier rechts die Küche, daneben Bad und Schlafzimmer. Und hier das Wohnzimmer, natürlich mit Kamin.«

Gudrun platzte beinahe vor Stolz. Jede freie Minute hatte sie in letzter Zeit damit verbracht, die Einrichtung der Wohnung bis ins Detail zu planen. Möbel, Teppiche und Vorhänge, alles hatte sie schon ausgesucht. In einer Kunstgalerie hatte sie bereits einen *Dali* zu einem Preis erworben, für den sie früher eine ganze Wohnung eingerichtet hätte. In ihrem jetzigen beengten Appartement hielt sie es kaum mehr aus.

Endlich konnte sie sich leisten, was sie wollte. Dank Rottmanns »Honoraren« brauchte sie nicht mehr jeden Pfennig dreimal umzudrehen. Vergnügt tappten die beiden durch den dunklen Rohbau. Berger machte häufig Versuche sie anzufassen und zu küssen, aber sie entwand sich ihm immer wieder. Beide waren ein bißchen beschwipst.

»Sehr schön«, sagte Berger. »Aber das kostet doch bestimmt eine Wahnsinnsmiete?«

Gudrun fiel ihm um den Hals. »Das schaffe ich schon. Ich hab' eine unwahrscheinliche Glückssträhne.«

»Unwahrscheinliche Glückssträhnen dauern nicht ewig«, erwiderte Berger nüchtern.

»Jetzt verdirb mir nicht die Laune, du Miesepeter. Ich hab' einen todsicheren Riecher für Geld.« Sie küßte ihn.

Berger mußte lachen. »Hast du nicht auch einen Tip für einen armen, gebeutelten Bankangestellten? Seit meiner Scheidung vor zwei Jahren ist die Mark nur noch fünfzig Pfennige wert.«

Gudrun horchte auf. Hatte sie ihn eben richtig verstanden? War das nur so dahingesagt oder steckte da mehr dahinter? War dieser überkorrekte Bankmensch etwa doch bestechlich? Gudrun überlegte blitzschnell. Bestechlich war jeder. Es kam nur auf die Summe an. Wie weit konnte sie sich vorwagen? Sie entschloß sich, es zu probieren. »Sicher weiß ich einen Dreh«, versetzte sie kühl.

»Ohne Risiko?« Berger fragte ganz arglos.

Gudrun war einen Schritt vorgegangen und drehte sich nach ihm um. »Was ist schon ohne Risiko im Leben?« sagte sie und richtete den Strahl der Taschenlampe auf sein Gesicht, so daß er geblendet stehenblieb. »Ich hab' einen Tip bekommen, man sollte jetzt Bellheim kaufen. Tut sich da demnächst was?«

Berger wich aus. »Tja... Die Quartalsberichte klingen optimistisch...«

Gudrun hängte sich bei ihm ein. »Aber es steht nicht drin, ob Bellheim die Finanzierung für sein Umgestaltungsprojekt zusammenbringt, ob es Dividende gibt und falls ja, wieviel.«

Berger starrte sie erschrocken an. »Sag' mal, willst du, daß ich meinen Job verliere?«

Gudrun schmiegte sich an ihn. »Aber hier sind doch nur wir beide«, flüsterte sie sanft, »keiner hört uns.« Sie bedeckte sein Gesicht mit kleinen raschen Küssen.

»Wenn herauskommt, daß wir beide überhaupt nur ein Wort darüber gesprochen haben, das sind Insider-Informationen...

Die Bank würde dich zwingen, die Käufe rückgängig zu machen ...«

Gudrun küßte ihn wieder. »Und wie soll das rauskommen?«

Berger machte sich los und trat auf eine kleine Terrasse. Er begriff, was sie von ihm wollte und erschrak darüber. Hatte er sich etwa in ihr getäuscht? Verlangte sie wirklich von ihm etwas Ungesetzliches? Wollte sie ihn dazu verleiten, Informationen preiszugeben? Da spielte er nicht mit.

Schlagartig verstand Gudrun seine Reaktion. Er lehnte ihr Ansinnen ab. Sie hatte sich verraten. Sie hatte ihm ein krummes Geschäft vorgeschlagen, und er hatte abgelehnt. Hatte er sie jetzt in der Hand? Konnte er sie verraten? Sie mußte sich seiner versichern, um jeden Preis. »Was ist denn so schlimm daran, wenn man Bescheid wissen will?« gurrte sie und folgte ihm rasch nach draußen. »In der Schule hat man mir immer eingehämmert, daß Wissen gut ist. Mehr Wissen ist besser. Je mehr man weiß, desto besser.« Sie umarmte ihn und schmiegte sich an ihn.

Berger nahm sie in die Arme und spürte erstaunt, wie gierig sie sich an ihn drängte. Sie küßten sich lange. Plötzlich riß Gudrun sich los, hob den Rock und zog wortlos und schwer atmend ihr Höschen aus. In der warmen Sommernacht trug sie keine Strümpfe. Berger stand erstarrt vor ihr. Mit zitternden Händen, eng an ihn geschmiegt, öffnete sie seinen Reißverschluß. Da griff er nach ihr. Sie konnte es kaum erwarten. Er nahm sie im Stehen. Sie stöhnte, als Berger sie gegen das Fenstersims drückte, und klammerte sich an ihn. Innerlich jubelte sie auf. Sie hatte ihn wieder in ihrer Gewalt. Sie hatte sich zu weit vorgewagt – eine Bemerkung von ihm mißverstanden. Aber er würde nichts gegen sie unternehmen. Nun würde er sich einreden, sie falsch verstanden zu haben.

Am nächsten Morgen strahlte die Sonne von einem wolkenlosen Himmel. Sachs war es immer noch nicht gelungen, Niemann zu treffen. Diesmal hatte er den richtigen Golfplatz ausfindig gemacht, denn er sah Niemann schon aus den Umkleidekabinen kommen. Gerade wollte er auf ihn zugehen, aber eine hartnäkkige Club-Sekretärin wollte ihn partout nicht auf den Rasen lassen, bevor er eine Tageskarte gelöst hatte. Und bis sie die ausgestellt hatte, war Niemann längst in der Ferne hinter Gebüsch und Bäumen verschwunden.

Charly Wiesner war der kleine Laden in der Sackgasse vor dem Hofeingang des Kaufhauses nicht aus dem Sinn gegangen. Genau die richtige Größe, dachte er. Für den Anfang ideal. Später kann man immer noch erweitern.

In der Mittagspause trabte er wieder hin. Das Schild ZU VERMIETEN hing noch im Fenster. Durch die schmutzigen Scheiben konnte man ins Innere sehen. Da standen ein paar Regale und andere Möbel herum. Komisch, der Laden war ihm früher nie aufgefallen.

In der Tür des danebenliegenden Hauses lehnte ein vierschrötiger, älterer Mann mit einer Pfeife im Mund. Nachdem er Charly eine Weile beobachtet hatte, sprach er ihn an. »Sie haben Interesse an dem Laden?« Charly zögerte. »Ich bin nämlich der Hauswirt«, erklärte der andere, »Bechtold mein Name. Mal'n Blick reinwerfen?«

Charly zögerte und sah nervös auf seine Uhr. Eigentlich war seine Mittagspause vorbei. »Wenn das möglich wär'!«

Bechtold holte umständlich ein großes Schlüsselbund aus der Tasche und schloß die Ladentür auf. »Ich weiß allerdings nicht, ob er überhaupt noch frei ist. Ich habe alles einem Makler übergeben, dem rennen die Interessenten jetzt das Haus ein. Naja, ist ja auch kein Wunder bei der Bombenlage, gell?« Er lachte stolz. »So'n Juwel ist heutzutage in der Innenstadt kaum noch zu finden.« Die beiden Männer traten ein. Trotz des Tageslichtes draußen war der Innenraum finster. Bechtold tastete nach dem Lichtschalter. Eine einsame Neonröhre flackerte widerwillig auf. »In richtiger Beleuchtung«, schwärmte Bechtold, »sieht's natürlich noch viel doller aus.« Charly blickte sich doch eher enttäuscht um. Bechtold öffnete mehrere rückwärtige Türen: »Kleines Büro! Küche! Waschraum! Klo! Alles tipptopp! Und der Schuppen im Hof gehört auch dazu, falls 'n Lager gebraucht wird.«

Charlys Neugierde siegte. »Und was würde das an Miete kosten?«

»Viertausend kalt.«

Charly erschrak. »Viertausend?«

»Plus Nebenkosten«, erläuterte der Hauswirt mit ruhiger Selbstverständlichkeit. »Wirklich nicht die Welt, wie? In der Lage? Dazu drei Monate Kaution und zehntausend Mark Abstand für die Einrichtung...«

»D-die w-wär auch d-d-dabei?«

Bechtold nickte stolz. »Alles Eiche.«

In der Tür erschien ein pummeliges kleines Mädchen. »Mensch, Papa! Wo steckste denn? Telefon!«

»Wahrscheinlich wieder einer, der mieten möchte«, bemerkte Bechtold fröhlich. »Das bimmelt hier von früh bis spät.« Er folgte seiner Tochter nach draußen.

Charly betastete die leeren Regale und Vitrinen. Er merkte, daß er sich staubig machte und trat vor die Tür, um sich abzuklopfen. Vor dem Fotogeschäft nebenan stand ein verhutzeltes Männchen und kurbelte die Markise herunter. »Neuer Nachbar?« erkundigte das Männchen sich freundlich.

»Ich überlege noch.«

»Welche Branche?«

»Damenoberbekleidung. Aber natürlich 'n anderes Genre als Bellheim da drüben.« Er deutete geringschätzig zum Kaufhaus hinüber.

»Mir gehört der Fotoladen«, erklärte das Männchen. »Es wäre für uns alle hier gut, wenn das dunkle Loch endlich verschwinden würde. Aber die Miete ist eben für die Gegend ziemlich happig, nicht wahr?«

»Finden Sie?« fragte Charly überrascht.

Das Männchen nickte. »Dieser Bechtold kann den Hals einfach nicht vollkriegen. Will er von Ihnen auch zehntausend Abstand für den Ramsch da drin?«

Charly nickte verblüfft. »Naja, alles Eiche.«

Der andere zwinkerte ihm vertraulich zu. »Passen Sie bloß auf! So ein Schlitzohr ist mir im Leben noch nicht begegnet. Jedesmal, wenn ein Mieter pleite geht, ersteigert er das Inventar für fünfhundert und ein paar Zerquetschte und tritt es dann an den Nachmieter für zehntausend ab. Hat er schon dreimal so gemacht.« Charly starrte ihn sprachlos an.

Gudrun Lange hatte Glück mit ihren »Informanten«. Als Konsul Tötter einmal vom Wohnzimmer aus telefonierte, hatte sie die Sitzungsvorlage Bellheim, die offen in seinem Arbeitszimmer auf dem Schreibtisch herumlag, unbemerkt an sich bringen können. Gleich am nächsten Tag war sie eilig nach Frankfurt gefahren, um Rottmann das Papier zu präsentieren. Rottmanns Sekretärin hatte ihr gesagt, wo sie ihn finden konnte, in einer Sachsenhäuser Kneipe. Als Gudrun dort ankam, stand Rottmann mit hochgekrempelten Ärmeln und offenem Hemdkragen mit ein paar Männern an der Theke und führte angeregte Gespräche. Als er sie sah, nahm er sein Glas und ging ihr entgegen.

»Tut mir leid, daß ich störe«, sagte Gudrun höflich.

»Geschäft geht vor.« Rottmann schwankte leicht. Das war nicht sein erstes Glas. »Wollen Sie was trinken?« Er winkte dem Kellner. »Mindestens einmal pro Woche stelle ich mich an so einen Tresen, ballere mir einen rein und höre mir an, was der kleine Mann für Sorgen hat. Sehen Sie, das ist der Unterschied zwischen Bellheim und mir. Der glaubt inzwischen, er wäre mit einem silbernen Pißpott geboren. Tafelt lieber auf altem Porzellan als mit dem Küchenpersonal.« Rottmann lachte geringschätzig. »Aber dann kann man dem Küchenpersonal auch nix verkaufen...«

Gudrun holte das Vorlagepapier aus ihrer Handtasche. Rottmann warf einen schnellen Blick darauf und sah Gudrun hochachtungsvoll an. »Sie sind auf Draht, Lady.« Er gluckste vor Lachen. »Haben Sie das Ihrem väterlichen Freund vom Nachttisch geklaut?«

Gudrun überhörte die Frage. Sie wollte sich durch Rottmanns Anzüglichkeiten nicht provozieren lassen. Rottmann blätterte das Dossier durch. »Keine Dividende?«

»So plant es der Vorstand.«

»So, so. Das dürfen wir aber nicht für uns behalten.« Er griff zum Telefon, das auf der Theke stand.

Gleich darauf klingelte das Telefon von Martin Kern. Der Wirtschaftsredakteur des *Hannoverschen Tageblatts* hatte Bellheim noch nicht verziehen, daß er ihn mit einer Fehlinformation über eine mögliche Fusion mit den Koreanern reingelegt hatte. Um so begieriger lauschte er Rottmanns Worten. »Keine Dividende? Sind Sie sicher?«

»Haben Sie schon einmal falsche Informationen von mir bekommen?« fragte Rottmann zurück.

»Auf die Meldung hin wird es aber einen kräftigen Kurseinbruch geben«, meinte Kern begeistert.

»Nichts dagegen«, erwiderte Rottmann. Um so billiger würde es für ihn werden, immer mehr Bellheim-Aktien zu erwerben.

In Bellheims Büro brüteten die Einkaufsleiter über Plänen, Mustern, Entwürfen, Zeichnungen. Peter Bellheim freute sich zwar über die Aufbruchstimmung, aber die Besprechung dauerte ihm allmählich ein bißchen zu lange. Er hatte noch etwas vor. Unauffällig schaute er auf die Uhr. Es war kurz vor sieben. Bellheim räusperte sich. »Machen wir für heute Schluß.«

Rundum blickten ihn erstaunte Gesichter an. Bellheim wollte Feierabend machen? Zögernd rafften die Herren ihre Papiere zusammen und verabschiedeten sich.

Gerade wollte auch Bellheim den Raum verlassen, als Sachs mit einem Stück Papier in der Hand hereingestürmt kam. »Haben Sie schon gehört? Maiers will dem Aufsichtsrat vorschlagen, die Dividendenzahlung ganz auszusetzen. Die Freunde hätten bestimmt Verständnis dafür. Ich habe ihm gesagt, daß Freunde kein Geld verlieren dürften, weil man sonst die Freunde verliert.« Er hielt inne. »Wollen Sie schon gehen?«

»Ich hab' noch einen Termin.«

»Unser Kurs wird ins Bodenlose stürzen«, schimpfte Sachs weiter, »und Rottmann hat gewonnenes Spiel.«

»Keine Angst. Soweit lassen wir es nicht kommen«, sagte Bellheim und wandte sich zum Gehen.

Als sie das Vorzimmer durchquerten, blickte Frau Vonhoff verwundert auf. »Sie gehen schon, Herr Bellheim?«

Sachs und er traten auf den Korridor, wo ihnen Fink aufgeregt entgegenlief. »Die Koreaner haben sich gemeldet! Es sieht so aus, als wollte Mitsutaka mitmachen. Damit wären wir aus dem Schneider.« Er schaute Bellheim erwartungsvoll an, der sich freute. »Willst du schon gehen, Peter?«

»Ja«, knurrte Bellheim, »ich habe eine Verabredung.«

»Mit wem?« fragte Fink neugierig und kassierte einen wütenden Blick.

Gemeinsam wanderten die drei in Richtung Fahrstuhl. Da kam Max Reuther mit dem Betriebsratsvorsitzenden Streibel die Treppe hinauf. »Da sind Sie ja endlich!« rief er ihnen entgegen. »Wir warten schon alle.«

»Auf mich?« fragte Bellheim bestürzt.

Max hustete. »Aber ja! Ohne Sie ist es doch kein richtiges Jubiläum.«

»Fünfundzwanzig Jahre Betriebszugehörigkeit«, erklärte Streibel. »Haben Sie das vergessen? Zu der Feier müssen Sie erscheinen.«

Bellheim fügte sich mürrisch. Sachs und Fink schlossen sich ihnen an.

»Lange bleiben kann ich aber nicht«, sagte Bellheim, und Fink und Sachs verkündeten im Chor: »Er hat nämlich noch eine Verabredung.«

Im Ristorante Milano saß Andrea an der Bar und wartete. Sie hatte sich hübsch gemacht: schwarzrotes, tiefausgeschnittenes Kleid und riesige Ohrringe mit vielen Anhängern. Die klirrten leise, denn Andrea war nervös. Der versetzt mich noch mal, dachte sie fassungslos. Sie überlegte, wie lange sie noch warten sollte, als sie Bellheim von draußen hereinstürmen sah. Ehe er ihr noch die Hand reichen konnte, wandte sich ein Ehepaar, das am Buffet stand, um und begrüßte ihn herzlich. Eingehend erkundigten sich die beiden nach Bellheims Frau. Endlich konnten Andrea und Bellheim Platz nehmen. Andrea war merkwürdig befangen. Bellheim wirkte still und verschlossen, fast abweisend. Immer wieder erlahmte das Gespräch zwischen den beiden. Das Essen war gut; Andrea trank zuviel. Sie hatte sich so auf diesen Abend gefreut, und nun schien er zu mißglücken. Verzweifelt suchte sie nach einem Gesprächsstoff. Sie plapperte drauflos, weil sie das Schweigen am Tisch nicht ertragen konnte. Sie erzählte von ihren Versuchen, Bühnenbildnerin zu werden. Eine Ausbildung hatte sie erfolgreich abgeschlossen, aber dann war sie immer wieder am Theater abgelehnt worden. »Also habe ich mir gesagt: Sieh den Tatsachen ins Auge, tu was, womit du Geld verdienst, du bist nicht mehr neunzehn. Versuch's mal mit Dekorieren.«

Sie sah Bellheim an. Er gefiel ihr. Er hatte so warme Augen und eine sehr spürbare erotische Ausstrahlung.

Hupp! Sie verschluckte sich. »Entschuldigung. O je.«

»Der Wein?« fragte Bellheim lächelnd.

Andrea nickte. »Alkohol steigt mir immer gleich in den Kopf. Ich...« Hicks! Sie mußte wieder aufstoßen. Andrea erschrak. Sie wußte, was dies bei ihr bedeutete.

Das Ehepaar ging an ihnen vorüber zum Ausgang. Der Ehemann musterte Andrea mit dezenter Neugier. Bellheim stellte es nicht ohne Stolz fest. Andrea kickste vom neuem; einen Augenblick herrschte verlegenes Schweigen. Sie leerte das Glas und deutete auf den Dessertwagen.

»Was Süßes?«

Bellheim schüttelte den Kopf. »Danke, und Sie?«

Andrea deutete auf ihren Zahn: »Mir fehlt da oben eine Plombe. Nächste Woche muß ich zum Zahnarzt.«

Bellheim nickte. Verlegen schob Andrea ihr Besteck hin und her. »Im Kaufhaus wird erzählt, daß Sie alles umgestalten wollen.«

Bellheim nippte am Wein: »Wenn ich den Aufsichtsrat überzeuge.«

»Aber Sie sind doch der große Boß«, lachte Andrea, »Ihnen gehört doch alles.« Insgeheim dachte sie: O Gott, o Gott, was rede ich für einen Unsinn. Der muß mich ja für völlig bescheuert halten. Bellheim erklärte ihr unterdessen, daß ihm zwar das größte Aktienpaket gehöre, aber nicht mal die Mehrheit der Aktien. Sie hatte nicht ganz kapiert, das interessierte sie im Augenblick auch nicht sonderlich. Sie mußte wieder hicksen.

Etwas später schlenderten die beiden schweigend durch die leeren Straßen nebeneinander her. Andrea erzählte von ihrem letzten Freund. »Als ich schon längst von ihm getrennt war, hatte ich immer noch das Gefühl, ihn zu betrügen, wenn ich mal mit einem anderen Mann aus war.« Sie sah Bellheim von der Seite an: »Eigenartig wie, ist das nicht verrückt.« Bellheim antwortete nicht.

»Danach hatte ich ein, zwei Affären«, fuhr sie fort, »nichts Bedeutendes.« Sie atmete tief durch: »Naja, mal sehen, was die nächsten Monate bringen.«

Bellheim schwieg weiter.

Aus der geöffneten Tür einer Kneipe auf der gegenüberliegenden Straßenseite drang Musik. Dort tranken sie noch ein Glas, bevor Bellheim Andrea im Taxi nach Hause brachte. Bellheim ließ den Fahrer warten und begleitete Andrea in ihre Wohnung. Das Treppensteigen fiel ihr schwer, denn sie war beschwipst und kickste und kicherte in einem fort.

»Wie alt, sagten Sie, sind Sie?« fragte Andrea unvermittelt.

»Ich hab gar nichts gesagt«, erwiderte er.

»Nein. Wenn Sie's schon gesagt hätten, bräuchte ich ja nicht zu fragen. Also... wie alt?«

»Sechzig. Und Sie?«

»Ziemlich alt. Im November achtundzwanzig.«

»Das ist wirklich ein beachtliches Alter.«

Andrea betrachtete ihn sinnend und strengte sich an, die Wohnungstür zu öffnen. Es gelang mit Mühe. Sie tappte hinein und tastete nach dem Lichtschalter. Bellheim trat ein und sah sich um.

»Wollen Sie nicht die Tür zumachen?« fragte sie. Plötzlich klang ihre Stimme ganz nüchtern.

»Der Taxifahrer wartet«, antwortete Bellheim zögernd.

»Solange die Uhr läuft, ist der zufrieden.« Andrea blieb stehen und schlug ihre großen, dunkelbraunen Augen zu ihm auf. »Ich möchte jetzt mit Ihnen schlafen.« Sie strich sanft mit den Fingern über sein Gesicht. »Was sind denn das für dunkle Wolken? Häuptling Dunkle Wolke.« Plötzlich brach es aus ihr hervor: »Lassen Sie mich doch nicht so lange reden, ich quassele und quassele schon den ganzen Abend. Sagen Sie schon, daß Sie mich lieben...« Sie verstummte und sah ihn bittend an.

»Das kann ich nicht«, erwiderte Bellheim heiser.

»Aber das sagt man doch immer«, flüsterte Andrea, »auch wenn es gar nicht wahr ist.« Schnell legte sie die Arme um seinen Hals und wollte ihm einen Kuß geben. Dabei lehnte sie sich gegen einen Pfosten ihres wackligen Himmelbetts. Noch ehe Bellheim den Kuß erwidern konnte, gab der Pfosten krachend nach. Die beiden stürzten auf das Bett und wurden unter dem Stoffbaldachin und in einem Gewirr von Stangen begraben. Es dauerte einige Zeit, bis sie sich keuchend und lachend wieder herausgeschält hatten. Als sie einander in die bestürzten Gesichter sahen, prusteten sie beide gleichzeitig los.

»O je! Lieber Himmel!« kicherte Andrea. »Ist Ihnen was passiert? Haben Sie sich weh getan?«

»Nein, nein«, beruhigte Bellheim. »Alles in Ordnung. Mit Ihnen auch?«

Andrea nickte. »Mir ist nur eine Stange auf den Kopf gefallen.« Plötzlich erschrak sie und deutete auf Bellheims Kopf. »Aber Sie bluten ja! Zeigen Sie mal her.« Sie untersuchte seine Stirn. »Ich bringe Sie sofort ins Krankenhaus.«

Auf der Unfallstation wurde die Platzwunde gesäubert und genäht. Zum Glück war sie nur oberflächlich, so daß der Patient danach wieder entlassen werden konnte. Zu Bellheims Ärger waren ihm sowohl die diensthabende Ärztin als auch der zufällig hereinschauende Professor persönlich bekannt. Neugierig musterten sie die besorgt im Korridor wartende Andrea, stellten jedoch keine Fragen. Die Ärztin legte ein großes Plaster auf und gab Andrea noch eine Schachtel Pillen.

Die beiden nahmen wieder ein Taxi.

Vor seiner Villa verabschiedete sich Bellheim mit einem langen Händedruck und wollte schon aussteigen, als Andrea ihm die Pillenschachtel in die Hand drückte. »Ihre Tabletten. Ich habe Ihnen meine Telefonnummer auf die Packung geschrieben...« Ihr Schluckauf setzte wieder ein. Rasch schloß sie die Autotür.

Albert las während der Zigarettenpause im Aufenthaltsraum der Verkäufer verwundert die Titel der Bücher, die Charly in einer großen Plastiktüte mitgebracht hatte. *Wie mache ich mich selbständig?, Praxis der Unternehmensgründung, Erfolgreich als Selbständiger, Dein Recht als Unternehmer, Wie gründe ich eine Firma?.* Er sah auf. »Und wenn der Laden nicht läuft und du hast die Lieferantenrechnungen und die hohe Miete am Hals?«

Charly blätterte in einem Magazin für Manager und zeigte Albert das Foto einer noblen Villa. Begeistert rief er: »Hör dir das an! Der da hat auch mit nichts angefangen. Einen ganz kleinen Laden eröffnet... und heute !« Er deutete vielsagend auf die Fotos.

Albert zuckte die Achseln. »Aber bloß keine Angestellten. Die beklauen dich nachher vorne und hinten, weißte!«

Ein Stückchen von ihnen entfernt saß Mona und las in einem ihrer Romanhefte. Carla setzte sich zu ihr. Nach einer ganzen Weile gab sie sich einen Ruck und sagte wie beiläufig und mit gedämpfter Stimme: »Ach, übrigens, Mona... dein Freddy hat mich eingeladen.«

Mona riß die Augen auf. »Was?«

»Ja«, erwiderte Carla verlegen. »Er hat mich ins Kino eingeladen. Ich wußte erst gar nicht, was ich sagen sollte.«

Monas Tränen begannen zu kullern. »Aber *ich* bin doch mit ihm verlobt! So gut wie! Und dir gefällt er überhaupt nicht, das hast du mir selber gesagt.« Aufschluchzend rannte sie zum Waschraum.

Im großen Kongreßzentrum der Stadt Hannover fand die Tagung des Einzelhandelsverbands statt. Foyer und Treppenhäuser wimmelten von Teilnehmern. Auch die Presse war reichlich vertreten. Die Eröffnungsversammlung sollte in Kürze beginnen. Danach würden die Ausschüsse ihre Arbeit aufnehmen.

Bellheim hatte darauf bestanden hinzugehen. Sachs ahnte, daß der Freund etwas im Schilde führte.

Quer durch die Menge in der Eingangshalle steuerten Bellheim und Sachs auf die große Haupttreppe zum Tagungssaal zu. Viele erkannten sie; es gab Getuschel. »War das nicht Sachs?« murmelte jemand. »Der lebt noch?« Sachs hatte es gehört und grinste zufrieden.

Bellheim hatte im Gedränge den Journalisten Kern erspäht.

»Guten Tag, Herr Kern«, grüßte er betont freundlich. »Wollen Sie nicht mitkommen? Es könnte für Sie gleich interessant werden.«

Auf einem Treppenabsatz hatte er schon Rottmann entdeckt, der eine Gruppe Zuhörer bestens amüsierte.

»Natürlich haben sich die piekfeinen Handelsherren in ihren Marmorpalästen zu keiner Zeit träumen lassen, daß irgendwann Raubritter auf der grünen Wiese auftauchen, die keinen Respekt vor ihnen haben. Aber so ist es nun einmal im Leben: die Hungrigen fressen die Satten auf.«

In das höfliche Gelächter der Umstehenden mischte sich eine gelassene Stimme. »Aber die Welt dreht sich weiter, Karl-Heinz. Jetzt sind *wir* wieder hungrig. Und wir beißen zurück.«

Rottmann fuhr herum. Dort standen Bellheim und Sachs. Einen Augenblick schien er erschreckt, aber er hatte sich schnell wieder gefangen und streckte Bellheim lächelnd die Hand entgegen. »Großer Meister!« sagte er mit ironischer Höflichkeit.

»Gelegentlich sollten wir uns mal unterhalten.« Bellheim trat zu ihm.

»Schauen Sie bei mir vorbei, wenn Sie in Frankfurt sind«, erwiderte Rottmann herablassend.

Er wollte schon weitergehen, aber Bellheim fuhr mit lauter Stimme fort: »Ihr Interesse an meinen Kaufhäusern überrascht mich.«

Ringsum verstummten die Gespräche. Hälse reckten sich, Ohren wurden gespitzt.

»Wie kommen Sie denn darauf?« fragte Rottmann irritiert und fügte grob hinzu: »Haben Sie was am Kopf?« Er deutete auf Bellheims Pflaster. Die Umstehenden lachten. »Übrigens, Bellheim«, fuhr Rottmann in hämischem Ton fort, »bei Ihnen möchte ich wirklich nicht Aktionär sein. Ihre Bilanz ist ja wohl 'n Alptraum. Sie wollen jetzt Ihre Pleiteläden renovieren, hört man?«

»Die werden Sie bald nicht wiedererkennen. Verlassen Sie sich drauf.«

»Wer soll's denn zahlen?«

»Da machen Sie sich mal keine Sorgen.« Bellheim war ganz väterliche Güte.

»Wenn man nach den Sternen greift«, höhnte Rottmann, »muß man mit beiden Beinen fest auf der Erde stehen.«

Bellheim blieb ungerührt. »Wir haben zum Glück viele Freunde.« Und lauter: »Die Finanzierung steht.«

Die Umstehenden horchten auf.

»Damit Sie ruhig schlafen können, Bellheim«, erklärte Rottmann giftig, »an maroden Firmen habe ich kein Interesse. Verluste kann ich nämlich nicht leiden.«

Er zwinkerte seinen Begleitern zu, die lachten, und drehte sich um.

Aber Bellheim ließ nicht locker. »Die ALPAG, die unsere Aktien aufkauft, gehört nicht zu Ihnen?« trompetete er. »Die Zöllikon? Nein? Keine Firmen von Ihnen?«

Es war sehr still geworden ringsum. Die Tagungsteilnehmer

starrten auf Rottmann und Bellheim. Kern machte sich hastig Notizen. Einige andere Journalisten folgten seinem Beispiel.

Rottmann blieb abrupt stehen, wollte etwas sagen, überlegte es sich und schwieg einen Augenblick. Schließlich erklärte er mit gepreßter Stimme: »Also, ich entschuldige mich jetzt, ehe ich die Beherrschung verliere.« Er ließ Bellheim stehen und winkte seinem Gefolge. Kern, der dicht neben Sachs stand, sagte nachdenklich: »Das war ja sehr aufschlußreich.« Er eilte zum Telefon und rief die Redaktion an.

Sachs folgte dem gemächlich und mit zufriedener Miene in den großen Saal schlendernden Bellheim. Respekt! dachte Sachs. Mit einem einzigen kurzen grellen Auftritt hatte Bellheim es geschafft, das Gerücht von einer drohenden Übernahme in die Welt zu setzen, das den Bellheim-Aktienkurs noch rechtzeitig vor der Aufsichtsratssitzung in die Höhe treiben würde.

Rottmann und seine Mitarbeiter nahmen gerade in dem großen Saal ihre Plätze ein und steckten die Köpfe zusammen. »Sofort ein paar Journalisten zusammentrommeln, aber dalli!« zischte Rottmann. »Es gibt keine Übernahmeabsichten, JOTA hat kein Interesse an Bellheim. Das ist 'ne Niete. Tote Hose!«

»Aber wenn wir jetzt dementieren«, wagte einer seiner Mitarbeiter einzuwenden, »heißt es doch gleich: ›Wo Rauch ist, ist auch Feuer.‹ Das würde die Situation nur verschlimmern.«

Rottmann schäumte: »Stimmt. Dieser ausgekochte Bastard hat uns aufs Kreuz gelegt. Zur Hölle soll er fahren!«

Er sah auf und begegnete Bellheims Blick, der ihn quer durch den Saal beobachtete.

Im Saal brandete Applaus hoch. Der Verbandspräsident trat ans Mikrofon und begrüßte die Gäste, um dann mit dem Einführungsreferat zu beginnen. Draußen keilten sich die Presseleute um die Telefone. »Rottmann will Bellheim schlucken! Bellheim hat die Finanzierung für seine Umgestaltung zusammen! Nein, kein Gerücht! Rottmann arbeitet mit Strohmännern!«

Kern sprach immer noch mit seiner Redaktion. »Erst hieß es, Bellheim zahlt keine Dividende. Daraufhin sackt der Kurs in den Keller. Und jetzt auf einmal... Rottmann dementiert zwar alle Übernahmegerüchte, aber diesmal traue ich ihm nicht. Überprüft mal, wer hinter der ALPAG steckt und hinter der Zöllikon.«

In der Wertpapierabteilung der Hannoverschen Kreditbank brodelte es. Einer der jungen Männer knallte den Hörer auf die Gabel. »Bei Bellheim scheint die Post abzugehen!« rief er seinen Kollegen im Saal zu. »Schickt alle Kunden rein! JOTA will Bellheim übernehmen!«

Gudrun riß die angelehnte Tür ihres Glaskastens weit auf. »Woher hast du das?«

Aber sie bekam keine Antwort. Alle hingen schon längst am Telefon. »Bellheim? Wir sind im Geschäft. Wieviel?«

Auch auf der Börse herrschte eine Unruhe, die über die gewöhnliche Hektik hinausging. Schuld war die wundersame Entwicklung bei Bellheim. Die Makler überschrien einander.

In der Villa saß Bellheim mit Fink, Sachs und Max Reuther vor dem Fernsehschirm und verfolgte die Nachrichten über das Börsengeschehen. Der Sprecher verkündete mit wichtiger Miene: »Aufgrund von Übernahmegerüchten erreichten Bellheim-Aktien heute ihren bisherigen Höchststand. Das Papier war zu Börsenbeginn gefallen, weil bekannt wurde, daß der Vorstand die Dividendenzahlungen aussetzen wollte. Bei Börsenschluß wurde Bellheim um einundvierzig Punkte höher gehandelt als am Vortag. Der letzte Kurs lag bei zweihundertsiebenundvierzig fünfzig.«

Bellheim schaltete den Apparat aus. »Jetzt wird es für Rottmann verdammt teuer, wenn er uns schlucken will«, murmelte er zufrieden.

Spät am Abend, nach dem Essen, zündete Max sich eine Zigarre an und begann sofort zu husten. Fink raschelte mit der Zeitung. Zwischen den beiden lag Hannibal und schnarchte. Sachs hatte sich schon eine Stunde zuvor ins Wohnzimmer zurückgezogen und spielte leise und versonnen auf dem Klavier.

»Habt ihr gelesen«, sagte Fink, »der Meller ist tot.«

»Wer?« fragte Max.

»Meller! vierundachtzig Jahre... und schleicht sich davon.«

»Meller?« wiederholte Max Reuther. »Das war doch der Betriebsratsvorsitzende von der IG-Bank.«

»Meller war Pressesprecher bei der GGV«, korrigierte ihn Fink.

»Der hieß Tanner«, erklärte Max.

Sachs, der durch die offene Tür mitgehört hatte, schaltete sich ein. »Tanner war Geschäftsführer bei der AKO.«

»Bei der AKO der hieß Borsche«, widersprach Fink.

Er stand auf und ging zu Bellheim hinüber, der nachdenklich auf ein Foto von Maria starrte. »Noch einen Cognac, Peter? Dann schläfst du besser?«

»Danke.«

»Danke ja oder danke nein?« Nebenan im Arbeitszimmer klingelte das Telefon. Bellheim ging hinüber.

»Redet ihr jetzt von dem Pressefritzen bei der GGV?« versuchte Reuther das gerade abgebrochene Gespräch fortzusetzen. »Dem Meller?«

»Ja«, antwortete Fink.

»Der ist tot?«

Fink nickte. Sachs nahm ihm die Cognacflasche ab und stellte sie in den Schrank. »Wissen Sie, wieviel Kalorien so ein Cognac hat?« fragte er drohend. »Zwei Gläser, und alles wabbelt.«

»Na, Sie können es sich doch leisten«, spottete Max Reuther und musterte auffällig Sachs' Spitzbauch. »Fest und knackig wie frisch vom Bauernhof.«

»Ich mag Ironie«, konterte Sachs. »Das ist besser als gar nichts.« Fink holte die Flasche wieder zurück und goß die Gläser voll. »Streitet euch nicht wieder.«

»Also gut. Seien wir nett zueinander«, sagte Sachs mit Pathos.

Reuther bedachte ihn mit einem scharfen Blick. »Einverstanden. Wer fängt an?«

Bellheim trat herein. »Das war Urban. Er hat unseren Termin für morgen abgesagt. In der Bank ist einer gestorben, da muß er zur Beerdigung.«

»Wir haben aber auch wirklich Pech«, jammerte Reuther.

Nur der unverbesserliche Sachs grinste. »Der gestorben ist, hatte mehr Pech.«

Fink grübelte, wie er es ermöglichen könnte, Urban zu treffen. Zwar schien der von Anfang an – seit Bellheim ihn in seinem Schweizer Sanatorium aufgesucht hatte – auf ihrer Seite zu stehen, aber sicher war sicher. Er würde an dieser Besprechung morgen teilnehmen.

Bellheim hatte sich umgedreht und wollte die Treppe hinaufgehen. Mit einem Mal zögerte er und kehrte wieder um. »Ach, was ich noch sagen wollte. Sollte ich euch in letzter Zeit schlecht behandelt haben, tut mir das leid. Ohne euch würde ich es nie schaffen. Ihr habt die beste Behandlung verdient.«

Verlegen schauten sich die anderen an. Fink trank einen Schluck Cognac. Max hüstelte unbehaglich. Bellheim lächelte unsicher. Nach einer Weile räusperte sich Sachs. »Als ich damals aus dem Krieg kam, habe ich mir alles mögliche gewünscht: Frau, Kind, Erfolg, Geld. Habe ich auch alles bekommen.« Er hielt inne.

»Ja, und?« fragte Max Reuther ungeduldig.

»Nur Freunde«, fuhr Sachs fort, »Freunde hatte ich nie. Jede Menge Bekannte, aber keine Freunde.« Er schüttelte den Kopf. »Ganz neue Erfahrung jetzt.« Er stupste gegen das Knie von Max. Der knuffte dagegen. »Und nicht die schlechteste!«

Bellheims erste Frau Karin stand in der Küche ihres Hauses und wollte gerade frischen Kaffee aufgießen, als ihr Blick durch das Fenster auf die Straße fiel. Peter schob in diesem Moment schwungvoll das Gartentor auf und marschierte energisch auf die Haustür zu.

Eilig lief sie vor einen Spiegel, überprüfte Frisur und Make-up, tupfte etwas Parfüm hinters Ohr und betrachtete sich kritisch im Spiegel. Nur wenige Jahre jünger als Bellheim, war sie immer noch eine attraktive Frau mit tadelloser Figur und hübschem Gesicht.

Als es klingelte, atmete sie noch einmal tief durch und öffnete dann gelassen die Tür.

»Hallo!« grüßte ihr Ex-Mann so verlegen, daß Karin lachen mußte und ihre Selbstsicherheit zurückgewann.

»Nett, dich zu sehen. Komm rein.«

Als Bellheim in die Diele trat, hörte er von der Gartenterrasse her angeregt plaudernde Frauenstimmen.

»Montag nachmittag habe ich mein Kränzchen, weißt du doch«, erklärte Karin. Sie stellte sich nahe vor ihn hin, richtete seinen Jackettkragen und musterte ihn selbstbewußt.

»Du bist älter geworden«, bemerkte sie mit heiterer Ironie.

»Ganz im Gegensatz zu dir.« Es war keine bloße Schmeichelei.

»Daß Männer mit Falten und weißen Haaren immer noch attraktiver werden, müßte sowieso verboten werden. Wo bleibt da die Gleichberechtigung?« entgegnete Karin und schloß die Schiebetür zur Gartenterrasse, auf der ihre Freundinnen miteinander plauderten.

Sie verstanden sich nach wie vor gut, auch wenn sich ihre Wege schon vor achtzehn Jahren getrennt hatten.

Bellheim räusperte sich. »Sag mal, ich hab gehört, du willst verreisen.«

Karin wandte sich ab und nickte. »Weißt du, ich hatte eine ziemlich unschöne Auseinandersetzung mit Norbert.« Sie trat an einen kleinen Schreibsekretär, auf dem ein silbergerahmtes Foto stand. Es zeigte einen gutaussehenden Mann in den Fünfzigern. Stirnrunzelnd schob Karin es in die Ecke. »Ich möchte etwas Abstand gewinnen. Ich kenne ein sehr nettes Hotel auf Mallorca, da fliege ich morgen hin für zwei Wochen.«

»Morgen ist unsere Aufsichtsratssitzung«, sagte Bellheim vorwurfsvoll. Mit Karin hatte er felsenfest gerechnet. Sie durfte ihn doch nicht im Stich lassen.

»Da muß ich doch nicht unbedingt erscheinen? Ich verstehe sowieso nicht, worum es geht. Ich könnte genausogut den Hund hinschicken.«

»Der kann die Anwesenheitsliste nicht unterschreiben. Karin!« mahnte Bellheim in beschwörendem Ton. »Ich brauche deine Stimme.«

Karin musterte ihn gereizt. »Hast du denn von deinen Geschäften immer noch nicht genug? Wenn ich daran denke, wie du mich früher behandelt hast... wie sich immer alles nur um deine Arbeit drehte... Ich könnte noch heute in die Luft gehen. Und jetzt soll ich wieder Rücksicht nehmen?«

»Ich dachte, wir wären Freunde«, sagte Bellheim verwundert.

»Du hattest doch nie andere Freunde als deine Kaufhäuser.« Ihre Stimme war schrill geworden.

Wortlos drehte sich Bellheim um und ging. Hinter ihm fiel die Haustür ins Schloß. Karin stand da und ärgerte sich über sich selbst.

Am Morgen vor der Aufsichtsratssitzung erfüllte nervöse Unruhe die Villa Bellheim. Emma registrierte kopfschüttelnd, daß das Frühstück unberührt geblieben war.

Auch im Kaufhaus knisterte es vor Spannung. Jeder in der Geschäftsleitungsetage wußte, wieviel von diesem Tag abhing. Frau Vonhoff war schon ganz früh erschienen, um letzte Blicke auf alle Vorbereitungen zu werfen. Der Sitzungssaal war tadellos aufgeräumt, Blumen und Getränke standen säuberlich arrangiert, und vor jedem Platz lag Schreibmaterial.

Streibel und Frau Roster vom Betriebsrat begrüßten die Vertreter der Gewerkschaft. Max Reuther hatte sich über die Begegnung mit seinen ehemaligen Kampfgenossen weniger gefreut. Empört zeigte er Bellheim in dessen Büro einen Artikel aus der Gewerkschaftszeitung. »Bellheim gefährdet Arbeitsplätze« lautete die balkendicke Schlagzeile.

»Diese blöde Hemdengeschichte«, erläuterte er grimmig.

»F und B machen ein Riesenfaß auf, und die Gewerkschaft hat sich jetzt offiziell dem Protest angeschlossen. Schöner Salat!«

Bellheim wandte sich an Frau Vonhoff: »Noch kein Rückruf aus Hongkong?«

Frau Vonhoff schüttelte den Kopf. Bellheim wirkte aufs äußerste angespannt. »Na gut«, murmelte Bellheim. »Gehen wir.«

»Toi, toi, toi«, wünschte Frau Vonhoff.

Im Sitzungssaal erwartete man sie bereits. Richard Maiers und seine Mutter versuchten noch ein paar persönliche Gespräche zu führen. Während Richard mit den Gewerkschaftern plauderte, unterhielt sich seine Mutter mit Dr. Urban und Konsul Tötter. Wolfgang Niemann kam aus dem Aufzug. Befremdet registrierte Richard, daß er ihm sonderbar zurückhaltend zunickte, Sachs aber freundlich begrüßte und sich sofort an dem großen Konferenztisch niederließ.

Als Bellheim eintrat, schaute er sich suchend um. Karin war nicht gekommen. Nun, daran ließ sich jetzt nichts mehr ändern. Er blätterte in seinen Unterlagen.

Plötzlich tauchte Frau Vonhoff auf und flüsterte Fink atemlos etwas zu. Lachend sagte Fink zu Sachs: »Peter hatte mal wieder die richtige Nase. Nicht zu glauben!«

Sofort schoß er in den Sitzungssaal zu Bellheim und tippte ihm auf die Schulter. »Anruf aus Hongkong. F und B lassen dort seit vielen Jahren die gesamte Hemdenproduktion fertigen. In Düsseldorf wird lediglich das Firmenzeichen eingenäht.«

Bellheim nickte ihm hocherfreut zu. Damit war den Gewerkschaftern der Wind aus den Segeln genommen.

Bellheim räusperte sich. In diesem Augenblick ging noch einmal die Tür auf. In einem eleganten hellen Kleid trat Karin Bellheim ein. Bellheim sah sie verblüfft an, diskret zwinkerte sie ihm zu. Erleichtert atmete er auf.

Fink und Sachs hatten sich inzwischen ebenfalls an den Tisch gesetzt. »Was?« fragte Sachs leise. »Das Hemd, das er als Muster mit nach Hongkong genommen hat, *stammte* von dort?«

Fink nickte amüsiert.

Frau Vonhoff schloß die Türen. Eine lähmende Spannung lag nun während des ganzen Tages über der Vorstandsetage. Max Reuther, der nicht zum Vorstand gehörte, mußte draußen bleiben und wartete ungeduldig auf das Ergebnis der Abstimmung.

Maria hatte in Marbella den ganzen Tag auf einen Anruf gewartet. Als das Telefon nicht klingelte, wurde sie immer nervöser. Sie hatte sich schon hingelegt, war aber zu unruhig, um schlafen zu können. Plötzlich hörte sie, wie ein Wagen über den Kies die Auffahrt hinaufkam. Sofort war sie hellwach und munter. Mit einem Satz sprang sie aus dem Bett ans Fenster. Vor der Haustür stieg Bellheim aus einem Taxi und schloß die Haustür auf. Im Nachthemd eilte Maria die Treppe herunter. Bevor er Zeit hatte, seinen kleinen Koffer abzustellen, schlang sie ihm die Arme um den Hals, drückte sich an ihn und küßte ihn. »Du bist schon da«, stammelte sie, »du wolltest doch erst morgen kommen, das ist ja toll.«

»Ich habe gerade noch das letzte Flugzeug erwischt«, erwiderte Bellheim. Er küßte sie zärtlich. »Warum hast du denn nicht angerufen?« fragte Maria. Bellheim streichelte ihr Haar. »Dafür reichte die Zeit nicht mehr, außerdem wollte ich dich überraschen.«

Maria sah ihn gespannt an. »Ist das jetzt ein gutes Zeichen?« fragte sie zögernd. Bellheim nickte lächelnd. Maria umarmte ihn jubelnd. »Ihr habt gewonnen, wirklich, ihr habt euch durchgesetzt?«

»Wenn ich geduscht habe, erzähle ich dir alles haarklein.« Bellheim nahm seinen Koffer auf.

»Hast du Hunger?« erkundigte sich Maria und fuhr im selben Atemzug fort: »O Gott, wie ich aussehe! Was willst du essen? Ich habe Gazpacho im Kühlschrank. Ich kann dir aber auch was aufwärmen.«

»Nein«, beruhigte sie Bellheim. »Gazpacho reicht völlig.« Er wollte den Koffer ins Schlafzimmer tragen, plötzlich bemerkte er, daß Maria in der Diele stehengeblieben war und weinte. Betroffen kehrte er um. »Aber was ist denn, warum weinst du denn, warum weinst du denn jetzt? Was ist los?«

»Ich freu' mich so«, schluchzte Maria. »Ich weiß doch, wie wichtig das heute für dich war. Ich hab' dem lieben Gott alles mögliche versprochen, damit er es bloß klappen läßt.« Gerührt nahm Bellheim sie in die Arme. »Ich hab dich nämlich sehr lieb, weißt du«, flüsterte sie.

»Ich dich auch!«

»Und ich bin stolz auf dich«, schniefte sie. »Ich finde, daß du ein toller Mann bist, ein ganz, ganz toller Mann.« Sie machte sich von ihm los und eilte in die Küche.

Bellheim sah ihr nach und ging dann ins Schlafzimmer. Als er seine Jacke auszog und den Schlüsselbund auf den Nachttisch legte, fiel etwas zu Boden. Er bückte sich und hob es auf. Es war die Schachtel mit den Schmerztabletten und Andreas Telefonnummer. Kurz entschlossen warf er sie in den Papierkorb.

Marias Stimme kam aus der Küche: »Vielleicht sollte ich dir viel öfter solche Liebeserklärungen machen.« Bellheim sah, daß die Schachtel neben den Papierkorb gefallen war und zögerte. Er hob sie auf und steckte sie wieder ein. Es hatte offenbar nicht sein sollen, daß er sie fortwarf. Ein Omen? Er lächelte. Ein bißchen abergläubisch war schließlich jeder.

Gudrun Lange war nicht untätig gewesen. Konsul Tötter hatte sie mit Gertrud Maiers bekannt gemacht. Es war Gudrun gelungen, sich mit der älteren Dame anzufreunden und ihr Vertrauen zu gewinnen.

In Monte Carlo erholte sich Gertrud Maiers von dem unerwarteten und für sie unerfreulichen Ausgang der Aufsichtsratssitzung. Es war sehr deprimierend für sie, mitansehen zu müssen, wie ihr Sohn Richard jetzt die unternehmerische Konzeption Bellheims verfolgen und dessen Vorstellungen in die Tat umsetzen mußte. Zum erstenmal schien sie bereit – so jedenfalls der Eindruck von Gudrun –, sich von ihren Kaufhausanteilen zu trennen, bloß um Bellheims eines auszuwischen.

Als Gudrun Rottmann von ihren Verhandlungsergebnissen erzählte, war der überaus zufrieden gewesen. Jetzt kam die Sache endlich ins Rollen. Jetzt schien es so, als könne er endlich zum entscheidenden Schlag ausholen.

Gudrun nahm zwei Tage in der Bank frei und flog nach Nizza. Berger erzählte sie, sie müsse sich um einen großen ausländischen Kunden bemühen. Rottmann wünschte bei dem Gespräch mit Gertrud Maiers Gudruns Anwesenheit, weil sie der älteren Dame gegenüber als fachkundige Wertpapierhändlerin und überdies als unbeteiligte Dritte auftreten konnte, die in keiner offiziellen Beziehung zu JOTA stand. Zu einer Spritztour an die Riviera auf Rottmanns Kosten war Gudrun nur allzu gern bereit. Rottmann holte sie im Taxi vom Flughaben Nizza ab. Gertrud Maiers wohnte in einem der alten Hotelpaläste an der Promenade von Monte Carlo. Gudrun sah den Ort zum erstenmal. Die bröckelnde Pracht der traditionsreichen alten Gebäude beeindruckte sie. Soweit habe ich es gebracht, dachte sie stolz. Vor einem der alten eleganten Hotelpaläste stiegen Gudrun und Rottmann aus. Ein paar vorübergehende Herren blickten sich anerkennend nach ihr um, aber sie nahm keine Notiz davon.

Nach kurzer Begrüßung nahm man auf weißen, verschnörkelten Eisenstühlen an einem weißgedeckten Tisch Platz, der im Schatten gefiederter Palmen stand. Ein Eiskübel mit einer soeben geöffneten Champagnerflasche und drei Gläsern wurden gebracht.

»Nett, daß Sie sich die Zeit zu diesem Besuch nehmen, Herr Rottmann«, begann Gertrud Maiers.

»Für Geschäfte immer«, erwiderte Rottmann knapp.

Gertrud Maiers deutete auf Gudrun. »Sie sagt, Sie wären daran interessiert, meinen Bellheim-Anteil zu kaufen.«

Rottmann lehnte sich in seinem Stuhl zurück. »Kommt auf den Preis an. Ich halte mich nämlich an die schöne, alte Regel, daß ein gutes Geschäft unterm Strich mehr Geld abwerfen muß, als man reingesteckt hat.« Er lachte meckernd. »Wieviel Bellheim-Aktien haben Sie denn?«

»Zweiundsechzigtausend. Das sind zwölf Prozent. Gibt das einen satten Paketzuschlag?«

»Oder Abschlag«, konterte Rottmann. »Zwölf Prozent von Bellheim? So'n müder Laden? Da würde so mancher schreien: Nee, danke, die behalt' mal schön.«

Gertrud Maiers musterte ihn hinter ihrer dunklen Sonnenbrille, zuckte die Achseln und stand auf. »Dann eben nicht. Darf ich mich verabschieden? Ich möchte noch ins Casino.«

Gudrun blickte erschrocken auf. Rottmann blieb ganz gelassen. Hoheitsvoll schritt Gertrud Maiers davon.

»Was wäre für Sie ein angemessener Preis?« rief Rottmann ihr hinterher.

Frau Maiers drehte sich um: »Dreihundertfünfzig«, antwortete sie und fixierte ihn. »Das entspricht dem wirklichen Wert des Unternehmens. Und das wissen Sie genau!«

Rottmann lachte geringschätzig. »Dreihundertfünfzig sind undiskutabel. Nennen Sie mir einen annehmbaren Preis.«

»Warum soll ich Preise nennen? Noch weiß ich gar nicht, ob ich überhaupt verkaufen will.« Gertrud Maiers trat an das Geländer der Terrasse und blinzelte in die untergehende Sonne. Gudrun atmete erleichtert auf.

Rottmann erhob sich, zog ächzend die Hose hoch und folgte ihr. »Auch mit Ihren zwölf Prozent hätte ich nicht einmal eine Sperrminorität, nicht annähernd. Und was dann noch fehlt, ist bekanntlich am teuersten.« Er war neben Frau Maiers an das Geländer getreten. Außerhalb von Gudruns Hörweite. »Wahrscheinlich wollen Sie mich doch nur auf zweihundertneunzig reizen.«

»Zweihundertneunzig wären ein bescheidener, aber nach einem dividendenlosen Jahr immerhin ein diskutabler Preis«, sagte Gertrud gedehnt.

»Den ich nicht bezahlen werde«, erwiderte Rottmann prompt.

»Da wäre übrigens noch was«, Gertrud drehte den Kopf kurz zu Rottmann.

»Nämlich?«

»Mein Sohn bleibt Vorstandsvorsitzender.«

»Kein Problem.« Instinktiv wußte Rottmann, daß er ihr in diesem Punkt nicht widersprechen durfte. Hier verteidigte eine Löwin ihr Junges.

Gertrud Maiers blinzelte in die untergehende Sonne. »Als mein Mann Anfang der fünfziger Jahre aus der Emigration zurückkam, suchte er einen tüchtigen Geschäftsführer für die Maiers-Kaufhäuser. Er hörte von einem erfolgreichen, jungen Geschäftsmann und bot ihm den Posten an. Aber der junge Mann wollte Teilhaberschaft. Den Rest kennen Sie.«

Rottmann nickte.

»David«, fuhr Gertrud fort, »hat sich Bellheim gegenüber immer wie ein wahrer Freund verhalten.«

»Umgekehrt nicht?« fragte Rottmann.

Gertrud Maiers fuhr herum. Ihre Augen funkelten wütend. »Heißen die Kaufhäuser heute Maiers oder Bellheim?« Sie atmete tief durch. »Eine Bedingung hatte mein Mann allerdings gestellt. Unser Sohn sollte einmal das Unternehmen leiten.«

»Bellheim macht ihm jetzt das Leben schwer, hört man.« Rottmann stützte sich neben sie auf das Geländer.

Gertrud Maiers wandte sich ihm langsam zu. »Sie werden mit dieser Altmännerwirtschaft aufräumen und Bellheim den Stuhl vor die Tür setzen?«

Rottmann grinste. »Wir nehmen ihn in die Zange, und anschließend wird er froh sein, wenn er nach Spanien zurück darf und sein Haus ihm dann noch gehört.« Die beiden gingen zum Tisch zurück. »Ich biete Ihnen zweihundertfünfundsechzig.«

»Zweihundertachtzig wären schöner.«

»Zweihundertsiebenundsechzig, zahlbar in JOTA-Aktien zum jeweiligen Tageskurs.«

»JOTA-Aktien sind eine bombensichere Anlage«, fiel Gudrun ein.

»Zweihundertachtundsechzig fünfzig«, beharrte Gertrud.

»Aber vorerst bleibt die Transaktion unter uns.« Rottmann griff nach seinem Champagnerglas. Gertrud Maiers nahm ihres und stieß mit ihm an. »Wenn das Bellheim erfährt, trifft ihn der Schlag.«

Der Pakt war besiegelt.

Bellheim und seine Freunde freuten sich zu diesem Zeitpunkt ahnungslos über ihren Triumph bei der Aufsichtsratssitzung. In bester Laune verbrachten sie den Tag in Mailand.

Besonders Max Reuther genoß den Aufenthalt in der italienischen Wirtschaftshauptstadt. Er war solche aufwendigen Reisen nicht gewöhnt, das komfortable Hotel. Aufgekratzt schaute er den Mädchen nach. Die Dämmerung brach herein, und Millionen von Lichtern flammten auf. Sachs und Fink stiegen aus einem Taxi und blickten sich inmitten der unentwegt vorüberflutenden Menschenmenge im Stadtzentrum um. Schließlich entdeckten sie Bellheim und Max in der glasüberdachten Galleria Vittorio Emmanuele, der schönsten Einkaufspassage Europas.

Erschöpft ließen sie sich auf die zierlichen Stühlchen fallen.

»Ganz schön munterer Tag heute« meinte Sachs. »Ich habe Teppiche geordert.« Er küßte begeistert seine Fingerspitzen. »Wie war's bei euch?«

Bellheim nickte zufrieden. »Feretti beliefert uns künftig exklusiv.«

»Die Fachverkäufer kommen gleich mit«, mischte sich Reuther stolz ein.

Fink rieb sich wohlig die Hände: »Sagt mal, wollt ihr hierbleiben oder ...« Er sah sich unternehmungslustig um.

Max Reuther schaute ein paar Stöckelschuhen hinterher. »Was könnte man denn sonst unternehmen?«

»Vielleicht essen gehen«, schlug Bellheim vor.

»Also essen gehen können wir auch zu Hause«, meinte Fink abfällig. Sachs nickte.

Reuther dehnte sich wohlig. »Ach, was für 'ne Stadt, ich war seit Ewigkeiten nicht mehr hier. Seit über zwanzig Jahren. Bei einem Gewerkschaftskongreß mal.«

»Also wenn wir schon in Mailand sind«, hakte Fink nach, »sollten wir uns auch ein bißchen amüsieren.« Die anderen nickten beifällig. Fink holte kichernd wie ein kleiner Junge einen Prospekt aus der Tasche. Sachs und Max Reuther begutachteten die darauf abgebildeten Mädchen und schnalzten kennerisch mit der Zunge. Bellheim wäre am liebsten nach Hause gegangen. Er hatte versprochen, Maria anzurufen. Aber er wollte nicht als Spielverderber gelten.

Die vier ergatterten in einer superschicken Bar einen Tisch ganz nahe an der Tanzfläche. Punktscheinwerfer waren auf eine kleine Bühne vor einer Neonwand gerichtet, wo attraktive Tänzerinnen eine atemberaubende Vorführung boten. Fasziniert verfolgten Fink und Max die Darbietungen der Mädchen, vor allem Max Reuther war hellauf begeistert. »Die Blonde in der Mitte hat 'ne tolle Figur«, bemerkte er kennerhaft.« Bellheim nickte: »Nicht übel!« Max musterte ihn kopfschüttelnd. »Nicht übel, die Untertreibung des Jahres!«

Als die Tänzerinnen ihren Auftritt beendet hatten und die Zuschauer klatschten, stand Sachs auf, machte der blonden Tänzerin Zeichen und trat auf sie zu.

Fink sah ihm verblüfft nach. »Was hat der vor?«

»Sag bloß, der haut die einfach an«, staunte Max. »Das ist 'ne Type!« Erregt prostete er Bellheim zu, der ihn lächelnd beobachtete. »Ausgezeichnet der Cocktail!«

Siegesgewiß lächelnd kam Sachs an den Tisch zurück. »Also Catherine zieht sich nur rasch um«, meinte er beiläufig, ganz wie ein Mann von Welt.

»Die Blonde?« Max war ganz außer sich. Mit betonter Lässigkeit nickte Sachs: »Sie setzt sich auf ein halbes Stündchen zu uns.«

»Haben Sie sie wirklich aufgefordert?« Max winkte aufgeregt dem Kellner: »Champagner, prego, aber pico bello!« Die Musik spielte weiter, und mehrere Paare füllten die Tanzfläche.

Max zwinkerte Sachs zu. »Sie können Niederlagen doch schlecht verkraften, also kommen Sie mir nicht in die Quere!« warnte er ihn lächelnd.

Sachs beugte sich vor: »Ich möchte Sie nicht beunruhigen, aber wann haben Sie eigentlich zuletzt Ihre Manneskraft überprüft?«

Max lachte: »Keine Sorge, keine Sorge!«

Die blonde Tänzerin, die sich nur rasch ein Kleid übergeworfen hatte, näherte sich dem Tisch. Die Herren erhoben sich höflich. Catherine reichte allen die Hand. »Ich sprechen ein wenig Deutsch, eher wenisch«, radebrechte sie mit französischem Akzent.

»Aber es klingt entzückend, Signorina«, schmeichelte Max und hustete sie an.

»Oh«, meinte Catherine mitleidig, »Sie krank, böse krank.«

»Nein, nein, ich habe nur meinen Hund zu Hause gelassen. Jetzt belle ich selbst.« Catherine verstand nicht, und Sachs übersetzte ihr, was Reuther gesagt hatte. Unauffällig musterte Catherine die Herren und lächelte Bellheim zu. Der Kellner eilte mit einem Sektkübel herbei und füllte die Gläser. Max Reuther griff das erste und bot es galant dem Mädchen an. »Trinken wir auf Ihre Darbietung, Signorina, *merveilleux*.« Er verdrehte den Kopf und schaute hinunter. »Und auf Ihre schönen Beine.«

Alle lachten. Er stand auf. »So, jetzt werdet ihr mal erleben, wie man zu meiner Zeit Mädchen erobert hat«, verkündete er und führte Catherine auf die Tanzfläche.

Sachs zwinkerte Bellheim und Fink amüsiert zu. »Der ist nett, wenn er so aufgedreht ist.« Er lächelte gerührt.

Max wirbelte mit Catherine über die Tanzfläche. Ein Chor von Stimmen feuerte die beiden an. Max keuchte, hustete, strahlte, während er das Mädchen immer wieder im Kreis herumschwenkte. Besorgt beobachtete Bellheim ihn. Immer schneller, mit immer größerem Schwung drehten sich Catherine und Max auf dem Parkett im Kreis.

Danach war Max sehr erschöpft, und Sachs hatte das Flirten mit Catherine übernommen. Schließlich hatte sie die vier Herren zu sich auf einen Drink in ihre Wohnung geladen. Ehe Bellheim noch etwas einwenden konnte, hatte Sachs zugesagt und hatte es anschließend eilig, mit Catherine vorauszufahren. Die anderen sollten zahlen und mit einem Taxi folgen.

Sie ließen sich Zeit, und schließlich hielt ihr Taxi in einer engen, dunklen Gasse. Fink studierte die Hausnummern. Sie waren kaum zu erkennen. »Da drüben müßte es sein!« rief er endlich. Er stieg aus, gefolgt von Max. Die Straße war völlig menschenleer. Ausgelassen tanzten die beiden miteinander, was sie auf dem Betriebsfest gelernt hatten. Alle waren nicht mehr ganz nüchtern, und Bellheim war ziemlich müde. Fink zündete ein Steichholz an und kontrollierte die Namensschilder an der Tür des heruntergekommenen Mietshauses. »Gehen wir rauf! Mir ist kalt.« Er kicherte. »Immerhin sind die ja schon eine ganze Weile da oben.«

»Der schuldet mir aber was, daß ich sie ihm überlassen habe«, meinte Max großspurig.

»Du hättest bloß mit dem Finger zu schnippen brauchen«, fiel Fink neckend ein. In diesem Moment wurde die Tür des Mietshauses aufgerissen, und Catherine rannte auf die Straße: »Da ist sie ja!« rief Max Reuther begeistert.

Catherine fuhr ihn an: »*Où est-ce que vous êtes?* Isch warten schon eine Ewigkeit!«

In höchster Aufregung wendete sie sich radebrechend an Bellheim: »Ihr Freund, nicht gut, gar nicht gut!«

Bellheim stieg schnell aus dem Taxi. »Was ist los?« fragte er erschrocken.

»*Son cœur!*« Catherine tippte auf ihre Brust. »Ich müssen zur *Farmacia, vite, vite. Il a besoin de ses gouttes.* Tropfen. Hier. Ich habe aufgeschrieben!« Sie schwenkte einen Zettel. Max riß ihn ihr aus der Hand. Er war kreidebleich.

»Nimm das Taxi!« rief er Fink zu. »Schnell!«

Bellheim faßte Catherine am Arm. »Ist er allein da oben?«

»Nun fahr schon!« brüllte Max gleichzeitig Fink an.

»Ich habe doch keine Lire!« stotterte der. Reuther durchwühlte seine Hosentaschen auf der Suche nach Geld und gab es ihm.

Catherine schloß die Haustür wieder auf. »Wo ist Ihre Wohnung?« fragte Bellheim. »Welches Stockwerk?«

»Scht«, Catherine legte mahnend den Finger auf den Mund. »Nicht so laut, *deuxième étage*. Nicht so laut, Leute schlafen!«

Fink zerrte sie am Arm mit ins Taxi, während er dem Fahrer hastige Anweisungen gab. Die beiden anderen rannten die knarrenden Stufen des Treppenhauses hinauf. Max blieb einmal auf der Treppe stehen, keuchte und mußte husten, weil er keine Luft mehr bekam. In dem winzigen Flur, den Bellheim und Max betraten, brannte kein Licht. Bellheim schaute hastig in mehrere Zimmer. Reuther deutete auf einen Türspalt: »Da!«

Vorsichtig trat Bellheim näher und schaute von der Schwelle in das Zimmer. Sachs lag wie leblos in einem Sessel. Er hatte weder Jacke noch Krawatte an. Das Hemd war über der Brust geöffnet. Bellheim trat langsam auf ihn zu. Max schloß behutsam die Tür. Erst als Bellheim direkt vor Sachs stand, regte dieser die Hand.

»Erich ist mit dem Mädchen rasch in die Apotheke. Sie kommen gleich«, erklärte Max Reuther und seufzte erleichtert auf.

»Sollen wir einen Arzt rufen?« fragte Max besorgt.

Sachs schüttelte den Kopf. »Kein Arzt!«

Er mied Bellheims Blick. »Es ist nichts, vielleicht habe ich ein bißchen viel getrunken.«

Max setzte sich behutsam auf das ungemachte, breite Messingbett und hustete. In einer Ecke lagen ein paar Stofftiere. An der Wand hingen Poster, und überall standen moderne Leuchten, die eher gedämpftes Licht verbreiteten.

»Wollen Sie einen Schluck Wasser?« fragte Bellheim. Sachs machte eine abwehrende Geste. Er atmete schwer. Bellheim, der die Verlegenheit des alten Herzensbrechers spürte, fuhr mit einem betont unbesorgten Lächeln fort: »Ist mir auch schon passiert.«

»Irgend etwas ist mir nicht bekommen«, sagte Sachs, sprach aber nicht weiter. Wieviel Amouren mochte Sachs wohl schon gehabt haben, dachte Bellheim. Der große Sachs. Der erfolgreiche Sachs. Der gutaussehende reiche Sachs. Die Frauen hatten ihm zu Füßen gelegen, und jetzt – jetzt schien es so, als fordere das Alter seinen Tribut. Bei einem Flittchen war ihm übel geworden. Er hatte sich zuviel zugemutet. Zerstreut hob Bellheim vom Toilettentisch eine große Puderquaste auf, betrachtete sie einen Moment und ließ sie wieder fallen, als ob es ihn ekle.

»Es ist die Luft«, murmelte Sachs, »dieser verdammte Parfümgeruch. Macht ihr bitte das Fenster auf?« Bellheim öffnete beide Flügel weit. »Soll ich den Sessel vors Fenster schieben?« fragte Max.

Aber Sachs war schon aufgestanden. Mühsam schlurfte er zum Fenster und hielt sich dort fest, während er sich an die Brüstung lehnte. »Nur ein wenig frische Luft!«

Nachdem sie ins Hotel zurückgekehrt waren und Sachs in sein Zimmer gebracht hatten, entdeckte Fink vor Bellheims Zimmertür eine Nachricht. Richard Maiers bat dringend um einen Rückruf. Er hatte seine Privatnummer angegeben.

Es war früher Morgen, als Bellheim in Hannover anrief. Was Richard mitzuteilen hatte, war niederschmetternd. Die Bank hatte mitgeteilt, daß es keine weiteren Kredite mehr geben würde.

Bellheim ließ den Hörer sinken. Erschrocken starrte Fink ihn an. Ein trübes Morgenlicht sickerte durch das Fenster in Bellheims Hotelzimmer. Ratlos saßen die beiden da.

»Begreifst du das?« meinte Fink. »Bei der Aufsichtsratssitzung war Urban doch auf unserer Seite.«

»Offenbar hat er sich im Kreditausschuß der Bank nicht durchgesetzt.« Bellheim zerknüllte den Benachrichtigungszettel und warf ihn in den Papierkorb. »Gott sei Dank ging's nur ums Geld. Man denkt doch gleich wunder was.«

Am nächsten Morgen flogen Bellheim und seine drei Freunde nach Hannover zurück. Sachs ging es besser. Aber er war noch sehr blaß und überaus schweigsam.

Bellheim bereitete sich gleich auf eine Besprechung in der Bank vor. Kurz nach der Ankunft fuhr er mit Fink dorthin, während Sachs und Max Reuther sofort ihre Büros im Kaufhaus aufsuchten.

In dem hohen, lichtdurchfluteten Sitzungssaal der Hannoverschen Kreditbank war eben eine Sitzung zu Ende gegangen. Mehrere Herren verließen den Saal. Es herrschte eine angespannte Stimmung. Dr. Urban hatte es noch nicht verwunden, überstimmt worden zu sein. Das war ihm seit vielen Jahren nicht passiert.

Müller-Mendt ging auf ihn zu und wartete, bis Urban seine Unterlagen zusammengepackt hatte. Er wollte einlenken, es nicht zu früh auf eine Machtprobe mit dem Alten ankommen lassen. Urban hatte im Aufsichtsrat und Vorstand der Bank zu viele Freunde. Bei der Nachfolgediskussion würde er ein gewichtiges Wort mitreden. Andererseits wollte Müller-Mendt eigenes Profil und Unabhängigkeit beweisen. Jetzt wurden die Weichen für die Zukunft gestellt. Mit dieser Abstimmung hatte er bewiesen, daß er sich durchsetzen konnte – auch gegen größte Widerstände, und daß er mit der überholten Politik des bisherigen Bankvorstands aufzuräumen gedachte. Er würde auf expandierende Firmen setzen; solche Firmen als Kunden der Bank gewinnen – keine maroden. Natürlich, wenn Urban persönlich die Verantwortung für einen Kredit an Bellheim übernahm, wenn er ihm die Verantwortung dafür zuschanzen konnte, dann sollte Bellheim seinen Kredit haben, aber nur dann.

Müller-Mendt räusperte sich: »Tut mir leid, wenn Sie verärgert sind, Dr. Urban. Ich meine trotzdem, unsere Entscheidung ist richtig«, sagte er im höflichen Ton.

Urban bedachte ihn mit einem skeptischen Blick. »Mich wundert, wie Sie mit längjährigen Kunden umgehen. Bellheim derart vor den Kopf zu stoßen.«

»Der übernimmt sich doch«, wandte Müller-Mendt ein. »Und davor müssen wir ihn bewahren.«

»Unterschätzen Sie Bellheim nicht«, erklärte Urban ruhig. »Das ist ein ausgekochter Bursche, mit allen Wassern gewaschen.« Er geriet ins Schwärmen. »Ich könnte Ihnen Geschichten erzählen.«

Er sah, daß Müller-Mendt und Berger, der hinzugeeilt war, einen vielsagenden Blick tauschten.

»Immer diese alten Geschichten von früher...«, Urban brach ab und stand auf.

Müller-Mendt blieb hartnäckig: »Aber diesmal vergaloppiert er sich. Und wenn ich sehe, daß sich ein Kunde in unkalkulierbare Abenteuer stürzt, muß ich ihn daran hindern. Gehört auch zu unseren Aufgaben.« Er zögerte. »Wenn Sie natürlich auf einer anderen Entscheidung bestehen...«

Urban begriff, daß Müller-Mendt ihm die Verantwortung zuschieben wollte. »Nein, nein«, wich er zurück. »Das fällt in Ihre Kompetenz.« Die beiden traten auf den Flur hinaus.

Eine Sekretärin reichte Urban eine Unterschriftenmappe. »Ich komme gleich nach«, fertigte Urban herablassend Müller-Mendt ab.

Müller-Mendt und Berger entfernten sich. »Wir sollten uns nicht mit Risiko-Patienten wie Bellheim herumschlagen«, schimpfte Müller-Mendt halblaut, »lieber auf Leute mit Zukunft setzen.« Er öffnete die Tür zu seinem Vorzimmer. Seine Sekretärin deutete verstohlen auf das Büro. »Die Herren warten schon lange.« Bellheim und Fink saßen bereits in Müller-Mendts Vorstandsbüro.

Wie umgewandelt, mit fröhlicher Miene, ging Müller-Mendt, nachdem er Berger kurz bedeutet hatte, daß er allein mit den Herren sprechen wollte, auf Bellheim und Fink zu: »Schön, Sie zu sehen!« Er schüttelte ihnen die Hand: »Wie geht es Ihnen?«

»Nach unserem Gespräch hoffe ich besser«, entgegnete Bell-

Konsul Tötter (Marcello Tusco) ist begeistert, daß Gudrun Lange (Leslie Malton) seine Liebe zum Reitsport zu teilen scheint.

Mit Hilfe von Schachfiguren spielt Peter Bellheim (Mario Adorf) mit Herbert Sachs (Will Quadflieg) seine Strategie für die kommende Aufsichtsratsitzung durch.

Carla Lose (Erika Skrotzki) versucht bei einem Betriebsausflug Sachs, Reuther (Hans Korte) und Fink (Heinz Schubert) das Lambadatanzen beizubringen.

Charly Wiesner (Dominique Horwitz) hat einen Laden gefunden, den er mieten möchte. Der Vermieter Bechtold (Hans Zürn) redet ihm gut zu.

Amüsiert beobachtet Bellheim im Ristorante Milano, wie Andrea Wegener (Renan Demirkan) ihren Schluckauf zu bekämpfen versucht.

In Monte Carlo wird der Pakt besiegelt: Karl-Heinz Rottmann (Heinz Hoenig) übernimmt auf Vermittlung von Gudrun Lange das Bellheim-Aktienpaket von Gertrud Maiers (Annemarie Düringer).

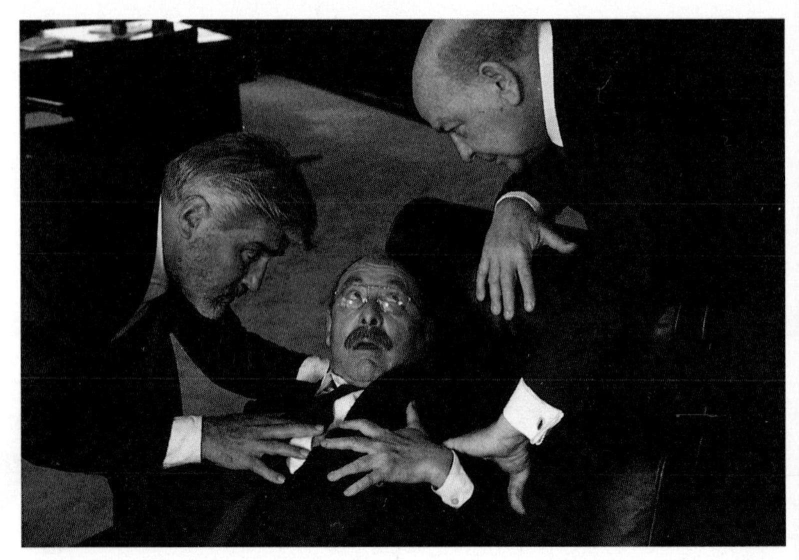

Bellheim und Dr. Urban (Wolfgang Wahl) sind über den Schwächeanfall von Erich Fink erschrocken.

Mit zwei Schweizer Bankdirektoren (Alfred Eich, Fritz Lichtenhahn) fädelt Karl-Heinz Rottmann in Zürich eine Börsentransaktion ein.

heim trocken. Die Sekretärin schloß die Tür und öffnete sie gleich wieder für den nachkommenden Dr. Urban.

Man hörte gerade noch, wie Müller-Mendt bedauernd verkündete: »Im Zuge einer anders gerichteten Politik hatte der Kreditausschuß seine Beschlüsse gefaßt...« Urban begrüßte Bellheim und Fink. Er wirkte bekümmert. Die Sekretärin eilte zum Telefon und schloß die Tür.

Gudrun Lange trat mit einem Bündel Unterlagen in das Vorzimmer und wollte gerade etwas bemerken, als Müller-Mendt die Tür wieder aufriß und herausgestürzt kam: »Rasch ein Glas Wasser!« rief er verstört. »Dem ist schlecht geworden.« Die Sekretärin rannte hinaus. Urban folgte Müller-Mendt: »Informieren Sie den Sanitätsraum, schnell bitte!« rief er.

Schimpfend griff Müller-Mendt selbst zum Telefon. »Was muten die sich auch zu, in dem Alter!«

Urban sah ihn betroffen an. Zielte das auf ihn? Aber Müller-Mendt sprach schon mit dem Sanitätsraum.

Urban eilte in Müller-Mendts Büro zurück, schloß die Tür und beugte sich mit Bellheim über den schweratmenden Fink. »Öffnen Sie den Kragen!« sagte er zu Bellheim. »So, ja, tief durchatmen. Wie geht's denn jetzt?«

Fink blinzelte ihm fröhlich zu. »Ganz ausgezeichnet. Ich dachte nur, es wäre schön, wenn wir mal ein paar Takte allein reden könnten!«

Bellheim fiel ein Stein vom Herzen: »Also weißt du«, stammelte er.

In Bellheims Villa herrschte an diesem Abend bedrückte Stimmung. Es schien so, als sei alles zu Ende, noch ehe es richtig begonnen hatte. Ohne die Hilfe der Bank war an eine Umgestaltung der Filialen nicht zu denken. Aber die Bank würde nur helfen – das hatte Urban seinen beiden Besuchern deutlich gemacht –, wenn Bellheim mit seinem gesamten Privatvermögen haftete.

Bellheim war sehr schweigsam an diesem Abend. Gleich nach dem Essen hatte er sich in seinen Ohrensessel zurückgezogen und grübelte. Sachs hatte wieder zuviel getrunken. Seit den fröhlichen Tagen in Mailand, die endlos lange zurückzuliegen schienen, wirkte er traurig und resigniert. Wie jeden Abend hatte er sich an das Klavier gesetzt und klimperte eine wehmütige Melodie.

Fink und Max Reuther waren am Eßtisch sitzengeblieben. Fink rührte nachdenklich in seiner Kaffeetasse. Endlich schüttelte er seufzend den Kopf: »Was Urban da vorschlägt, viel zu riskant!«

»Ich hab's immer noch nicht kapiert«, meinte Max Reuther, der Hobbykoch, während er in einer Schüssel einen Nachtisch zubereitete. »Also Bellheim soll einen Kredit aufnehmen...«

»Ein persönliches Darlehen«, fiel ihm Fink ins Wort, »für die Firma, bei einer anderen Bank. Sein Aktienpaket würde die als Sicherheit nehmen.«

»Warum bei einer anderen Bank?« Fink hob die Augen zur Decke. Das hatte er Max Reuther doch nun schon alles ein paarmal erklärt.

»Damit das Darlehen keinen kapitalersetzenden Charakter gewinnt. Doch klar.«

»Was heißt ›kapitalersetzender Charakter‹?« fragte Reuther.

»Das«, Fink suchte nach Worten, »also bei einer Aktiengesellschaft ist das halt so. Ein Aktionär kann einer Aktiengesellschaft nicht so ohne weiteres ein Darlehen geben.« Aber die Gesetzessituation darzulegen war wirklich zu kompliziert.

Reuther brummte: »Aha, jetzt weiß ich's aber genau!«

Das Klavierspiel riß ab. Sachs erschien im Eßzimmer und goß sich einen Cognac ein.

»Warum gehst du so krumm?« erkundigte sich Fink. »Bist du krank?«

»Nein«, murmelte Sachs, »nur krumm.«

Fink wandte sich wieder Max Reuther zu. »Jedenfalls würde Peter mit seinem gesamten Privatvermögen haften.«

»Sollte er lieber lassen.« Sachs hatte dies leise, aber eindringlich gesagt. Er wußte, wovon er sprach. In seinem langen Berufsleben hatte er so manchen erlebt, der alles auf eine Karte gesetzt und sich damit völlig ruiniert hatte. »So was kann einem leicht den Schlaf rauben.«

Max seufzte. »Was passiert also jetzt?«

Sachs ließ sich schwer in einen Sessel fallen: »Wir räumen das Feld, wir fahren nach Hause.«

»Aufgeben?« rief Max traurig. »Jetzt?« Er schüttelte deprimiert den Kopf. Er dachte daran, daß er dann wieder nach Lüneburg zurück müßte in das Haus seines Sohnes, zu der ewig nörgelnden Schwiegertochter. Ihm schauderte bei dem Gedanken. »Alles umsonst, unsere schönen Pläne, das ganze Konzept.«

»Müller-Mendt tut auch noch so, als wäre es zu unserem Besten«, fügte Fink erbittert hinzu. »Dieser Schleimling.«

Bellheim hatte die ganze Zeit still zugehört. Jetzt plötzlich beugte er sich vor. »Wenn wir nicht unserem Konzept vertrauen, können wir es schlecht von anderen erwarten.«

Sachs schaute ihn erschrocken an. »Mensch, Sie riskieren zuviel, Bellheim!«

Peter Bellheim schüttelte den Kopf. »Mir von Müller-Mendt vorschreiben lassen, was ich zu tun und zu lassen habe, nein.« Er stand auf.

»Peter«, mahnte Fink. »Du beleihst deine Aktien bis zum Rand. Damit lieferst du dich der Bank aus... auf Gedeih und Verderb. Ist dir das klar? Der Kurs braucht bloß zu sinken...«, er hob warnend die Stimme, »dann kann die Bank Zwangsverkäufe machen. Uns exekutieren!«

Bellheim nickte. Dann verließ er das Zimmer. Fink rief ihm nach: »Hast du von Pattner und Co. gehört?« Aber Bellheim ging schon die Treppe zum Schlafzimmer hinauf. Fink wandte sich den anderen zu. »Von dem wollte die Hannoversche von heute auf morgen alle Kredite zurück, oder Pattner sollte binnen zwei Wochen soundsoviele Millionen neues Eigenkapital aufbringen. Konnte er nicht. Also mußte er verkaufen. Für ein paar Hunderttausend. Ein Unternehmen, das Millionen wert ist. Und wißt ihr, an wen? An eine Firma, die zufällig der Hannoverschen gehört.« Sachs lachte böse auf.

Oben in seinem Zimmer ließ sich Bellheim rücklings auf das Bett fallen und starrte zur Decke hinauf. Seine Freunde hatten ihn gewarnt. Er spürte zwar, daß sie gerne weitermachen würden, aber die Sorge um sein Wohl war größer als die Lust am Weitermachen.

Im Haus waren inzwischen sämtliche Lichter gelöscht worden. Max war im Wohnzimmer vor dem Fernseher eingenickt. Der große Hund lag zu seinen Füßen, während Max im Schlaf hustete.

Fink tappte in die Küche, goß sich ein Glas Wasser ein und schluckte eine Schlaftablette. Heute nacht würden sie nur schwer Ruhe finden.

Sachs saß im Dunkeln auf der Terrasse, trank Cognac und dachte über mögliche Auswege aus der verfahrenen Situation nach. Er ärgerte sich, daß er den größten Teil seines Geldes so fest angelegt hatte, daß er selbst nicht herankam. Aber die Summe, die hier gebraucht wurde, könnte er sowieso nie aufbringen. Er war zwar Topmanager gewesen, aber niemals wie Bellheim Eigentümer eines Unternehmens.

Fink trat zu ihm auf die Terrasse. »Woran denkst du?« fragte er leise und setzte sich neben ihn. »Ich denke an gar nichts«, knurrte Sachs angetrunken. »In unserem Alter denkt man sowieso nicht mehr. Man erinnert sich nur noch.«

»Sind es wenigstens schöne Erinnerungen?« Fink unterdrückte ein Gähnen.

»Nein. Weil ich mir sage, früher war es besser.«

»Das ist ein Satz, den man nie sagen soll«, erwiderte Fink.

Sachs grinste. »So gesehen sind die schlechten Erinnerungen immer noch die besten.«

Fink kratzte sich am Kopf. »Ganz schön kompliziert.« Hannibal hob den Kopf und knurrte. Bellheim war leise auf die Terrasse getreten. »Wir bringen es zu Ende«, erklärte er mit fester Stimme. »Wer die Lippen spitzt, muß auch pfeifen.«

Noch ehe die beiden etwas einwenden konnten, hatte er sich umgedreht und war im dunklen Haus verschwunden.

Schlaftrunken tauchte Max auf. »Was war denn?«

»Wir machen weiter«, antwortete Fink. Er lächelte. Es war riskant, aber es war auch großartig. Eine großartige Entscheidung.

Sachs goß für Max ein Glas ein. Die drei stießen mit Verschwörerlächeln an.

»Es darf nicht schiefgehen, hört ihr«, erklärte Sachs. Alle tranken. Sachs wiederholte: »Es darf nicht schiefgehen.«

Am nächsten Morgen erschienen Bellheim und Fink bei der Bank, um die nötigen Papiere zu unterschreiben. Beide wirkten ausnehmend unternehmungslustig. Gudrun erfuhr von Berger beim Mittagessen, wie Bellheim sich entschieden hatte. Unter dem

Vorwand, einen wichtigen Kunden besuchen zu müssen, verließ sie ihr Büro in der Wertpapierabteilung und fuhr nach Frankfurt. Die neueste Entwicklung in Sachen Bellheim wollte sie Rottmann persönlich mitteilen.

Sie fuhr schnell. In knapp drei Stunden hatte sie es trotz des dichten Verkehrs geschafft. Kurz nach fünf Uhr hielt sie vor der verspiegelten Fassade der JOTA-Zentrale. Im zwanzigsten Stockwerk residierte Rottmann. Was sie ihm mitzuteilen hatte, würde ihn nicht erfreuen, aber diesmal hatte Gudrun noch einen Trumpf in der Hinterhand. Als sie die marmorne Halle des riesigen Bürogebäudes durchquerte, drehten sich drei Männer, die aus dem Fahrstuhl kamen, anerkennend nach ihr um. Gudrun nahm es aus den Augenwinkeln wahr und lächelte. Ihre langen Beine, ihre schlanke Figur waren auch eine Art Kapital. Schon vom Flur aus, noch bevor sie auch nur Rottmanns Vorzimmer betreten hatte, hörte sie ihn schon brüllen: »Der soll sich nicht so haben! Nächste Woche kriegt er sein Geld!« Rex hatte ihm wortlos ein Fax hingelegt.

Gudrun Lange gehörte längst zum Kreis derer, die zu jeder Zeit zu Rottmann vorgelassen wurden. Als sie eintrat, marschierte er erregt um seinen Schreibtisch herum. Sie spürte, wie er sich mühsam beherrschte. »Wie steht's, Lady?« fragte er freundlich.

»Bellheim bürgt persönlich.«

»So ein harter Brocken.« Rottmann konnte sich ein anerkennendes Lächeln nicht verkneifen.

Rex sagte kopfschüttelnd: »Verpfändet seine Zukunft und die seiner Familie.«

Rottmann wandte sich ab und gab Rex ein Zeichen, der Gudrun daraufhin das obligate Geldkuvert aushändigte. Während sie quittierte, klingelte Rottmanns Telefon. Nachdem er kurz zugehört hatte, hieb er mit der Faust auf den Tisch. »Kommt nicht in Frage. Dem Glanzpapierprospekt von den Brüdern trau' ich nicht«, schrie er. »Bei zweihundertvierzig steigen wir aus.« Er knallte den Hörer auf die Gabel. So unbeherrscht hatte Gudrun Rottmann noch nie erlebt.

»Na schön.« Er wandte sich ihr wieder in ruhigerem Ton zu. »Soll Bellheim doch sein Privatvermögen reinbuttern. Um so fetter wird die Gans sein, die wir schlachten wollen. Aber jetzt muß uns was einfallen.« Nervös marschierte er um seinen Schreibtisch herum ... »Der Knaller! Der Supergau! Die Zeit rennt.«

Gudrun beobachtete ihn besorgt. Sollten die Gerüchte stimmen? Hatte Rottmann sich bei seinen vielen Unternehmungen übernommen? War er nicht mehr so liquide? Steckte er in Schwierigkeiten? »Ich gebe eine Menge Geld für Bellheim aus«, fing Rottmann wieder an. »Es wär ein mieses Geschäft, wenn dabei nicht bald auch mal was rausspringt. Demnächst möchte ich meine Aktionäre mit einer Erfolgsmeldung überraschen, klar?«

»Was wir bisher besitzen, reicht für ein Übernahmeangebot noch nicht aus«, gab Rex zu bedenken.

»Das ist es ja!« bestätigte Rottmann in gereiztem Ton. »Auch mit den zwölf Prozent von der alten Maiers nicht!«

»Wann wollen Sie eigentlich das Aktienpaket von der übernehmen?« erkundigte sich Gudrun.

»Noch ein bißchen Geduld«, erklärte Rottmann. »Voraussichtlich steigt der JOTA-Kurs demnächst, dann wird es für mich billiger. Oder glauben Sie, daß die uns abspringt?«

»Kaum.« Gudrun schüttelte den Kopf. »Der Kurs von JOTA steigt voraussichtlich.« Rottmann wechselte einen schnellen Blick mit Rex, der einverständlich lächelte. »Dann wird's für uns billiger.« Er zwinkerte Rex zu.

Gudrun beobachtete die beiden. Was heckten die da aus?

Rottmann schwieg eine Weile, lief dann rot an und explodierte. »Verdammte Scheiße! Wir hatten Bellheim doch schon im Schwitzkasten.« Er trommelte mit den Fäusten auf den Tisch. »Dieser ausgefuchste Bastard.«

»Sein Bauantrag für die Braunschweiger Filiale ist übrigens noch nicht genehmigt«, fing Gudrun an.

»Na und?« knurrte Rottmann. »Reine Formsache.«

Gudrun lächelte. »Das denkt Bellheim auch.«

Rottmann musterte sie. »Was geht da vor in Ihrem hübschen Köpfchen, Lady?«

»Bellheim hat überall Ware geordert, die er jetzt abnehmen muß. Er stellt neues Personal ein. Der Umbau kostet viel Geld. Wenn er nicht pünktlich eröffnen kann, bricht die Finanzierung zusammen.«

Rottmann lauschte gespannt. »Weiter!«

Gudrun holte eine Braunschweiger Zeitung aus der Handtasche und hielt sie ihm hin. »Hier: Die kleinen Ladenbesitzer protestieren gegen die Erweiterung der Kaufhäuser.«

»Aus Angst vor der Konkurrenz, klar«, sagte Rex.

»Außerdem hat sich in Braunschweig eine Bürgerinitiative gegen zusätzliche Parkplätze gebildet, die den alten Stadtkern verschandeln.« Sie machte eine bedeutungsvolle Pause. »Und das ist *die* Gelegenheit für den kleineren Koalitionspartner, sich zu profilieren.«

Rottmann verstand nun, worauf sie hinauswollte. »Haben Sie da auch einen Draht hin?«

»Nein«, antwortete Gudrun, »aber es gibt vielleicht einen anderen Weg. Aber der wird Sie was kosten.«

»Raus mit der Sprache, Lady.«

»Einer von meinen Bankkunden hat sich verspekuliert und braucht dringend Geld.«

Rottmann begriff blitzschnell. »Und der sitzt im Bauamt?«

Gudrun nickte. »Zufällig hat er etwas herausgefunden, das die Umweltschützer garantiert auf die Barrikaden treibt.«

»Was?«

»Solange er kein Geld sieht, läßt er die Katze nicht aus dem Sack.«

Rottmann musterte sie zweifelnd. »Kennen Sie den Mann näher?«

»Ja. Auf der Schule hatten wir mal kurz was miteinander. Das verbindet.«

»Wieviel will er?«

»Dreißigtausend. Dann leitet er den Hinweis an die richtige Stelle weiter, und wir haben Bellheim da, wo wir ihn haben wollen.«

Rottmann überlegte. Plötzlich grinste er. »Okay, Lady. Bon. Jetzt hört der Jäger mal auf seinen Jagdhund.«

Nachdem die Finanzierung seiner Umgestaltungspläne geklärt war, hatte Bellheim nicht gezögert, mit dem Umbau der Filialen zu beginnen. Entsprechende Entwürfe hatte er schon vorher bei mehreren Architekten in Auftrag gegeben. In Braunschweig wurde die Fassade mit einem großen Gerüst verkleidet. Die Baugerüste versperrten die Bürgersteige. In den Schaufenstern hingen rote Ausverkaufsplakate. Baumaterialien stapelten sich davor. Bellheim hatte Andrea gefragt, ob sie Lust habe, die Baupläne an Ort und Stelle zu begutachten. Andrea hatte etwas verwundert zugestimmt. Sie wußte nicht, warum er sie um Rat fragte.

Um jedes Gerede zu vermeiden, hatte Bellheim dem Chauffeur frei gegeben und war selbst gefahren. Bellheim erklärte ihr vor der Filiale anhand einer großen Planzeichnung die Veränderungen. »Das da oben wird Glas, das«, er zeigte auf ein Zwischengeschoß, »... wird mit weißem Sandstein verblendet.«

»Gefällt mir großartig«, versicherte ihm Andrea etwas geistesabwesend, »ganz toll.«

Bellheim wurde von Otto Merkel, der mit schnellen Schritten über die Straße gelaufen kam, an weiteren Erläuterungen gehindert. »Telefon Peter, deine Sekretärin.«

Bellheim stellte Merkel Andrea vor. »Ein langjähriger Mitarbeiter.« Er korrigierte sich: »Ein Freund und Mitarbeiter.«

Otto Merkel schüttelte Andrea die Hand. »Peter und ich sind schon zusammen zur Schule gegangen.« Man merkte es Merkel an, daß er stolz drauf war, den Konzernchef duzen zu dürfen.

Ehe Bellheim ihm in das Büro folgte, drehte er sich um und deutete auf Andrea. »Frau Wegener wird hier die Dekorations- und Werbeabteilung leiten.« Andrea sah ihn überrascht an. Aber Bellheim eilte schon hinter Merkel her in die Filiale.

Am frühen Abend fuhren Bellheim und Andrea nach Hannover zurück. Sie hatten das Schiebedach geöffnet und genossen die frische Luft.

Nach ein paar Kilometern brach Andrea das Schweigen. »War das heute nachmittag Ihr Ernst? Mit meiner Beförderung?«

»Trauen Sie sich's denn nicht zu?« fragte Bellheim.

»Trauen *Sie* es mir denn zu?« fragte Andrea zurück.

Bellheim nickte. Andrea wollte antworten, sah aus dem Fenster und bemerkte: »O je. Es fängt an zu regnen. Und wie! Schnell, schließen Sie das Schiebedach.« Sie fuhren mitten in ein Unwetter mit Blitz und Sturm hinein. Bellheim drückte auf den elektrischen Knopf. Nichts rührte sich. Auch die mechanische Handkurbel versagte. Sie klemmte.

Andrea griff nach ihrem Schirm, der auf dem Rücksitz lag, schob ihn zum Dach hinaus und spannte ihn auf. Bellheim gab wieder mehr Gas. Der Wagen zog an, aber der Fahrtwind riß Andrea den Schirm aus der Hand. Hilflos sah sie zu, wie er davontrieb und in einem Waldstück verschwand.

»Hervorragende Idee«, lobte Bellheim lachend.

Binnen Sekunden waren sie alle beide pitschnaß. Der Regen hatte an Stärke zugenommen. Es war dämmrig geworden, die Sicht nahm rapide ab.

Plötzlich entdeckte Bellheim ein kleines Hinweisschild, das einen Landgasthof ankündigte. Kurzentschlossen bremste er und lenkte das Auto auf einen schmalen Weg, der zwischen hohen Bäumen zu einem alten, schönen Fachwerkhaus führte. Erfreut erkannte er eine offene Remise und fuhr sofort hinein. Andrea und er stiegen aus. »Achtung-fertig-los!« kommandierte Bellheim, und die beiden rannten Hals über Kopf ins Haus.

Die Gaststube war gut besetzt, ein Fest wurde gefeiert. Die Wirtin nötigte sie in einen kleineren Nebenraum. »Das ist unser Kaminzimmer«, erklärte sie. »Ich bringe Ihnen Handtücher und ein paar Decken, damit Sie erst mal die nassen Sachen ausziehen können. Hängen Sie einfach alles zum Trocknen über die Stühle, hier stört Sie keiner. Ich hole Ihnen auch gleich was Warmes zum Trinken!«

Schlotternd saßen Andrea und Bellheim in dem gemütlichen Raum, der nur von dem Kaminfeuer erhellt wurde, schlürften den Grog, den eine Kellnerin ihnen gebraut hatte, und unterhielten sich mit halblauter Stimme.

»Wie es jetzt schon gegen Abend kühl wird«, bemerkte Andrea, und Bellheim antwortete: »Ja, der Sommer ist schnell vergangen.« Andrea rieb sich mit einem Handtuch die Haare trocken und hielt es ihm dann hin. »Wollen Sie nicht auch?« Bellheim nahm das Handtuch und fing an zu rubbeln. Andrea lachte. Fragend sah er sie an. »Sie sehen so... verändert aus.«

Im Kamin prasselte das Feuer, und ab und zu knackte das Holz und sprühte Funken in die Flammen. Andrea unterdrückte einen Schluckauf.

»Ich glaube«, sagte Andrea auf einmal leise, »ich habe mich in Sie verliebt.«

Bellheim überhörte es. Aus der Gaststube nebenan drang ein Wortwechsel herüber, Gläser klirrten, und ein Stuhl fiel polternd um. Bellheim tappte zur Tür und horchte.

Andrea starrte ihn an. »Es ist... total... überwältigend.«

Plötzlich schrak sie auf und stürzte zum Kamin. Eine von Bellheims Socken hatte einen Funken abbekommen und schmorte. Sein daneben hängendes Jackett war mit glimmenden Funken übersät. Andrea ergriff das Handtuch und versuchte, die Flämmchen zu ersticken. »So nah darf man doch nichts hinhängen!« schimpfte sie.

»Aber *Sie* haben es doch hingehängt«, sagte Bellheim überrascht.

»Ja? Tatsächlich?« Andrea nickte. »Kein blendender Einfall von mir. Was machen wir denn jetzt?«

Sie stand mit dem nassen Handtuch vor ihm. Vorsichtig legte sie es auf einen Stuhl und kam ganz nah an Bellheim heran. Sie schlang die Arme um seinen Hals und hob das Gesicht zu ihm empor. »Ich habe das Gefühl, als würden wir uns schon ewig kennen. Aber vielleicht weiß ich jetzt auch bloß, daß ich Sie kennenlernen möchte.«

Bellheim schob sie ganz sacht zurück und sah ihr in die Augen. »Das möchte ich auch«, sagte er mit rauher Stimme.

Er sank auf den Stuhl vor dem Kamin, und Andrea hockte sich auf den Tisch unmittelbar daneben. »Dann greif doch einfach zu!« flüsterte sie. »Greif zu!«

Rottmann flog nach Zürich – allein. Bei den Verhandlungen, die er führen wollte, konnte er Zeugen nicht gebrauchen. Im firmeneigenen Jet durchdachte er nochmals die knifflige Strategie, die er sich zurechtgelegt hatte.

Mit Frau Maiers zu verabreden, deren Bellheim-Aktienpaket mit JOTA-Aktien zu bezahlen, war klug und geschickt gewesen. Denn im Augenblick war er nicht liquide genug, um die Summe für das Bellheim-Aktienpaket bar zu bezahlen. Seine Firma hatte sich etwas übernommen, aber das sollte niemand erfahren. Die Nachricht, daß JOTA die Kaufhaus-Kette Bellheim schluckte, würde seinen Nimbus als unfehlbarer Börsenstratege stärken und obendrein den Kurs von JOTA festigen.

Nun überlegte er, wie er Bellheim am billigsten schlucken konnte. Natürlich indem der JOTA-Kurs anzog, bevor er von Frau Maiers die Aktien übernahm. Je höher JOTA gehandelt wurde, desto weniger Aktien mußte er für das Bellheim-Paket hergeben. Aber wie das anstellen? Nach den Börsengesetzen durfte ein Unternehmer nicht seine eigenen Aktien kaufen. Darum war Rottmann jetzt zur noblen Schweizer Fürli-Bank unterwegs, um den Privatbankiers dort ein einträgliches Geschäft vorzuschlagen.

Der weiße Rolls-Royce der Bank holte Rottmann auf dem Flughafen ab, fuhr ihn am See entlang über eine Brücke und fädelte sich schließlich in den Verkehr rund um die Bahnhofstraße ein. In der Nachbarschaft von exklusiven Boutiquen und teuren Juwelieren befand sich auch die Zentrale der Fürli-Bank.

In der eleganten Empfangshalle der Bank ließ man Rottmann kurz warten. Zwei Herren in dunklen Anzügen kamen die Treppe herauf und unterhielten sich in Schweizerdeutsch.

Den Geschäftsführer kannte Rottmann schon. Der stellte ihm einen älteren, leicht gebeugt gehenden Herrn vor: »Herr Direktor Nägeli, Herr Rottmann!« Nägeli reichte Rottmann die Hand. »Ich habe schon viel von Ihnen gehört!«

»Auch Gutes?« fragte Rottmann scherzhaft.

»Nur das Beste!« Nägeli blieb ganz ernst. »Ihre Aktionäre beten Sie an, und an der Börse werden Sie ja regelrecht verehrt.« Nägeli lud Rottmann zu einem Mittagessen ein: »Dann könnten wir doch alles Geschäftliche bereden.«

Das überaus gediegene und elegante Restaurant lag in der Nähe der Limmatmündung, und von seiner Terrasse im ersten Stock hatte man einen prachtvollen Blick über den See auf die Alpen. Trotz des kühlen Wetters saßen die drei Herren versteckt draußen auf der Terrasse an einem Ecktisch. »Wenn ich Herrn Rottmann recht verstehe, möchte er JOTA-Aktien auf den internationalen Märkten breiter streuen«, faßte Direktor Nägeli das bisherige Gespräch zusammen. »Dabei sollen wir behilflich sein.«

Rottmann präzisierte: »Ich habe mir gedacht, daß die Fürli-Bank für fünfzig Millionen JOTA-Aktien kauft.«

Nägeli verschluckte sich beinahe. »Fünfzig Millionen?« Warum sollte sich seine Bank so stark bei JOTA engagieren? War dieser Rottmann größenwahnsinnig?

Der Geschäftsführer versuchte ihn zu beruhigen. »Als Gegenleistung würde Herr Rottmann...«

Rottmann beugte sich vor. »Als Gegenleistung richte ich bei Ihnen ein Guthaben über fünfzig Millionen ein.« Er spielte seine Trumpfkarte aus. Umsonst war nichts zu haben. »Ein zinsloses Guthaben.«

»Zinslos?« wiederholte Nägeli verblüfft.

Rottmann nickte grinsend. Im Jahr würde er dadurch zwar rund drei Millionen an Zinsen verlieren, aber das war der Preis, den er zahlen mußte. Eine Art Schmiergeld für die noblen Schweizer Bankiers. Bei einem guten Geschäft mußten immer beide Seiten verdienen.

Nägeli tauschte mit dem Geschäftsführer einen raschen Blick. Dann schüttelte Nägeli den Kopf. »Nicht bei uns!« erklärte er in grundsätzlichem Ton.

Rottmann erschrak. »Pardon?« Er starrte den Schweizer fassungslos an. Nägeli lächelte fein. »In diesem speziellen Fall würde ich vorschlagen, das Konto bei unserer Luxemburger Filiale zu eröffnen.«

Rottmann seufzte erleichtert. »Verstehe, besser für die Optik.«

Nägeli musterte ihn ernst. »Durch unsere Käufe wird der JOTA-Kurs sehr anziehen.« Dadurch wollte er Rottmann zu verstehen geben, daß er das Scheingeschäft durchschaut hatte und bereit war mitzuspielen.

Rottmann nickte und grinste. »Nichts dagegen!«

Die Herren lächelten. Man verstand sich.

Rottmann überlegte, wie hoch der Kurs von JOTA wohl steigen würde, wenn JOTA-Aktien im Wert von fünfzig Millionen plötzlich aus dem Ausland gekauft würden. Jetzt hatte er nur noch ein Problem: Er mußte die fünfzig Millionen auch auftreiben, um sie auf das Luxemburger Konto einzahlen zu können.

EINE BANK IST WIE EIN GUTER FREUND stand in großen Lettern auf dem bunten Werbeplakat in den Schaufenstern der Hannoverschen Kreditbank, das Charly unschlüssig betrachtete. Ein anderes Plakat offerierte KREDITE LEICHT GEMACHT. Obwohl

Sommerschlußverkauf war und alle im Kaufhaus bis zur totalen Erschöpfung arbeiten mußten, die Abteilungsleiter auf keinen einzigen Mitarbeiter verzichten konnten, hatte sich Charly für eine Stunde verdrückt, um die Bank aufzusuchen.

Der Plan, sich selbständig zu machen, sein eigener Chef zu werden, ging ihm nicht mehr aus dem Kopf. Hatten ihm seine Kollegen nicht immer wieder versichert, er sei der beste, der cleverste, das As unter den Verkäufern? Und mit Geschäftsinstinkt! War ihm denn jemals einer hinter seine kleinen Gaunereien gekommen?

In der Bank hatte der Kreditsachbearbeiter nach einem kurzen Gespräch seinen Vorgesetzten Berger angerufen und ihn dazu gebeten. Die Kompetenz des Kreditsachbearbeiters reichte nur für Kredite bis 20000 Mark. Da er dem Typen, der da vor ihm stand, nicht traute, andererseits aber auch der Bank das Geschäft nicht entgehen lassen wollte, hatte er es so gedeichselt, daß der Kredit mit allen Nebenkosten über 20000 Mark lag. So konnte er seinem Vorgesetzten Berger die Verantwortung dafür zuschieben.

Berger hörte sich Charlys Pläne an und nickte zustimmend. Dann eilte er an einen der Schaltertische und ratterte Anweisungen herunter: »Wenn Sie mir bitte mal die Unterlagen raussuchen, Fräulein Finke: Antrag auf Gewährung eines Existenz-Neugründungsdarlehens EM zwo-null-fünf Strich sechzig-vierundachtzig-neunzig. Und noch einen Darlehensantrag, Merkblatt und Selbstauskunft.«

Charly wehrte ab: »Ich möchte ja zunächst nur ganz allgemein...«

Berger fiel ihm ins Wort: »Die Finanzierung gedanklich durchexerzieren. Sehr vernünftig.« Er blätterte in einem Stoß von Formularen, den Fräulein Finke ihm reichte.

»Verfügen Sie schon über ein Geschäftslokal?«

»Eventuell«, erklärte Charly. »Ich habe da was im Auge. Aber natürlich will ich erst...«

Wieder fiel ihm Berger ins Wort: »Wenn's eine gute Lage ist, am Ball bleiben, daß Ihnen keiner zuvorkommt«, mahnte er.

Charly nickte.

»Schon mal Rentabilitätsberechnungen angestellt?« erkundigte sich Berger.

Charly starrte ihn verständnislos an. »Was?«
»Monatliche Unkosten, zu erwartende Umsätze...«
Charly schüttelte den Kopf: »Bisher habe ich ja nie ernsthaft darüber nachgedacht, mich selbständig zu machen, darum...« Er zuckte die Achseln.
»Man muß ja nicht immer gleich ans Schlimmste denken«, meinte Berger mit forschem Verkäuferhumor und lachte. Charly begriff, daß der nette Bankmensch wohl einen Witz gemacht hatte und lachte angestrengt mit. Berger wurde sofort wieder sachlich. »Die Formulare hier bitte alle ganz sorgfältig ausfüllen. Leider ein Wust von Bürokratie, aber«, er lehnte sich vertraulich vor, »praktisch geschenktes Geld, nicht wahr?«
Charly nickte, obwohl er rein gar nichts verstand.
Berger kam zum Wesentlichen: »Wie steht's denn mit Eigenmitteln? Sie wissen ja, ohne Moos nichts los!« Er lachte wieder.
Charly zuckte unbehaglich die Schultern. »Im Augenblick kann ich das gar nicht so genau... viel ist es jedenfalls nicht, aber ich habe gelesen...«
Berger unterbrach ihn: »Und Sicherheiten, nur so mal über den Daumen gepeilt? Immobilien, Wertpapiere?«
»Ein Grundstück«, sagte Charly zaghaft, als er merkte, was Berger meinte. Berger strahlte. »Na bravo!«
Charly versuchte zu erklären: »Also das gehört meiner Frau, das heißt, eigentlich gehört's der Oma. Aber wenn die mal...« Er wollte nicht aussprechen, womit er rechnete.
Berger klopfte ihm leutselig auf die Schulter. »Grundstück ist doch schon was. Also da sehe ich überhaupt keine Probleme.« Charly war begeistert.
Eine Viertelstunde später stand Charly schon wieder mitten im Gedränge des Sommerschlußverkaufs. »Keine Probleme«, hatte der Bankmensch gesagt.

Bei JOTA lösten die Aufwärtsbewegungen an der Börse eine fröhliche Stimmung aus. Während sich die Mitarbeiter zur morgendlichen Lagebesprechung in dem supermodernen Konferenzraum einfanden, riefen sie sich vergnügt die neuesten Notierungen von JOTA-Aktien zu. »Angeblich riesige Aktienkäufe aus dem Ausland«, berichtete Rex.

Die Schiebetür wurde zurückgeschoben, und Rottmann erschien. »Schon gehört?« fragte er vergnügt. »Baustopp bei Bellheim.«

Rex grinste. »Ich möchte nicht in Bellheims Haut stecken.«

Rottmann feixte: »Meinen Sie ich?«

Die Herren am Tisch lachten.

Im Kaufhaus klebten überall Sommerschluß-Verkaufsplakate. Menschen drängten sich um die Wühltische. Voll behängte Kleiderständer wurden herangeschoben. In dem kleinen, mit Kisten und Kleiderpuppen vollgestellten Kabuff hinter den Umkleidekabinen streifte Carla ächzend die Schuhe ab und legte die Füße hoch.

Charly berichtete ihr aufgeregt: »Also der sieht das ganz lokker.«

»Wer?« fragte Carla verständnislos.

»Der Typ bei der Bank.« Charly war noch immer ganz begeistert. »Alles machbar bei dem. Keine Probleme. Die Finanzierung durchzustemmen, ist ein Kinderspiel.« Carla schniefte skeptisch. »Man hat immer viel zu viele falsche Bedenken, weißte«, beharrte Charly.

Mona wühlte in einem Berg von Pullovern. Sie seufzte versonnen: »Eigenes Lädchen, wär auch mein Traum! Papa hat dafür sogar extra was auf die hohe Kante zurückgelegt.«

Charly horchte auf. »Auf die hohe Kante? Ach nee! Wieviel denn?« Aber Mona eilte schon zu einer Kundin hinaus. Nachdenklich blickte Charly ihr nach. Was hatte sie gesagt? Ihr Vater hatte etwas auf die hohe Kante zurückgelegt, und ihm fehlte doch noch immer Eigenkapital. Er bemerkte gar nicht, wie Frau Vonhoff eilig die Mitteltreppe heruntergerannt kam, sich suchend umblickte, schließlich Bellheim entdeckte, auf ihn zurannte und ihm aufgeregt etwas mitteilte, was aber auf die Entfernung nicht zu verstehen war.

Bellheim folgte ihr betroffen in sein Büro.

Unterwegs öffnete er die Tür zu Finks Zimmer und rief ihm zu: »Unser Bauantrag ist abgelehnt.« Fink reagierte entsetzt. Max Reuther kam den beiden aufgeregt entgegengelaufen und berichtete: »Ich habe gerade mit dem Amt für Umweltschutz und Regionalplanung telefoniert. Sie sagen, die Filiale in Braunschweig wäre über einer ehemaligen Schuttdeponie aus dem Zweiten Weltkrieg errichtet.«

»Tatsache ist doch, daß da seit fast vierzig Jahren ein Kaufhaus steht«, knurrte Bellheim.

»Da könnten giftige Dämpfe entweichen«, erklärte Max.

»Soll ich den Regierungspräsidenten anrufen?« fragte Fink.

Sachs stürmte aus dem Nebenzimmer. »Mit dem habe ich vor genau zwei Minuten gesprochen. Das ist ein Grüner!«

»Der?« fragte Max verwundert. »Der ist so schwarz, daß er im Kohlenkeller Schatten wirft!«

»Ein verkappter Grüner«, beharrte Sachs. »Umweltmaßnahmen muß man ernst nehmen.«

Bellheim starrte auf das Gutachten, das Frau Vonhoff ihm jetzt reichte. »Na schön, dann besorgen wir uns erst mal ein paar Bodenproben und bringen sie zur Uni. Zum Geologischen Institut. Und ich rede mit unserer Rechtsabteilung.«

»Und dann?«

»Dann bestellen wir ein Gutachten. Ihr werdet sehen, daß die Geologen nichts finden. Keine Schadstoffe, gar nichts.«

Fink runzelte die Stirn. »Wäre es nicht besser, wenn die Geologen die Proben selber entnehmen?«

»Dann mal nichts wie her mit denen!«

Wenige Tage darauf hatte sich Bellheim den Nachmittag freigenommen. Sein Vater hatte Geburtstag. Er war ins Seniorenstift gefahren. Aber bevor er noch dem Vater gratulieren konnte, wurde er schon wieder ans Telefon gerufen. Sachs teilte ihm mit, was die Geologen bei ihren Bodenproben herausgefunden hatten. Bellheim war ganz glücklich: »Na bitte, großartig. Was ich vorausgesagt habe. Dann können wir also endlich loslegen. Mir fällt ein Stein vom Herzen.«

Nebenan im großen Saal spielte die Kapelle *Happy Birthday to You*. Alte Herrschaften bildeten eine Gasse und applaudierten, als der Vater erschien. Bellheim blickte, während er telefonierte, zum Eingang des Speisesaals hinüber. Sein Vater trug eine neue Jacke, die Bellheim ihm geschenkt hatte. »Danke, daß Sie mich gleich informiert haben«, sagte Bellheim ins Telefon. Er legte erleichtert auf und ging in den Speisesaal hinüber.

Die Tische waren beiseite gerückt. Auf dem Podium zirpte ein Altherren-Trio: Klavier, Geige und Cello. Der Vater tanzte mit einer weißhaarigen Dame Walzer. Seidel, der Freund und Zimmernachbar seines Vaters, winkte Bellheim an einen Tisch, auf dem eine Geburtstagstorte mit einer großen 88 drauf stand. »Fesch sieht er aus, was?« lachte Seidel. Er beugte sich zu Bellheim vor, deutete auf die Dame, mit der der Vater tanzte und flüsterte: »Seine neueste Flamme.«

Bellheim machte ein überraschtes Gesicht.

Seidel lächelte. »Dagegen wird man nie immun, wissen Sie.«

Bellheim sah ihn nachdenklich an.

Der Vater kehrte schwer atmend mit seiner Tänzerin an den Tisch zurück. »Mein Sohn«, stellte er vor, »Frau Adele Kurz.« Die Dame schüttelte Bellheim die Hand. »Ich weiß schon so viel über Sie, Herr Bellheim. Er erzählt ja dauernd von Ihnen.«

»Zu meinem Geburtstag nimmt er sich mal Zeit«, meinte der Vater pikiert, »sonst läßt er sich kaum bei mir blicken.«

»Ich war verreist, Papa«, verteidigte sich Bellheim. »Außerdem...«

Der Vater fiel ihm ins Wort: »Telefon gibt es überall.«

Bellheim fuhr fort: »Außerdem hatte ich eine Menge Ärger in letzter Zeit. Von unserem Baustopp...« Aber der Vater hörte gar nicht zu. »So ist das mit den Kindern. Sie gehen davon und drehen sich nicht mal um.« Bellheim insistierte: »Von unserem Baustopp habe ich dir doch erzählt. Eben habe ich erfahren, daß die Geologen jetzt...« Er kam nicht weiter. Die Kapelle begann wieder zu spielen. Der Vater faßte Frau Adeles Hand und nahm Tanzhaltung ein. »Tango, Adele!« Frau Adele fächelte sich Kühlung zu: »Nein, nein, erst muß ich mich ein bißchen frisch machen.« Kokett tänzelte sie davon. Sein Vater blickte ihr nach, während Bellheim weitererzählte, daß die Geologen jetzt festgestellt hatten, daß unter dem Gebäude keine Schadstoffe lagerten, sondern nur Bauschutt.

Unvermittelt erwiderte der Vater darauf: »Kein Vergleich mit Mama, weißt du. Aber ich will mich nicht beklagen. Ich bin achtundachtzig und nicht allein.« Er wandte sich Bellheim zu: »Daß man sich vergnügt, ist doch in Ordnung.«

Bellheim gab es auf, von seinen Problemen zu erzählen, und

faßte herzlich die Hand des Vaters. »Ich bin froh, daß es dir so gut geht, Papa.«

Der Vater nickte. »Für die nächste Woche bin ich zuversichtlich!«

»Nur für nächste Woche?« fragte Bellheim irritiert.

»Eine Woche ist lang, darüber hinaus plane ich nicht mehr.« Er summte leise die Melodie mit. Bellheim sah ihn bewegt an. Auf der Tanzfläche wiegten sich die greisen Paare im Tango-Rhythmus.

Andrea und Bellheim machten einen Spaziergang durch den Park. Sie gingen über eine Brücke, blieben stehen und schauten hinunter ins Wasser. Bellheim faßte nach ihrer Hand. Andrea wollte ihn umarmen. In diesem Moment liefen Leute an ihnen vorbei, die sich tuschelnd nach ihnen umdrehten. Die beiden lösten sich rasch voneinander. Andrea tat so, als pfeife sie nach einem Hund.

Als sie weitergingen, hüpfte Andrea aufgeregt um Bellheim herum.

»Können wir nicht nach Hause gehen?« flüsterte sie ihm zu. »Ich sterbe, wenn ich dich nicht anfassen darf. Ich kann mich kaum noch beherrschen.«

Später, in Andreas Wohnung tanzten sie zur Musik vom Plattenspieler engumschlugen im schummrigen Halbdunkel des großen Raums. Ab und zu blieben sie stehen und küßten sich. Als die Nadel des Plattenspielers hängenblieb, nahm Andrea eine Zeitung und schleuderte sie gegen das Gerät, das augenblicklich verstummte. Bellheim drückte sie an sich. »Du bist sehr geschickt«, sagte er leise.

»Ja, das bin ich«, entgegnete Andrea vieldeutig.

Spät in der Nacht kam Bellheim nach Hause, beschwingt und heiter. Als er sich im Schlafzimmer aufs Bett setzte, sah er auf dem Nachttisch Marias Bild.

Es dauerte lange, bis in Marbella abgehoben wurde und Marias verschlafene Stimme »Hallo?« sagte.

»Hab ich dich geweckt?« fragte ihr Mann zärtlich.

Maria knipste die Nachttischlampe an. »Peter! Es ist zwei Uhr früh! Warum rufst du nicht mal eher an? Ich habe versucht, dich zur Abendessenszeit zu erreichen, aber du warst schon wieder nicht da.«

»Ich hatte noch zu tun.« Er versuchte abzulenken und schnitt ein neues Thema an. »Das Ergebnis der Bodenuntersuchung ist heute gekommen. Die Geologen haben eindeutig festgestellt, daß unter unserer Braunschweiger Filiale keinerlei Schadstoffe lagern. Wir können weiterbauen!«

Maria erwiderte nichts.

»Maria? Hast du gehört?«

»Ja.«

»Interessiert dich das denn nicht?« fragte Bellheim erstaunt. »Oder ist etwas?«

»Gar nichts ist«, kam es kühl zurück. »So wenig wie sonst auch.«

»Natürlich ist da was«, beharrte Bellheim.

»Früher haben wir immer alles miteinander besprochen«, sagte Maria, die nun völlig erwacht war. »Seit neuestem scheint das nicht mehr so zu sein. Du entscheidest allein. Du fragst mich nicht mal, und manches teilst du mir nicht einmal mit. Schön, aber dann laß' mich auch in Frieden. Ich bin eine berufstätige Frau. Morgen weihen wir unseren neuen Ballettsaal ein. Du hast eine Einladung bekommen. Aber du fandest es ja nicht einmal nötig abzusagen.« Inzwischen war Maria außer sich vor Zorn. Vor ein paar Tagen erst hatte sie von Olga erfahren müssen, daß Peter sein Aktienkapital verpfändet hatte. Und das, ohne sie zu fragen, ja nicht einmal informiert hatte er sie. Schließlich riskierte er alles, was er sich im Laufe seines Lebens erarbeitet hatte, und auch sie hatte für diese Ehe, für dieses Leben, Opfer gebracht. Olga hatte ja ganz recht gehabt, als sie empört darauf hinwies, solch eine grundlegende Entscheidung hätten die Bellheims gemeinsam treffen müssen.

»Maria!« Bellheim dachte zerknirscht an den Umschlag mit dem Absender der Tanzschule, den er noch nicht einmal geöffnet hatte. »Entschuldige. Es tut mir leid. Ich ...«

»Ich muß jetzt schlafen, Peter«, unterbrach ihn Maria. »Morgen muß ich gut aussehen und in Form sein.«

Sie legte auf. Peter trat ans Fenster. Draußen zog ein Spätsommergewitter vorbei. Es blitzte und donnerte.

Charly Wiesner hatte seine engsten Freunde gebeten, sich den Laden anzuschauen, bevor er über einen Mietvertrag nachdachte. Er war überrascht, als zu dem Termin nicht nur der Hausbesitzer erschien, sondern auch noch ein sehr geschäftsmäßig wirkender junger Mann, der sich als Makler vorstellte. Skeptisch und unentschlossen blickten sich Mona und der alte Verkäufer Albert in den düsteren Räumen um. Charly erschien es noch trostloser als beim letztenmal. Allerdings war der Laden auch wirklich in schlechtem Zustand. Frisch gestrichen, aufgeräumt, angefüllt mit hübscher Ware und vor allem hell erleuchtet, würde alles gleich anders aussehen.

Der Hausbesitzer Bechtold beobachtete den unschlüssigen Charly. »Vielleicht behalte ich den Laden für mich und mache 'ne Kneipe auf«, wandte er sich an den Makler. »Gesoffen wird immer.«

Der Makler nickte: »Beste Laufgegend, zum Zentrum praktisch um die Ecke. Gute Idee.«

Mona trat an die Schaufensterscheibe: »Aber da draußen ist keine Menschenseele«, bemerkte sie verwundert.

»Samstag nachmittag, gnädige Frau«, erklärte der Makler. »Das ist ja gerade der Beweis für zentrale Geschäftslage, daß es am Wochenende menschenleer ist.« Die Tür ging auf, und ein dunkelhaariger Mann betrat den Laden. »Schon wieder ein Mietinteressent!« frohlockte Bechtold. Aber als er ihm den Laden zeigen wollte, hatte er allerdings Verständigungsschwierigkeiten mit dem Mann, der kaum deutsch sprach. Währenddessen befühlte Albert das Holz der Regale und flüsterte Charly zu: »Alles morsch, Mensch!« Charly winkte ab. »Alles zu reparieren, streichen kann ich selbst.«

»Furnierte Eiche«, mischte sich Bechtold ein, trat dicht an Charly heran und raunte ihm zu: »An Sie würde ich viel lieber vermieten, ehrlich gesagt. Wer weiß, wie lange so einer durchhält! Nachher geht der pleite, und ich kann sehen, wie ich die gepfändete Ware loswerde.«

Der Makler neigte sich nahe zu Bechtold und flüsterte ihm eindringlich zu: »Um Gottes willen nicht so tun, als wären Sie scharf drauf zu vermieten.

»Nee, nee«, zischelte Bechtold zurück, »ich lern das noch.«

Albert zog Charly etwas beiseite, um ihn zur Vorsicht zu mahnen. Dann wandte er sich an den Makler: »Provision für Sie käm auch noch dazu.«

Der Makler nickte: »Drei Monatsmieten.« Charly, der an solche Forderungen überhaupt nicht gedacht hatte, sah erschrocken auf. Der Makler lachte: »Seien Sie froh, wir haben ja eine Funktion, nicht wahr. Wir ordnen den Markt. Die ohne Makler vermieten, verlangen in der Regel Preise, daß einem die Haare zu Berge stehen. Und dann argumentieren sie, man würde ja die Maklerprovision sparen.«

Dem Dunkelhaarigen gefiel der Laden offenbar nicht. »Also Sie müssen sich ja nicht heute entscheiden«, meinte Bechtold.

Charly hatte den Eindruck, daß der gar nicht vermieten wollte. Er atmete tief durch. »Also wenn, dann aber erst ab fünfzehnten Oktober.«

Bechtold musterte ihn. »Fünfzehnten Oktober, das wär sicher?«

Der Makler mischte sich ein: »Müssen Sie wissen, Herr Bechtold. Ich meine, Sie verlieren eineinhalb Monatsmieten.«

Albert zog Charly am Ärmel: »Du hast doch noch gar nicht das Darlehen.« Charly schob ihn weg. »Das geht schon klar.«

Bechtold streckte ihm die Hand entgegen: »Fünfzehnten Oktober, topp!«

Charly schlug ein.

»Heißt das jetzt, du mietest?« fragte Mona verblüfft.

»Ich miete!« Charly umarmte Mona, ganz außer sich vor Freude.

Der Makler und Bechtold nickten einander befriedigt zu.

Wenn sie keine Zeit hatte, nach Frankfurt zu fahren, traf sich Gudrun Lange in einem um die Mittagszeit immer sehr gut besuchten Restaurant in der Innenstadt von Hannover mit Rottmanns Referenten Rex. Sie reichte ihm ein Kuvert. »Das Amt für Umweltschutz«, erklärte sie, »argumentiert jetzt: Vielleicht hätten die Geologen ja nicht an den richtigen Stellen gebohrt. Zwischen den Bohrlöchern wären teilweise zwanzig Meter Abstand. Dazwischen könnten doch jede Menge Schadstoffe lagern.«

Rex nickte zufrieden. »Gut gemacht, Herr Rottmann wird sehr

zufrieden sein.« Er lächelte. Bellheim geriet in immer größere Schwierigkeiten.

Am Abend fand in Kastens Hotel in Hannover ein großer Empfang statt. Zahlreiche geladene Gäste hatten sich festlich gekleidet eingefunden. Konsul Tötter erschien in Begleitung von Gudrun Lange. Sicherheitsbeamte kontrollierten die Einladungskarten.

Leicht außer Puste kamen Sachs, Fink und Max Reuther, die sich etwas verspätet hatten, die Treppe hinauf ins Foyer, wo sie von Bellheim schon ungeduldig erwartet wurden. Max bekam einen Hustenanfall, der gar nicht wieder aufhören wollte. Fink klopfte ihm besorgt und ärgerlich auf den Rücken. »Du solltest dich jetzt aber wirklich endlich mal untersuchen lassen«, schimpfte er. »Der Professor, den ich kenne, hat mir versprochen, daß er dich sofort drannimmt.«

»Was kann der mir schon groß erzählen?« röchelte Max. »Daß ich zuviel rauche? Das weiß ich selber.«

Im großen Saal unterhielt sich Bellheim mit Konsul Tötter. Als er die drei hereinkommen sah, drängelte er sich zu ihnen durch. »Na, habt ihr was erreicht?« fragte er.

Die drei schüttelten bekümmert die Köpfe.

»Sie waren bei diesem Amt für Umweltschutz?« erkundigte sich Tötter interessiert. Fink nickte. »Die Sache wäre doch ganz einfach, haben sie uns erklärt. Wir sollen Sonden mit Meßgeräten installieren, die monatlich abgelesen werden. Dann wüßten wir in einem halben Jahr definitiv Bescheid.«

»In einem halben Jahr?« Bellheim erschrak. »Ganz unmöglich.«

Sachs sah ihn an. »Wir haben uns den Mund fußlig geredet, daß wir Verpflichtungen eingegangen sind, daß wir Ware, die wir geordert haben, abnehmen müssen.«

Unterdessen hatte der Stadtdirektor mit seiner Begrüßungsansprache begonnen. Immer wieder wurde er von Applaus unterbrochen. Die drei redeten unbeeindruckt weiter.

»Ich habe dieser Sachbearbeiterin gesagt, Baukredite kosten eine Menge Geld«, flüsterte Fink. »Geld ist nicht wie ein Auto, das man vor der Tür parkt. Geld ist wie ein Pferd, das dauernd Hafer frißt.«

Bellheim nickte: »Gut!«

»Das seien unsere Probleme«, zitierte Fink die Sachbearbeiterin, »sie vertrete die Interessen der Öffentlichkeit.«

Konsul Tötter drehte sich lächelnd zu ihnen um: »Ja, was soll man da sagen. Wir sind leider nicht mehr am Ruder. Und die Regierungspartei«, er lächelte verächtlich, »...allem und jedem muß der Koalitionspartner zustimmen. Und da wackelt halt manchmal der Schwanz mit dem Hund.« Er entschuldigte sich, hakte Gudrun unter, die in der Nähe wartete und stellte sie anderen Gästen vor.

Max schaute ihm nach und bemerkte leise: »Der schlimmste Narr ist ein alter Narr!« Bellheim zuckte zusammen und musterte ihn betroffen.

Während des Empfangs sorgte auch ein Fernsehteam für Unruhe. Plötzlich entdeckte Bellheim seine Tochter. »Was machst denn du hier?« fragte er sie.

Nina umarmte ihn: »Wir drehen ein Porträt vom Ministerpräsidenten.«

Sie nickte Sachs, Fink und Reuther grüßend zu. »Du wolltest mich neulich im Büro sprechen?« fragte Bellheim.

Nina nickte. »Ich hab Probleme, Pa.«

Bellheim war nervös und ungeduldig und mit ganz anderen Gedanken beschäftigt. Er hörte ihr so wenig zu, wie sein Vater ihm zugehört hatte, als er ihm auf dem Geburtstagsfest von seinen Problemen mit dem angeblich verseuchten Bauschutt erzählen wollte. »Über Behördenwillkür solltest du lieber was drehen«, unterbrach er Nina. »Diese bürokratischen Dünnbrettbohrer. Hast du mitgekriegt, was dieses Amt für Umweltschutz mit uns anstellt?« schimpfte er. »Wir können immer noch nicht mit unserem Bau beginnen, weil angeblich...«

Nina fiel ihm ins Wort: »Aber Umweltschutz muß doch sein, Pa!« Sie schwieg, als jetzt der Ministerpräsident mit Gefolge herantrat: »Herr Bellheim, wieder sehr aktiv, wie man hört!« Der Ministerpräsident schüttelte Bellheim die Hand. »Wer rastet, der rostet, Herr Ministerpräsident!« Nina winkte ihr Kamerateam heran. Der Ministerpräsident ging weiter. »Aha, und das sind die tüchtigen Freunde! Herr Dr. Fink.« Er schüttelte Fink die Hand. »Herr Sachs.« Er schüttelte Reuther die Hand. »Herr Reuther.« Er schüttelte Sachs die Hand.

Sachs lachte: »Umgekehrt, Herr Ministerpräsident, uns kann man ganz leicht auseinanderhalten, weil ich der Schönere bin.« Der Ministerpräsident musterte ihn amüsiert: »Dann sehen Sie mal zu, daß Sie es auch bleiben!«

Mitten in der Nacht stand Fink im Bad und schluckte eine Schlaftablette, weil er sich schon über eine Stunde lang ruhelos im Bett gewälzt hatte. Eine Tür klappte. Er hörte tappende Schritte. Fink schaute nach und fand Bellheim im dunklen Wohnzimmer sitzen. »Kannst du auch nicht schlafen?« fragte Fink leise. Bellheim schüttelte den Kopf. »Dabei bin ich hundemüde.«

Aus dem Garten tauchte plötzlich Max im Bademantel auf: »Wollt ihr ein Glas Milch?« fragte er. »Kann es auch ein Cognäcchen sein?« tönte die Stimme von Sachs aus der Diele. Er schlurfte herein und rieb sich dabei eine cremige weiße Maske aufs Gesicht.

Im Wohnzimmer füllte Max vier Cognacgläser: »Kriegen Sie damit überhaupt den Mund auf?« fragte er Sachs.

Sachs schüttelte den Kopf: »Der hat ein einmaliges Talent, einem auf den Wecker zu gehen!« Max bekam einen schlimmen Hustenanfall.

Fink, der neben dem deprimiert wirkenden Bellheim auf dem Sofa Platz genommen hatte, tätschelte mitfühlend dessen Knie.

»Wenn wir nicht in allernächster Zeit mit dem Umbau beginnen, geht uns das Weihnachtsgeschäft flöten«, sagte Bellheim ratlos. »Dann können wir einpacken.«

Trübselig rafften sie ihre Bademäntel zusammen und leerten ihre Gläser.

Plötzlich bemerkte Sachs, daß Max sich draußen auf die Veranda gesetzt hatte, den Kopf in den Händen vergraben. »Fühlt der sich nicht gut?« fragte er die anderen leise.

Fink legte seinen Finger auf die Lippen. »Heute ist der Todestag seiner Frau«, erklärte er im Flüsterton. »Außerdem hat der Sohn angerufen, der Enkel kommt nicht zum Wochenende. Der Kleine soll sich bei ihm nicht anstecken.«

»Vielleicht kriegen wir ihn auf diese Weise endlich zum Arzt«, zischelte Sachs. »Solange er nichts gegen seinen Husten unternimmt, besucht ihn sein Enkel nicht.«

Für einen Augenblick schien die Sorge um Max alle anderen

Sorgen zu verdrängen. Reuther sah auf und bemerkte, wie die drei tuschelnd die Köpfe zusammensteckten: »Was guckt ihr denn so?« blaffte er. »Ist was?«

Fink, Sachs und Bellheim schüttelten die Köpfe. »Nichts, gar nichts ist. Was soll denn sein?«

Max seufzte. »Mensch, die ganze Welt erstickt im Smog, und ausgerechnet bei uns fängt so einer an, die Umwelt zu retten!«

In diesem Augenblick klingelte es an der Haustür. Die vier fuhren zusammen. Fink sah auf die Uhr. Es war kurz nach eins. »Wer kann denn das sein,« fragte er, »um diese Zeit?«

Bellheim öffnete die Tür. Draußen stand Richard Maiers im Anzug und hellen Regenmantel. »Entschuldige den späten Überfall, Peter!« Er wirkte ein wenig unsicher und trat nur zögernd und verlegen lächelnd näher, als Bellheim ihn hereinbat.

»Ich hatte vorhin schon mal angerufen«, sagte Richard, »aber da hat sich niemand gemeldet. Hoffentlich habe ich euch nicht geweckt.«

Bellheim beruhigte ihn und führte ihn ins Wohnzimmer.

»Möchten Sie was trinken?« fragte Max.

»Einen ganz kleinen Cognac.« Richard starrte verwundert auf Sachs' clownesk wirkende Gesichtsmaske. »Ich habe heute abend schon ein bißchen reichlich. Wir hatten Klassentreffen.« Er lachte und nahm in einem der Sessel Platz. »Also die Sache ist die: Ein ehemaliger Schulkamerad von mir ist ein hohes Tier beim Bauamt in Frankfurt. Dem habe ich von unserem Problem mit Baustopp und allem erzählt, und er hat mir einen Tip gegeben. Wir können diese ganzen Messungen umgehen.«

»Wie?« fragte Fink.

»Indem wir einen kompletten Bodenaustausch vornehmen. Es wird zwar eine Menge Geld kosten, aber...« Richard war ganz begeistert von den Aussichten, die diese Möglichkeit eröffnete, und rutschte zappelig auf dem Sessel hin und her.

»Das geht?« Bellheim staunte.

»Geht hundertprozentig!« Richard nickte eifrig. Er hatte es gar nicht erwarten können, die gute Nachricht, die ihm der Zufall da in die Hände gespielt hatte, weiterzugeben und fuhr fort: »Das Amt für Umweltschutz darf dann nur entscheiden, auf welche Deponie der Boden gefahren wird.«

»Klingt ja großartig«, meinte Max.

Richard lachte mit einem Anflug von Stolz: »Nicht wahr!«

Bellheim umarmte ihn gerührt. »Danke!«

»Na hör mal«, antwortete Richard mit gesenktem Blick: »Irgendwie müssen wir doch raus aus dem Schlamassel.« Er hob sein Glas, die anderen prosteten ihm tief bewegt zu. Nachdem Bellheim und er sich so bitter bekämpft hatten, hatte keiner mehr darauf gezählt, daß Richard so loyal an der Rettung des Unternehmens mitarbeiten würde.

An selben Abend unternahm Rottmann einen Versuch, die fünfzig Millionen aufzutreiben, die er für die Einzahlung auf das Luxemburger Konto der Fürli-Bank brauchte. Er hatte den spießigen Müller-Mendt in einen der eleganten, vornehmen Frankfurter Sauna-Clubs eingeladen. Kerzenleuchter und Kandelaber erhellten die Räume. Leichtgeschürzte Mädchen servierten Getränke, schäkerten mit Besuchern an der Bar oder plätscherten mit älteren, beleibten Herren im Pool. Rottmann und Müller-Mendt hatten an einem abseits stehenden Tisch Platz genommen. Müller-Mendt, noch ganz benommen von den vielen neuen Eindrükken, hörte Rottmann nur mit halbem Ohr zu, bis er plötzlich eine Zahl aufnahm, die ihm sein Gegenüber leise, aber deutlich zugeraunt hatte. »Fünfzig Millionen«, er schluckte.

Rottmann nickte: »Das ist die Größenordnung, die ich mir vorstelle.«

»Ich verstehe«, sagte Müller-Mendt. Das war sehr viel Geld, mehr als er zusagen konnte. Aber für ihn war es äußerst wichtig, einen Großkunden wie Rottmann und seine JOTA AG dem Bankvorstand präsentieren zu können.

Rottmann beobachtete ihn scharf. »Zuviel für euch?« fragte er lächelnd.

Müller-Mendt verneinte eifrig: »Nein, nein, ich werde mich beim Vorstand für diese Kreditlinie einsetzen, mit allem Nachdruck.« Rottmann grinste zufrieden.

Müller-Mendt beobachtete ein Mädchen im Lederkostüm, das sich langsam, beinahe mechanisch auszog.

»Natürlich würde es meine Argumentation erleichtern, wenn ich unseren Direktoren mitteilen könnte, daß wir als Bank dann auch im Aufsichtsrat von JOTA vertreten wären.« Rottmann nickte verständnisvoll.

»Sagen Sie's doch gleich, daß Sie in unseren Aufsichtsrat wollen.«

Das Mädchen im Lederkostüm legte die Arme um Müller-Mendts Hals und bedeutete ihm, daß es etwas trinken wollte. Ein anderes Mädchen zog Rottmann zur Tanzfläche. Rottmann beugte sich grienend über Müller-Mendt: »Hier herrscht übrigens 'ne eiserne Regel, Sportsfreund: Wer am längsten macht und als letzter geht, zahlt alles!« Er lachte laut über Müller-Mendts irritiertes Gesicht.

Nachdem der Bodenaustausch in Braunschweig vorgenommen worden war, gingen die Umbauarbeiten an der Braunschweiger Filiale zügig voran. Sachs, Max Reuther und Fink fuhren an diesem Morgen hin, um die Bauarbeiten zu besichtigen. Max Reuther wurde plötzlich schlecht. Er rang nach Atem. Die beiden führten ihn in den Sanitätsraum. Dort wurde sofort ein Arzt benachrichtigt, der sofort Reuther in das Krankenhaus einwies. Jetzt wartete Sachs neben Reuther, den man in einen Rollstuhl gesetzt hatte, auf dem langen Krankenhaus-Korridor, während Erich Fink in einer Telefonzelle versuchte, Bellheim zu erreichen.

Auf dem Flughafen von Hannover war eine Maschine aus Malaga gelandet. Die Fluggäste sammelten ihr Gepäck ein und stömten aus der Halle. Zwei elegante Damen, gefolgt von einem Gepäckträger, näherten sich dem Taxistand. Olga Fink schaute zur Uhr: »Um die Zeit sind die bestimmt im Büro!« Maria Bellheim lachte: »Na hoffentlich!«

Aber Bellheim und Fink waren nicht im Kaufhaus. Zusammen mit Sachs standen sie mit verkrampften Gesichtern um Max herum, der bleich und müde in seinem Krankenhausbett lag und an allerlei Schläuchen hing. Sie schwiegen. Eine Schwester kam herein und kontrollierte Blutdruck und Puls und zückte eine Spritze. Die drei Freunde wandten sich zur Tür. »Das ist ein harter alter Knochen« sagte Sachs leise, »der lebt noch zwanzig Jahre.« Die anderen nickten, wie um sich selbst Mut zu machen.

Nach ihrer langen Abwesenheit ging Maria Bellheim sofort in

das Kaufhaus. Langsam schlenderte sie durch die Abteilungen. Der alte Verkäufer Albert entdeckte sie als erster und lief hinter ihr her. »Frau Bellheim, nein so was, Sie waren ja eine Ewigkeit nicht mehr hier.« Maria schüttelte ihm freundlich die Hand, sie hatte keine Ahnung, wer da vor ihr stand. Hinter ihr fiel poltend eine Dekorationspuppe zu Boden. Andrea hob sie verstört auf, während sie aus den Augenwinkeln Maria beobachtete.

Zur gleichen Zeit bog ein großer Wagen in die Auffahrt der Villa Maiers ein und hielt auf dem gepflegten Kiesweg. Rottmann stieg mit zwei Herren aus. Gudrun Lange wartete neben ihrem Wagen. Gemeinsam marschierte die Gruppe dann auf das Haus zu.

»JOTA ist gestern auf sieben-fünf-eins gestiegen«, flüsterte Gudrun Rottmann zu.

Rottmann grinste: »Doch erfreulich, wie?«

Gudrun zuckte die Schultern: »Nicht für Frau Maiers.«

»Aber wir hatten vereinbart, zum Tageskurs« mahnte Rottmann. Er hakte Gudrun unter: »Machen Sie der klar, JOTA wird weitersteigen, JOTA gegen Bellheim einzutauschen ist das Geschäft ihres Lebens.« Während ein Hausmädchen die Tür öffnete und Gertrud Maiers die Besucher begrüßte, ballte Rottmann die Faust und flüsterte leise: »Jetzt ist Bellheim dran.«

VIERTES BUCH

ALLES ODER NICHTS

Über Hongkong senkte sich der Abend. Das mit Schiffen und Dschunken übersäte Meer glitzerte im Schein der tiefstehenden Sonne. Durch den Dschungel der Straßen wälzte sich ein unaufhörlich lärmender Verkehrsstrom. Lastwagen, Autos, Karren, Handwagen und Rikschas verstopften die Straßen. Der Schilderwald chinesischer Schriftzeichen machte die Stadt noch geheimnisvoller. Alex Barner, Geschäftsführer der JOTA AG in Hongkong, war mit seinem Wagen unterwegs nach Aberdeen. Dort fand in dem eleganten Jachtclub am Meer ein Empfang statt. Alex war nervös, er schwitzte. Er wußte, daß er seinen Chef Rottmann dort treffen würde und daß er mit ihm eine delikate Angelegenheit besprechen mußte. Rottmann wollte ein weiteres Bürohaus in Hongkong erwerben, man mußte aber immer irgend jemanden bestechen. Der Vermittler hatte hunderttausend Hongkong-Dollar Schmiergeld verlangt, die Barner nur zu zahlen bereit war, wenn er die Deckung durch den Vorstand hatte. Bisher war ihm Rottmann ausgewichen, ohne ihm eine klare Antwort zu geben.

Der Empfang fand auf der Terrasse des Clubhauses statt. Elegant gekleidete Gäste flanierten vor hell erleuchteten Fenstern. Rottmann zog Alex Barner sofort beiseite, Alex zeigte ihm nochmals die Fotos von dem Haus. Rottmann schien ganz begeistert zu sein. »Bomben-Investition, also sehen Sie zu, daß Sie es kriegen.« Sein Hemd war feucht vor Schweiß.

Alex versicherte ihm dranzubleiben, aber erklärte ihm noch mal, daß es zu dem Kauf nicht käme, wenn er nicht ein paar Hände schmieren würde. »Wir sind in Hongkong«, erklärte er vielsagend.

Rottmann angelte sich eine Suppentasse vom Tablett des Kellners. »Ich setz' auf Sie, Sportsfreund, vermasseln Sie's nicht, das Haus müssen wir haben.« Er ließ ihn stehen und steuerte auf den Hintergrund der großen Terrasse zu, wo er den alten Chun Do Hee mit seinem Gefolge entdeckt hatte. Alex sah ihm betreten nach, er hatte wieder keine Antwort bekommen.

Chun saß wie immer im Rollstuhl. Seine dunklen schmalen Augen funkelten.

»Wie viele Bellheim-Aktien haben Sie denn jetzt gekauft, Herr Rottmann?« begann Choi das Gespräch.

Rottmann lächelte: »Genug.«

Der alte Chun verzog amüsiert das Gesicht.

Rottmann musterte ihn. »Sie beliefern Bellheim, und Sie beliefern uns. Vermutlich sind wir inzwischen die besseren Kunden. Wo stehen Sie?«

»In der Mitte«, antwortete der Alte.

Rottmann nickte zufrieden. Das hatte er wissen wollen. Die Koreaner würden sich in den Endkampf um Bellheim nicht einmischen.

»Zeitlebens hatte mein Onkel nur einen Grundsatz«, erklärte Choi. Rottmann lächelte und hob sein Glas. »Halte dich an den Sieger?« Das war auch sein Grundsatz.

In Hannover war es Herbst geworden. Ein stürmischer Wind fegte auf den Straßen das Laub zusammen. Es regnete viel, und es war bereits spürbar kalt. Die Tage wurden kürzer, und die Sonne schien immer seltener warm vom Himmel.

Bellheim arbeitete inzwischen rund um die Uhr. Die Umgestaltung der Filialen nahm seine ganze Kraft in Anspruch. Maria machte sich Sorgen um ihn. Sie spürte, daß ihr Mann sich ihr mehr und mehr entfremdete, aber den Grund dafür sah sie in der gewaltigen Arbeitsüberlastung.

An diesem Tag verbrachte Bellheim den Nachmittag bei Andrea, die fürchterlich erkältet war. Statt sich um die Patientin zu kümmern, telefonierte er stundenlang mit säumigen Lieferanten. Nichts klappte, der Druck, der auf ihm lastete, wurde immer spürbarer.

»Du arbeitest hundert Stunden die Woche, wie hältst du das bloß aus?« Andrea schüttelte den Kopf. Dann hustete sie.

»Klingt ja schlimm«, murmelte Bellheim, während er in seinem Terminkalender blätterte. »Du hast Fieber!«

»Nur ein bißchen erhöhte Temperatur«, wehrte Andrea ab.

Bellheim sah auf die Uhr. Andrea bemerkte es. »Erst halb sieben, du mußt doch noch nicht gehen.«

»Leider«, seufzte Bellheim. Andrea umarmte ihn. Er machte sich behutsam los und stand auf. Andrea seufzte: »Genau das, was ich mir immer erträumt habe«, sagte sie leise und bitter, »die heimliche Geliebte, bei der man mal ab und zu vorbeischaut.« Sie rieb sich die Stirn. Zum erstenmal spürte sie, daß sich ihre Beziehung verändert hatte. Als sie sich kennenlernten, gab es nur sie beide, nichts anderes. Natürlich hatte er seine Arbeit und seine Verpflichtungen den Freunden gegenüber, aber er hatte im Lauf der Wochen viel Zeit für sie erübrigen können. Doch dann war plötzlich Maria Bellheim nach Deutschland gekommen. Warum? Ahnte sie etwas? Sie nahm Bellheim in Beschlag, am Wochenende sahen sie sich kaum noch.

»Entschuldige«, sagte sie leise. »Ich kann es selbst nicht ausstehen, wenn ich so rede.«

Er wollte sie zum Abschied küssen, aber sie wich aus. »Nein, paß auf, du steckst dich nur an.«

Bellheim ging verärgert. Andrea, den Kopf in die Hände gestützt, saß da und grübelte.

Bellheim mußte an diesem Abend in die Oper, sie hatten Premierenkarten für *Rigoletto*. Er saß zwischen Maria und Olga Fink in einer Loge. Hinter ihm waren Sachs und Fink eingenickt und schnarchten leise. Von den Nachbarlogen blickten Zuschauer indigniert herüber. Erst beim Schlußbeifall wachten die beiden auf. Fink reckte sich wohlig: »Oper ist doch was Wunderbares, ich fühle mich ganz erfrischt.« Sachs verdrehte schwärmerisch die Augen: »Musik, der Seele Nahrung.«

Bellheim hatte in der Menge der Opernbesucher, die dem Ausgang zuströmten, Gertrud Maiers entdeckt, die in Begleitung von Gudrun Lange war. Er nickte den beiden einen höflichen Gruß zu. Verblüfft bemerkte er, daß Gertrud ihn absichtlich übersah. Als er auf sie zugehen wollte, lief sie bereits eilig die Treppen hinunter. Es sah aus, als fliehe sie vor ihm. Gudrun Lange folgte ihr langsamer.

Fink, der den Vorgang beobachtet hatte, fragte verwundert: »Was ist denn mit der Maiers los?«

Bellheim zuckte beunruhigt die Achseln. Die Sache gefiel ihm nicht. Hinter ihm begrüßte Dr. Urban gerade Maria. »Gnädige Frau! So eine Überraschung! Wieder im Lande?« Er schüttelte auch den anderen die Hand.

»Na, was machen die Geschäfte?« erkundigte sich Urban. »Ist die Umgestaltung abgeschlossen?«

»In Göttingen, Wolfsburg und Lüneburg sind die renovierten Filialen schon wieder eröffnet«, sagte Bellheim stolz.

»Und wie läuft es?«

»Ganz hervorragend«, erklärte Fink zufrieden, und Sachs ergänzte: »Am ersten Oktober starten wir in Braunschweig. Mit allem Brimborium.«

Dr. Urban kniff ein Auge zu. »Es sollte mich freuen, wenn ich recht behielte und nicht der verehrte Kollege Müller-Mendt.« Er schaute sich suchend um. »Wo ist überhaupt der Vierte im Bunde?«

»Max Reuther? Der ist noch im Krankenhaus. Geht ihm aber schon besser«, sagte Fink.

Ein junges Mädchen ging vorüber, dem Sachs interessiert nachschaute. »Die war hübsch. Habt ihr gesehen? Als ich jung war, gab es vielleicht zehn, zwölf hübsche Mädchen. Heute sind sie alle hübsch.«

Sie gingen hinaus, die Herren voran, die Damen in einigem Abstand hinterher.

»Sieht so aus, als bekäme unseren Männern die Arbeit. Peter ist schlanker geworden, und der neue Haarschnitt verjüngt ihn«, meinte Olga nachdenklich.

Maria nickte. »Ich habe den Eindruck, die kommen ganz prächtig ohne uns aus.«

Olga seufzte. »Wir müssen sie schärfer beobachten. Immer, wenn Erich anfängt, Schuhe mit erhöhten Absätzen zu tragen, werde ich mißtrauisch.«

Maria mußte lachen. Trotzdem kam sie gedankenvoll nach Hause.

Alle waren ermüdet und gingen bald zu Bett. Als Peter Bellheim nach dem Zähneputzen aus dem Bad kam, stolperte er über Marias Koffer, der auf dem Boden stand, weil sie etwas herausgeholt hatte.

»Muß das Ding da mitten im Zimmer stehen?« fauchte er wütend.

»Entschuldigung.« Maria stand vom Bettrand auf und trug den Koffer zur Seite. »Sei doch nicht so furchtbar überreizt!«

»Ich bin nicht überreizt!« erwiderte er.

»Doch«, gab Maria gelassen zurück. »Bist du.«

Beim gestrigen Abendessen hatte Maria von einer Schiffsreise zu Weihnachten und Silvester gesprochen, die sie unbedingt buchen wollte, bevor die besten Angebote weg waren. »Wer macht denn jetzt schon Pläne für Weihnachten!« hatte Peter sie derartig unwirsch angeknurrt, wie sie es noch nie an ihm erlebt hatte. War diese Barschheit nur auf die Probleme mit den Kaufhäusern zurückzuführen?

Peter stieg ins Bett und löschte das Licht. Sie drehte sich auf seine Seite und sah ihn an. »Was ist los mit dir, Peter? Irgend etwas ist doch. Du bist in letzter Zeit so anders.« Sie beugte sich über ihn und streichelte seine Wange. »Liegt es an mir?« fragte sie. »Wir waren doch immer ziemlich aufrichtig miteinander.«

»Herrgott, Maria!« Bellheim fuhr auf. »Es ist mitten in der Nacht! Ich habe morgen einen schweren Tag vor mir.« Er knipste die Nachttischlampe aus.

Maria ließ sich nicht abschrecken. »Ich weiß ja, daß ich manchmal nervtötend sein kann. Du aber auch. Aggressiv, launenhaft. Ein richtiger Idiot.«

Peter mußte wider Willen lachen. »Dann ist es ja ein Glück, daß ich so eine tolle Frau habe«, flüsterte er ihr ins Ohr. Sie kuschelte sich an ihn. »Gut, daß du das einsiehst.«

Bellheim starrte in das Dunkel, er fühlte sich miserabel, er log sie an. Sie spürte etwas, sie spürte, daß es nicht mehr so war zwischen ihnen wie früher, und er belog sie, aber im Augenblick konnte er keine weitere Belastung gebrauchen. Er hatte nicht mal genug Zeit, sich mit Maria auseinanderzusetzen. Außerdem war er sich nicht im klaren, was er eigentlich wollte.

Am Kaufhaus bog ein Laster ab und holperte hinter einem Personenwagen auf den Hof. Riesige Plakate, die zur Eröffnung der Braunschweig-Filiale sensationelle Preisknüller ankündigten, klebten an den Hauswänden. Ein glatzköpfiger Mensch stieg aus und winkte Fahrer und Beifahrer des Lasters, ihm zu folgen. Der kahlköpfige Gerichtsvollzieher begab sich mit seinen Gehilfen in die Damenoberbekleidungsabteilung. Der Restwarenbestand einer großen italienischen Kleiderfirma sollte gepfändet werden, weil die Rechnungen bisher nicht bezahlt worden waren. Mit stummem Schrecken verfolgten die Verkäufer die Vorgänge. Die Gehilfen des Gerichtsvollziehers hängten die Kleider in großen Kisten auf. Albert schwitzte. Bedeutete das den Untergang des Kaufhauses? Wenn sich erst herumsprach, daß bei Bellheim am hellichten Tage Ware gepfändet wurde, war es aus. Wer kaufte schon seinen Fernseher in einem Betrieb, von dem er nicht wußte, ob er, bevor die Garantie abgelaufen ist, noch existierte?

Auch Charly war betroffen. Der Wirbel am frühen Morgen paßte ihm überhaupt nicht. Er wollte nämlich heute, während der ruhigen Vormittagsstunden, mit Mona einen unaufschiebbaren Termin erledigen. Mona war mit zwei Kleidern in einer Umkleidekabine verschwunden und hielt sie sich dort vor dem Spiegel an, während Charly ungeduldig zusah. »Lieber was Hochgeschlossenes, wie?« fragte sie. »Bei so einem Anlaß.«

Charly winkte unwirsch ab.

In diesem Moment kam Mathilde Schenk, die Abteilungsleiterin, die Treppe herauf, einen Arm in der Schlinge. Seit ihrem Unfall waren drei Monate vergangen.

Erschreckt beobachtete sie, wie ihre Ware weggepackt wurde. »Was ist denn hier los?«

»Angeblich ist die Ware nicht bezahlt worden«, antwortete Carla Lose leise. Carla war während der Abwesenheit von Frau Schenk kommissarisch zur Abteilungsleiterin ernannt worden.

»Die holen uns einfach die Lieferung raus? Das gibt's doch nicht. Das sind unsere Herbstknüller!« Hastig eilte sie an Carla vorbei zum Telefon und wählte eine Nummer.

Carla blickte ihr überrascht und böse nach. »Wer ist denn nun hier Abteilungsleiterin, die oder ich?« zischte sie.

Mona trat im dunklen Hochgeschlossenen aus der Kabine und drehte sich vor dem großen Pfeilerspiegel. Carla betrachtete sie und fragte spitz: »Hast du schon einen Personalkaufschein ausgefüllt?«

Natürlich wußte sie genau, daß das nicht der Fall war; sie und Mona hatten sich oft genug Kleidungsstücke für besondere Anlässe »ausgeliehen« und getragen wieder zurückgehängt.

»Ich will das doch nicht kaufen«, flüsterte Mona bestürzt, wurde aber prompt von Carla belehrt: »Wenn du es tragen willst, mußt du es auch kaufen. Wär ja noch schöner, der Kundschaft getragene Sachen anzudrehen!« Mona wurde knallrot.

»Schöne Freundin«, sagte sie tonlos.

Charly stand inzwischen schon an der Treppe und winkte Mona ungeduldig zu. »Ich fülle den Zettel nachher aus«, rief Mona und eilte mit ihm davon.

Carla drehte sich um und sah nur noch, wie die mit Kleidern vollgepfropften Speditionskisten zum Lastenaufzug geschoben wurden. Mathilde Schenk telefonierte immer noch.

Mona und Charly betraten zum erstenmal im Leben das Gewerbeamt. Eine breite Steintreppe führte hinauf. Ein weihevoller Moment, fast wie auf dem Standesamt. Mona sah so andächtig auf ein Türschild, daß sie stolperte und mit dem Ärmel an einer Klinke hängen blieb. Charly konnte sie gerade noch auffangen.

Nach einigen Erkundigungen betraten die beiden ein kärglich ausgestattetes Behördenzimmer. Ein älterer, gänzlich uninteressierter Sachbearbeiter hörte sich ihr Anliegen an.

»Da müssen wir ein Formular ausfüllen«, beschied er sie. Ächzend durchsuchte er den Formularschrank nach dem richtigen Vordruck, schob mehrere Blätter vielfach benutzten Kohlepapiers zwischen die Seiten und spannte das Papierbündel in eine alte, mechanische Schreibmaschine. Mühsam tippte er im Zwei-Finger-Such-System die notwendigen Angaben in das Formular.

»Name? Wohnort? Geburtsname? Geburtsdatum? Geburtsort? Erlernter Beruf? Ausgeübter Beruf?«

Nach einer Weile las er murmelnd das bisher Geschriebene vor, blickte die beiden durchdringend an und erkundigte sich in amtlichem Tonfall: »Sie waren bisher noch nicht als Gewerbetreibende gemeldet?«

Charly und Mona schüttelten den Kopf.

Der Sachbearbeiter sprach in leierndem Tonfall weiter: »Gegenstand des Gewerbes: Handel mit Damenoberbekleidung. Voraussichtlicher Betriebsbeginn: 15. Oktober 1991. So, das wäre dann wohl alles. Hier bitte unterschreiben.« Charly und Mona setzten ihre Unterschrift unter das Formular. »Dieser Durchschlag ist für Sie. Auf Wiedersehen.«

In der Tür stießen Mona und Charly fast mit einem kleinen,

wieselartigen Herrn zusammen, der sie höflich grüßte und hinter ihnen die Tür schloß.

Kaum hatte er den Raum betreten, als sich das Phlegma des Sachbearbeiters in beflissene Eilfertigkeit verwandelte. Er stand sogar auf, gab dem anderen die Hand und sagte: »Guten Tag, Herr Schimmel! Hier ist die Adressenliste aller Neugründungen dieser Woche. Eben ist noch eine hinzugekommen.«

Schimmel hatte das Papier mit flinker Hand eingesteckt. »Danke«, meinte er freundlich. »Übrigens, das mit der Praktikantenstelle für Ihre Tochter geht in Ordnung.«

Im Restaurant des Kaufhauses drängten sich die Menschen. Gleichzeitig mit der Pressekonferenz fand vor geladenen Gästen und mit viel Rummel die publicityfördernde Wahl der »Miss Bellheim« statt – natürlich eine Idee von Herbert Sachs. In der Mitte des großen Raums war ein von Scheinwerfern angestrahlter, T-förmiger Laufsteg aufgebaut worden. Dort paradierten zehn langbeinige, langhaarige und außerordentlich hübsche Mädchen in einteiligen Badeanzügen mit modisch hochgezogenem Beinansatz. Eine Band spielte. Im Hintergrund hing an der Decke ein Transparent mit der Aufschrift MISS BELLHEIM, darunter die Jahreszahl.

Während Bellheim mit Sachs und Fink an einem der kleinen Tische Platz genommen hatte, von wo aus die Herren die beste Sicht hatten, stand Maria seitlich am Laufsteg, sah ihrer Stieftochter Nina Barner zu, die die Veranstaltung moderierte, und freute sich über die vielen Gäste. Sie spürte nicht, daß zwei eifersüchtige Augen jede ihrer Bewegungen verfolgten.

Nur wenige Schritte von ihr entfernt, stand Andrea mit Krone und Blumen für die Siegerin der Wahl. Die junge Frau konnte den Blick nicht von Maria wenden. Die schlichte Eleganz und die klassischen Züge der anderen imponierten ihr. Sie selbst war zwar jünger, aber Peters Frau hatte viele gemeinsame, mit ihrem Mann verbrachte Jahre, gemeinsame Erinnerungen. Diesem Vorsprung konnte sie wenig entgegensetzen.

Richard Maiers, der ebenfalls mit Ziegler vorne saß, beobachtete, wie Frau Vonhoff aufgeregt hereinkam und sich umsah. Dann eilte sie zu Bellheim, der neben Fink und Sachs Platz genommen hatte. Maria, die neben dem Laufsteg wartete, ging beunruhigt zu ihrem Mann hinüber. Andrea schaute ihr nach. Auch Richard Maiers war aufgestanden und Ziegler in den Vorraum gefolgt. Bestürzt standen die Herren zusammen. »Ich begreif's nicht.« Sachs schüttelte den Kopf. »Der Großhändler hat mir sechzig Tage Zahlungsaufschub zugesagt, fest zugesagt.«

»Schriftlich?« hakte Richard Maiers nach.

»Nein«, erwiderte Sachs, »aber per Handschlag besiegelt. Unter Ehrenmännern gilt das genausoviel wie ein schriftlicher Vertrag.«

Maiers entfernte sich kopfschüttelnd.

Fink stöhnte. »Ausgerechnet heute muß das passieren! Wenn nun die Zeitungsfritzen davon Wind bekommen!«

Die zahlreichen Journalisten, denen gerade Getränke und ein kleiner Imbiß serviert wurde, saßen an einigen Sondertischen und fotografierten die langen Beine der Kandidatinnen. Ihre Stimmung schien gut zu sein, es wurde gelacht.

»Die dürfen auf keinen Fall etwas mitkriegen«, mahnte Bellheim.

Maria kam und setzte sich zu ihnen. Am Nebentisch hatte sich Richard Maiers neben Ziegler niedergelassen. Ziegler sah hinüber und sagte dann halblaut, aber so, daß Bellheim es mühelos verstehen konnte: »Geschäftspolitik von Herrn Bellheim und seinen Freunden? Das kommt also dabei raus? Na, danke!«

Bellheim wollte zornig etwas erwidern, aber Maria drückte ihm beruhigend die Hand. Andrea hatte alles beobachtet. Es versetzte ihr einen Stich ins Herz.

Die Kapelle spielte einen Tusch. Nina Barner trat vor und schwenkte geheimnisvoll einen großen Umschlag.

»Die Jury hat entschieden!« verkündete sie und riß ihn langsam auf. Die zehn Schönen hinter ihr lächelten erwartungsvoll.

»Miss Bellheim ist ... die ... Nummer ... sieben!« rief Nina.

Eines der Mädchen stieß einen Freudenschrei aus. Ein Blitzlichtgewitter setzte ein. Eine hochgewachsene Brünette strahlte über das ganze Gesicht. Die anderen Mädchen umringten, küßten und beglückwünschten sie als faire Verliererinnen. Unter einem erneuten Tusch der Kapelle schritt die frisch gekürte Miss Bellheim nach vorn.

»Frau Bellheim wird der Siegerin jetzt die Krone überreichen«, erklärte Nina. Wieder spielte die Kapelle. Maria betrat den Laufsteg. Andrea reichte ihr den riesigen Blumenstrauß und die Goldkrone, die Maria der glücklichen Gewinnerin aufsetzte.

Aus dem begeistert applaudierenden Publikum kamen Zurufe. »Bellheim aufs Podium!« hieß es. Auch Nina winkte ihm, nach oben zu kommen. Er stand auf, erkletterte den Laufsteg und küßte der Siegerin galant die Hand.

»Sie sind wirklich sehr hübsch«, rief er dann laut, »aber, so leid es mir tut, für mich gibt es immer nur *eine* Miss Bellheim.« Und damit trat er auf Maria zu, umarmte und küßte sie. Die Zuschauer jubelten.

Blaß geworden starrte Andrea zum Laufsteg hoch.

Am gleichen Abend besuchten Peter Bellheim und seine Freunde den kranken Max. Olga und Maria begleiteten sie. Die Damen brachten Obst und Blumen. Sachs hatte einen Stapel Zeitungen unter den Arm geklemmt, Fink ein Foto von Hannibal gemacht und Bellheim einen Roman gekauft, in dem die Gewerkschaft eine wichtige und positive Rolle spielte. »Das wird ihn aufbauen«, meinte er zufrieden.

Ein langer Korridor führte zur Privatstation. In regelmäßigen Abständen gab es dort Sitzgruppen und Bänke, auf denen sich Patientinnen und Patienten niedergelassen hatten. Der typische Krankenhausgeruch lag in der Luft. Fink schaute sich unbehaglich um. »Hier wimmelt es bestimmt von Keimen und Viren. Ich hab' schon so ein Kratzen in der Brust... die Luftröhre hoch. Hört ihr's pfeifen? Es pfeift!«

»Das ist das Teewasser«, beruhigte Sachs und deutete auf ein Schild TEEKÜCHE. Vor Max' Zimmer blieben die fünf stehen und setzten ein zuversichtliches Lächeln auf. Sachs klopfte.

»Herein!« rief es heiser. Behutsam traten sie ein.

Max lag bleich im Bett und starrte sehnsüchtig aus dem Fenster.

»Endlich!« sagte er vorwurfsvoll. »Daß ihr euch auch mal blikken laßt.« Er lächelte den Damen zu.

»Wir haben Ihnen ein paar Blümchen und Trauben mitgebracht«, sagte Maria, und Olga fragte: »Geht es Ihnen denn jetzt besser?«

»Fein. Danke. Danke sehr. Nun erzählt schon. Haarklein. Die Pressekonferenz? Der Schönheitswettbewerb?« Max war ganz ungeduldig, das Neueste zu erfahren. »Einer von den Lieferanten soll seine Sachen wieder abgeholt haben?« platzte er heraus.

»Die Buschtrommel funktioniert«, stellte Fink fest.

»Ja. Streibel ruft mich öfter mal an. Natürlich macht sich die Belegschaft Sorgen, wie es weitergeht.«

Bellheim seufzte. »Es wird eng.«

Maria Bellheim beobachtete ihren Mann und seine Freunde beklommen, offensichtlich stand es schlecht. Der Bestand des gesamten Unternehmens war gefährdet. Das sah man ihnen an. Hatten sie sich übernommen? Hatten sie sich zu viel zugemutet, ihre Kräfte überschätzt? Wie würde es Peter Bellheim verkraften, wenn er diesen letzten Kampf verlor?

Gudrun Lange hatte Berger in das Spielbank-Restaurant eingeladen.

»Neues Kleid?« fragte Berger bewundernd.

Gudrun lächelte geschmeichelt. »Gefällt es dir?«

Der Kellner erschien. Bevor Berger etwas sagen konnte, bestellte Gudrun: »Zweimal Hors d'œuvres, und die Weinkarte.«

Der Kellner verbeugte sich.

»Offener Wein genügt doch«, schlug Berger leise vor.

»He!« Gudrun lachte. »Ich lade dich ein. Geld ist zum Ausgeben da.«

»Wie machst du das bloß?« Berger wunderte sich. »Alle beklagen sich, daß die Lage so beschissen ist, aber du ...«

Gudrun fiel ihm ins Wort. »Wenn man sich abstrampelt und ein bißchen die Ellbogen einsetzt... Außerdem habe ich ein paar neue Kunden. Gute.«

Am Nebentisch, hinter ihrem Rücken, drehte sich ein Herr um, der dort mit einigen anderen saß und ihre Stimme gehört hatte. Berger, der fasziniert in das schöne und ehrgeizige Gesicht seiner Begleiterin starrte, bemerkte es nicht. Der andere musterte die beiden kurz und scharf und kehrte ihnen dann wieder den Rükken zu.

Am nächsten Morgen, als die Wochenbesprechung der Direktoren beendet war, hielt Dr. Urban seinen Kollegen Dr. Müller-Mendt zurück und erzählte ihm, daß er Berger und Gudrun Lange am Abend zuvor im Spielbank-Restaurant gesehen habe.

»Jemand aus der Wertpapierabteilung mit einem aus der Kreditabteilung! Ausgerechnet!«

Müller-Mendt reagierte eher amüsiert. »Na ja, wo die Liebe halt hinfällt.«

Urban sah ihn ernst an: »Wir müssen doch auch den Anschein meiden.«

»Man kann es ihnen ja wohl schlecht verbieten«, lachte Müller-Mendt amüsiert.

»Und daß auf diese Weise Informationen durchsickern, halten Sie für undenkbar?« fragte Urban skeptisch.

»Ausgeschlossen.« Müller-Mendt klang etwas ärgerlich. »Frau Lange ist eine erstklassige Kraft, Berger ebenfalls. Beide äußerst korrekt.«

Er verabschiedete sich höflich und eilte zum Fahrstuhl.

Dr. Urban ging zurück in sein Büro. Ein unauffälliger Herr mit Brille war den beiden schon einige Zeit in diskretem Abstand gefolgt und trat jetzt hinter Dr. Urban ein. Es war der Leiter der Revision, ein Mitarbeiter, dessen Verläßlichkeit Urban aus jahrzehntelanger Zusammenarbeit zu schätzen wußte. Die beiden setzten sich.

»Nun?« fragte Urban.

»Ich glaube, ich habe schon etwas.« Der Herr reichte Urban einige Computerausdrucke. Oben waren Daten und Uhrzeit vermerkt.

»Nachts ist die in der Wertpapierabteilung gewesen?« fragte Urban verblüfft.

»Mehrfach!« bekräftigte der andere.

Urban hob die Brauen. »Kriegen Sie raus, warum. Welche Informationen in diesen Stunden abgerufen wurden. Und für welche Zugangsberechtigten. Verfolgen Sie doch auch bitte einmal die Kursentwicklung von Bellheim, JOTA und TEPAFIX zurück... sagen wir, ein halbes Jahr.«

Der andere nickte.

Gudrun Lange hatte sich an diesem Morgen verspätet. Berger war lange geblieben. Sie hatte sich an ihn gewöhnt. Sie brauchte ihn, brauchte die Information aus seiner Aktentasche, aber sie mochte ihn auch, das Zusammensein mit ihm war längst keine lästige Pflicht mehr. Sie dachte nicht darüber nach, ob das Liebe war. Diese ganze Gefühlsduselei lehnte sie ab.

Berger plauderte mit einem Sachbearbeiter in der großen Schalterhalle. Er winkte ihr zu. Sie begrüßte die beiden. Unweit von ihnen entfernt stand ein hilfloses Pärchen. »Wann denken Sie denn, daß wir aus Bonn 'ne Antwort kriegen? Wegen dem... dem...«

»...Existenzneugründungsdarlehen«, fiel die Bankangestellte ein. »Da müßten Sie erst mal... Ihre Anträge sind alle wieder zurückgekommen. Die waren leider unvollständig ausgefüllt. Da müßten Sie noch mal ganz, ganz präzise...«

»Aber das ist so verflixt kompliziert«, wandte Charly verzweifelt ein. »Manche Fragen versteh' ich überhaupt nicht.«

Die junge Dame beäugte ihn hochnäsig. »Nehmen Sie sich Zeit. Ist ja wichtig, nicht?«

Sie verschwand im Hintergrund und wühlte in einer Schublade. »Der denkt, ich fülle ihm die Formulare auch noch aus«, zischte sie einem Kollegen zu. »Ich sag's ja: Kleinvieh macht nur Mist.« Der Mann grinste spöttisch.

Charly rief: »Aber wenn das noch lange dauert mit dem Geld aus Bonn...«

Berger mischte sich ein: »Dann können wir Ihnen einen Dispositionskredit anbieten, zur Zwischenfinanzierung, sagen wir zwanzigtausend, kein Problem.« Er dachte an die Interessen der Bank. Die kleinen Sparer brachten in der Summe am meisten, auch wenn jeder in der Bank auf sie herabsah. Mona machte große Augen; Charly strahlte. »Tatsächlich?«

Berger wollte gerade weiterreden, als sein Blick auf Gudrun fiel, die soeben mit raschen Schritten die Schalterhalle durchquerte. Sie trug ein modisches Kostüm, das er noch nicht an ihr gesehen hatte.

Die junge Bankangestellte, die Charly so ruppig behandelt hatte, hatte Gudrun ebenfalls bemerkt. »Neues Auto, neue Wohnung, dauernd neue Klamotten. Wie schafft die das bloß?«

Berger horchte auf; die sprach aus, was er manchmal selbst gedacht, aber sofort wieder verdrängt hatte: War es möglich, daß Gudrun an krummen Geschäften verdiente? Hängte sie sich an Spekulationen erfolgreicher Kunden? Benutzte sie Insider-Informationen? Plötzlich erinnerte er sich, daß sie ihm damals im Rohbau ihrer Wohnung einen entsprechenden Vorschlag gemacht hatte. Mona unterbrach seine Überlegungen: »Was kostet dieser Zwischenkredit?«

»Wie?« Berger war in Gedanken noch ganz woanders. »Neun Komma fünfundsiebzig Prozent. Aber die können Sie von der Steuer absetzen.«

»Aha«, bemerkte Charly, der vor lauter Darlehen den Überblick verloren hatte. »Großartig.«

Während Berger entsprechende Unterlagen holte, flüsterte Mona ihm leise zu: »Neun Komma fünfundsiebzig Prozent. Du hast doch gesagt, das Darlehen aus Bonn ist praktisch umsonst.«

»Nur bis wir es kriegen!« zischte Charly zurück. »Ist doch sehr entgegenkommend von denen, uns erst mal ein bißchen Luft zu schaffen.«

Berger kam zurück. »Das Disagio ist übrigens steuerlich auch voll absetzbar.«

»Dis... was?« Mona verstand nicht.

»Das Disagio«, wiederholte Berger. »Sieben Prozent. Also neuntausenddreihundert Mark Auszahlung auf zehntausend Mark Kredit. Das wären bei Ihnen achtzehntausendsechshundert Mark auf zwanzigtausend. Klar?«

Charly nickte verwirrt. »Natürlich.«

»Nee, Moment«, widersprach Mona tapfer. »Wir kriegen nur achtzehntausend Mark ausgezahlt und müssen trotzdem für zwanzigtausend Mark Zinsen zahlen?«

»So ist es«, bestätigte Berger in väterlichem Ton.

»Und wieviel müssen wir zurückzahlen? Achtzehntausend?« beharrte Mona.

»Nein, natürlich zwanzigtausend. Irgendwie muß die Bank ja auch ihre Unkosten decken, nicht wahr?« Berger schaute genervt zur Uhr.

Charly wurde die Angelegenheit peinlich. »Alles klar«, versicherte er.

»Nein, noch einen Augenblick.« Mona war noch nicht fertig. »Und was ist das hier?« Sie deutete auf den Kreditvertrag.

»Abschlußgebühr für den Sparvertrag. Abschlußgebühr für den Kredit. Alles steuerlich voll absetzbar«, erläuterte Berger.

Mona sah ihn mißtrauisch an.

Als Gudrun die Wertpapierabteilung betrat, spürte sie sofort, daß etwas nicht stimmte. Das sonst so laute Gesumm des ewig hektischen Großraumbüros war einer angespannten Ruhe gewichen. Sogar die Telefongespräche wurden mit halb unterdrückter Stimme geführt. Gudrun blieb im Eingang stehen und sah sich um. Drei Herren warteten in ihrem Büro, einer davon war der Revisionschef.

»Wollen die zu mir?« fragte Gudrun leise eine Kollegin. Die zuckte die Achseln: »Revision, Routineüberprüfung.« Gudrun drehte sich erschrocken ab, die Mitteilung war ihr in die Glieder gefahren.

In Frankfurt nahm Dr. Müller-Mendt zum erstenmal an einer Aufsichtsratssitzung der JOTA AG teil. Beeindruckt musterte er das mächtige Verwaltungsgebäude. In der prunkvollen Eingangshalle schwebte ihm eine attraktive Blondine entgegen und begrüßte den Verblüfften mit verführerischer Herzlichkeit: »Herr Dr. Müller-Mendt, ich heiße Helga, herzlich willkommen bei JOTA!« Im marmorverkleideten Haupteingang wies ein Schild auf die Aufsichtsratssitzung der JOTA AG im fünfzehnten Stock hin.

Karl-Heinz Rottmann war ebenfalls auf dem Weg zur Aufsichtsratssitzung. Einige von seinen Mitarbeitern hatten ihn aus seinem Büro abgeholt. Rex erzählte lächelnd, wie zufrieden das neue Aufsichtsratsmitglied Müller-Mendt ausgeschaut hatte, als ihm gestern abend bei der Ankunft mitgeteilt wurde, daß man ihn in der teuersten Suite im Hotel »Frankfurter Hof« untergebracht hatte und die Aufsichtsrats-Tantiemen auf achtzigtausend Mark jährlich angehoben worden waren – zwanzigtausend Mark pro Sitzung.

»Er schien nichts dagegen zu haben«, erzählte Rex lachend.

Eine Sekretärin rief Rottmann ans Telefon. Eine aufgelöste,

übernervöse Gudrun Lange wollte ihn unbedingt sprechen, noch heute. Angeblich war es sehr wichtig. »Heute abend paßt es mir nicht. Also schön, wenn es so wichtig ist, kommen Sie morgen vorbei, Samstag, jawohl.« Er legte auf.

Erich Fink besuchte Max Reuther im Krankenhaus. Zu seinem Erstaunen fand er dort Sachs und noch jemand anderen, Hannibal, der freudig winselte, im übrigen aber nicht von der Seite seines Herrn wich. Er hatte den dicken Kopf auf Max' Bettdecke gelegt, sah liebevoll zu ihm hin und ließ sich streicheln. Ab und zu jaulte er vor Seligkeit. »Ruhig, Hannibal«, befahl Sachs, »sonst fliegen wir hier hochkant raus.«

»Wie hast du denn den am Pförtner vorbeigeschmuggelt?« fragte Fink bewundernd.

Sachs lachte: »Der füllt vermutlich noch immer den Antrag für die goldene Bellheim-Einkaufskarte aus.«

Max saß vergnügt im Bett und kraulte glücklich seinen Hund. Hannibal leckte ihm die Hand.

»Wie geht's?« fragte Fink.

Max strahlte. »Schon viel besser, also was ist?«

Fink seufzte. »Wie wir befürchtet haben.«

Sachs war wie vor den Kopf geschlagen. »Die Maiers hat verkauft?«

Fink nickte. »Ihr gesamtes Aktienpaket. Zwölf Prozent von Bellheim. Max, deck' dich zu.«

»Wenn mir aber heiß ist«, brummte er.

»An wen hat sie denn verkauft?« fragte Sachs. »Rottmann?«

»Ja. Bezahlt hat er mit JOTA-Aktien.«

»Wie hast du denn das rausgekriegt?« staunte Max.

»Mit ein paar kleinen schmutzigen Tricks natürlich.« Fink lächelte pfiffig. »Rottmann arbeitet manchmal mit meiner alten Frankfurter Kanzlei zusammen. Ein paar von den Leuten dort habe ich selber noch eingestellt...«

Er sprach nicht weiter. Sachs starrte bedrückt vor sich hin. Rottmann war also jetzt Großaktionär bei Bellheim. Der Feind belagerte nicht mehr die Burg, er hatte die Mauern gestürmt, er war bereits im Innern der Festung.

Die Tür wurde geöffnet, und eine Schwester trat ein. Sofort

ging Hannibal in Abwehrstellung. Er grollte tief in der Kehle, stellte vom Nacken bis zum Schwanz die Rückenhaare auf und zeigte ein imposantes Gebiß.

»Der tut nichts«, rief Max begütigend, aber die Schwester hatte bereits die Flucht ergriffen.

Das Telefon läutete. Max hob ab. »Reuther! Frau Bellheim! Guten Tag. Ja, danke, bestens. Nein. Peter ist nicht hier.«

»Kommt aber gleich«, warf Fink ein.

»Er kommt aber gleich, höre ich gerade«, wiederholte Max. »Wo sind Sie? Ja, ich richte es ihm aus. Danke! Auf Wiedersehen.« Er legte auf.

»Was erzählst du denn da, Erich?« fragte Sachs. »Peter hat doch heute die Besprechung mit Müller-Mendt in der Hannoverschen Kreditbank.«

Fink sah ihn an und blinzelte. »Das hat er mir auch gesagt, aber es stimmt nicht. Zufällig weiß ich, daß Müller-Mendt heute den ganzen Tag zur Aufsichtsratssitzung bei der JOTA in Frankfurt ist.« Sachs pfiff leise durch die Zähne. »Na schön. Dann hat er eben was anderes vor.«

»*Uns* braucht er doch nichts vorzumachen«, meinte Fink tadelnd. Max bedachte die beiden mit einem verwunderten Blick. »Sagt mal, ich bin wohl nicht auf dem laufenden?«

Erneut öffnete sich die Tür. Angeführt von der vorwurfsvoll dreinschauenden Schwester, wollte ein ganzer Ärztetrupp unter der Leitung des Professors das Zimmer betreten. »Visite!« rief einer streng.

Doch bevor er noch etwas anderes äußern konnte, war Hannibal mit einem Satz hinter dem Bett hervorgesprungen und stand drohend im Raum. Seine Rückenhaare waren zu einer Stachelbürste gesträubt, die Lefzen hochgezogen, und er bellte furchterregend. Erschrocken schlug der Professor die Tür wieder zu.

Peter Bellheim hatte Andrea einen Geburtstagsausflug versprochen. Er wollte ihr etwas schenken und führte sie in einen eleganten Modesalon. Wenn er allerdings gehofft hatte, dort nicht erkannt zu werden, hatte er sich geirrt. Hannover ist eben doch ein Dorf, dachte er, halb belustigt, halb ärgerlich.

Andrea entschied sich für ein weißes Chanelkostüm und deutete dann auf einen Ständer mit Krawatten. »Die dort... die ist hübsch. Packen Sie sie mir bitte auch ein. Aber die bezahle ich.«

»Nur das eine Kleid?« fragte Peter sie leise. »Ich würde dir gern noch viel mehr schenken.«

»Nein, danke. Eins reicht. Gefällt es dir denn?«

»O ja. Du siehst wunderschön darin aus. Jung, reizvoll, aufregend.«

»Das ist mein schönstes Geburtstagsgeschenk.« Andrea lachte glücklich. »Komm, wir gehen.«

Die Verkäuferin hatte das Kleid eingepackt. »Die Rechnung an Ihr Büro, Herr Bellheim?« fragte sie mit wissendem Blick.

Aber Bellheim erwiderte verlegen: »Nein, danke, ich zahle gleich.«

»Aber nicht die Krawatte«, sagte Andrea. »Die geht extra.«

Sie legte einen Geldschein auf den Kassentisch und reichte Peter dann stolz das Päckchen. »Schließlich schulde ich dir immer noch einen Schlips. Jetzt hast du die neuesten Modefarben.«

Peter zog die Krawatte halb heraus und betrachtete sie stirnrunzelnd. Ganz schön bunt, dachte er. Aber schließlich hatte Andrea heute Geburtstag.

Rottmann war nicht gerade erfreut gewesen, als er hörte, daß Gudrun ihn aufsuchen wollte. Lieber hätte er sich nach der anstrengenden Aufsichtsratssitzung zu Hause entspannt. Dort erwartete ihn Besuch, seine Schwester war mit ihrem Mann und den Zwillingen gekommen. Rottmann selbst war nicht verheiratet. Seine Mutter führte ihm den Haushalt. Er hatte auch keine ständige Freundin; das Geschäft ging vor. Was er in dieser Hinsicht brauchte, holte er sich im Saunaclub oder auf Reisen. Zu Hause wollte er seine Ruhe.

Andererseits kannte er Gudrun inzwischen gut genug, um zu wissen, daß sie die Fahrt von Hannover nach Frankfurt nicht grundlos auf sich nahm.

Es war ein sehr schöner Tag gewesen, so unerwartet warm, daß Rottmann noch draußen im Pool gebadet hatte und die fünfjährigen Zwillinge im Garten spielten. Ihre Eltern und das Kindermädchen schauten ihnen dabei zu.

Rottmanns Mutter führte Gudrun nach draußen. Nachdem sie einen Imbiß dankend abgelehnt und die übrige Familie höflich begrüßt hatte, brachte Rottmann sie zu einer etwas entfernten Bank. Er hatte einen zitronengelben Bademantel übergezogen und ein leuchtendblaues Handtuch um die Schultern gelegt.

Gudrun sah sich in dem gepflegten Garten mit seinen alten Bäumen, sorgfältig beschnittenen Hecken und hübschen Beeten bewundernd um. »Schön haben Sie es hier.«

»Nicht schlecht für einen, der nie ein Gymnasium von innen gesehen hat, wie?« tönte Rottmann. »Früher konnte sich in dieser Gegend nur ankaufen, wer zur sogenannten Gesellschaft zählte. Wissen Sie, was ich festgestellt habe? Wenn man nur genügend hinblättert, leckt einem genau diese Gesellschaft die Fußsohlen, und mangelnde Manieren werden als persönliche Note bestaunt.«

Gudrun hatte ihm kaum zugehört, er musterte sie verwundert. So nervös, so aufgelöst hatte er sie noch nie gesehen: »Was beunruhigt Sie, Lady, wo liegt das Problem?«

Gudrun schluckte. »Bei mir ist die Revision aufgetaucht. Ich soll...« Eine Erdbeere flog durch die Luft und klatschte auf Gudruns Bluse. Sie erschrak.

»Die Rasselbande«, lachte Rottmann. Die Zwillinge flüchteten quiekend.

Rottmanns Mutter eilte herbei: »Moment, ich bringe Ihnen etwas heißes Wasser.«

Gudrun wehrte mit gezwungenem Lächeln ab: »Halb so schlimm.« Sie rieb an dem häßlichen Fleck.

Rottmanns Schwester scheuchte ihre Sprößlinge fort.

»Nicht zu bremsen«, sagte Rottmann nicht ohne Wohlwollen.

»Die Revision wird überall herumschnüffeln«, erklärte Gudrun. »Vorgänge heraussuchen und zurückverfolgen.«

»Na und? Stichproben machen die doch sowieso immer.« Rottmann schien uninteressiert, er wußte, daß er zunächst einmal das Problem herunterspielen und Gudrun beruhigen mußte.

Gudrun wollte weitersprechen, aber Rottmann sah, wie die Zwillinge an einem Computer herumspielten und sprang auf: »Wollt ihr wohl, Finger weg, sonst stehen wir hier gleich unter Wasser.« Die Zwillinge flohen vor ihrem Onkel. »Haben Sie so etwas schon einmal gesehen?« Rottmann deutete auf den kleinen Kasten. »Will keine Überstunden bezahlt haben, klaut keine silbernen Löffel und bewässert den Garten. Absolut zuverlässig. Hier, die Sensoren reagieren auf Bodentrockenheit. Großartig, wie?«

Gudrun nickte, aber sie war erbost. Was fiel ihm ein, jetzt über einen Gartencomputer zu reden, es ging um ihre Existenz, sie konnte ins Gefängnis kommen. Rottmann nahm wieder ihr gegenüber Platz. »Jetzt verlieren Sie mal nicht die Nerven.«

»Die Revision...« begann Gudrun, aber Rottmann fiel ihr ins Wort: »Gar nichts finden die, weil die gar nichts finden wollen. Die Bank interessiert, daß Sie Ihre Vorgaben schaffen, gute Umsätze machen. Profit. Wie Sie's fingern, will doch niemand genau wissen.«

Gudrun spürte, daß er sie beruhigen wollte, aber sie hatte ihre weitere Vorgehensweise schon entschieden. »In der nächsten Zeit sollte ich mich vielleicht besser etwas zurückhalten«, begann sie zögernd.

Rottmann reagierte darauf ganz eisig. »Wenn Sie meinen!«

»Vorerst keinen weiteren Kontakt zu Ihnen«, fuhr Gudrun fort.

»Bon.«

»Immerhin handle ich zum Nachteil eines Kunden meiner Bank.«

Rottmann stand ärgerlich auf. »Hören Sie, ich bin auch Kunde Ihrer Bank, Lady. Und ein besserer als Bellheim. Na gut. Sie wollen kneifen, unsere Geschäftsbeziehung einfrieren, kurz vor dem Ziel aussteigen. Okay, Ihre Sache! Ich dachte, Sie wollten zu den Sternen.«

Gudrun zögerte. »Der Bellheim-Kurs lag heute bei zwo-vierzwo. Sie könnten Ihre Anteile mit saftigem Gewinn abstoßen.«

Rottmann polterte los. »Den Schwanz einziehen? Mich mit ein paar Knochen begnügen, wenn die Filetstücke vor meiner Nase liegen?« Er starrte sie an. »Wir haben Bellheim beim Wickel. Bei der Hauptversammlung platzt die Bombe. Es geht um verdammt viel Geld, Lady. Nicht so ein paar hunderttausend, die man nebenher auf der Börse einsackt oder mal Erster Klasse fliegen, in Luxushotels absteigen.« Er packte sie grob an der Schulter und beugte sich ganz nah zu ihr herunter. »Ich rede vom großen Geld,

Lady«, flüsterte er. »So viel Geld, daß alles nach Ihrer Pfeife tanzt. Daß Sie nicht gewählt werden müssen, um Macht zu haben!«

Gudrun starrte ihn wie hypnotisiert an.

»Aber des Menschen Wille ist sein Himmelsreich. Sie wollen aussteigen. Okay!« Er stieß sie brutal von sich und trat einen Schritt zurück. »Dann war's das mit uns beiden.«

Gudrun rang nach Luft. Sie erwachte wie aus einer Trance. Beinahe war sie den Tränen nahe. Sie versuchte, ihre Gedanken zu ordnen. Sie hatte sich so weit vorgetraut, den Punkt, an dem man noch umkehren konnte, längst überschritten. Vielleicht hatte sie sich zu schnell ins Bockshorn jagen lassen. Vielleicht fand die Revision gar nichts, wo sie einhaken konnte. Sie war immer vorsichtig gewesen, hatte ihre Spuren sorgfältig verwischt. Im tiefsten Innern wußte sie natürlich, daß die Revision etwas finden würde, daß das Ende eines Fadens genügte, um ein ganzes Knäuel aufzurollen. Sie wußte, daß der Zentralcomputer ihre nächtlichen Besuche in der Bank, das Abrufen bestimmter Daten registriert hatte. Aber sie beschloß, diese dumpfen Befürchtungen zu unterdrücken. Es ging um zu viel. Eine Minute verging, bevor sie in ihre Tasche griff und einige Blätter herauszog.

»Die Umsätze bei Bellheim haben sich deutlich verbessert«, sagte sie und strengte sich an, ihre Stimme so kühl wie möglich klingen zu lassen. »Hier sind die Einnahmen sämtlicher Filialen.«

Rottmann lächelte. Er war erleichtert. Vermutlich hatte sie die letzte Nacht nicht geschlafen; durch die Revision waren ihr die möglichen Konsequenzen ihres Tuns klargeworden. Aber er hatte es geschafft, hatte sie durch die Aussicht auf viel Geld heiß gemacht, sie verführt, sodaß sie ihre Bedenken wegschob. Er brauchte sie als Verbündete.

»Von Ihrem Freund aus der Kreditabteilung?« erkundigte er sich boshaft.

Gudrun überhörte die Anspielung. »Bellheims Stärke sind seine drei Alten, die wirklich was vom Kaufhausgeschäft verstehen, aber sein Problem ist sein Mangel an Bargeld.«

Rottmann zeigte auf eine Zahl. »Mehr *Cash* hat er nicht? Da hat ja Mutti mehr in der Teetasse oben im Küchenschrank«, spottete Rottmann. Dann ballte er die Faust. »Bon!«

Zur Eröffnung der umgebauten Braunschweiger Filiale waren Hunderte von Bellheim-Plakaten in der ganzen Stadt angebracht worden. Sie versprachen sensationell niedrige Preise und noch nie dagewesene Sonderangebote. Die Belegschaft hatte zuletzt Tag und Nacht geschuftet, um rechtzeitig zur Eröffnung alles fertig zu haben. Andrea und ihre Helfer hatten Sondereinsätze durchgeführt. Die Zeit wurde langsam knapp.

Christian Rasche, dessen Tüchtigkeit und Umsicht schon in Hannover aufgefallen war, hatte man vorübergehend nach Braunschweig versetzt. Er stand frühmorgens im Hof und dirigierte die ankommenden Fahrzeuge. In der schmalen Zufahrt zur Rampe stauten sich die Lastkraftwagen. Christian sorgte dafür, daß das Be- und Entladen reibungslos vor sich ging. Er war mit großem Eifer bei der Sache und merkte nicht, daß Bellheim und Sachs ihn von der Toreinfahrt aus beobachteten.

»Tüchtiger Kerl«, meinte Sachs. »Besucht nebenher noch eine Abendschule, um sein Abitur nachzumachen. Ich hab' ihn gefragt, was er mal werden will!«

»Nun?« fragte Bellheim.

»Am liebsten Vorstand.«

Lachend gingen sie ins Haus. Drinnen war es weniger hell als sonst, weil alle Schaufenster noch zugeklebt waren. Es wurde gehämmert, gesägt, gestrichen, dekoriert. Auf einer Leiter stand ein Handwerker und befestigte die letzten Buchstaben eines riesigen Schriftzuges: BELLHEIMS BASAR DER NEUZEIT.

Weiter vorn arrangierte Andrea Perserbrücken.

»Die Teppichständer im Eingang können ruhig noch enger zusammen«, sagte Bellheim zu ihr. »Überall muß Gedränge herrschen, Leben und Treiben.«

»Dahinten, dachte ich, lauter Palmen hin«, erläuterte Andrea. »Wie finden Sie das, Herr Bellheim?« Bellheim war hinter sie getreten und küßte sie verstohlen auf die Haare.

Erich Fink hatte sich gerade eine Flasche Mineralwasser geholt, trank durstig und betrachtete dabei seine Hände. »Sieh dir doch nur diese dunklen Flecken an!« sagte er zu Sachs. »Dafür bin ich viel zu jung!«

»Drück sie zusammen«, riet Sachs. »Dann kannst du sie für Sonnenbräune ausgeben.« Er blickte zu Andrea und Bellheim hinüber, die fröhlich lachend beieinander standen. »Es bekommt ihm gut«, bemerkte er beiläufig.

»Was?« fragte Fink, in Gedanken noch bei seinen Flecken.

»Nichts.«

»Ja«, antwortete Fink, »es bekommt ihm gut.«

Bis zum frühen Morgen des nächsten Tages wurde weitergearbeitet. Ein fahles Frühlicht erhellte bereits den Horizont, als die Mitarbeiter die Filiale verließen – der bleiche Schimmer des Morgens. Ein Straßenreinigungsfahrzeug ratterte vorüber. Alle waren erschöpft und müde. Am Ende ihrer Kraft, aber die Eröffnung durfte um keinen Tag verschoben werden. Die Kosten wurden täglich höher. Sie mußten wieder Umsätze machen. Otto Merkel trat zu Bellheim, der neben Sachs und Fink ging: »Der Betriebsrat macht Ärger«, sagte er leise. »Nochmals Nachtarbeit kommt nicht in Frage.«

»Vielleicht kann Max Reuther mit denen mal telefonieren«, meinte Bellheim.

»Ist der denn wieder gesund?« fragte Otto verwundert.

»Morgen wird der alte Knochen endgültig entlassen«, verkündete Sachs vergnügt.

Andrea blickte sich im Hinauskommen nach Bellheim um, aber er beachtete sie gar nicht. Sie wußte nicht, wie sie sich verhalten sollte. Hatte Bellheim noch Zeit für sie oder fuhr er mit seinen Freunden nach Hause? Christian fragte sie, ob er sie auf seinem Moped mitnehmen könne, und zögernd kletterte sie zu ihm auf den Beifahrersitz.

Bellheim sah ihr nach.

»Attraktives Mädchen«, bemerkte Sachs.

Bellheim nickte verlegen: »Mmh.«

»Hm«, echoten Fink und Sachs grinsend. Bellheim musterte die beiden erstaunt. »Wir sind hier in der Provinz, Peter«, erläuterte Fink nachsichtig. »Hier passiert nichts, ohne daß was passiert. Du kannst nicht mit einer Angestellten aus dem Kaufhaus herumspazieren, ohne daß die Telefondrähte heißlaufen.«

Bellheim schüttelte ein wenig beschämt den Kopf. Sachs deutete mit erhobenen Augenbrauen auf dessen neue Krawatte. »Originell! Schön bunt.«

»Die neuesten Modefarben«, antwortete Bellheim automatisch

und mußte lachen. Sachs klopfte ihm auf die Schulter. »Glückspilz.«

»Wirklich sehr hübsch und jugendlich«, fiel Fink ein.

»Ja«, sagte Bellheim versonnen. »Aber neunundzwanzig. Ich bin sechzig, und sie ist neunundzwanzig.«

»Es kann einem Schlimmeres passieren«, meinte Sachs tröstend.

Wie die Schuljungen kichernd überquerten die drei die Straße.

Fink wurde plötzlich ernst. »Und Maria? Ahnt sie was?«

»Um Gottes willen!« entgegnete Bellheim. »Ich bin da in was reingeschliddert und weiß selbst nicht, wie. In all den Jahren, die ich mit Maria verheiratet bin, ist nie so was passiert.«

Sachs nickte. »Ja, so ist das! Irgendwann dreht man sich um und sieht plötzlich das Gesicht einer jungen Frau. Und in ihren Augen ist man all das, was man immer gern sein wollte... oder vor langer Zeit mal war.« Er seufzte. »Ich habe auch eine ziemlich gute Ehe geführt. Ich liebte meine Frau. Aber natürlich hatte ich immer irgendwo ein kleines Verhältnis.«

»Immer?« fragte Fink erstaunt.

»Meistens. Tja... und eines Tages hat meine Frau dann Schluß gemacht. Ganz plötzlich.« Bellheims Mercedes parkte am Straßenrand. Fink klopfte an die Scheibe. Hans, der vor sich hindösend auf sie gewartet hatte, erwachte. »Angeblich«, fuhr Sachs fort, »wurde sie mit meinem Doppelleben nicht mehr fertig. Und das einzige, womit ich fertig wurde, war ein Doppelleben, glaubte ich jedenfalls damals...«

Er schüttelte bekümmert den Kopf, und die drei stiegen ein. Bellheim wirkte nachdenklich, zum erstenmal dachte er daran, daß auch ihm das würde widerfahren können, daß Maria von seiner Beziehung zu Andrea erfuhr und ihn verließ.

Zu Hause fielen Fink und Sachs sofort ins Bett. Schließlich war es fast fünf Uhr.

Bellheim hatte noch gelesen und Maria, die im Morgenmantel zusammen mit Olga in der Küche hantierte, um ein Glas Milch gebeten. Aber als sie es ihm brachte, war er eingeschlafen. Leise stellte sie das Glas auf den Nachttisch, nahm ihm vorsichtig die Brille von der Nase und legte die Papiere beiseite, in denen er geblättert hatte. Als sie das Licht ausschalten wollte, fiel ihr Blick auf die neue Krawatte, die über dem Sessel hing. Für Peters Geschmack ein bißchen zu farbenfroh, dachte Maria verwundert.

Bellheim hatte am darauffolgenden Morgen ein paar ausgewählte Journalisten eingeladen, um sie auf die bevorstehende Eröffnung einzustimmen. Maria wartete auf ihn vor dem Büro, um ihn vereinbarungsgemäß zum Stadtkrankenhaus zu begleiten. Max sollte heute entlassen werden.

Bellheim kam mit den Journalisten eilig aus seinem Büro. Frau Vonhoff lief mit einer Unterschriftenmappe hinter ihm her. »Schon halb zwölf«, mahnte Maria. »Soll ich ihn nicht lieber allein vom Krankenhaus abholen?« Bellheim schüttelte den Kopf: »Nein, wir fahren zusammen, eine Minute noch!« Er las den Pressetext: »Nein, nein, nein ... nicht ›mit einem bißchen Glück‹, ›mit einem Quentchen Glück wird Bellheim schon in diesem Jahr aus den roten Zahlen sein‹. ›Bißchen‹ ist alltäglich, ›Quentchen‹ kann man zitieren. Journalisten brauchen immer griffige Formulierungen.« Die Pressevertreter um ihm herum lachten und verabschiedeten sich.

Die Tür zum Musterraum stand offen. Erregte Stimmen waren zu hören.

Eine davon gehörte Jürgen Ziegler und klang giftiger denn je. »Geregelte Arbeit ist hier kaum noch möglich. Wir verbringen unsere Zeit mit der Beschwichtigung von Lieferanten, die auf Bezahlung ihrer Rechnungen drängen.«

»Wissen Sie, was wir gestern für einen Umsatz hatten?« fragte Sachs. »739000 Mark!«

»739967 Mark«, korrigierte der genaue Fink. »Das ist ein Rekord, Herr Ziegler!«

»Einen Augenblick bitte«, sagte Bellheim zu Maria und reichte Frau Vonhoff die Unterschriftenmappe zurück. Er öffnete die Tür zum Musterraum ein Stück weiter und trat ein.

Überall waren Warensortimente ausgebreitet. Mitarbeiter der Einkaufsabteilung standen verlegen herum und taten so, als konzentrierten sie sich auf die Kollektionen. Ziegler, den Rücken zur Tür, hatte die Hände auf den großen Mustertisch gestützt und zeterte: »Niemand kennt mehr seine Kompetenzen! Meine eigene Autorität hier im Haus ist untergraben.«

»Könnten Sie das ein bißchen präzisieren?« fragte Bellheim hinter ihm.

Ziegler fuhr herum, feuerrot im Gesicht. »Allerdings kann ich das! Nur ein Beispiel. Da wird eine Dekorateurin von hier zur Dekorationsleiterin in Braunschweig befördert. Eine gewisse Wegener, Andrea Wegener. Niemand ist informiert. Mir fehlt dringend eine Kraft im Haus. Von der mangelnden Qualifikation dieser Dame will ich gar nicht reden. Kein Dispositionsplan stimmt. Sie hat's mit der Kunst. Organisation interessiert sie nicht.«

Die Anwesenden grinsten. Bellheim sah sie der Reihe nach an. Das Grinsen erlosch. »Haben Sie mit Frau Wegener darüber gesprochen?« Die betonte Ruhe in Bellheims Stimme war beängstigend.

»Nein.«

»Warum nicht?«

Ziegler winkte geringschätzig ab. »Es geht doch gar nicht um diese Frau Wegener.«

»Aber Sie beschweren sich doch über sie.« Bellheims Gesicht begann sich nun zu röten.

Maria, die in der Tür stand, fragte Sachs ganz leise: »Was ist denn das für eine Geschichte mit dieser Dekorateurin?«

»Da gibt's überhaupt keine Geschichte«, versicherte Sachs. Maria sah ihn erstaunt an. Die Antwort kam ihr ein bißchen allzu schnell.

»Im Interesse der Firma«, wollte Ziegler gerade mit erhobener Stimme ansetzen, als Bellheim ihn brüllend unterbrach: »Woran sind Sie nun eigentlich interessiert, Herr Ziegler? An der Firma oder an Ihren Kompetenzen?«

Ziegler wurde ebenfalls laut. »Bei allem Respekt, Herr Bellheim, wenn mir hier jeder dazwischenfunkt und Mitarbeiter einfach ohne mein Wissen abgezogen werden...«

»Wollen Sie mir etwa erzählen«, fiel Bellheim ihm zornig ins Wort, »wie dieses Unternehmen geführt werden muß?«

Aber Ziegler unterbrach ihn seinerseits. »Dann kann ich ja auch gleich als Geschäftsleiter zurücktreten!«

»Gut!« schrie Bellheim. »Tun Sie's!«

»Peter... wir sollten jetzt nicht...«, wollte Sachs begütigen, aber Bellheim achtete gar nicht auf ihn.

»Sie sind entlassen!« brüllte er. »Hiermit entziehe ich Ihnen sämtliche Vollmachten!«

»Entschuldigung«, sagte Richard Maiers, den jemand informiert hatte, und drängte sich an Maria vorbei ins Zimmer.

Als Ziegler ihn sah, ging er sofort zum Gegenangriff über.

»Das können Sie gar nicht, Herr Bellheim!« rief er triumphierend. »Das kann nur der Vorstandsvorsitzende.«

Richard, der den ganzen Auftritt ungemein peinlich fand, bemühte sich zu vermitteln. Ziegler war sein Mitarbeiter, er schätzte ihn. Erstens war der Mann unbestreitbar tüchtig, und zweitens gefiel es Richard nicht, daß Peter Bellheim hier Entscheidungen traf, die eindeutig nicht dem Aufsichtsratsvorsitzenden zustanden.

»Herr Ziegler«, erklärte er besänftigend, »ist ein überaus fähiger, erfolgreicher Kollege, Peter. Die Konkurrenz lacht sich ins Fäustchen, wenn wir ...«

»Tut mir leid, Richard.« Bellheim schnitt ihm ruppig das Wort ab. »Für gute Ratschläge habe ich im Augenblick keine Zeit.«

Er drehte sich um und stürmte hinaus. Maria blieb fassungslos an der Tür stehen. Richard, der ihren Blick mied, ging stumm an ihr vorbei. Sachs führte sie behutsam auf den Gang.

Von drinnen hörte man das aufgeregte Tuscheln der Einkäufer.

Maria sah Sachs mit großen Augen an. »Warum ist denn Peter gleich derartig in die Luft gegangen?«

Aber der zuckte nur die Achseln und sagte nichts.

Bereits am Tag darauf räumte Ziegler seine persönlichen Gegenstände aus seinem Büro aus. Lächelnd nahm er ein Foto in die Hand, blickte eine Zeitlang darauf und packte es dann ein. Das Bild zeigte ihn selbst, seine junge Freundin und Müller-Mendt fröhlich lachend auf einem Tennisplatz. Müller-Mendt hatte ihm den Weg zu Bellheim geebnet. Nun wartete eine viel lukrativere Position bei der JOTA AG auf ihn. Auch diesen Job hatte ihm Müller-Mendt vermittelt.

In den Vorgesprächen mit Rottmann hatte dieser ihm geraten, den gestrigen Krach mit Bellheim zu provozieren. Nach solch einem Auftritt würde man ihm eine Abfindung anbieten, und er würde sofort freigestellt. Wie lautete die übliche Formel so schön:

»Trennung im besten Einvernehmen.« Das war natürlich alles viel vorteilhafter, als wenn er unter Einhaltung der Fristen einfach kündigen würde. Genauso war es gekommen. Rottmann hatte recht behalten.

Maria und Peter Bellheim standen in der Diele und verabschiedeten die letzten Gäste. Es war ein fröhliches gelungenes Fest gewesen. Für einen Abend waren einmal alle Sorgen verbannt. Sachs setzte sich ans Klavier und klimperte Schlager aus den fünfziger Jahren. Max tanzte mit Olga Fink. Erich Fink löffelte mit großem Behagen die letzten Reste der Mousse-au-Chocolat aus der Schüssel. »Du hast dich selbst übertroffen«, lobte er Max. Max paffte genüßlich seine Zigarre.

Maria kam herein.

Max, der seinen Hund kraulte, errötete. »Wenn ich mich in Ihrer Küche zu breitmache, gnädige Frau...«

»Aber nein«, beruhigte Maria ihn lachend. »Ich genieße es, wenn ich einmal verwöhnt werde.«

Bellheim trat zu ihr und wollte sie liebevoll in den Arm nehmen. Sie wehrte freundlich, aber unmißverständlich ab.

»Schön, daß wir wieder komplett sind«, sagte ihr Mann und stieß mit Max an. Alle anderen folgten seinem Beispiel.

Max räusperte sich verlegen und bemerkte unsicher: »In den letzten Tagen habe ich mir immer wieder gesagt... äh... mal müssen wir ja alle gehen... ich meine Sterben ist... so normal wie Leben.«

»Mensch, hör auf«, unterbrach ihn Fink. Dieses Thema war tabu. Über Sterben redete man nicht. Es genügte doch, daß es unausweichlich auf einen zukam.

Aber Max war hartnäckig. »Wer Angst vor dem Sterben hat, hat auch Angst vor dem Leben.«

»Na schön«, stimmte Sachs zu, »aber warum so viel darüber reden?«

Er griff nach der Cognacflasche und verschwand nach nebenan ins Arbeitszimmer.

»Jedenfalls«, fuhr Max fort, »als ich heute aus dem Krankenhaus kam, habe ich mich auf der Treppe umgedreht und gedacht: Dieses Mal noch nicht. Hurra!«

Die andern lachten. Das Telefon klingelte. Maria, die direkt davor stand, hob ab. »Bellheim. Hallo? Hallo!«

Sie legte auf. »Keiner dran.«

»Komisch«, meinte Olga, »das hatten wir neuerdings öfter, daß es läutet und sich dann niemand meldet.« Sie gähnte und schlurfte die Treppe hinauf. Ein plötzliches Schweigen entstand. Eine Angespanntheit unter der behaglichen Oberfläche. Max setzte sich zu Fink und Sachs in das Arbeitszimmer. Ihre raunenden Stimmen drangen in den Salon. Maria trug das letzte Geschirr in die Küche. Bellheim war alleine zurückgeblieben.

»Noch ein Schlückchen Wein?« fragte Maria. Die beiden setzten sich an den mit Gläsern, Geschirr und abgegessenen Platten vollgestellten Tisch. »Das schönste an einem Fest ist, wenn man danach allein ist und lästern kann«, meinte Maria. »Über wen wollen wir denn lästern?« erkundigte sich Bellheim. Maria sah ihn an: »Lästern wir doch über uns!« Bellheim blickte verstört auf, schweigend starrte er Maria an. Nach ein paar Minuten stand Maria auf, nahm ein paar Teller und trug sie zum Abguß. Bellheim blieb sitzen und stützte den Kopf in die Hände. Wieder einmal hatte er die Möglichkeit, offen mit Maria über das zu reden, was zwischen ihnen stand, versäumt.

Es war ein schöner Herbst-Sonntagnachmittag.

Berger hatte Gudrun Lange zu einem Zoo-Besuch überredet. Sie sah blasser denn je aus, war ständig gereizt und schien überhaupt nicht mehr zu schlafen. Nur noch selten verbrachte sie eine Nacht oder ein Wochenende mit ihm. Berger, der sie ehrlich gern hatte, begann sich Gedanken zu machen. Irgend etwas stimmte nicht mit Gudrun.

Heute war ihr, während die beiden inmitten von Familien mit Kindern an Käfigen und Gehegen vorbeischlenderten, plötzlich übel geworden. Kreidebleich griff sie nach ihrer Handtasche. Berger führte sie zur nächsten Bank.

»Schon wieder der Magen? Wann gehst du endlich zum Arzt?«

»Es ist ja gar nichts. Nur ein bißchen...« Sie holte aus der Tasche ein Röhrchen und nahm zwei kleine rosa Pillen.

»Was schluckst du denn da?« fragte Berger. »Hast du Sorgen? Bedrückt dich etwas? Spann doch ein paar Tage aus.«

»Goldene Regel«, unterbrach Gudrun trocken. »Wer zu viel auf seine Gesundheit achtet, achtet zu wenig auf seinen Job.«

Berger schüttelte den Kopf: »Aber wenn du dich nicht genügend einsetzen kannst, weil du kaputt bist... auch nicht gut.«

Gudrun fing an zu würgen, hastig suchte sie nach der nächst gelegenen Toilette. Berger trottete ratlos hinterher.

Auch Christian Rasche und Andrea spazierten im Zoo umher. Andrea war zu Hause die Decke auf den Kopf gefallen. Den ganzen Samstag hatte sie gehofft, daß Bellheim sich melden würde. Natürlich hatte sie von der Auseinandersetzung mit Ziegler ihretwegen und von dessen Entlassung gehört. Das Kaufhaus schwirrte von Gerüchten. Gestern abend hatte sie es nicht mehr ausgehalten und Bellheim zu Hause angerufen, aber es hatte sich nur wieder seine Frau gemeldet. – Als sie das schöne Herbstwetter sah, hatte sie es nicht mehr ausgehalten und Christian angerufen. Sie wußte, daß das falsch war, sie hatte ihm seinerzeit sehr weh getan, als sie sich so abrupt von ihm getrennt hatte. Sie durfte nicht neue Hoffnungen bei ihm wecken. Aber sie konnte nicht mehr allein sein. Christian hatte sich offensichtlich über ihren Anruf gefreut und war sofort bereit gewesen, sie in den Zoo zu begleiten. Er hatte sich verändert, er war erwachsener geworden, selbstbewußter. Die neuen Aufgaben reizten ihn und machten ihm Spaß. Andrea hörte nur mit halbem Ohr zu, während er gestikulierend auf sie einredete.

»Was bist du denn jetzt genau?« erkundigte sie sich.

»Vorstandsassistent«, erklärte Christian stolz.

»Und deine Abendschule?« fragte Andrea gedankenverloren.

»Hör mal, wenn ich Gelegenheit habe, bei so ausgebufften Leuten zu lernen.« Christian wedelte mit den Händen: »Dem alten Sachs über die Schulter zu schauen, ist bestimmt x-mal mehr wert als zehn Semester ohne ihn. Auf Praxis kommt's im Kaufhaus an – nicht!« Er bemerkte Andreas abwesendes Gesicht. »Entschuldige, ich glaube, ich rede zuviel.«

»Aber ich hör dir gern zu«, sagte Andrea freundlich.

»Ich vergesse bloß immer den Unterschied zwischen Vortrag und Unterhaltung«, bemerkte Christian bekümmert.

Sie schlenderten an den Käfigen vorbei. Unvermittelt fragte Andrea: »Kommst du noch mit zu mir?«

Christian sah sie erstaunt an. Andrea verzog das Gesicht. »Oder hast du Angst?«

Christian zögerte: »Natürlich habe ich Angst.«

Bellheim und Maria hatten an diesem Sonntag Bellheims Vater im Altenheim besucht. Es war ein unerwartet netter Nachmittag gewesen.

»Deinen Vater habe ich selten so gut aufgelegt erlebt«, sagte Maria auf der Rückfahrt im Wagen. »Wen hast du denn eigentlich nach dem Mittagessen angerufen?«

»Äh... den...«, Bellheim stotterte verlegen, »den... unseren Architekten. Ich muß nachher noch mal rasch bei dem vorbei. Da gibt's immer wieder Ärger.«

»Ach herrje!« rief Maria. »Warst du darum so bedrückt? Du hast kein Wort mehr gesprochen, als du vom Telefon zurückkamst.«

»Wirklich?« Bellheim war es etwas unbehaglich zumute. »Tut mir leid.«

»Aber ich versteh' das doch.« Sie waren vor der Villa angekommen, und Maria verabschiedete sich mit einem Kuß von Bellheim, der gleich weiterfuhr.

Olga, die mit Erich im Garten Äpfel pflückte, sah dem Mercedes nach, bemerkte, wie Maria mit gesenktem Kopf im Haus verschwand. Finster starrte sie hinter Bellheim her.

»Dem sollte man einen Orden verleihen«, knurrte sie. »Hornochse erster Klasse mit Eichenlaub und Schwertern.«

»Misch dich da bitte nicht ein«, zischte ihr Mann. »Das geht dich nichts an.«

Andrea und Christian saßen in Andreas »Loft« nebeneinander auf dem Sofa, hörten Musik und tranken Wein. Es war schon dämmrig in dem großen Raum.

»Danke, daß du mich so ansiehst«, sagte Andrea unvermittelt.

Christian zog an seiner Zigarette und lächelte traurig. »Alte Gewohnheit.«

»Und wie ist deine neue Freundin?« wollte Andrea wissen. »Hübsch?«

Christian brummte.

»Gut im Bett?«

»Wie bitte?« Christian sah sie verwundert an.

Andrea lachte: »Sag es mir.« Sie kauerte sich zu ihm. »Wie muß denn die ideale Frau für dich aussehen? Bildschön? Klug?«

»Bildschön natürlich«, Christian streichelte ihr Gesicht.

»Mit einem schwerreichen Vater?«

Christian nickte: »Das wäre kein Hinderungsgrund.« Er umarmte und küßte sie. Andrea erwiderte den Kuß. Plötzlich packte er sie und preßte sie auf den Boden. Sie umschlang ihn, stöhnte, als er sich auf sie legte. Sie spürte, wie seine Hände unter ihren Pullover glitten. Andrea schüttelte den Kopf. »Nein, hör auf, nein, ich kann nicht.« Er versuchte ihr den Mund mit einem Kuß zu verschließen. Jäh riß sich Andrea von ihm los. »Hör auf, bitte, hör auf.« Christians Atem ging schwer. »Das ist nicht fair«, keuchte er.

Andrea stand zitternd auf und lief zur Tür. »Geh bitte, sei nicht böse, bitte geh, ich kann das nicht.« Sie schüttelte den Kopf und öffnete die Wohnungstür.

Der rumpelnde Fahrstuhl kam eben zum Halten. Bellheim stieg aus und stand Christian in dem dunklen Flur gegenüber.

»Guten Abend«, stotterte Andrea.

Bellheim nickte. »Guten Abend.«

»Sie kennen sich?... Christian Rasche... Herr Bellheim.«

»Ja, ja, wir kennen uns«, sagte Bellheim und trat in Andreas Wohnung.

»Ich muß jetzt leider wirklich los«, stotterte Christian. »Also auf Wiedersehen!« Er hastete die Stufen hinunter.

Bellheim deutete auf die Gläser und die Weinflasche am Boden. »Noch ein Schlückchen für mich übrig?« erkundigte er sich spitz.

Andrea goß ihm ein Glas Wein ein. »Den hab' ich für dich gekauft!« Sie umarmte ihn schüchtern. »Das ist ja eine Überraschung.«

Bellheim war ärgerlich, betroffen, eifersüchtig. Er hatte gar kein Recht, Ansprüche zu stellen, er war verheiratet und nicht bereit, seine Ehe aufzugeben. Aber sie hatte ihm gefehlt. Den ganzen Nachmittag über hatte er an sie gedacht. Er hatte auch darunter gelitten, nicht mit ihr sprechen zu können. Deshalb hatte er diese Ausrede erfunden. Er fühlte, wie er langsam den Boden unter den Füßen verlor. Jede Entscheidung schob er auf. Bei sich selber entschuldigte er sich mit seiner beruflichen Überlastung. Aber er wußte, das war nur die halbe Wahrheit. Er wollte im Augenblick einfach keine Entscheidung treffen. Die Lage war äußerst angespannt, seine Bargeldmittel waren erschöpft, die Reserven reichten noch für zwei Monate, um den Betrieb aufrechtzuerhalten, nicht länger. Dieser Mangel an Liquidität machte ihn angreifbar. Die instabile gefährliche Situation mußte er erst überwinden, dann konnte er sich anderen Problemen zuwenden. Im Augenblick wollte er seine Frau behalten, ohne auf Andrea verzichten zu müssen. Ein Leben ohne Andrea wollte er sich nicht vorstellen. Ein Leben ohne Maria konnte er sich nicht vorstellen.

»Ich hatte dich nachmittags angerufen, aber du warst nicht da.« Es klang beinahe streng. Steif hielt er sie in den Armen.

Andrea trat einen Schritt zurück. »Tut mir leid. So ein Wochenende allein, das ist verflucht lang. Da habe ich herumtelefoniert, wer vielleicht mit mir spazierengeht. Wir waren im Zoo.«

In ihren Augen glänzten Tränen.

»Warum weinst du denn? Was ist?« fragte Bellheim erschrokken.

»Nichts!« Andrea wich aus.

Nach einer Weile sagte Bellheim: »Was erwartest du von mir, Andrea?«

»Nichts! Gar nichts!« Sie schluchzte. »Oder mehr, als du zu geben bereit bist. Nichts dazwischen, verstehst du?«

»Ja, ich verstehe. Aber dieses mehr... wäre ein zu großer Schritt für mich.«

»Ich weiß. Ich weiß.« Andrea umschlang ihn weinend. »Ich... will doch auch keine Ehe kaputtmachen. Ach, Peter, es ist so schwer! Was tun wir bloß?«

Die Tränen liefen ihr in Strömen über die Wangen. Bellheim legte die Arme um sie und antwortete nicht.

Charly und Mona hatten den Mietvertrag für den Laden unterschrieben und waren bei Bellheim ausgeschieden. Mona hatte sich von Charly dazu überreden lassen, ihre Ersparnisse für das Geschäft zur Verfügung zu stellen und Teilhaberin zu werden. Nun standen sie in ihren ältesten Klamotten im Laden und renovierten. Alte Tapeten runter, neue Tapeten rauf. Türen abschleifen, vorstreichen, lackieren. Decke weißen, Lampen aufhängen, Fußboden verlegen. Fenster abkratzen, sauberwaschen, polieren. Und immer wieder putzen, schrubben, wischen, wienern.

»So«, sagte Mona und rückte die Theke keuchend in die Ecke. »Da drüben ist es viel besser, und in die Nische kommt das Verpackungsmaterial.« Sie verschwand in Richtung Waschraum. Charly hörte lautes Wehklagen und folgte bestürzt.

Jetzt, nachdem die neue Lampe an der frisch getünchten Decke hing und die kleinen Räume gut ausgeleuchtet waren, ließ sich nicht mehr übersehen, daß Ecken und Wände überall mit großen, nassen Flecken übersät waren, von denen der Putz herunterbröckelte.

»Alles feucht«, jammerte Mona.

»Da muß ein Klempner her«, entschied Charly, wischte sich die Hände ab und trat auf die Straße.

Im Nebenhaus lehnte auf dem Balkon im ersten Stock Herr Bechtold und schaute pfeiferauchend über das Geländer.

»Na, geht's voran?« erkundigte er sich leutselig.

»Mit der Wasserleitung ist etwas nicht in Ordnung«, entgegnete Charly. »Wir brauchen dringend einen Klempner.«

»Sprechen Sie doch mit dem Rodewald, gleich da um die Ecke« – Herr Bechtold deutete mit dem Pfeifenstiel –, »der kommt Ihnen bestimmt auch mit dem Preis entgegen.«

»Wieso mir?« fragte Charly erstaunt. »Reparaturen sind doch wohl...«

»Sache des Mieters«, fiel Bechtold kräftig ein. »Steht im Mietvertrag.« Er klopfte seine Pfeife aus und verschwand im Haus. Charly schaute ihm verdutzt nach.

»Ja, ja«, sagte ein kleiner Herr mit Hut und Regenmantel, der neben ihm stehengeblieben war, »was man alles so nichtsahnend unterschreibt...« Er seufzte mitleidig und blickte dabei unauffällig auf einen Zettel in seiner hohlen Linken.

Dann wies er auf das große, runde Pappschild im Fenster

MONA & CHARLY
MODEN
ERÖFFNUNG IN KÜRZE

und fragte: »Herr Karl Wiesner?«

Karl-Heinz Rottmann (Heinz Hoenig) weist Alex Barner (Erich Hallhuber) in Hongkong an, ein Verwaltungsgebäude zu erwerben.

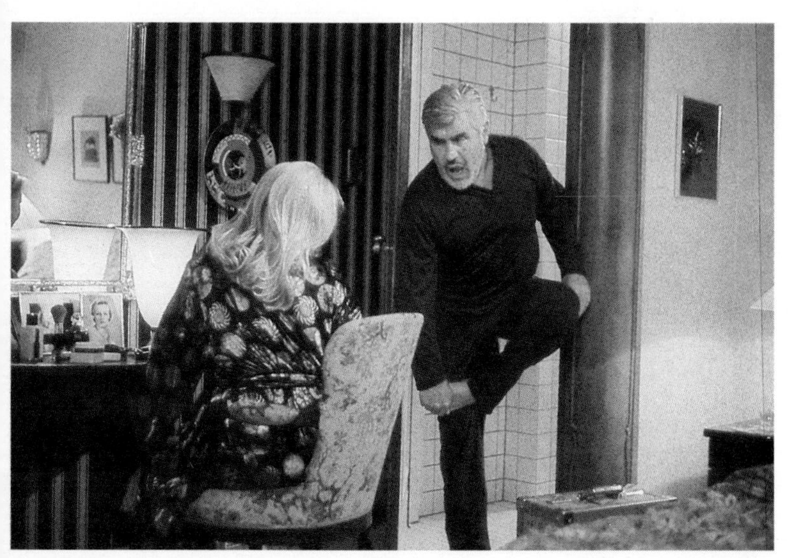

Maria Bellheim (Krystyna Janda) ist für einige Wochen aus Marbella zu ihrem Mann gekommen.

Im Stammhaus in Hannover findet die Wahl der Miss Bellheim statt.

Der Unternehmensberater Schimmel (Heinz Rennhack) dreht Charly Wiesner (Dominique Horwitz) und Mona Stengel (Ingrid Steeger) immer neue Kredite für ihren Laden an.

Auf der Bellheim-Hauptversammlung geht Karl-Heinz Rottmann (Heinz Hoenig) zum offenen Angriff über.

Eines Abends begegnet Maria Bellheim der Dekorateurin Andrea Wegener (Renan Demirkan) und ahnt Schlimmes.

Klaus Berger (Alexander Radszun) hat endlich die Wahrheit über Gudrun Lange (Leslie Malton) erkannt.

Der Kampf ist vorüber. Fink (Heinz Schubert), Bellheim (Mario Adorf), Reuther (Hans Korte) und Sachs (Will Quadflieg) verlassen die Szene.

Charly nickte verblüfft. Der andere reichte ihm die Hand und zog kurz den Hut. »Schimmel. Unternehmensberater. Ich dachte, ich schau mal vorbei, falls Sie Hilfe brauchen.«

»Wirklich sehr freundlich.« Charly wirkte verblüfft.

Mona war neugierig zu ihnen getreten. »Frau Mona Stengel, vermute ich?«

»Guten Tag«, erwiderte Mona verwirrt.

»Zunächst: Gratulation!« Schimmel sah sich anerkennend um.

Charly strahlte. »Hübscher Laden, wie? Gefällt er Ihnen?«

Schimmel schnalzte beifällig mit der Zunge: »Sich in der heutigen Wirtschaftssituation selbständig zu machen, das Vernünftigste überhaupt.«

»Meine Rede«, bestätigte Charly.

»Warum denn andere von Ihren Ideen und Ihrem Fleiß profitieren lassen!« fuhr Schimmel in beflissenem Ton fort. »Von den steuerlichen Abschreibungsmöglichkeiten ganz zu schweigen! Darf ich?«

Schon war er im Laden. Charly zwinkerte Mona vergnügt zu.

Zunächst prüfte Schimmel bedächtig Kuchen und Kaffee, die auf einem Regalbrett standen, langte ordentlich zu und lobte dann begeistert die Qualität. Beides stammte von Mona, die gerne backte. Kauend ließ er sich von Charly über die Finanzierung des kleinen Unternehmens unterrichten.

»Also, das Existenzneugründungsdarlehen ist noch gar nicht bewilligt?« hakte er erschrocken nach.

»Nein, aber das läuft«, versicherte Charly.

»Die GmbH haben Sie trotzdem schon gegründet? Auch einen Mietvertrag abgeschlossen?« fragte Schimmel.

»Klar«, Mona nickte stolz. »Alles schon erledigt.«

»Ei, ei, ei«, versetzte Schimmel im drohenden Ton. »Dann ist es wohl vorbei.«

»Was ist vorbei?« riefen Charly und Mona wie aus einem Mund.

»Existenzneugründungsgelder werden nur bewilligt, *bevor* die Existenz gegründet wurde.«

Charly war wie vom Donner gerührt. »Aber wieso ... Moment! Davon hat uns keiner einen Ton gesagt.«

»Da hätte doch die Bank uns informieren müssen«, wandte Mona ein.

»Hätte sie, hätte sie«, nickte Schimmel. »Aber so eine Bank will eben auch ihre Kredite loswerden. Einen Dispositionskredit haben Sie doch?«

»Ja, über zwanzigtausend Mark«, bestätigte Charly.

Schimmel hob die Brauen. »Da sollten wir etwas höhergehen.«

»Bei der Bank haben sie uns gesagt, wenn wir überziehen, reißen sie uns den Kopf nicht ab«, sagte Charly.

Schimmel lachte meckernd. »Das glaube ich! Der Dispositionskredit kostet im Augenblick so zwischen neun Komma zwo und neun Komma sieben Prozent.«

»Nein Komma sieben fünf«, erklärte Mona.

»Und für jede Mark darüber müssen Sie vierzehn Prozent zahlen. Also aufgepaßt!«

Charly betrachtete ihn bestürzt.

»Deichseln wir alles!« tröstete Schimmel. »Das kriegen wir schon hin.«

Mona beäugte den kleinen Mann mißtrauisch. Daß er alles, was sie bisher erreicht hatten, so runterputzte, mißfiel ihr. »Und Ihre Beratung?« fragte sie. »Die kostet gar nichts?«

»Nicht der Rede wert«, winkte Schimmel ab. »Tausend Mark am Tag. Zahlt der Staat, genauer gesagt, sechzig Prozent davon.«

»Da bleibt aber noch was übrig.« Mona rechnete nach. »Vierzig Prozent.«

Schimmel zwinkerte ihr schalkhaft zu. »Auch kein Problem! Ich berate Sie und ich berate Sie.« Er deutete nacheinander auf jeden der beiden. »Schon mal das Doppelte.«

»Und das geht?« Charly konnte es nicht fassen.

»Geht alles«, beruhigte Schimmel. »Vielleicht haben Sie noch eine Tante oder Oma? Da sagen wir, daß die auch eine Firmengründung planen. Stell' ich alles dem Staat in Rechnung, und Sie zahlen keinen Pfennig.«

Charly stimmte fröhlich in Schimmels optimistisches Gelächter ein. Mona hielt sich zurück. Da sie das alles nicht verstanden hatte, war ihr Herr Schimmel nicht geheuer.

Ende September liefen die Vorbereitungen für die Eröffnung der Braunschweig-Filiale auf Hochtouren. Bellheim und seine Freunde hatten keine Minute zum Ausspannen. Täglich tauchten neue Probleme auf. Säumige Lieferanten mußten ermahnt, angelieferte Ware ausgepackt, überprüft, ausgezeichnet und wirkungsvoll dekoriert werden. Bellheim dirigierte sein Heer von Mitarbeitern wie ein Feldherr. Zweimal am Tag, mittags und abends, ließ er sich über die Umsatzergebnisse der renovierten Häuser in Lüneburg und Wolfsburg unterrichten. Die Umsätze waren erfreulich, aber allein die Werbung zur Eröffnung der Braunschweig-Filiale verschlang ein Vermögen.

Spät abends arbeitete er dann alles, was tagsüber liegen geblieben war, in seinem Büro auf, brütete über Rechnungen, erteilte Mitarbeitern schriftliche Anweisungen. Zum Nachdenken kam er kaum noch.

Es war bereits spät abends, Frau Vonhoff verabschiedete sich, als Richard Maiers zur Tür hereinkam. »Störe ich?« fragte er.

Bellheim sah von seinen Akten auf. »Aber nein. Auch einen Kaffee?«

Richard schüttelte den Kopf. »Danke.« Er reichte Bellheim ein Schreiben. »Ehe ich den Brief offiziell abschicke, wollte ich dich bitten, den Entwurf zu lesen.« Bellheim las die wenigen Zeilen und sah betroffen auf. »Dein Rücktrittsgesuch?«

Richard nickte. »Numura hat mir eine leitende Position angeboten, meine Zukunft gehört jetzt dem Immobilienmarkt.«

Bellheim schien wie vor den Kopf geschlagen.

Richard nahm auf dem Stuhl vor Bellheim Platz. »Ich bin kein Kaufhaus-Mensch, das hast du mir ja oft zu verstehen gegeben.« Er starrte traurig vor sich hin. »Als ich damals von der Uni kam, du warst so eine Art Vaterersatz für mich, da habe ich dich bewundert. Aber ich habe ja nie hinter einem Ladentisch gestanden. Also hast du mich nie für voll genommen, bis heute nicht.«

Bellheim schüttelte den Kopf und trat ans Fenster. Die Geräusche der Stadt drangen herauf. Richard wirkte verletzlich, was er sagte, klang sehr bitter. Auf einmal wurde Bellheim klar, was er da versäumt hatte. Dieser blasse, kluge, ehrgeizige Mann hatte um seine Zuneigung und Anerkennung gekämpft. Er hätte der

Sohn werden können, den Bellheim sich so sehnlichst gewünscht hatte. Er hätte ihn formen können. Aber statt dessen hatte er ihn zurückgestoßen. Wenn er ehrlich war, hatte er es doch gar nicht gewollt, daß sein Nachfolger erfolgreich war, das hätte doch ihn, den Kaufhaus-König, überflüssig gemacht. Für einen Augenblick empfand Bellheim Bedauern. Aber dann gewann der Groll über die Tatsache, daß Gertrud Maiers ihre Kaufhausanteile an seinen schlimmsten Feind verkauft hatte, die Überhand. »Du willst weg, weil deine Mutter verkauft hat!«

Richard schüttelte den Kopf. »Das ist meine Entscheidung, das hat nichts mit Mutter zu tun.«

Bellheim unternahm einen letzten Versuch. »Du wirst dich in so einem Maklerbüro langweilen«, warnte er ihn.

Richard stand auf.

Bellheim überlegte blitzschnell: Ein Rücktritt des Vorstands vor der Hauptaktionärsversammlung konnte verheerende Folgen haben. Die wildesten Gerüchte würden kursieren: Daß jetzt schon der Vorstandsvorsitzende dem eigenen Unternehmen nicht mehr traute und das sinkende Schiff verließ. »Könntest du nicht wenigstens bis zur Hauptversammlung warten?« fragte Bellheim. »Tu mir den Gefallen!«

Richard fragte kühl zurück: »Warum sollte ich dir einen Gefallen tun?«

Die beiden musterten sich schweigend.

Schließlich nahm Richard das Schreiben wieder an sich. »Na schön, bis zur Hauptversammlung, danach trete ich zurück.«

Bellheim streckte ihm die Hand entgegen. Richard ging wortlos hinaus.

Dr. Urban und sein Chefrevisor standen vor der Wertpapierabteilung auf dem Korridor und sprachen ganz leise miteinander. Dabei blickten sie durch die Glastür in den großen Saal. Dort stand Gudrun mit zwei Kollegen. Die drei diskutierten heftig miteinander.

Der Chefrevisor zeigte seinem Vorgesetzten neue Computerausdrucke. »Abgerufen wurden die Daten, ob Sie's glauben oder nicht, mit einer ganz anderen Karte. Sie gehört Berger aus der Kreditabteilung.«

»Dachte ich's doch!« sagte Urban zufrieden. »Ich habe die beiden neulich erst zusammen gesehen.«

Der andere wies auf seine Papiere. »Hier... und hier... aktuelle Kursentwicklung... Käufe... Verkäufe! An Ihrem Verdacht ist was dran.«

»Legen Sie mir doch bitte alles oben auf meinen Schreibtisch. Ich sehe es mir dann morgen genauer an.« Er war in Eile, um drei Uhr wollte er in Braunschweig zur offiziellen Eröffnung der Bellheim-Filiale sein. »Bis dahin zu niemandem ein Wort«, mahnte er. Die beiden trennten sich. Gudrun beobachtete sie beunruhigt.

Bei Bellheim in Braunschweig wehten die Fahnen. Sämtliche Stockwerke waren bunt beflaggt. Trauben von Luftballons, die in großen Lettern den Namen Bellheim trugen, stiegen in den Himmel. Vor dem Kaufhaus hielt eine Wagenkolonne. Polizisten regelten den Verkehr. Wartende Kunden drängten sich am Eingang. Daneben stand ein Übertragungswagen. Kabel wurden entrollt.

Jetzt öffneten sich die Türen. Menschen strömten ins Innere. Sekunden später war das ganze Kaufhaus voller Stimmengewirr, Lachen und Rufen, Gedränge und Geschiebe.

Bellheim stand oben an der Balustrade des ersten Stocks, umgeben von seinen Freunden. Eifersüchtig reckte sich Andrea hoch. Inmitten der Ellbogenstöße herumgeschubst vom wachsenden Strom der Menschen, hatte sie Maria entdeckt, die auf den strahlenden Bellheim zutrat, ihn umarmte und küßte. Plötzlich drehte sich Maria um, für einen Augenblick starrten die beiden Frauen sich an.

Das Restaurant war festlich geschmückt. Stühle standen in langen, durch einen Mittelgang getrennten Reihen. Vorn war ein blumengeschmücktes Rednerpult aufgebaut. Fernsehen und Radio hatten Mikrofone und Kameras in Position gebracht. Die Ehrengäste nahmen auf den für sie reservierten Stühlen Platz. Applaus flackerte hoch. Richard Maiers begrüßte den Bürgermeister und trat an das Rednerpult. Scheinwerfer flammten auf, das Fernsehen drehte mit.

Fink nahm neben Dr. Urban Platz. »Schön, daß Sie kommen konnten«, flüsterte er.

Urban schaute sich um. »Läuft ja prima«, lobte er.

»Meine sehr verehrten Damen und Herren, liebe Freunde und Gäste des Hauses Bellheim! Dieser Tag ist kein gewöhnlicher Tag in der Geschichte unseres Unternehmens. Mit der Eröffnung von Bellheims Basar der Neuzeit beginnt auch in der Geschichte unserer Kaufhäuser ein neues Kapitel.« In dieser Sekunde gaben die Lautsprecher durchdringend schrille Pfeiftöne von sich. Ein Techniker eilte herbei, um den Schaden zu beheben. Richard Maiers sagte etwas Unverständliches. Endlich hörte das Pfeifen auf. Als Richard jedoch fortfahren wollte, drang überhaupt kein Laut mehr aus den Boxen. Wieder nahte ein Techniker. Das gutgelaunte Publikum lachte.

Dr. Urban bekam einen Hustenanfall. Fink klopfte ihm vorsichtig auf den Rücken. Plötzlich sank der Bankier zusammen. Er röchelte und lehnte sich gegen Fink, als habe ihn jäh der Schlaf übermannt. Fink wollte ihn stützen. Aber als er sich nach ihm umdrehte, kippte Dr. Urban langsam vornüber und fiel wie in Zeitlupe zu Boden.

Während vorn das Mikrofon repariert wurde und Richard Maiers zum dritten Mal mit seiner Ansprache begann, entstand weiter hinten Unruhe. Dr. Urban lag auf dem Boden. Fink hatte ihm Krawatte und Kragen gelockert. Otto Merkel eilte herbei, um den nur schwach Atmenden hinaus an die frische Luft zu führen.

Aber es war zu spät. Noch während Richard redete, starb Dr. Urban, vom größten Teil des Publikums unbemerkt. Otto Merkel hatte noch den Notarzt herbeitelefoniert. Als er eintraf, bemerkten auch die übrigen Gäste, was geschehen war.

Der Festakt wurde abgebrochen.

Die Angestellten der Hannoverschen Kreditbank hatten die Nachricht vom Tod ihres Vorstandssprechers mit Bestürzung entgegengenommen. Dr. Urban war beliebt gewesen. Nun würde Dr. Müller-Mendt an seine Stelle rücken, ein farbloser Bürokrat, undurchsichtig, kalt und humorlos. Er genoß kaum Sympathien im Haus.

Der Chef der Revision, ebenfalls kein Freund des neuen Mannes an der Spitze, hatte Müller-Mendt pflichtgemäß vom Ergebnis seiner Ermittlungen in Kenntnis gesetzt.

Die Reaktion war indessen nicht so ausgefallen, wie er erwartete.

Müller-Mendt hatte nur einen flüchtigen Blick auf das Beweismaterial geworfen und es dann hinter sich auf ein Tischchen gelegt. »Im Augenblick habe ich wirklich Wichtigeres zu tun.« Er sah einen Herrn vorbeigehen und ließ den Revisor stehen.

»Kollege Schneider?!« Der Kollege aus dem Vorstand drehte sich um. »Schreckliche Geschichte, wie?«

Müller-Mendt nickte betreten. »Ja, so schnell geht das.« Er hakte den anderen unter. »Ich habe da ein Problem, bei Bellheim ist die Aufsichtsratsposition von Urban ja jetzt vakant.«

»Übernehmen Sie die denn nicht?« erkundigte sich Schneider.

»Ich bin doch schon im AR von JOTA«, murmelte Müller-Mendt. »Sie verstehen, Interessenkollision, das geht schlecht.« Er sah den anderen an. »Wären Sie denn unter Umständen bereit, bei Bellheim die Nachfolge von Dr. Urban anzutreten?« Ein Aufsichtsratsposten war unter den Vorstandskollegen immer sehr beliebt. Schneider war geschmeichelt. »Ich kenne zwar nicht die Interna, der Firma, aber ...«

Müller-Mendt fiel ihm ins Wort. »Das dürfte doch das geringste Problem sein. Da würde ich Sie natürlich entsprechend instruieren.«

Er sah Schneider vielsagend an. Schneider verstand, er bekam den Aufsichtsratsposten, wenn er so stimmte, wie Müller-Mendt es wollte. Er nickte.

Müller-Mendt sah Berger herankommen, ließ Schneider kurz stehen und reichte Berger die Computerausdrucke. »Wenn Sie sich das mal anschauen«, sagte er in vertraulichem Ton. »Von unserer Revisionsabteilung. Für mich persönlich besteht kein Zweifel an der Integrität von Frau Lange.«

Erschrocken starrte Berger auf die Papiere. Er nickte Müller-Mendt mechanisch zu und kehrte in sein Büro zurück. Dort wies er seine Sekretärin an, niemanden zu ihm zu lassen. Er stellte sein Telefon ab und machte sich an die Lektüre. Niemals hatte er mit Gudrun über die Angelegenheiten der Kreditabteilung gesprochen. Was die Revision herausgefunden hatte, bestürzte Berger zutiefst. Nicht nur, daß Gudrun über Informationen verfügte, die sie nur über ihn, über Akten, die er zu Hause auf dem Schreibtisch herumliegen hatte, verfügte. Sie war offenbar in die geheimsten Aufzeichnungen über den Sicherheitscode im Computer eingedrungen, und das alles, daran bestand kein Zweifel, mit seiner, mit Bergers Codekarte. Er lehnte sich zurück. Er schwitzte. Er wußte, er durfte nichts unternehmen; wenn er sie anzeigte, lieferte er sich selbst ans Messer. Er war nicht vorsichtig, nicht sorgfältig genug gewesen. Er hatte ihr getraut, völlig rückhaltlos. Er hatte nicht, wie es Vorschrift war, den Safe geschlossen, wenn er sein Büro verließ und sie noch da war. Er war vor Liebe blind gewesen.

Noch nie war die alljährliche Hauptversammlung der Bellheim AG mit solcher Spannung erwartet worden. Traditionsgemäß fand sie im großen Kuppelsaal, einem prachtvollen alten Hotelsaal in Hannover statt. Bellheims Freunde hatten in den Nächten vorher kaum geschlafen, ebenso Frau Vonhoff, die mit ihren Helferinnen die Hauptlast der Vorbereitungen trug. In Anbetracht des Presserummels, der die Entwicklung des Unternehmens nun schon seit Monaten begleitete, rechnete man mit ungewöhnlich starkem Besuch.

Bellheim stand mit Sachs und Max in der Nähe der Tür und beobachtete die Hereinkommenden, von denen er manche persönlich begrüßte. Weiter vorn hatte Frau Vonhoff einen Tisch aufgebaut. Dort wurden die Stimmausweise kontrolliert und die Anzahl der Stimmen eingetragen. Die Aktionäre legten ihre Karten vor, Frau Vonhoff füllte das Register aus. Erich Fink stand neben ihr, weniger um aufzupassen, daß alles seine Ordnung hatte, sondern vielmehr, um sich anhand der registrierten Stimmen sofort ein Bild von den Mehrheitsverhältnissen machen zu können. Vor allem wußte man ja noch nicht genau, über wieviel Stimmen Rottmann verfügte und was er plante.

Gudrun Lange, begleitet von einem Herrn, trat an den Tisch. Sie war mit korrekter Eleganz gekleidet. »Guten Morgen. Wir sind von der Hannoverschen Kreditbank und vertreten die Depotstimmen.«

Fink grüßte höflich. »Darf ich sehen?«

Er blätterte die Ausweise durch. »In Ordnung 48429. Vielen Dank.«

Hinter Gudrun erschien Gertrud Maiers.

Überrascht und verwundert sahen Fink und Frau Vonhoff sie an.

»Darf ich um Ihre Karte bitten?« sagte Frau Vonhoff.

Gertrud Maiers reichte sie ihr. »Mich haben Sie wohl gar nicht mehr erwartet?« bemerkte sie ironisch.

Fink nahm ihr den Ausweis ab und gab ihn an Frau Vonhoff weiter. Sachs trat neben ihn: »Zweihundert hat sie noch«, flüsterte Fink ihm zu.

»Mach keine Witze!« Sachs konnte seine Betroffenheit kaum verbergen.

Plötzlich stand Rottmann vor ihnen.

»Rottmann!« sagte Bellheim unterdrückt zu Max Reuther. »Jetzt kommt's drauf an.«

Rottmann begrüßte Frau Vonhoff und Fink.

»Rottmann ist mein Name.«

Frau Vonhoff blätterte. »Herr Rottmann? Ich finde leider nichts.«

»Schauen Sie unter JOTA AG nach«, schlug Rottmann vor und reichte ihr seinen Ausweis.

Sie gab ihm die Karte zurück. Rottmann nickte Fink kurz zu und schloß sich dann Gertrud Maiers und Gudrun Lange an, die vor dem Saal auf ihn gewartet hatten. Seine Truppe folgte ihm.

»Wieviel?« flüsterte Fink.

»22746«, antwortete Frau Vonhoff ganz leise.

»Das reicht nicht«, raunte Fink erfreut Sachs zu. »Das reicht nicht einmal für die Hauptversammlungs-Mehrheit, egal wie die Bank stimmt. Rottmann hat sich offenbar verrechnet.« Plötzlich verfinsterte sich seine Miene, er hatte Ziegler im Eingang entdeckt. »Was will denn der hier?«

»Sie sind auch Bellheim-Aktionär?« fragte Fink.

Ziegler lächelte bescheiden. »Ein ganz kleiner, fünfzig Aktien habe ich nur.« Er legte eine Karte vor. Ferner eine Vollmacht der ALPAG KG über 62000 Stimmen.

Frau Vonhoff war perplex. »62000?«

Ziegler nickte lächelnd.

Während jetzt die Saaltüren geschlossen wurden, eilte Fink verstört zu Sachs, Bellheim und Max hinüber. »Es ist aus!« flüsterte er leise, »es ist gelaufen.«

Bellheim trat ans Rednerpult.

Hinter ihm hatten an zwei langen Tischen die Vorstände und die Mitglieder des Aufsichtsrates Platz genommen. An der Rückwand hing ein riesiges Transparent: HAUPTVERSAMMLUNG DER BELLHEIM AG. Bellheim begrüßte die Gäste, trank einen Schluck Wasser und sprach dann weiter: »In den vergangenen Monaten hat sich unsere Ertragslage deutlich verbessert. Besonders seit der Eröffnung der umgestalteten Filialen.« Rottmann tuschelte mit Ziegler. Bellheim fuhr fort: »Wir werden also wieder Dividenden zahlen können, noch nicht in gewohnter Höhe, aber...«

Im Saal wurden Unmutsäußerungen laut.

»Seit Jahren dasselbe Trauerspiel«, rief Ziegler laut dazwischen. »Wenn wir nicht bald richtig Geld verdienen, gibt es hier für Vorstand und Aufsichtsrat die rote Karte.« Er versuchte, die Stimmung anzuheizen. Spontaner Applaus und zustimmendes Lachen begrüßten diese Bemerkung. Bellheim ließ den Blick über die dicht besetzten Stuhlreihen gleiten und verstärkte seine Stimme: »Meine Damen und Herren, Anfang dieses Jahres haben einige Filialen noch beträchtliche Verluste erwirtschaftet. Ich war gegen Schließungen, ich habe dafür plädiert, sie umzugestalten. Nicht nur weil wir eine Verantwortung unserer Belegschaft gegenüber haben, sondern weil auch ich vom zukünftigen Erfolg dieses Unternehmens überzeugt bin.«

Einzelne Zuhörer klatschten, aber man hörte auch Pfiffe. »Sie als Aktionäre wünschen sich, daß unsere Kaufhäuser gute Gewinne machen. Ich als der große Aktionär hoffe das nicht nur ebenfalls, sondern für mich ist es eine Existenzfrage.«

Der Applaus verstärkte sich. Sachs, Fink und Max Reuther, die bei Richard Maiers am Vorstandstisch saßen, klatschten kräftig mit.

»In letzter Zeit wurde dieses Unternehmen regelrecht belagert.« Bellheim machte eine wirkungsvolle Pause. »Belagert von Spekulanten, die unsere Firma zerlegen und stückchenweise veräußern möchten. Meine Damen und Herren, ich bitte Sie: Durchkreuzen Sie diese Absichten, indem Sie dem Umstrukturierungsplan des Vorstandes zustimmen. Sichern Sie die Zukunft der Bellheim-Kaufhäuser. Ich danke Ihnen.« Unter lautem Beifall verließ er das Rednerpult und setzte sich an den Aufsichtsratstisch.

Fink und Reuther zwinkerten ihm aufmunternd zu. Rottmann meldete sich zu Wort. Einer der Saalordner reichte ihm ein Mikrofon. Rottmann stand auf und kam zur Mitte. Bellheim biß die Zähne zusammen, es schien so, als ob der Augenblick des offenen Kampfes gekommen war.

»Meine Damen und Herren«, begann Rottmann mit trügerischer Freundlichkeit. »Aktionäre sind bekanntlich dumm und frech. Dumm, weil sie Aktien kaufen und frech, weil sie dafür auch noch Dividende erwarten.«

Gelächter und Beifall. Er hatte die Aufmerksamkeit des Publikums im Saal. »Unser Aufsichtsratsvorsitzender, Herr Bellheim, verkündet stolz, er habe neue Strategien entwickelt. Er glaubt, uns mit dieser Beschwichtigungstour beruhigen zu können, weil das bisher auch immer geklappt hat. Aber wir sind nicht hier, um uns an hochfliegenden Phantastereien zu berauschen, sondern es geht um die wirtschaftliche Realität. Die Bellheim-Kaufhäuser sind verschuldet wie Länder der Dritten Welt. Die Firma steht vor dem Abgrund. Verantwortung gegenüber den Aktionären gibt es offenbar nicht mehr.«

Im Saal regte sich erneut Unruhe. Viele klatschten Beifall, andere verharrten in stummer Erwartung.

»Dieses Desaster haben das Management und der Aufsichtsratsvorsitzende Bellheim zu verantworten. Niemand weiß mehr, wer dieses Schiff eigentlich steuert und wohin. Ein unfähiges Management, vom Aufsichtsratsvorsitzenden gegängelt und entmündigt, stürzt das Unternehmen in eine rapide anwachsende Verschuldung. Auf Kosten der Aktionäre.« Er hielt einen Moment inne. »Auf unsere Kosten.«

Der Beifall steigerte sich zu jubelnder Zustimmung. Mit dem Finger deutete er auf Bellheim, Sachs, Fink und Reuther. »Wir sollen die Träume von diesen bejahrten Herren da oben finanzieren. Aber dieses Unternehmen gehört Ihnen, meine Damen und Herren.« Er nickte. »Ja richtig Ihnen, den Aktionären. Und Sie alle verlieren durch diese Altherrenriege Geld.«

Die Zuhörer lachten und klatschten. Bellheim blickte, ohne eine Miene zu verziehen, auf Rottmann.

Der fuhr gelassen fort: »Der Vorstand von Bellheim hat schon längst die Flucht ergriffen. Das ist doch richtig, Herr Maiers?«

Richard starrte Rottmann betroffen an. Woher wußte der Kerl das? Bellheim hatte es ihm doch bestimmt nicht erzählt. Er selbst hatte mit niemandem sonst darüber gesprochen. Nur einer einzigen Person hatte er seinen Entschluß mitgeteilt, seiner Mutter. Er sah sie unten im Saal neben Gudrun Lange sitzen. Mit einem Mal wußte er Bescheid. Seine Mutter hatte es dieser Frau verraten, die in Verbindung zu Rottmann stand. Sie war doch mit Rottmann in Monte Carlo gewesen, als seine Mutter hinter seinem Rücken ihr Aktienpaket verkauft hatte.

Die Unruhe im Saal nahm Tumultstärke an. Pfiffe und Buhrufe wurden immer lauter. Fotografen stürzten nach vorn und erhellten das Podium und Rottmann schlagartig mit ihren Blitzlichtern.

Rottmann hob einen Arm, um den Lärm zu dämpfen.

»Jawohl!« überschrie er das Stimmengewirr. »Über achtundvierzig Millionen Mark hat unser Unternehmen in den letzten Jahren verloren. Ich wette, das meiste davon ist für Herrn Bellheims Umgestaltungswahn draufgegangen. Denn durch die politische Entwicklung in unserem Land sind bei allen Kaufhäusern die Umsätze gewaltig gestiegen. Darauf hatte ich gesetzt. Darum habe ich Kaufhausaktien erworben.« Rottmanns Stimme überschlug sich fast. »Dieses Land steht vor einer neuen Blüte, womöglich einem neuen Wirtschaftswunder. Auch aus Bellheim könnte man eine echte Geldquelle machen, an der wir alle ein Vermögen verdienen könnten!« Er hielt inne, um den Schlußeffekt seiner Ansprache zu verstärken. Im Saal war es ganz still geworden. »Allerdings nicht, solange Herr Bellheim seinen Kamikazekurs steuert! Nicht mit dieser total überalterten Führungsmannschaft!«

Donnernder Beifall brach los. Die Aktionäre trampelten, einzelne Besonnene wurden niedergebrüllt.

»Ich glaube andererseits nicht«, sagte Rottmann mit ruhigerer Stimme, »daß es für einen Aktionär, auch für einen größeren Aktionär wie mich, von außen möglich ist, die richtigen Impulse zu geben oder ein Konzept gegen Management und Aufsichtsrat durchzusetzen. Darum erkläre ich hier klipp und klar: alle Spekulationen, daß ich eine Übernahme von Bellheim plane, sind gegenstandslos. Es handelt sich dabei offensichtlich um geschickt gesteuerte Gerüchte, die den Kurs in die Höhe treiben sollen. In

Wirklichkeit sehe ich eine weitere drastische Entwertung meines Aktienpaketes voraus. Darum...« Alles weitere ging in einem Tumult unter. Rottmann begab sich befriedigt an seinen Platz zurück. Im Vorbeigehen begegnete sein Blick dem von Gudrun. In ihren Augen lag Bewunderung. Rottmann zwinkerte ihr vertraulich zu.

Die Türen des Kuppelsaals wurden aufgerissen. Die Journalisten strömten hinaus und rannten zu den Telefonzellen, um Zwischenberichte zu liefern. Spöttisch betrachteten sie das liebevoll aufgebaute Kuchenbuffet, und eine junge Reporterin sagte hämisch: »Bellheim-Beerdigungskuchen!«

Drinnen versuchte Sachs vergeblich, die Ruhe wiederherzustellen. Man beachtete ihn gar nicht. Die Aktionäre waren aufgestanden und drängten sich in heftig diskutierenden Gruppen. Es herrschte ein unbeschreibliches Getöse.

Max und Fink waren demonstrativ zu Bellheim hinübergegangen. Auch Richard kam, um mit ihm zu sprechen. In dem allgemeinen Tumult waren seine Worte kaum zu verstehen.

Rottmann, von Fotografen umringt, schritt triumphierend aus dem Saal. Draußen diktierte der Journalist Kern bereits ins Telefon. »Habt ihr's? Fette Überschrift: ›Bellheim im Würgegriff‹. Darunter halbfett, kleiner: ›Bellheim-Vorstand Maiers zurückgetreten. Rottmann verkauft alle Bellheim-Anteile. Keine Übernahme‹. Habt ihr's?«

Die sensationellen Neuigkeiten von der Hauptversammlung waren auch sofort an die Börse gedrungen. Der Kurs der Bellheim-Aktien sauste in den Keller, und die Notierung mußte ausgesetzt werden.

Peter Bellheim hatte sich nach diesem Ereignis zu einem Spaziergang am Maschsee aufgemacht. Er wollte allein sein, mußte nachdenken. Es dämmerte schon. Nun saß er auf einer Bank und starrte auf das Wasser. Der Wind fegte Herbstlaub hin und her und kräuselte die Oberfläche des Sees. In den Gartenlokalen waren längst die Tische zusammengeklappt und die Stühle aufeinandergestapelt worden. Es wurde langsam Winter. Bellheim war erschöpft und traurig. Die Schlacht war verloren.

Als Bellheim nach Hause kam, erfuhr er, daß man seinen Vater nach einem Herzanfall mit Blaulicht in die Universitätsklinik gebracht hatte. Maria war schon bei ihm. Peter raste hinterher.

Der alte Herr lag auf der Intensivstation, an viele Schläuche und Apparate angeschlossen. Sein Atem ging rasselnd, die Augenlider zuckten ab und zu. Lange stand sein Sohn vor ihm. Endlich öffnete der alte Bellheim die Augen und flüsterte kaum hörbar: »Peter?«

»Ich bin da, Papa«, antwortete Bellheim leise und strich ihm behutsam über die Haare. Der Vater drehte sich ein wenig zur Seite und atmete tiefer.

Ich muß mich viel mehr um ihn kümmern, dachte Bellheim. Es muß ja auch noch etwas anderes als Kaufhäuser geben. Dann richtete er sich wieder auf. »Er hat mich erkannt«, sagte Peter zu Maria, als sie das Zimmer verließen. »Jetzt schläft er. Komm.«

Sie stiegen ins Auto. Maria fuhr. Nach einer Weile begann Bellheim: »Eigentlich weiß ich kaum etwas von meinem Vater. Weißt du, was sein größter Wunsch war? Daß ich studiere. Ich sollte es besser haben als er.«

»Du hast so viel erreicht, und dein Vater ist so stolz auf dich.«

»Aber Zeit hatte ich eigentlich nie für ihn. Nicht mal, als Mama starb. Richtig geredet haben wir nie miteinander...«

Er starrte hinaus in das Dunkel und fuhr nach einer Weile fort: »Wenn er es jetzt schafft, laß ich ihn nicht mehr allein.«

Maria sah ihn skeptisch von der Seite an. Sie wußte, was von solchen guten Vorsätzen zu halten war. Dann sagte Peter noch: »Ich denke, solange ich bei ihm bin, wird er nicht sterben.«

Maria faßte nach seiner Hand. Bellheim drückte sie zärtlich. Er war froh, daß sie jetzt bei ihm war.

»Werk Zwo«, die Kneipe gegenüber dem Kaufhaus, war gut besucht. Charly zwängte sich zur Theke vor, auf der aufgeschlagen das *Hannoversche Tageblatt* mit der Überschrift »Bellheim im Würgegriff« lag.

Charly und Mona, Christian, Carla, Andrea und Albert lehnten wie gewöhnlich an der Theke.

»Kennt ihr den?« fragte Charly. »Was ist gemein? Gemein ist, bei Bellheim anzurufen und zu fragen, wie gehen die Geschäfte?«

Carla und Albert lachten etwas angestrengt auf.

»Noch ein Bier, Albert? Du auch, Carla?«

Charly hatte ausschließlich seinen Laden im Kopf und befand sich in Hochstimmung.

Mona zupfte ihn mahnend am Ärmel. »Charly! Wir haben noch einen Haufen Arbeit, und es wird immer später!«

Christian mischte sich ein: »Die Runde geht auf mich. Meine Abschiedsrunde!« Er stand neben Andrea an der Theke. Sie musterte ihn betroffen: »Ingolstadt?«

Christian nickte stolz: »Ich werd' da Assistent des Filialleiters.«

Andrea hob das Glas. »Tolle Chance! Gratuliere! Wann fährst du?«

»Morgen.« Christian sah sie von der Seite an. Sie hatte Tränen in den Augen. Sie wußte nicht, warum sie auf einmal traurig war. Schließlich war sie es doch gewesen, die sich von ihm getrennt hatte. Sie spürte seinen forschenden Blick und lächelte angestrengt. »Ingolstadt ist nicht aus der Welt.«

»Auf den edlen Spender!« Das Bier für alle war gekommen, und Charly prostete Christian zu.

»Auf euren Laden! Daß der Rubel rollt!« erwiderte Christian lachend.

»Morgen um vierzehn Uhr geht's los«, berichtete Mona aufgeregt.

Charly steckte sich eine Zigarre in den Mund: »Die letzten Wochen waren ganz schön heiß. Aber man weiß ja, wofür man sich abrackert.«

Großspurig legte er den Arm um Albert.

»Soll ich dir sagen, was unser Fehler war, Albert? Daß wir uns immer nur mit Kleingeld abgegeben haben. Wir haben in den falschen Dimensionen gedacht, verstehste? Solange du nur 'n kleines Würstchen bist, hacken alle auf dir rum.«

Charly klopfte ihm herablassend auf die Schulter. Er gehörte jetzt nicht mehr zu diesen kleinen Verkäufern. Er trug Verantwortung, hatte mehr Sorgen, aber irgendwann würde sich das größere Risiko auch auszahlen, aus dem Schlitzohr Charly Wiesner soll der Unternehmer Karl Wiesner werden. »Du hast es erfaßt«, sagte Albert trocken.

Durch das Lokal ging ein Raunen. Ein auffallend hübsches Mädchen war hereingekommen. Suchend blickte es sich um.

»Tja, dann muß ich wohl.« Christian zahlte und sah die anderen an. »Macht's gut, Leute.«

Sie gaben ihm die Hand, Andrea zuletzt. »Viel Glück«, sagte sie leise.

Christian begrüßte dann das hübsche Mädchen und gab ihr lächelnd einen Kuß. Gemeinsam verließen sie das Lokal. Andrea sah ihnen schweigend nach.

Bellheim und Fink hatten einen Termin bei der Hannoverschen Kreditbank. Diesmal waren nicht sie es, die die Unterredung wünschten; Müller-Mendt hatte sie hingebeten.

Vor dem Fahrstuhl begegnete ihnen Gudrun Lange und grüßte höflich. Die beiden Herren grüßten kühl zurück.

Gudrun eilte sogleich in die Wertpapierabteilung. Bellheim-Aktien waren auf zweihundertzwei Punkte gesunken. Tendenz weiter fallend. Der Tumult auf der Aktionärsversammlung hatte seine Wirkung nicht verfehlt.

Eine Sekretärin führte Bellheim und Fink in das ehemalige Büro von Dr. Urban. Die ehrwürdigen Ledersessel waren durch moderne Designer-Möbel ersetzt worden. Jetzt war es das Büro von Dr. Müller-Mendt.

Bellheim und Fink wollten gerade Platz nehmen, da trat Müller-Mendt mit Berger ein.

Der neue Vorstandssprecher begrüßte sie kühl und geschäftsmäßig und kam ohne Umschweife zur Sache. »Sie werden sich denken, warum ich Sie zu uns gebeten habe. Nach den starken Kursverlusten der letzten Tage sehe ich mich nicht länger imstande, die Situation zu belassen, wie sie ist.«

»Glücklicherweise nimmt unsere Firma gerade einen erfreulichen Aufschwung«, erklärte Fink.

Müller-Mendt fiel ihm unhöflich ins Wort. »Ihre wirtschaftliche Lage hat sich rapide verschlechtert.«

Fink schüttelte heftig den Kopf. »Nicht im geringsten. Der September war der beste Monat seit Jahren. In den umgestalteten Filialen, vor allem in Braunschweig, haben sich die Umsätze erheblich gesteigert. Ein Beweis dafür, daß unser Konzept richtig ist.« Er holte verschiedene Papiere aus seiner Mappe und wollte sie Müller-Mendt zeigen.

Der winkte barsch ab. »Es ist doch sonst nicht Ihre Art, Herr Dr. Fink, sich Tatsachen zu verschließen! Der verminderte Wert Ihrer Sicherheiten zwingt mich, Sie zu bitten, den offenen Saldo bei uns auszugleichen. Innerhalb einer Frist von fünf Tagen.«

Bellheim und Fink glaubten, nicht recht gehört zu haben. Wie erstarrt saßen sie auf ihren Stühlen.

Endlich fragte Fink langsam: »Sie kündigen uns die Kredite? Und so kurzfristig?«

Müller-Mendt zuckte die Achseln und antwortete nicht. Berger starrte vor sich hin.

Fink konnte es nicht fassen. »Aber wir sind doch über den Berg! Wir haben es geschafft! Ich begreife Ihre Entscheidung nicht.«

Müller-Mendt fiel Fink kühl ins Wort. »Es bleibt Ihnen nur der Ausweg, nach einem potenten Partner Ausschau zu halten.«

Bellheim ergriff zum erstenmal das Wort: »Den haben Sie schon für uns besorgt?«

»Allerdings«, versetzte Müller-Mendt ohne Verlegenheit.

»Hinter unserem Rücken?« rief Fink empört.

»Zu Ihrem Besten. Auch unsere Ansprüche sind gefährdet, wenn Sie in Konkurs gehen.«

»Es gibt einen Interessenten, vermute ich?« Bellheim blieb ganz ruhig.

Müller-Mendt nickte beifällig: »Immer ein klarer, kühler Kopf. Das schätze ich an Ihnen, Herr Bellheim. Ich habe mir erlaubt, ihn gleich heute morgen herzubitten.«

»Ist das nicht etwas übereilt?« fragte Fink empört.

»Wir haben keine Zeit zu verlieren.« Müller-Mendt ließ sich nicht provozieren. »Ist er schon da?« fragte er Berger. Der nickte. »Dann bitten Sie ihn doch herein.«

Berger stand auf und öffnete die Tür. Draußen im Vorzimmer wartete Rottmann. Fink starrte ihn grimmig an. Bellheim musterte seinen Feind gelassen. Rottmann nickte jovial in die Runde und ließ sich gemächlich neben Berger nieder.

»Wenn's recht ist«, erklärte er, »kommen wir gleich zur Sache. Keine langen Vorreden. Herr Dr. Müller-Mendt hat mich in groben Zügen über die Situation informiert.«

»Eine Situation, die Sie selbst herbeigeführt haben«, konnte sich Fink nicht enthalten zu bemerken.

Rottmann betrachtete ihn grienend, räusperte sich und sagte zu Müller-Mendt: »Lassen Sie mir doch ein Wässerchen bringen, Doktor.« Berger sprang.

»Ihr Vorschlag, Karl-Heinz? Ich höre!« Bellheims Stimme klang ruhig und freundlich.

»Ich kaufe Ihre Aktien«, antwortete Rottmann. »Sie können Ihre Schulden bezahlen und kommen noch mit einem satten Gewinn heraus. Ihren Sitz im Aufsichtsrat behalten Sie, nicht gerade den Vorsitz, aber Ihre Ideen können Sie weiter beisteuern. Und Sie bleiben ein wohlhabender Mann. Gute Geschäfte sind immer die, bei denen es nur Gewinner gibt.«

Müller-Mendt nickte zustimmend.

»Wieviel bieten Sie?« fragte Bellheim.

»Achtundvierzig Millionen.«

Fink wäre beinahe explodiert. »Die Aktien sind mehr als das Doppelte wert.«

»Vielleicht waren sie das noch vor ein paar Tagen«, versetzte Rottmann. »Nicht mehr. Sie haben sich übernommen, Bellheim.«

»Versuchen Sie doch, einen Höherbietenden aufzutreiben – innerhalb von fünf Tagen«, lächelte Müller-Mendt süffisant und zwinkerte Rottmann diskret zu.

»Und wenn ich nicht annehme«, fragte Bellheim, »was dann?«

»Dann sind Sie verarmt«, antwortete Rottmann grob. »Sie verlieren alles.«

»Herr Rottmann streckt Ihnen hilfreich die Hand entgegen«, assistierte Müller-Mendt. »Sie sollten sie unbedingt ergreifen.«

»Das haben Sie sich ja sehr fein ausgedacht«, meinte Bellheim wohlwollend. »Ich werde darüber nachdenken.«

»Mein Angebot gilt bis Freitag mittag zwölf Uhr.«

»Ein Ultimatum?«

»Eine *dead-line*.«

Bellheim lachte. »Ich lasse mich nicht erpressen, Karl-Heinz.«

Er wandte sich zur Tür. Beinahe erschrocken beugte sich Rottmann vor: »Sie sind 'n großer Mann, Bellheim, und ich hab' immer meinen Hut vor Ihnen gezogen. Verlieren Sie jetzt nicht den Boden unter den Füßen. Achtundvierzig Millionen sind ein Haufen Geld. Da bleibt ganz schön was übrig, auch wenn Sie ihre Schulden bezahlt haben.«

»Greifen Sie zu, bevor Sie alles verlieren«, fiel Müller-Mendt ein.

Bellheim sah erst ihn, dann Rottmann an und sagte eisig: »Eigentlich können Sie meine Antwort auch gleich haben: Nein.«

»Überlegen Sie sich das, Bellheim!« rief Müller-Mendt erregt, fast drohend.

Bellheim stand auf. »Ich habe es mir überlegt. Ich sage nein. Mein letztes Wort.« Er nickte den anderen zu und verließ das Zimmer.

Fink, der seine Mappe ergriffen und sich ebenfalls erhoben hatte, starrte ihm nach.

»Allmächtiger!« flüsterte er und folgte seinem Freund. Die Herren Rottmann, Müller-Mendt und Berger sahen einander verdattert an.

Im Kaufhaus hielten Bellheim und seine Freunde Kriegsrat. Die vier redeten sich die Köpfe heiß. Wie ließ sich die Finanzierungslücke schließen? Die Abhängigkeit von einer einzigen Bank erwies sich nun als fatal. Was zu Zeiten des guten Einvernehmens zwischen Bellheim und Dr. Urban so gut funktioniert hatte, erwies sich nun als verheerend. Keine andere Bank würde dem Unternehmen beispringen. Alles schien verloren, ein Ausweg nicht in Sicht.

Fink und Sachs hängten sich sofort ans Telefon. Jeden, den sie kannten und der ihnen für eine Geldanlage großen Stils liquide genug erschien, sprachen sie direkt an. Bellheim versuchte in Hongkong den alten Chun zu erreichen. Jetzt galt es, nach jedem Strohhalm zu greifen.

Als Bellheim abends durch sein Kaufhaus ging, war er sehr niedergeschlagen. Keiner der Verkäufer, die ihn respektvoll grüßten, wußte, wie sehr alles auf der Kippe stand, wie gefährdet das Unternehmen war. Und Bellheim achtete darauf, sich seine Deprimiertheit nicht anmerken zu lassen.

Sollte er denn alles verlieren? Gab es gar keinen Ausweg mehr? Hatte er zuviel in diesem Kampf riskiert, und würde er jetzt alles verlieren? Er ließ den Wagen kommen und sich in die Klinik fahren. Der Zustand seines Vaters war unverändert, und Bellheim löste Maria ab, die den Tag über im Krankenhaus gewesen war, und setzte sich neben das Bett des alten Herrn. Der Vater blickte ihn aus trüben Augen an. Bellheim zwang sich zu einem optimistischen Lächeln. Er dachte an Andrea, die er heute wieder nicht angerufen hatte, und dann dachte er an seine Kaufhäuser, die ein Teil seines Lebens waren und die er nun verlieren würde.

Gudrun Lange suchte ihre Tante auf.

Im Kaufhaus herrschte viel Betrieb. Kunden drängten sich vor den Aufzügen und an den Rolltreppen. Seit dem Frühjahr hatte sich einiges verändert. Die staubige, gähnende Leere war vorbei. »Bellheim hat was erreicht«, dachte sie ironisch, »aber es wird ihm nichts nützen.«

Mathilde hatte einen neuen Arbeitsplatz, zu dem ihr nach mehreren Gesprächen Max Reuther verholfen hatte. Sie leitete jetzt die neugeschaffene Abteilung Sondergrößen.

»Idee von Bellheim«, erzählte sie ihrer Nichte zufrieden. »Drüben ist die Mode für Junge und hier die für Ältere. Läuft prima!«

Gudrun reichte ihr einen Scheck. »Tante, ich habe wieder einmal eine Bitte – könntest du diesen Scheck bitte gleich deinem Konto gutschreiben lassen! Und dann...« Sie sprach flüsternd weiter. Mathilde sah die Zahl und erschrak. »Was, so viel?«

»Alles, was ich habe, Tante. Schaffst du es noch, bevor die Bank zumacht?«

Mathilde nickte. »Ich denke schon. Und davon soll ich dann Bellheim-Aktien kaufen?«

»Pscht!« Gudrun sah sich entsetzt um. »Nicht so laut! Ja, kauf, aber erst, wenn sie bei hundertneunundneunzig stehen. Ich habe es dir genau aufgeschrieben.« Sie drückte Mathilde einen Zettel in die Hand. »Danke, Tante.«

Hinter dem Kaufhaus, in der kleinen Straße, war einiges los. Charly und Mona eröffneten, und die halbe Bellheim-DOB hatte sich ein paar Stunden freigenommen und feierte mit. Mona, flott angezogen, strahlte vor Glück und schleppte Kuchentabletts vom Schuppen in den Laden. Kurt Reenlich half ihr.

»Hmmm«, schnupperte er. »Zum Reinsetzen!«

»Alles selbst gebacken«, versicherte Mona stolz.

Innen im Laden war ein Buffet aufgebaut. Rund dreißig Menschen drängten sich in dem engen Raum. Auch Bechtold war erschienen und sprach den Speisen und Getränken kräftig zu. Mit vollem Mund erzählte er einem Nebenstehenden: »Das ist die fünfte Geschäftseröffnung, die ich in dem Laden erlebe. Einer ist weggezogen, drei sind pleite gegangen.« Charly, der gerade vorbeikam, lächelte etwas angestrengt.

Charly steuerte mit einem großen Umschlag in der Hand auf Herrn Schimmel zu, der sich gerade Fleisch und Sauerkraut in den Mund schaufelte und dabei aufmerksam den Eingang beobachtete. Plötzlich fiel ihm ein beleibter Mann auf, der sich, einen Blumenstrauß und eine Sektflasche im Arm, hereindrängen wollte.

Mit einer einzigen geschmeidigen Bewegung stand Schimmel vor ihm. »Nee, mein Lieber! Diesmal war ich schneller. Verschwinde!« Er zerrte den protestierenden Dicken nach draußen.

»Nun mach doch keinen Aufstand«, sagte der gemütlich. »Wenn du's vermittelst, kriegst du auch von meiner Provision was ab. Ehrenwort!«

Carla und Albert hatten sich inzwischen fachkundig im Laden umgeschaut. Kurt Reenlich trat zu ihnen.

»Nur ein bißchen wenig Ware«, erwiderte Carla leise und besorgt. Albert wiegte zweifelnd den Kopf. »Und drüben im Kaufhaus ist es billiger.«

Charly trat mit dem Umschlag vor die Tür, wo Schimmel mit dem dicken Mann noch immer debattierte. Er reichte Schimmel das amtlich aussehende Schreiben. Mona beobachtete ihren Partner. Sie war selig. Allen schien der Laden zu gefallen. Was Charly draußen mit Schimmel besprach, konnte sie nicht verstehen.

Draußen starrte Schimmel fassungslos Charly an. Der Dicke mit der Sektflasche im Arm war etwas beiseite getreten.

»Doch nicht Ihr Ernst, Herr Wiesner?«

»Der Brief kam heute morgen«, erklärte Charly verzweifelt. »Unser Antrag auf ein Existenzneugründungsdarlehen ist abgelehnt. Was sollen wir denn nun machen?«

Schimmel überlegte blitzschnell. »Jetzt wollen Sie die Flinte ins Korn werfen? Wo alles so schön läuft?« Er deutete auf den Laden. »Sie haben einen Mietvertrag abgeschlossen. Es sind nicht unerhebliche Kosten entstanden.«

»Für den Laden gibt es jede Menge Interessenten«, hat der Makler gesagt.«

Schimmel rümpfte die Nase. »Vor Vertragsabschluß behaupten die das immer.«

»Aber ohne das Existenzneugründungsdarlehen«, fing Charly wieder an.

Schimmel klopfte ihm auf die Schulter. »Das schaffen Sie auch so. Ein bißchen unternehmerisches Risiko gehört dazu.«

»Unser ganzer schöner Finanzierungsplan!« Charly war den Tränen nahe.

»Darf ich vorstellen?« Schimmel hatte den dicken Herrn mit der Sektflasche wieder herbeigewinkt. »Herr Möbius von der Sirius-Versicherung. Kommt wie gerufen.«

»Guten Tag, Herr Wiesner«, grüßte Möbius. »Schöner Laden! Und der Betrieb! Ich seh's immer gern, wenn's lebhaft zugeht. Rappeln muß es im Karton! Nichts Schlimmeres als ein Laden ohne Kunden. Darf ich?«

Er überreichte Charly Blumen und Sekt.

»Oh, danke«, sagte Charly verdutzt. »Sehr freundlich. Danke.«

»Vielleicht sollten wir uns gelegentlich mal unterhalten.« Er lachte dröhnend.

Schimmel hatte Charly untergehakt und zischelte ihm ins Ohr: »Normalerweise... Vorsicht bei Versicherungsvertretern. Aber der Möbius ist absolut seriös. Wenn wir jetzt einen zusätzlichen Kredit brauchen und den absichern müssen, ist das über eine Lebensversicherung bequem zu machen.«

Bei dem Wort Kredit fuhr Charly zusammen. »Aber ich zahle doch immer mehr Zinsen!« ächzte er.

Schimmel klopfte ihm aufmunternd auf den Rücken. »Ja, am Anfang ist das etwas verwirrend. Das durchschauen die wenigsten. Aber da muß man durch. Nur jetzt nicht vom fahrenden Zug abspringen. Das wird teuer.«

»Aber ich muß ja auch von etwas leben«, wandte Charly schüchtern ein. »Schließlich habe ich eine Frau und ein kleines Kind zu versorgen.«

»Bei so bombensicheren Erfolgsaussichten schnallt man eben den Gürtel eine Zeitlang ein bißchen enger«, ermahnte ihn Schimmel, blinzelte Möbius zu und schob Charly wieder in den Laden.

Mona schleppte gerade wieder neue Schüsseln mit Kartoffelsalat heran.

»Daß so viele Leute gekommen sind! Wahnsinn! Wenn die alle bei uns kaufen!« stöhnte sie glücklich.

»Das sind alles Kollegen von drüben, Mona«, sagte Charly leise. »Da kauft keiner auch nur einen Hosenknopf bei uns.«

»Ach, Charly«, strahlte Mona.

Draußen war es dunkel geworden. Frau Vonhoff hatte sich längst nach einem arbeitsreichen Tag verabschiedet. Auch Bellheim wollte nun nach Hause gehen. Er schaltete das Licht in seinem Büro aus. Durch das leere Vorzimmer trat er auf den Korridor hinaus, in dem nur die Nachtbeleuchtung brannte.

Weiter vorn stand eine Sitzgruppe, aus der sich jetzt eine Gestalt erhob und auf ihn zukam.

»Maria?« fragte er überrascht.

»Ich wollte dich abholen, Peter.«

Bellheim erschrak. »Ist... ist was mit Vater?«

»Nein, nein. Ich war den ganzen Nachmittag bei ihm. Es geht ihm unverändert. Tut mir leid, wenn ich dich erschreckt habe. Ich dachte nur, wir könnten vielleicht zusammen essen gehen. Ausnahmsweise allein.«

»Wartest du schon lange?« Bellheim betrachtete sie verlegen. »Warum bist du denn nicht ins Büro gekommen?«

Die Fahrstuhltür öffnete sich. Andrea trat heraus, sah sich suchend um und blieb, als sie die beiden erkannte, verwirrt stehen. »Oh! Äh... guten Abend.«

»Guten Abend.«

»Ich wollte... äh... ich sollte die Dekorationspläne holen«, stotterte Andrea. »Aber... äh... es ist ja alles dunkel. Da ist jetzt wohl keiner mehr...«

»Nein«, antwortete Bellheim. »Es sind schon alle weg.«

»Oh, dann Entschuldigung. Ich, äh, schau morgen früh wieder rein. Vielen Dank. Guten Abend.«

Sie grüßte Maria und huschte davon, ohne auf den Fahrstuhl zu warten. Die Spannung zwischen den dreien war beinahe mit Händen zu greifen.

»Also, wollen wir?« sagte Bellheim schließlich zu Maria, die untergehakt neben ihm stand.

Langsam zog sie die Hand aus seinem Arm. »War das... dieses Mädchen?« Betroffen starrte ihr Mann sie an. Maria machte ein paar Schritte und öffnete die Eisentür, die den Bürotrakt von den Verkaufsräumen trennte. Dahinter lag die Porzellanabteilung, in der ebenfalls nur die Notbeleuchtung brannte. Maria ging weiter. Bellheim folgte ihr.

Sie drehte sich um. »Ich wollte nicht darüber sprechen, Peter. Nicht, solange du so viel anderes um die Ohren hattest. Aber ich kann einfach nicht mehr so tun, als ob nichts wäre.«

Tief aufatmend ging sie an Tischen und Regalen vorbei. Nach einer Weile sagte Bellheim: »Glaub mir, ich habe nicht gewollt, daß so etwas vorkommt. Es ist einfach so passiert.« Maria antwortete nicht. Hilflos sprach er weiter: »Maria, du bedeutest mir mehr als jeder andere...«

»Was willst du jetzt von mir hören?« fragte Maria leise. »Soll ich sagen: ›Alles halb so schlimm, ich nehm's dir nicht übel, das ist eben der zweite Frühling‹? Ist es das, was du willst?«

»Ich fühle mich ziemlich beschissen«, antwortete Bellheim traurig, »und das nicht erst seit heute.«

»Kannst du dir auch vorstellen, wie ich mich fühle?« In Marias Stimme lag Schärfe. Sie sah ihm fest in die Augen und fragte mühsam beherrscht: »Möchtest du, daß wir uns scheiden lassen?«

»Ach, sei nicht albern!«

»Verdammt noch mal! Liebst du sie?«

»Ich liebe dich! Aber du warst die ganze Zeit in Spanien. In deiner Ballettschule. Ich habe mich hier einsam gefühlt.« Hilflos hob Bellheim die Arme.

»Und wie soll es weitergehen?« fragte Maria ruhiger.

»Können wir nicht eine Weile... eine Weile...« Bellheim beendete den Satz nicht. »Gib mir etwas Zeit, Maria. Ich brauche Zeit. Im Augenblick...« er schüttelte ratlos den Kopf.

»Ach, du brauchst Zeit?« Maria kämpfte mit den Tränen. »Und ich? Wie soll ich das aushalten? Ich bin dreiundvierzig. Es ist auch meine Zeit!«

Sie rannte die halbdunkle Treppe hinunter nach draußen.

Bellheim wollte ihr folgen, aber dann setzte er sich auf einen Stuhl, stützte den Kopf in die Hand und starrte auf das Geschirr und die Kristallgläser ringsum.

Zu Hause saßen seine drei Freunde und Olga in trüber Stimmung beisammen. Der Wind ließ die Läden gegen die Hauswand knallen. Olga schloß die Fenster und beobachtete besorgt ihren Mann, der bereits ein drittes Glas Cognac in einem Zug leerte. »Dabei sind wir ein so tolles Team!« murmelte er kopfschüttelnd. Max Reuther lehnte sich bekümmert zurück.

»Ich muß euch sagen, ich habe nicht die geringste Lust, zu Hause wieder den geduldeten Opa zu spielen.«

Sachs seufzte; er hatte sich auch gerade eine Rückkehr an den Comer See in seine Villa vorgestellt. Er würde die Aufgabe vermissen – und die Freunde.

Fink beobachtete ihn: »Peter hat keine andere Wahl«, sagte er traurig. »Er muß verkaufen.«

Am nächsten Morgen fuhr Bellheim mit seiner Tochter und dem Enkel zum Flughafen, um Alex Barner abzuholen. Der kam völlig überraschend aus Hongkong; über Einzelheiten wußte niemand Bescheid. An der Zollabfertigung war Rudi stürmisch auf seinen Vater zugelaufen, als er ihn erspäht hatte. Erfreut begrüßte Alex seinen Sohn und Nina. Nach ihrer Scheidung hatten die beiden ein durchaus freundschaftliches Verhältnis zueinander gefunden, worüber sich nicht nur Karin Bellheim, sondern auch Peter und Maria freuten, die Alex sehr schätzten.

»Wieso seid ihr denn in Hannover?« fragte Alex Nina. »Ich hatte gar kein Abholkommando erhofft!«

»Opa hatte einen Herzinfarkt«, erklärte Nina. »Aber es geht ihm schon besser. Pa wartet draußen im Wagen. Wir mußten dich übrigens im Hotel unterbringen. Pas Haus ist vollbesetzt – drei Freunde und zwei Frauen. Rudi und ich wohnen bei meiner Mutter, aber mehr Platz hat die auch nicht.«

Alex lachte. »Hauptsache, ich bin wieder zu Hause.«

Bellheims Mercedes wartete vor der Ankunftshalle. Nina stieg neben dem Chauffeur ein, während Alex sich zu Bellheim nach hinten setzte. Rudi kuschelte sich zwischen Vater und Großvater. Auf der Fahrt in die Stadt berichtete Alex Barner seinem früheren Schwiegervater erbittert und empört über die Gründe für seine plötzliche Abreise aus Hongkong. »Rottmann wollte das Haus unbedingt. Er wußte, daß in Hongkong nichts ohne Schmiergelder läuft. Aber jetzt, wo's aufgeflogen ist – irgend so ein rotchinesisches Hetzblatt hat Wind von der Geschichte gekriegt und ein Heidenspektakel veranstaltet –, auf einmal ist Rottmann nicht mehr für mich zu sprechen. Kollegen, mit denen ich seit Jahren befreundet bin, lassen sich verleugnen. Bei JOTA ist ein regelrechtes Vertuschungsmanöver angelaufen. Alex nickte. »Ja. Rottmann steht nach außen mit weißer Weste da. Ich bin jedenfalls stinkwütend. Und zum Umfallen müde.«

»Soll ich dir was sagen?« Bellheim sah ihn an. »Ich freue mich sehr, daß du hier bist. Knöpfen wir uns Rottmann gemeinsam vor.«

»Mit Vergnügen.«

»Du kannst sofort bei uns anfangen«, fuhr Bellheim fort. »Die Frage ist allerdings, ob es uns bis zum Monatsende noch gibt. Rottmann hat uns in der Zange.«

Nina beobachtete besorgt ihren Vater. Der unterrichtete Alex über den Stand der Dinge. Obwohl Alex sehr müde war, kam er sofort mit zum Kaufhaus.

Bellheims Freunde empfingen den neuen Verbündeten freundlich. Frau Vonhoff organisierte ein Riesentablett mit Kaffee und belegten Broten.

Fink berichtete, daß Rottmann für Bellheims gesamtes Aktienpaket achtundvierzig Millionen geboten hatte.

Alex sagte grübelnd: »Wie will er die zahlen?«

»Wieso? Er hat doch enorme Einnahmen«, antwortete Sachs. »Seine Umsatzergebnisse sind beeindruckend.«

»In den Bilanzen steht, was Rottmann möchte. Er ist nicht so liquide, wie man denkt.«

Er gähnte, stand auf und marschierte im Zimmer hin und her, um wach zu bleiben. »Seit Jahren finanziert er jedes neue Projekt, indem er das vorige beleiht.«

»Moment mal«, unterbrach Fink. »Da ist mir doch etwas aufgefallen.« Er kramte in seinen Papieren. »Hier. Juli ... August ... der Kurs von JOTA steigt sprunghaft an: 480 ... 520 ... 572 ... 602 ... 651. Mitten im Sommerloch, ohne ersichtlichen Grund.«

Alex Barner holte einen dicken Kalender aus der Tasche. »Juni ... wenn mich nicht alles täuscht ... genau! Um diese Zeit bekamen wir von unserer Frankfurter Zentrale die interne Anweisung, JOTA-Aktien zu kaufen. Über ein besonderes Verrechnungskonto.«

»Aber eine Gesellschaft darf doch nicht ihre eigenen Aktien erwerben«, wandte Max ein.

»Eine unabhängige Tochtergesellschaft schon«, erläuterte Fink.

Bellheim überlegte. »Gibt es diese interne Anweisung noch?«

Alex schüttelte den Kopf. »So was verschwindet bei JOTA sofort im Reißwolf.«

Fink rieb sich die Hände. »Kinder, Kinder ... ich habe das Gefühl, wir sind auf einer heißen Spur. Rottmann gründet Firmen, die er dann JOTA-Aktien kaufen läßt, um den Kurs in die Höhe zu treiben.«

Max nickte. »Das Unternehmen gehört sich quasi selbst.«

»Damit hätten wir doch was gegen ihn in der Hand?« Finks Äuglein blitzten.

Bellheim zögerte. »Ohne Beweise haben wir gar nichts. Dieses Firmengeflecht ist gut getarnt und schwer zu durchschauen.«

Sachs hatte inzwischen Alex' Kalender zur Hand genommen. »Darf ich?« Alex nickte. Sachs blätterte darin. »Da steht ›JOTA-Aktien kaufen bei ...‹ Was heißt das?«

»Fürli-Bank, Zürich«, sagte Alex.

»So, so.« Fink runzelte nachdenklich die Stirn. »Die Fürli-Bank in Zürich. Die müßte man sich mal etwas genauer ansehen.«

Gegen Abend machte Bellheim es endlich möglich, Andrea aufzusuchen. Seit dem unglücklichen Zusammentreffen im Kaufhaus hatten sie nicht mehr miteinander gesprochen. Jetzt saßen sie sich einander im Halbdunkel von Andreas Wohnung gegenüber.

»Ivan Hofkirch hat mich angerufen«, sagte Andrea. »Ich war drei Jahre seine Assistentin. Jetzt sagt er mir, daß das Stadttheater Gießen eine Bühnenbildnerin sucht. Wenn er mich empfehlen würde, hätte ich garantiert Chancen. Sicher, Gießen ist Provinz. Aber ich könnte dort ganz selbständig arbeiten.«

Bellheim war betroffen und erleichtert zugleich: »Na, das ist großartig! Das ist doch genau das, was du dir immer gewünscht hast.«

»Ja, aber ich möchte auch nicht weg von hier«, seufzte Andrea.

»Es wäre töricht, sich eine solche Chance entgehen zu lassen.«

»Aber was wird dann mit uns?« Andreas Stimme war ganz leise.

Bellheim schüttelte den Kopf. »Was ist das überhaupt für eine Frage?«

»He!« sagte Andrea. »Tu nicht so selbstlos. Ich möchte, daß du mich zum Bleiben überredest.«

»Dieses Angebot nach Gießen ist doch genau das, was du dir immer gewünscht hast.« Stumm saßen die beiden einander gegenüber und sahen sich in die Augen.

Fink hatte eine kurze Reise nach Zürich zur Fürli-Bank unternommen, die aber ergebnislos verlaufen war. Die Schweizer Bankiers waren so geschickt allen Fragen ausgewichen und gaben sich so zugeknöpft, daß Fink alle Hoffnungen aufgeben mußte, hier mit Beweismaterial für ungesetzliche Machenschaften fündig zu werden. Aber dafür war ihm dort eine Idee gekommen. Er war diesem Nägeli von der Fürli-Bank gegenüber als Freund von Karl-Heinz Rottmann aufgetreten; der habe ihm das Schweizer Bankeninstitut empfohlen, als er einmal geäußert habe, er möchte seinen eigenen Aktienkurs in Bewegung bringen. Aber die Schweizer blieben zugeknöpft. Warum die Fürli-Bank im Sommer so viele JOTA-Aktien gekauft hatte, worauf der Kurs von JOTA sprunghaft angestiegen war, hatte er nicht herausgefunden. Jetzt blieb nur noch ein Ausweg. Etwas ungesetzlich zwar, aber was sollte es, Bellheim mußte geholfen werden.

Ohne daß Bellheim eine Ahnung von ihren Plänen hatte, waren die drei nach Frankfurt am Main gereist. Ein Taxi brachte sie ins Bankenviertel. Es war gegen fünf Uhr nachmittags. Aus den Hochhäusern strömten die Menschen auf die Straßen. Vor einem imposanten Wolkenkratzer stiegen die drei aus. Unter den vielen Firmenschildern im Eingang fiel die große Tafel einer Wirtschaftsprüfer- und Finanzberatergesellschaft auf. An der Spitze der darauf verzeichneten Namen stand ›Dr. Erich Fink‹.

Die drei Besucher blieben einen Augenblick lang stehen. Der Strom der Menschen, die in den Feierabend strebten, riß nicht ab.

»Wir sind zu früh«, erklärte Fink, der seinen Namen auf dem Schild nicht ohne eine gewisse Wehmut betrachtet hatte. »Machen wir noch einen kleinen Spaziergang.«

Max seufzte nervös. Sachs hüstelte.

»Nun macht euch mal nicht ins Hemd«, ermahnte Fink sie streng. »Im Geschäftsleben passieren solche Dinge alle Tage.«

Als es dunkel geworden war, kehrten die drei zurück. In dem riesigen Hochhaus brannten nur noch wenige Lichter. Der größte Teil der Fenster war dunkel.

In der mit Marmorplatten getäfelten Halle saß an einer runden Theke mit vielen Monitoren der Nachtpförtner und las die Zeitung. Verwundert blickte er sich um, als hinter ihm plötzlich Max auftauchte und auf die Konsole klopfte.

»Guten Abend! Sicherheitsüberprüfung!« Er zeigte dem Pförtner eine kleine Plastikkarte mit seinem Polaroidfoto. Der Mann warf einen flüchtigen Blick darauf. »Was möchten Sie denn sehen?« knurrte er.

Während er derart von Max abgelenkt wurde, huschten Fink und Sachs durch die halbdunkle Halle zu den Fahrstühlen.

Unten ließ sich Max Reuther die Standorte sämtlicher Monitor-Kameras erklären und verglich sie mit den Listen des Pförtners. »Aha. Sehr gut. Funktioniert ja bestens. Und das hier?« Er hielt den Mann auf Trab.

Gefolgt von Sachs tappte Fink durch einen dunklen Gang. Vor einer Tür blieb er stehen und zog einen Schlüssel aus der Tasche.

»Unsere Kanzlei«, flüsterte er.

Der Schlüssel paßte. Die beiden traten ein und schlossen die Tür hinter sich wieder ab.

»So, jetzt da hinüber.« Der Raum stand voller Aktenschränke. Fink knipste eine Taschenlampe an, steuerte zielsicher auf einen der Schränke zu und öffnete ihn. Er war unverschlossen. »Da drin sind die Karteikarten«, erklärte er. »Halt mal das Licht.«

Er blätterte in den Karten und stieß plötzlich einen unterdrückten Fluch aus.

»Was ist denn?« fragte Sachs erschrocken.

»Mist! Die Codenummern! Früher waren die immer auf den Karteikarten notiert. Dann brauchte man bloß die Nummer in den Computer einzugeben, und schon hatte man alles. Jetzt scheinen sie ein anderes System zu haben. Es stehen gar keine Nummern mehr drauf.«

Sachs stöhnte leise. »Und nun?«

»Gehen wir mal kurz in mein altes Büro, den schönsten Blick über Frankfurt bei Nacht.«

Sie schlichen über den Korridor, und Fink öffnete die nächste Tür.

Wie angewurzelt blieb er stehen. Aus Vorzimmer und Büro war ein einziger, großer Raum geworden, in dem lange Reihen von Computerterminals und Faxgeräten standen. Fink schluckte.

Sachs meinte mitfühlend: »Die werden den Platz gebraucht haben.«

»Einfach die Wand durchzubrechen!« fauchte Fink. »Wo sind meine Möbel? Mein Chagall?«

Sachs sah sich unruhig um. »Können wir das vielleicht ein anderes Mal klären?«

»Moment mal.« Fink hatte in dem Saal etwas erspäht. Zielstrebig steuerte er auf einen der Computer zu.

Max Reuther hatte sich mittlerweile mit dem Pförtner angefreundet. Der Mann schenkte Max aus seiner Thermosflasche Kaffee ein und freute sich über das Gespräch mit dem Kontrolleur, der offenbar sein Handwerk verstand.

Unterdessen hatte Fink die Liste mit den Codenummern in der Schublade seines ehemaligen Partners gefunden. Er tippte die von Rottmann und seiner JOTA AG in den Computer. »Sieh dir das an! Rottmann hat von der Hannoverschen Kreditbank einen Kredit bekommen. Über fünfzig Millionen Mark. Den Betrag gibt er weiter ... an die Luxemburger Filiale der Fürli-Bank.«

»Aber warum? Warum besorgt er sich einen teuren Kredit, um damit anderswo ein Guthaben zu errichten?« Sachs schüttelte verständnislos den Kopf.

»Fällt dir noch was auf? Hier: Keine Zinszahlungen aus Luxemburg!«

»Mit anderen Worten, Rottmann zahlt für fünfzig Millionen Mark Zinsen an die Hannoversche Kredit und gibt den Schweizern den gleichen Betrag zinslos? Da ist doch was faul. Da schenkt er der Fürli-Bank ja die jährlichen Zinsen für fünfzig Millionen Mark!«

»Oberfaul«, antwortete Fink. »Hier: Juli, August... riesige Ankäufe von JOTA-Aktien. Lief alles über die Fürli-Bank. Aktienkäufe im Gesamtwert von...«

»Laß mich raten!« unterbrach Sachs flüsternd. »Fünfzig Millionen!«

»Jawohl«, sagte Fink. Triumphierend sahen die beiden sich an. Sie wußten, sie hatten einen Ausweg gefunden. Sie konnten Rottmann ein verbotenes Scheingeschäft beweisen. Um den JOTA-Kurs anzuheizen, hatte Rottmann über die Schweiz seine eigenen Aktien aufkaufen lassen. Das war verboten. Das würde, wenn es bekannt würde, zu einem Skandal führen.

Spät in der Nacht kamen die drei in Hannover an. In bester Laune.

In der Villa Bellheim brannte noch Licht. Peter Bellheim erwartete sie. Mit finsterem Gesicht hockte er im Sessel und reagierte kaum auf ihre muntere Begrüßung.

»Wo ist Maria?« fragte er.

Aus Finks Miene verschwand das Lachen. »Abgereist nach Spanien«, antwortete er. »Mit Olga.«

»Was? Ohne ein Wort zu sagen...« Bellheim verstummte.

Fink wurde wütend. »Soll ich jetzt sagen, sie muß sich um ihre Tanzschule kümmern? Willst du das hören? Du weißt doch selber genau, was los ist. Ruf sie an.«

Nach einer unbehaglichen Pause murmelte Max Reuther: »Also... äh... ich haue mich jetzt aufs Ohr. Entschuldigung, aber ich bin ziemlich kaputt.«

Sachs holte die Computerausdrucke aus seiner Aktentasche und wedelte damit vor Bellheims Nase herum. »Wollen Sie mal sehen?« Bellheim griff lustlos nach den Papieren und warf einen gleichgültigen Blick hinein. Plötzlich wurden seine Augen groß.

»Woher habt ihr das?«

Die drei Verschwörer grinsten.

»Was du nicht weißt, macht dich nicht heiß«, witzelte Fink, und Sachs fügte hinzu: »Wir servieren Ihnen Rottmann auf einem silbernen Tablett.«

Am nächsten Vormittag rief die Sekretärin Karl-Heinz Rottmann aus dem Sitzungssaal ans Telefon. »Es ist Herr Bellheim.«

In bester Laune griff Rottmann zum Hörer.

»Na also! Kommen Sie endlich zur Vernunft, Bellheim? Bon, ich schicke Ihnen die Anwälte.«

»Nicht so hastig. Ich möchte vorher gern noch einmal mit Ihnen sprechen.«

»Was gibt's denn da noch zu bereden?« fragte Rottmann unwirsch. »Mein Angebot steht. Aber gut, wenn Sie unbedingt wollen! Moment.« Er blätterte in seinem Kalender. »Übermorgen bin ich in Hannover. Wir eröffnen dort eine neue Filiale! Treffen wir uns im Ratskeller? Man ißt gut, und wir sind ungestört. Abends acht Uhr? In Ordnung.«

Er legte auf. Hinter ihm stand Ziegler, der ihm neugierig aus dem Sitzungssaal gefolgt war, als der Name Bellheim fiel.

»Es ist soweit«, sagte Rottmann händereibend. »Wir haben ihn!«

»Bellheim kapituliert?« fragte Ziegler erfreut.

»Er ist am Ende.« Rottmanns Augen glänzten. »Wir haben ihn am Haken.«

Sachs, Fink und Max Reuther machten im herbstlichen Park einen Spaziergang. Sachs hatte eine leere Bierdose gefunden und kickte sie vor sich her.

»Jetzt müssen wir Geld auftreiben«, sagte er. »Ganz schnell und möglichst viel.«

»Peter versucht schon, seinen Anteil an der spanischen Feriensiedlung zu verkaufen«, erwiderte Fink.

»Und die Koreaner?« fragte Max.

»Die wollen sich heute nachmittag melden. Der alte Chun persönlich.«

»Ich habe meinen Sohn angerufen«, erklärte Max Reuther. »Er nimmt eine Hypothek auf das Haus auf. Begeistert war er nicht gerade. Was ist denn mit Ihrem Sohn?« Er wendete sich an Sachs. Der gab der Dose einen kräftigen Tritt, ohne zu antworten.

Fink flüsterte Max ins Ohr: »Die reden nicht miteinander, sehen sich nie.«

»Ach du meine Güte«, sagte Max bestürzt. »Und wieso?«

»Hängt irgendwie mit der Schwiegertochter zusammen. Sachs mag sie gern, aber der Sohn lebt mit der Sekretärin ... naja, wie das eben so geht.«

Max nickte.

»Wo ist das Tor?« rief Sachs, der schon ein ganzes Stück voraus war.

»Hier!« schrie Fink zurück und stellte sich breitbeinig auf den Weg.

»Achtung! Jetzt gibt's ein Massaker! Ein richtiges Massaker!« Sachs dribbelte auf die Dose zu und trat sie dann mit aller Kraft vorwärts.

Sie traf Fink voll am Knöchel. Der stieß einen lauten Schrei aus und humpelte, von Max gestützt, mit verzerrtem Gesicht zur nächsten Bank.

»Laß mich mal sehen!« Max wollte den Knöchel betasten.

»Nein, laß *mich*!« Sachs drängte sich vor und strich über Finks Fuß. »Da ist ja gar nichts. Dein Knöchel ist ja nicht mal geschwollen.«

Fink war sauer. »Das ist auch der andere Knöchel. Ausgerechnet jetzt schießt du mich kampfunfähig, bevor ich meinen Besuch bei Frau Maiers absolvieren muß.«

Gertrud Maiers hatte wenig Lust, Fink zu empfangen. Mit Bellheim und seinen Freunden war sie fertig. Endgültig. Schließlich hatte sie sich aber doch zu der Unterredung bereit gefunden.

Während Erich Fink mit dick bandagiertem Fuß vor ihr auf dem Sofa saß, ging sie unruhig auf und ab.

»Wir wissen«, erläuterte Erich, »daß Sie Ihre Bellheim-Anteile gegen JOTA-Aktien eingetauscht haben. Nächste Woche wird womöglich kein Mensch mehr JOTA haben wollen.«

»Absurd!« entgegnete sie wütend.

Fink schüttelte den Kopf. »Wir haben Grund zu der Annahme, daß der JOTA-Kurs durch kriminelle Manipulationen künstlich in die Höhe getrieben wurde. Wenn das an die Öffentlichkeit kommt, gibt es vermutlich ein Erdbeben.«

»Und warum sollte ausgerechnet Peter Bellheim mich warnen?« erkundigte sich Gertrud mißtrauisch.

Fink sah ihr voll ins Gesicht. »Er verdankt Ihrem verstorbenen Mann sehr viel, Frau Maiers.«

Gertrud Maiers trat ans Fenster. Draußen stieg soeben Richard aus dem Wagen und kam auf das Haus zu.

»Entschuldigen Sie mich einen Moment«, sagte sie zu Fink und ging zur Tür.

Richard kam ihr erregt entgegen: »Vorhin kam ein Anruf von der Bank, wir sollen Bellheim-Immobilien schätzen. Rottmann plant den Ausverkauf von Bellheim.«

Fink, auf seine Krücken gestützt, erschien in der Tür. »Natürlich.«

»Dr. Fink?« Richard war erstaunt.

Fink nickte. »Natürlich muß Rottmann den Banken einen Rückzahlungsplan vorlegen. Sonst kriegt er das Geld für die Übernahme nicht.«

Wütend sagte Richard: »Die Rosinen will er sich rauspicken und alles andere verscherbeln, Grundstücke, Filialen, Läger.«

»Aber er hat mir doch selbst versichert, er wollte die Kaufhäuser sanieren und weiterbetreiben. Mit dir als Vorstandsvorsitzendem.« Gertrud Maiers fehlten die Worte.

Mit ungewohnter Schärfe fuhr ihr Sohn sie an: »Er hat dich belogen. Meine weitere Karriere als Kaufhauschef wäre sehr kurz gewesen.«

»Und was soll ich jetzt tun?« Hilfesuchend sah Frau Maiers die beiden Männer an.

»JOTA verkaufen! Das ganze Paket. Noch heute. Kaufen Sie Bellheim.« Fink nickte ihr zu und humpelte hinaus.

Kurzentschlossen war Peter Bellheim nach Marbella geflogen. Er wollte mit einem Makler verhandeln, um seinen Anteil an der Feriensiedlung zu verkaufen. Außerdem wollte er Maria treffen.

Sie empfing ihn mit kühler Freundlichkeit und stellte keine Fragen, sondern brachte ihm ein Frühstück auf die Terrasse. Müde saß er am Tisch und schaute auf den Garten und das Meer.

»Es ist wunderschön hier«, meinte er nachdenklich.

»Ach?« Maria schien amüsiert. »Am schönsten ist es wohl immer da, wo man gerade nicht sein kann.«

Unten auf der Straße hupte ein Auto. Maria stand auf.

»Mußt du schon weg?« fragte Peter enttäuscht.

»Ja, in zehn Minuten beginnt mein Ballettkurs.«

»Bleib doch noch einen Moment«, bat ihr Mann. »Ich dachte, wir könnten ein bißchen miteinander reden.«

Maria überlegte. »Um vier habe ich eine Freistunde.«
»Um vier bin ich mit dem Makler verabredet.«
»Dann heute abend. Ich bin gegen sieben zurück.«
»Da sitze ich schon im Flugzeug.«
Unten hupte es wieder. Maria zögerte.
»Bitte geh' nicht«, bat Bellheim noch einmal.
»Tut mir leid, Peter«, erwiderte sie und lief zu dem Auto. Ein Mann erwartete sie dort. Bellheim sah ihr enttäuscht nach. Er hatte begriffen. Sie war nicht mehr bereit, auf ihn Rücksicht zu nehmen, so wie sie das früher immer getan hatte. Ihrer eigenen Arbeit räumte sie jetzt Vorrang ein. Auch vor Bellheim.
Die Unterredung mit dem Makler verlief unerfreulich. Der Mann schien wenig optimistisch. »Anteile an dieser Siedlung kann ich zur Zeit nicht einmal zum halben Preis verkaufen«, klagte er. »Von solchen Bauruinen gibt es hier in der Gegend einfach zu viele. Keiner will sie.«
Enttäuscht war Bellheim wieder gegangen. Er flog nicht, wie vorgesehen, mit der Abendmaschine nach Deutschland zurück. Statt dessen holte er Maria von der Ballettschule ab.
Überrascht blieb Maria stehen, als sie mit ein paar kleinen Mädchen aus dem Haus trat und ihren Mann auf der gegenüberliegenden Straßenseite stehen sah. Sie ging auf ihn zu. »Du bist noch da?«
»Ja ... ich fliege erst morgen früh.«
»Na schön!« Maria drehte sich um und schlug den Heimweg ein. Peter schloß sich wortlos an. Stumm gingen sie nebeneinander her. Er hatte erwartet, daß sie sich freuen würde. Er wartete auf ein freundliches Wort, auf eine versöhnliche Geste. Vergeblich.

Auch Sachs versuchte für den großen Coup, den sie planten, Geld aufzutreiben. Er war bereit, seine Villa in Bellagio zu beleihen, aber das reichte noch nicht. Also hatte er sich überwunden und war zur Hochzeit seiner früheren Frau nach Frankfurt gereist. Das schmerzte zwar, besonders mitanzusehen, wie sie einem viel jüngeren Mann das Ja-Wort gab, aber er mußte unbedingt seinen Sohn treffen. David war Top-Manager bei Kaufstadt, verfügte über erstklassige wirtschaftliche Verbindungen und hatte viel Geld.
Nach der Trauung lief der Sohn hinter ihm her, aber Sachs

wollte nicht mit zum Festessen kommen. Das fand er nun doch unpassend. Eine hochschwangere junge Frau winkte David und Sachs freundlich zu.

David zögerte: »Du wirst Opa, Vater.«

Sachs nickte verlegen. David reichte ihm die Hand: »Wär's nicht an der Zeit, das Kriegsbeil zu begraben? Ich weiß, daß du auf der Seite von Hannelore stehst. Aber die hat längst einen neuen Freund. Alle haben sich arrangiert. Nur du...«

Sachs zögerte, dann umarmte er seinen Sohn. Lange hatten beide auf diese Versöhnung gewartet. David war ganz gerührt. »Wenn ich sonst noch was für dich tun kann, Vater...« Er wußte, daß das heute kein leichter Tag für seinen Vater war.

Sachs drehte sich um. »Also gut. Ich möchte ein Darlehen von dir. Eine Million! Für zwei Wochen.«

David erschrak. »Eine Million?«

Sachs nickte. »Kauf für eine Million Bellheim-Aktien.«

»Dem maroden Laden willst du 'ne Million hinterherwerfen?« David war ehrlich empört.

Sachs hob mahnend den Finger. »Im Geschäftsleben war ich dir immer über. Also, sei still und schau zu. Vielleicht kannst du noch was lernen.«

David sah seinen Vater zweifelnd an, aber schließlich stimmte er zu. Wenn sein Vater von dem Geschäft so überzeugt war – er war einmal einer der ganz Großen in der Kaufhausbranche gewesen, einer mit einem untrüglichen Instinkt –, warum sollte er sich nicht, wie früher auch, darauf verlassen?

Monas und Charlys Laden florierte noch nicht ganz so, wie die beiden Jungunternehmer erhofft hatten. Immerhin, es kamen Kundinnen, und weil Mona außer Kleidern auch vorzüglichen selbstgebackenen Kuchen und guten Kaffee zu mäßigen Preisen anbot, brachten sie Freundinnen und Männer mit. Das lockte wiederum andere Kunden an.

An diesem Nachmittag war Unternehmensberater Schimmel wieder einmal erschienen. Mehrere Damen probierten Kleider an oder stöberten in den Regalen, andere saßen am Tisch und hielten einen kleinen Kaffeeklatsch. Nur ein mürrisch blickender älterer Mann, der ziellos durch den Raum strich, wirkte etwas störend.

»Bisher verdienen wir am meisten an Kaffee und Kuchen«, raunte Mona stolz Schimmel zu. Sie sah Charly von der Toilette kommen und holte ihren Notizblock.

»Södersack hat die Rechnung geschickt, bevor überhaupt geliefert wurde. Da mußt du Krach schlagen. Außerdem war an zwei Kleidern der Reißverschluß kaputt.«

Mit einem Griff an seinen Hosenbund stellte Charly fest, wieviel dünner er geworden war. So viel wie in den letzten Wochen hatte er sein Leben lang noch nicht gearbeitet.

Mona blätterte weiter in ihren Notizen. »Dann will Papa wissen, wann jetzt das Geld für das Grundstück von deiner Oma kommt. Papa sagt, *wir* haben unsere Einlage erbracht, da kann er erwarten, daß du endlich auch mit deinem Anteil rausrückst.«

Charly versuchte, ihrem Geplapper zu entkommen, schnallte den Gürtel enger und trat zu Schimmel, der draußen vor der Ladentür stand. Gegenüber, im Nebel nur schemenhaft erkennbar, ragte das Kaufhaus Bellheim auf. Es war gerade halb sieben geworden. Die Verkäufer strömten nach Hause.

»Ach ja«, stöhnte Charly sehnsüchtig, »was für ein Leben! Nach Feierabend die Füße hochlegen, sich um nichts mehr kümmern und immer genau wissen, wieviel Geld man am Ersten auf dem Konto hat, das wär's!«

Schimmel klopfte ihm aufmunternd auf den Rücken. »Wird schon! Kopf hoch! Denken Sie an den Sonderposten. Garantiert ein Bombengeschäft. Da ist er ja!«

Aus dem Nebel tauchte ein Lastwagen auf. Mona erschien in der Tür. Während Charly kurz mit dem Fahrer sprach und sich dann zusammen mit ihm ans Abladen machte, drückte Schimmel Mona eine schmale Stoffrolle in die Hand.

»Firmenetiketten«, murmelte er ihr ins Ohr. »Die müssen Sie überall reinnähen, dann sieht's wie Originalware aus. Macht ein bißchen mehr Arbeit, aber dafür sind Sie bei dem günstigen Einkaufspreis konkurrenzlos. Ratschebumm!«

Drinnen hatte sich eine der Damen für ein Kleid entschieden. Mona eilte zum Einpacken und Kassieren herbei. Kaum hatte sie die Kundin verabschiedet, als der mürrische ältere Mann auf sie zutrat. Der Laden war inzwischen fast leer.

»Kann ich Ihnen helfen?« erkundigte sich Mona höflich.

Unfreundlich deutete der Mann auf das Kuchentablett. »Wo kommt der Kuchen her?« fragte er barsch.

Mona begriff nicht. »Aus dem Ofen!« antwortete sie lachend.

Der Mann musterte sie ohne jeden Humor und zog einen Ausweis aus der Tasche. »Ordnungsamt«, stellte er sich vor. »Haben Sie eine Konzession zum Backen? Ist einer von Ihnen gelernter Konditor oder Bäckermeister?«

Mona erstarrte. »Charly!« rief sie verzweifelt.

Der Nebel wurde mit zunehmender Dunkelheit immer dichter. Bellheim und Fink waren zum Ratskeller gefahren. Im grauen Dunst waren die Umrisse des Gebäudes kaum auszumachen. Der große Parkplatz war nur notdürftig beleuchtet und völlig leer.

Bellheim hielt an. Die beiden stiegen aus.

Auch an der Eingangstür brannte nur eine einzige Lampe. Darunter hing ein Schild: WEGEN UMBAU GESCHLOSSEN.

Irgendwo klatschte eine lose Folie gegen das Baugerüst. Bellheim öffnete eine rückwärtige Tür. An einem Sicherungskasten leuchteten rote Lämpchen. Er beugte sich hinunter und drehte an einem Schalter. Arbeitslampen flammten auf. Auch auf dem Vorplatz ging plötzlich ein Licht an. Fink folgte humpelnd. Über einen langen Gang erreichten sie den großen, ausgeräumten Speisesaal. Der Fußboden war mit Folie abgedeckt, und überall standen Farbeimer und Zementsäcke herum. An den hohen Wänden waren Gerüste aufgebaut.

»Hübsch häßlich«, meinte Fink.

Die Hintertür klappte. Jemand hatte das Haus betreten. Auf dem Korridor ertönten Schritte, dann stand Rottmann in der Tür zum Saal.

Er sah sich unzufrieden um und sagte dann: »Sorry. Ich hatte keine Ahnung, daß hier umgebaut wird.«

»Was wir Ihnen zu sagen haben, Karl-Heinz«, antwortete Bellheim, »können wir Ihnen auch hier sagen.«

»Also gut.« Rottmann kam näher. »Dann schießen Sie mal los.«

»Wir sind im Besitz von Unterlagen«, begann Bellheim und blickte Rottmann kühl an, »die Ihnen im Falle einer Veröffentlichung einige Nachteile bringen dürften. Wir können nachweisen, daß Sie JOTA-Aktien durch Tochterfirmen aufkaufen lassen.

Auch können wir belegen, daß die Schweizer Fürli-Bank für fünfzig Millionen Mark JOTA-Aktien erworben hat, angeblich, um sie auf den internationalen Märkten breiter zu streuen, in Wahrheit aber, um den Kurs anzuheizen.«

»Eine ganz normale Transaktion«, antwortete Rottmann.

»Ein Scheingeschäft«, fuhr Bellheim fort. »Denn gleichzeitig haben Sie bei der Luxemburger Filiale der Fürli-Bank ein Guthaben über fünfzig Millionen hinterlegt.«

Rottmann holte tief Atem, schwieg aber.

»Daß Sie falsch gespielt haben, Karl-Heinz, durchschaut auch der Dümmste.«

Fink hatte aus einer Aktenmappe verschiedene Papiere geholt und Bellheim gegeben, der sie jetzt Rottmann hinhielt. Der riß sie ihm fast aus der Hand.

»Nur ein paar ausgewählte Fotokopien«, meinte Bellheim gelassen. »Bitte lesen Sie.«

Rottmann starrte auf die Kopien. Nach einer Weile sagte er mit mühsam unterdrückter Wut: »Würde mich interessieren, woher Sie das haben?« Sein Blick richtete sich auf Fink, der ein unbeteiligtes Gesicht machte.

»Einer plaudert immer, Karl-Heinz«, bemerkte Bellheim heiter.

»Als Sie mich vor dreißig Jahren beim alten Maiers angeschwärzt haben, hätte ich Ihnen den Hals umdrehen sollen. Mein Fehler, daß ich es aufgeschoben habe.«

»Selbst wenn Sie mir den Hals umdrehen, ist damit diese Sache hier nicht plausibel erklärt.« Bellheim deutete auf die Belege. »Trotzdem lege ich keinen Wert darauf, den Skandal öffentlich zu machen. Nicht, daß ich besonderes Mitleid mit Ihnen hätte. Aber für uns wäre es besser so, und für Sie ganz sicher auch.«

Rottmann machte eine Bewegung, als wolle er sich auf ihn stürzen. Dabei rutschte er aus und fiel hin. Keuchend stützte er sich auf eine der herumstehenden Kisten und suchte in seiner Jacke nach Tabletten. Er nahm zwei davon ein und sagte eine Weile gar nichts.

Endlich schaute er zu Bellheim auf. »Was verlangen Sie?«

»Ihr Bellheim-Aktienpaket.«

»Und wie wollen Sie das bezahlen?«

»Morgen machen Sie uns ein Übernahmeangebot. Öffentlich.«

Rottmann schaute Bellheim wütend an. »Sie ausgekochter Schieber! Dann gehen Ihre Aktien durch die Decke!«

»Eben. Und sobald sich unser Kurs erholt hat, geben Sie Ihre Übernahmeabsichten wieder auf.«

»Und das ist kein Scheingeschäft?« Rottmann kochte. »Bei euch noblen Scheißkerlen sind ja alle Mittel erlaubt.«

»Ich erwarte Ihre Zusage«, meinte Bellheim beiläufig.

»In dieses Geschäft«, sagte Rottmann und schüttelte die Faust, »habe ich ein halbes Jahr zäher Arbeit investiert, und viel Geld. So schnell gebe ich nicht auf.«

»Ihr Aktienpaket, Karl-Heinz« – mahnte Bellheim. Rottmann verlor die Beherrschung. »Ich kann Ihnen immer noch das Kreuz brechen, Freundchen! Ich kann Sie fertigmachen!«

»Nur zu.« Bellheim ließ sich nicht aus der Ruhe bringen. »Aber dann geht es Ihnen genauso an den Kragen. Sie haben zu viel Dreck am Stecken. Ihr Aktienpaket.«

Rottmann schluckte. »Für wieviel?«

»Tageskurs von heute.«

»Das ist kein fairer Preis!« begehrte Rottmann auf.

»Haben Sie denn einen fairen Preis geboten?« konterte Bellheim.

Wieder holte Rottmann tief Luft. Dann fragte er: »Und *wann* zahlen Sie?«

»In zwei Wochen.«

Rottmann nahm die Vereinbarung, die Bellheim vorbereitet hatte. Fink hielt ihm seine Tasche als Schreibunterlage hin. Während er las, überlegte Rottmann fieberhaft. Aber er sah keinen Ausweg. Wollte er sich nicht selbst vernichten, mußte er der Erpressung nachgeben. Zähneknirschend sagte er: »Stecken Sie sich Ihre Kaufhäuser in den Arsch, Bellheim.« Dann unterschrieb er.

Rottmann drehte sich um und stampfte aus dem Saal. Gleich darauf knallte die Hintertür zu, und vom Parkplatz hörte man das Aufheulen eines starken Motors.

Zwei Tage später erschienen in allen Zeitungen Annoncen mit dem Übernahmeangebot der JOTA AG an die Bellheim-Aktionäre. Gudrun Lange las es überrascht. Rottmann hatte sie von diesem Schritt nicht unterrichtet. Aber sie war zufrieden. Tante Mathilde hatte ihren Auftrag pünktlich ausgeführt: Gudruns gesamtes Vermögen war sicher in Bellheim-Aktien angelegt. Sie hatte kaum einen Pfennig auf ihrem laufenden Konto behalten und befand sich sogar in akuter Geldnot, aber das kümmerte sie nicht. Bellheim-Aktien stiegen und stiegen.

An der Börse stand der Name Bellheim mit doppelter Plusmarkierung an der Kurstafel. Die Makler rissen sich die Papiere aus den Händen.

Müller-Mendt marschierte in seinem Büro auf und ab wie ein Tiger im Käfig. Als Berger hereinstürmte, fuhr Müller-Mendt auf ihn los.

»Neueste Kursentwicklung?« schrie er.

»JOTA fällt!« erwiderte Berger aufgeregt. »Bellheim explodiert geradezu.«

»Was, JOTA fällt! Was ist da los?« Er wandte sich an die Sekretärin. »Haben Sie Rottmann endlich erreicht?«

»Unmöglich durchzukommen.«

»Versuchen Sie es weiter!«

Beunruhigt marschierte er in seinem Büro auf und ab.

»Ich begreife es nicht!« tobte er. »Ich begreife es einfach nicht! Wieso jetzt dieses Übernahmeangebot? Bellheim war doch praktisch am Ende!«

»Die Familie Maiers will Rottmann verklagen«, sagte Berger nicht ohne Genugtuung. »Haben Sie nichts gehört? Es soll Rechnungsbelege über Zahlungen an Strohleute geben, die JOTA-Aktien gekauft haben, um den Kurs hochzutreiben.«

Müller-Mendt starrte ihn erschrocken an.

»Vielleicht hat man sich hier von Rottmann zu sehr blenden lassen«, meinte Berger. »Bei jedem Privatkunden, der einen Tausendmarkkredit will, hätten wir genauer hingesehen.«

»Wenn Sie in jeder Ecke einen Gauner vermuten«, versetzte Müller-Mendt gereizt, »können Sie überhaupt keine Bankgeschäfte machen.«

Berger ließ sich nicht einschüchtern. »Offenbar haben wir aber die Gauner in der falschen Ecke vermutet.«

Müller-Mendt schüttelte kleinlaut den Kopf. »Hinterher ist man immer klüger. Außerdem ist noch nichts bewiesen.«

»Verlangen Sie jetzt von Rottmann Klarheit über seine Finanzdispositionen. Glasklare Durchsicht. Es geht schließlich um fünfzig Millionen Mark.«

Müller-Mendt sank in seinen Schreibtischsessel. Etwas hatte er in den letzten Minuten begriffen; Berger verhielt sich jetzt ihm gegenüber genauso, wie er es jahrelang Urban gegenüber getan hatte. Der Untergebene lauerte auf einen Fehler des Chefs – auf ein Stolpern –, um davon profitieren und die Nachfolge antreten zu können.

Bei Bellheims wurde bereits der Sieg gefeiert. Andächtig saßen die vier Freunde vor dem Fernseher, tranken Champagner und lauschten dem Börsenbericht.

»Jetzt kommt's!« rief Sachs mit geröteten Wangen.

»Auch heute setzte die Kaufhauskette Bellheim nach dem Übernahmeangebot der JOTA AG ihren Höhenflug fort. Bellheim schloß nach kräftigen Umsätzen mit dreihundertsechsundfünfzig. Das sind einhundertachtundfünfzig Mark Kursgewinn innerhalb von zwei Tagen.«

»Juchhu!« jubelte Fink. Max schaltete den Fernsehapparat ab und öffnete die zweite Flasche. »Nicht das Glück versuchen«, mahnte er. »Morgen verkaufen wir.« Er goß die Gläser voll. »Stellt euch vor, mein Sohn ist ganz aus dem Häuschen.« »Und meiner«, sagte Sachs um noch eins draufzusetzen, »vergöttert mich geradezu.«

Strahlend stießen sie miteinander an.

Bellheim, der bisher geschwiegen hatte, sah sie der Reihe nach an und sagte unvermittelt: »Genau der richtige Zeitpunkt, um sich zurückzuziehen, findet ihr nicht?«

»Wieso?«

»Was soll denn das heißen?«

Bellheim lächelte ruhig. »Wir sollten nicht aufschieben, was ohnehin auf uns zukommt.«

»Was ist denn schlimm daran, etwas aufzuschieben?« fragte Fink, und Max sekundierte: »Jetzt geht es doch erst richtig los.«

Bellheim schüttelte den Kopf. »Wir sind noch einmal mit einem blauen Auge davongekommen. Aber nur um Haaresbreite. Die letzten Wochen habe ich keine Nacht mehr geschlafen. Ihr drei habt Kopf und Kragen riskiert. Auf Ausspähen von Daten steht Gefängnis.«

»Niemand kann uns was beweisen«, erklärte Sachs wegwerfend. Bellheim hob sein Glas. »Wir hatten unser Abenteuer. Jetzt reicht's. Immerhin steigen wir als Sieger aus dem Ring.«

Bellheim sprach nicht aus, daß die Koreaner, die ihnen das Geld für Rottmann vorgelegt hatten, jetzt das Sagen in den Kaufhäusern hatten und bestimmt das Management neu organisieren wollten.

Gudrun Langes Wohnung war fast fertig und so schön, daß sich die neue Inhaberin noch immer nicht an den Anblick gewöhnt hatte. Die Räume waren sparsam, aber teuer möbliert. Endlich hatte Gudrun Platz! Alles war in tadelloser Ordnung. Problematisch war nur, sie hatte alles Geld in Bellheim-Aktien gesteckt.

Die Vermieterin wurde schon ungeduldig. Gerade hatte sie wieder geklingelt und die seit drei Monaten fällige Kaution und die Monatsmiete angemahnt. Gudrun war peinlich berührt, weil die alte Dame so laut durchs Treppenhaus trompetete – und das kurz nach Feierabend, wenn alle Mieter zu Hause waren! Also gut, dachte sie, Montag stoße ich Bellheim ab. Zumindest so viel, daß ich diese Zahlungen erledigen kann. Sie versprach der Vermieterin, bis kommenden Freitag alle offenen Beträge zu überweisen und wollte soeben die Tür hinter sich schließen, als sie Berger entdeckte, der die Treppe heraufkam.

Berger grüßte die Vermieterin höflich und fragte leise: »Was ist denn los?«

»Kein Grund zur Panik.« Grudrun lächelte ihm zu. Sie drängte die alte Dame ins Treppenhaus.

»Freitag! Sie können sich darauf verlassen.«

Unwillig entfernte sich die Vermieterin. Erleichtert schloß Gudrun die Tür. Klaus Berger sah sich bewundernd in der Wohnung um. Er hatte Gudrun längere Zeit nicht besucht. Hilfe beim Umzug hatte sie abgelehnt. Sie wollte ihn erst dann einladen, wenn wirklich alles fertig war.

»Du warst heute nicht in der Bank«, sagte er, »da dachte ich, ich schau mal vorbei. Fühlst du dich gut?« fragte er und musterte sie prüfend.

Gudrun lachte. »Ich bin glatt zu einer Sünde fähig.«

Sie schlang die Arme um seinen Hals und küßte ihn übermütig.

»Soll ich dir was verraten? Ich glaube, ich hab's geschafft. Alles, was ich besitze, steckt in Bellheim-Aktien. Jeder Pfennig. Und Bellheim-Aktien gehen ab wie Raketen. Ich glaube, ich bin ein Genie! Ich muß das einfach mal sagen. Ein Genie!«

Berger, der den Kuß nicht erwidert hatte, löste sich von ihr. »Wann hast du Bellheim gekauft?«

»Vor ein paar Tagen. Zu hundertneunundneunzig.«

»Wußtest du da schon von Rottmanns Übernahmeangebot?«

»Natürlich nicht«, antwortete Gudrun erschrocken.

»Inzwischen«, bemerkte Berger kühl, »hat er es ja auch wieder zurückgezogen. Vor genau einer Stunde.«

Gudrun erstarrte. »Das Übernahmeangebot an Bellheim zurückgezogen?«

»Du mußt eben am Ball bleiben! Hat er es dir denn nicht gesteckt?« In Bergers Stimme lag Hohn.

Gudrun, jäh ernüchtert, traute ihren Ohren nicht. »Was soll das heißen?« Sie starrte ihn an. »Hast du mir nachspioniert?« In einem plötzlichen Wutanfall hob sie die Hand und ohrfeigte ihn.

Prompt schlug Berger zurück. Gudrun stolperte. Bevor sie sich auf ihn stürzen konnte, hielt er ihre Hände fest und stieß sie zurück. »Du warst unvorsichtig, meine Liebe. Du hast zu sehr mit Geld um dich geworfen. Die Revision war dir auf der Spur. Wenn Urban nicht gestorben wäre...«

Gudrun stampfte mit dem Fuß auf. »Herrgott! Ich will doch nur ein bißchen vorankommen!« Sie griff nach einer offenen Weinflasche und nahm einen großen Schluck.

»Du machst dein Leben kaputt«, fuhr Berger fort.

»Und was ist das für ein Leben?« schrie Gudrun ihn an. Tränen erstickten ihre Stimme. »Ich will nicht einfach so dahinleben. Das kann jeder. Dafür, daß man sich gut und anständig verhält, gibt es keinen Orden. Draußen tobt der Krieg. Es geht nur ums Geld, und alle Mittel sind erlaubt.«

Berger betrachtete sie angewidert. »Vielleicht Freitag abend auf der Straße. Nicht in der Bank.«

»Wie weit schafft man es in deiner Bank auf die brave Ochsentour?« Sie rannte in die Küche.

Berger sah, wie sie ein Glas mit Wasser füllte und drei Tabletten nahm. Als sie wiederkam, war sie ruhiger.

»Mein Vater«, sagte sie eisig, »war ein Leben lang anständig. Ein anständiger kleiner Geschäftsmann. Hat sich in seinem Laden abgerackert. Mit achtundvierzig war er am Ende. Herzinfarkt und einen Haufen Schulden.«

Berger schwieg.

»Na schön! Zeig mich an. Verpfeif' mich. Okay! Das Ende meiner Bankkarriere. Ich werd's verkraften.«

Berger ging zur Tür. Nach ein paar Schritten blieb er stehen und sah sich um.

»Ohne die Informationen, die du von meinem Schreibtisch klaust, bin ich wohl keine so gute Investition mehr? Du hast mich wirklich einmalig vorgeführt.« Er schluckte. Mühsam unterdrückte er seine Erregung.

Gudrun rannte hinter ihm her zur Tür. »Wenn du jetzt gehst, kommst du hier nie wieder rein«, schluchzte sie. »Auch wenn du es nicht glaubst, ich hab' dich gern gehabt. Wirklich gern.«

Berger verließ die Wohnung, ohne sich noch einmal umzublikken.

Gudrun stieß wütend mit dem Fuß gegen einen Kasten auf dem Boden. Dann fing sie plötzlich hemmungslos an zu weinen. Sie hatte so viel Geld gewonnen und dennoch das Gefühl, alles verloren zu haben.

Im Kaufhaus Bellheim wurde eine Betriebsversammlung abgehalten. Star des Tages war Max Reuther. Er stand am Rednerpult und war sich der ungeteilten Aufmerksamkeit aller Zuhörer sicher.

Die Türen des Kantinensaals standen offen. Bellheim kam mit Sachs und Fink den Gang entlang. Als sie Max' Stimme hörten, blieben sie unwillkürlich stehen.

»Unsere Umsätze haben sich so deutlich verbessert«, verkündete Max, »daß in diesem Jahr auch das dreizehnte Monatsgehalt endlich wieder voll ausgezahlt werden kann. Kolleginnen und Kollegen! Es geht wieder aufwärts!«

Donnernder Applaus. Streibel trat vor, schüttelte Max beide Hände und griff dann selbst zum Mikrofon.

»Kolleginnen und Kollegen! Ihr habt oft genug darüber geklagt, daß in vielen Abteilungen die Personaldecke zu schmal ist. Heute morgen hat mir der Vorstand versichert, daß unser Personalstand erhöht wird. Wir stellen wieder Leute ein!«

Jubelnder Beifall quittierte diese Erklärung.

Bellheim und die beiden anderen waren weitergegangen.

»Das wär's dann also«, konstatierte Fink nicht ohne Bitterkeit.

In Bellheims Büro warteten Alex Barner und der junge Mr. Choi, der in Vertretung seines Onkels erschienen war. Nachdem man einander begrüßt hatte, zog Choi aus seiner Aktentasche den Vertrag, den er bereits am Vortag mit Peter Bellheim und den Hausjuristen des Unternehmens ausgehandelt hatte. Nun verlas er noch einmal die wesentlichen Punkte.

»Nach Überlassung des vorgenannten Aktienpaketes verzichtet Peter Karl Bellheim auf den Aufsichtsratsvorsitz der Bellheim AG, den ein noch zu benennender Vertreter von Doo-Kem-Industries einnehmen wird. Vorbehaltlich der Zustimmung des Aufsichtsrates wird Alex Jürgen Barner zum ersten November des Jahres zum Vorstandsvorsitzenden bestellt.

Peter Karl Bellheim wird keine weiteren Ämter...«

»Ich habe alles gelesen, Mr. Choi«, unterbrach ihn Bellheim. »Lassen Sie uns unterschreiben und dann nach Hause gehen.«

»Sieht so aus, als wären wir auch aus dem Rennen«, meinte Sachs betrübt zu Fink.

»Sie werden natürlich auch weiterhin Einfluß auf Ihr Unternehmen behalten, Herr Bellheim«, bemerkte Choi lächelnd, und Alex fügte hinzu: »Wir brauchen deinen Rat, Peter.«

Bellheim überlegte einen Moment und sagte dann: »Ich denke, es wird wunderbar sein, auch mal wieder ein bißchen Zeit für mich zu haben.«

Er unterschrieb den Vertrag.

Vor Andreas Haus hielt ein Möbelwagen. Es schneite. Die Wohnung war schon fast leergeräumt. Nur noch ein kleiner Koffer stand neben ihr.

Sie hielt die Jacke des weißen Chanelkostüms in der Hand, das Bellheim ihr zum Geburtstag geschenkt hatte. Sehnsüchtig streichelte sie den Stoff.

Die Nachmieter waren schon da – Charly Wiesner mit seiner

Frau und der kleinen Tochter. Während Frau Wiesner sich in den Räumen umsah, reichte Andrea Charly Quittungen und Unterlagen über Einbauten und von ihm übernommenen Hausrat.

»Danke«, sagte Charly. »In spätestens drei Monaten kriegst du das Geld. Wir haben zur Zeit einen so günstigen Sonderposten, daß der Laden wie geschmiert läuft.«

Andrea gab ihm die Hand und wollte sich von ihm und seiner Frau verabschieden, als sie Peter Bellheim bemerkte, der gerade zur Tür hereinkam.

Charly grüßte verlegen. »Guten Tag, Herr Bellheim.«

Charly rief seiner Frau zu: »Mach zu, Schatz! Ich muß wieder zurück!« Andrea eilte in das Schlafzimmer, wo Frau Wiesner die Schrankwand vermessen wollte. Charly sah Bellheim stolz an. »Mit einem Laden ist man mächtig angebunden.«

»Sie haben ein Geschäft?« fragte Bellheim interessiert.

»Ja, seit kurzem. Bellheim gegenüber, sozusagen. Klein, aber mein.«

Bellheim nickte. »So habe ich auch mal angefangen, mit einem kleinen Laden.«

»Ich weiß. Gar nicht so leicht am Anfang. Wem sag ich das?«

Bellheim musterte ihn lächelnd. »Aber Sie schaffen das schon.«

Charly lächelte zurück. »Danke.«

Bellheim hatte das nicht so dahin gesagt. Auch er hatte im Anfang Lehrgeld zahlen müssen, aber er hatte sich durchgebissen. Das würde dieser Charly Wiesner auch tun. In gewisser Weise, fand Bellheim, war er ihm gar nicht unähnlich – vor 30 Jahren.

Andrea kam mit Charlys Frau und der Tochter. Familie Wiesner verabschiedete sich eilig.

Bellheim und Andrea waren in dem großen, leeren Raum allein.

»Ja...«, begann Peter verlegen. »Ich wollte dir nur auf Wiedersehen sagen.«

Andrea sah ihn liebevoll an. »Bleiben wir in Verbindung?«

Er antwortete nicht.

»Wir schreiben uns, ja. Ab und zu. Nur eine Postkarte?«

Er schüttelte ganz langsam den Kopf. Zärtlich strich er ihr über Wangen und Haar. Dann drehte er sich um und ging die Treppe hinunter.

Andrea sah ihm nach. Tränen liefen über ihr Gesicht. Ein Möbelpacker kam, sah sich um, ob noch etwas fehlte, und deutete dann auf den kleinen Koffer. »Soll der noch mit?«

Andrea wischte sich die Augen, zwängte das weiße Jäckchen in den Koffer und drückte ihn energisch zu.

»Ja, der soll noch mit. Ich lasse hier nichts zurück.« –

Charly hatte Frau und Tochter zu Hause abgesetzt und war sofort wieder zum Laden gefahren. Das Schneetreiben hatte aufgehört, auf den Straßen lag schmutziger Matsch.

Während er einen Parkplatz suchte, bemerkte er zwei Männer, die mit Bergen von Kleidern über dem Arm aus seinem Laden kamen.

Gleichzeitig näherte sich von der anderen Seite der Unternehmensberater Schimmel. Als er die beiden Männer erblickte, blieb er erschrocken stehen, schlug dann einen Haken und entfernte sich beinahe fluchtartig. Charly beobachtete es mit Verwunderung. Er stieg aus und trat auf die beiden Männer zu. Bevor er noch etwas sagen konnte, kam Mona heulend auf ihn zugestürzt.

»Die Kripo ist da!« schluchzte sie und schneuzte sich in ein großes, weißes Taschentuch. »Sie haben alles beschlagnahmt!«

Charly erschrak. »Aber warum denn?«

»Sie sagen, die Kleider wären nicht verzollt. Darum waren sie auch so günstig.« Von neuem flossen die Tränen. »Ach, Charly! Was machen wir jetzt? Was sollen wir bloß verkaufen?«

Charly fielen Bellheim und seine Worte über das Lehrgeld ein. Er gab Mona einen sanften Klaps und sagte tröstend: »Laß mal. Das kriegen wir auch noch hin. Es wird schon werden. Kopf hoch, Mona! Wir schaffen das schon. –

Bellheim stand vor seinem Schlafzimmer und band mit Finks Hilfe eine Krawatte um. Sachs und Max kamen mit würdigen Schritten aus dem Badezimmer. Alle vier waren im dunklen Anzug und hatten feierliche Mienen aufgesetzt.

»Nervös?« fragte Fink.

Bellheim schüttelte den Kopf. »In Rücktritten hab' ich ja allmählich Übung.«

»Bei meiner Verabschiedung damals«, erzählte Sachs, »hatte ich Darmgrippe. Stellt euch das vor. Ausgerechnet! Vierhundert geladene Gäste, die Honoratioren der Stadt, der Bundeskanzler...«

»War das noch Adenauer?« erkundigte sich Max mit unschuldigem Augenaufschlag.

»Witzbold«, entgegnete Sachs.

»Bei meinem Abschied«, meinte jetzt Max, »wurden viele große Reden geschwungen. Bloß mich hat keiner mehr beachtet. Alle schwänzelten schon um meinen Nachfolger herum.«

Fink zog den Mantel an. Max warf noch einen Blick auf die Reihe der gepackten Koffer im Flur. Vor ihnen, lang ausgestreckt, von der Nasenspitze bis zur Schwanzwurzel ein Bild gekränkten Mißtrauens, lag Hannibal. Baffi, der Wollzottelhund, hatte sich an ihn geschmiegt und winselte leise.

»Mein altes Zimmer hat jetzt mein Enkel«, sinnierte Max trübe. »Ich kriege bestimmt das kleine ohne Aussicht.«

»Na und?« brummte Sachs. »In unserm Alter weiß man doch, wie es draußen aussieht.« Er stapfte die Treppe hinunter.

Unten warteten Bellheims Vater, Nina, Rudi und ein gutaussehender jüngerer Mann – Ninas neuester Verlobter – vor dem Fernsehapparat.

Man begrüßte einander, und Bellheim wollte gerade den Fernseher ausschalten, als eine Großaufnahme von Karl-Heinz Rottmann auf dem Bildschirm erschien. Der Spracher sagte:

»Wie aus Börsenkreisen verlautet, hat der südkoreanische Industriegigant Doo-Kem-Industries offenbar nicht nur eine wesentliche Beteiligung an den Bellheim-Kaufhäusern, sondern auch an der Einzelhandelsgruppe JOTA AG erworben. Der bisherige JOTA-Vorstandssprecher, Karl-Heinz Rottmann, ist zurückgetreten. Chun Doo Heh, Präsident von Doo-Kem-Industries, hat zu Anfragen über Einzelheiten der Transaktion bisher nicht Stellung genommen.«

Bellheim knipste das Gerät aus und lachte dabei über das ganze Gesicht. Alle anderen musterten ihn verwundert. In bester Laune verließ die ganze Gesellschaft das Haus.

Bellheim lachte Tränen. Plötzlich schien alles, wofür sie gekämpft hatten, sinnlos. Zwar hatten sie den Krieg gegen Rottmann gewonnen – aber um den Preis der eigenen Unabhängigkeit. Und jetzt hatten die unendlich reichen Koreaner auch noch den angeschlagenen JOTA-Konzern geschluckt. Bellheim und JOTA in einer Hand. Davon hatte Rottmann geträumt. Der alte Chun Doo Heh hatte es verwirklicht. Bellheim und JOTA bildeten jetzt einen übermächtigen Handelskonzern, aber von ihrer Unabhängigkeit, von ihrer Selbständigkeit war nichts weiter übriggeblieben als die Namen auf den Kaufhäusern und auf den Cash- und Carry-Märkten.

Wieder war das Kaufhaus Bellheim festlich geschmückt. Nicht allein der große Kantinensaal, sondern auch sämtliche Abteilungen, ob Verkauf oder Verwaltung.

Als Bellheim eintrat, sah er sich einen Empfangskomitee gegenüber. Die Galerien am Atrium waren voller Menschen. Die halbe Belegschaft hatte sich im Erdgeschoß versammelt, an der Spitze die Geschäftsleitung, angeführt von Alex Barner. Er überreichte Peter einen großen Blumenstrauß und drückte ihm stumm die Hand.

»Tja... hm...« begann Bellheim stockend, »Im Augenblick scheinen wir ja nicht viel zu verkaufen.«

Streibel drängte sich nach vorn und begrüßte ihn mit kraftvollem Händeschütteln. »Haben Sie schon gelesen?« keuchte er begeistert. »Die Presse schreibt vom ›Ende einer Ära‹!«

Bellheim winkte ab. »Ich hatte Glück und großartige Helfer.« Er deutete auf Sachs, Fink und Max, die hinter ihm standen.

Die Zuhörer applaudierten und gaben eine Gasse frei, die zu den Rolltreppen führte. Von dort kam eine Frau auf Bellheim zu. Bellheim blieb rief berührt stehen.

»Ich muß doch dabeisein«, sagte Maria leise und sah ihn an. »Das Kaufhaus ist auch ein Teil von meinem Leben.«

Sie umarmte ihn. Bellheim hielt sie ganz fest und bekam feuchte Augen. Die gesamte Belegschaft klatschte Beifall.

Mathilde Schenk, sonst eher schweigsam, rief laut: »Herr Bellheim, man sollte Ihnen ein Denkmal setzen.«

»Bloß nicht!« wehrte Bellheim ab. »Sie wissen doch, was mit Denkmälern passiert? Am Ende werden sie von den Tauben vollgeschissen.«

Alle lachten. Gerührt fuhren Bellheim, mit Maria im Arm, Fink, Sachs und Reuther die Rolltreppen hinauf. In sämtlichen Etagen standen die Mitarbeiter am Geländer und klatschten. Aus den Lautsprechern säuselte unüberhörbar *La Paloma*.

»Hat wirklich Spaß gemacht.« Max gab Sachs einen Rippenstoß.

Sachs zwinkerte ihm zu. »Überall auf der Welt werden erfahrene Manager gesucht.«

»In den neuen Bundesländern! Massenhaft!« bekräftigte Fink.

Bellheim schüttelte energisch den Kopf. »Nein, nein, nein. Es gibt noch andere Dinge als Geschäfte. Ich will jetzt endlich mein Leben genießen.«

Sie waren oben angekommen. Die Türen des Saals standen weit offen, und das Podium wartete auf den ersten Festredner.

»Na los«, flüsterte Bellheim, »bringen wir's hinter uns.«

Tief im spanischen Süden herrschten bereits wieder sommerliche Temperaturen. An einer großen Baustelle fuhren donnernd die Lastwagen vorbei und wirbelten gelbe Staubwolken auf.

Ein ausländisches Bauträgerunternehmen hatte die Ruinen einer großen, nie zu Ende gebauten Feriensiedlung auf einem Hügelgelände am Rand von Marbella erworben. Die vier Inhaber waren selbst aktiv bei der Überwachung des Weiterbaus tätig.

Die öden Betonstümpfe hatten sich in eine wimmelnde Großbaustelle verwandelt. Hunderte von Arbeitern schufteten von früh bis spät. Bagger schachteten Gruben für weitere Häuser aus, Tonnen von Erde, Sand, Kies und Steinen wurden bewegt.

Vorn an der Straße prangte ein gewaltiges Schild mit dem Namen der Siedlung XARBLANCA HILL und einem gezeichneten Bauplan.

Max Reuther trieb die spanischen Genossen energisch an. Was ihm an Sprachkenntnissen fehlte, ersetzte er durch dynamische Mimik und Gestik. »Muß fertig werden ... a mañana ... capito?« wiederholte er immer wieder, und die schwitzenden Maurer und Zimmerleute gaben ihr Bestes.

Herbert Sachs führte gerade eine neue Gruppe von Interessenten durch die Baustelle. Ihm oblag der Direktverkauf.

»Da vorn kommt der große Pool hin«, erläuterte er. »Da drüben bauen wir ein Einkaufszentrum. Bis zum Meer sind es nur ein paar Kilometer. Und natürlich wird alles schön bepflanzt – Palmen und Hibiskus. Zu diesem Preis finden Sie an der ganzen Costa del Sol nichts Vergleichbares.«

Peter Bellheim stand mit dem spanischen Architekten auf dem Dach und machte ihm klar, daß geplante und im Preis inbegriffene Erker auch gebaut werden müßten. Der Architekt jammerte zwar über solchen Perfektionismus, machte jedoch gute Miene zum bösen Spiel und versprach, die Erker, deren Kosten er längst anderweitig verbraten hatte, pünktlich an die Häuser zu kleben.

Ein Stück weiter unten hatte man einen Container aufgestellt, in dem das provisorische Baubüro untergebracht war. Die Fenster standen offen. Ein Ventilator surrte. Erich Fink saß schwitzend am Telefon und verhandelte in holprigem Spanisch: »Zwölf Prozent... sind Wucher. Zehn wäre mir lieber... Gut, über elf Prozent können wir reden. Ausreichende Sicherheiten sind vorhanden.« Er war für Finanz und Verwaltung des Projekts zuständig.

Bellheim kam herein. Die beiden traten ans Fenster und blickten hinunter auf einen kleinen freien Platz am äußersten Rand des Baugeländes.

Dort gab es zwei Liegestühle und einen kleinen Tisch unter einem riesigen Sonnenschirm. In einem der Liegestühle fläzte sich Hannibal, im anderen hatte es sich Bellheims Vater bequem gemacht. Er war mit seinem Sohn und Maria nach Marbella gezogen und ließ es sich jetzt nicht nehmen, Peter täglich zur Baustelle zu begleiten und den Fortschritt der Arbeiten zu verfolgen.

Die Wärme machte ihm nichts aus. Er trug ein offenes Hemd, leichte Hosen und Schuhe, dazu einen breiten Strohhut. Auf dem Tisch standen ein Krug und ein Glas mit Fruchtsaft und ein Teller mit süßem Kuchen. Der alte Herr rekelte sich wohlig in der Sonne und genoß sein Dasein.

»Der hat's gut«, sagten Bellheim und Fink wie aus einem Munde.

Unterhaltsame Literatur

Eine Auswahl

Jerry Ellis
Der Pfad der Cherokee
Eine Wanderung in Amerika
Band 11433

Sabine Endruschat
Wie ein Schrei in der Stille
Roman. Band 11432

Annie Ernaux
Eine vollkommene Leidenschaft
Roman. Band 11523

Audrey Erskine-Lindop
An die Laterne!
Roman
Band 10491
Der Teufel spielt mit
Thriller
Band 8378

Catherine Gaskin
Denn das Leben ist Liebe
Roman. Band 2513
Das grünäugige Mädchen
Roman. Band 1957
Wie Sand am Meer
Roman. Band 2435

Martha Gellhorn
Liana
Roman
Band 11183

Brad Gooch
Lockvogel
Storys
Band 11184

Brad Gooch
Mailand – Manhatten
Roman
Band 8359

Constance Heaven
Kaiser, König, Edelmann
Roman
Band 8297
Königin mit Liebhaber
Roman
Band 8296

Sue Henry
Wettlauf durch die weiße Hölle
Roman
Band 11338

Fischer Taschenbuch Verlag

fi 1220/7 c

Unterhaltsame Literatur

Eine Auswahl

Michael Mamitza
Fatum
Roman. Band 11264
Kismet
Roman
Eine türkisch-deutsche Liebesgeschichte
Band 11053

Manfred Maurer
Furor
Roman. Band 11290

Detlev Meyer
Im Dampfbad greift nach mir ein Engel
Biographie der Bestürzung I. Band
Band 8261
David steigt aufs Riesenrad
Biographie der Bestürzung II. Band
Band 8306

Jon Michelet
In letzter Sekunde
Thriller. Band 8374

Werner Möllenkamp
Hackers Traum
Ein Computerroman
Band 8720

Hubert Monteilhet
Darwins Insel
Ein fabelhafter Roman vom Ursprung der Arten
Band 8718

Timeri N. Murari
Ein Tempel unserer Liebe
Der Tadsch-Mahal-Roman. Band 8303

Leonie Ossowski
Die große Flatter
Roman. Band 2474

Petr Pavlik
Dar – der Hund aus Sibirien
Roman. Band 11182
(in Vorbereitung)

Alfred Probst
Amideutsch
Ein kritisch-polemisches Wörterbuch der anglo-deutschen Sprache
Band 7534

Micky Remann
Der Globaltrottel
Who is who in Katmandu und andere Berichte aus dem Überall
Band 7615

Erik Rosenthal
Der Algorithmus des Todes
Ein mathematischer Kriminalroman
Band 8714

Fischer Taschenbuch Verlag

fi 1220/6f

Unterhaltsame Literatur

Eine Auswahl

Jules Verne
Das grüne Leuchten
Neuübersetzung
Band 10942

T. H. White
Schloß Malplaquet oder Lilliput im Exil
Roman. Band 2702

Tad Williams
Traumjäger und Goldpfote
Roman. Band 8349

Barbara Wilson
Mord im Kollektiv
Band 8229

David Henry Wilson
Der Fluch der achten Fee
Ein Märchen
Band 10645

Barbara Wood
Herzflimmern
Roman
Band 8368
Lockruf der Vergangenheit
Roman. Band 10196
Rote Sonne, schwarzes Land
Roman. Band 10897
Seelenfeuer
Roman. Band 8367
Sturmjahre
Roman. Band 8369

Geert Zebothsen
Wettlauf mit dem Tod
Roman
Band 8348

Marion Zimmer Bradley
Die Feuer von Troia
Roman. Band 10287

Marion Zimmer Bradley
Luchsmond
Erzählungen. Band 11444
Die Nebel von Avalon
Roman. Band 8222
Lythande
Erzählungen. Band 10943
Tochter der Nacht
Roman. Band 8350

Marion Zimmer Bradley (Hg.)
Schwertschwestern
Magische Geschichten I
Band 2701
Wolfsschwester
Magische Geschichten II
Band 2718
Windschwester
Magische Geschichten III
Band 2731
Traumschwester
Magische Geschichten IV
Band 2744

Fischer Taschenbuch Verlag

fi 1220/7h